# Los favoritos

Layne Fargo

# Los favoritos

Traducción de
Noemí Jiménez Furquet

Papel certificado por el Forest Stewardship Council®

Título original: *The Favorites*

Primera edición: mayo de 2025



*Printed in Spain* – Impreso en España

ISBN: 978-84-19835-18-5
Depósito legal: B-4545-2025

Compuesto en Mirakel Studio, S. L. U.

Impreso en en Liberdúplex,
Sant Llorenç d'Hortons (Barcelona)

SL 35185

*Para Katarina, Tonya, Surya y todas*
*las demás mujeres de rompe y rasga*
*que me han enseñado lo que significa*
*ganar siguiendo las propias reglas*

Hoy se cumplen diez años del peor día de mi vida.

Como para olvidarme, cuando millones de desconocidos se han empeñado en recordármelo. Seguro que habéis visto las noticias en la tele, las portadas en las revistas, los posts en las redes sociales. Puede que tengáis pensado repantigaros esta noche en el sofá con un cubo de palomitas y maratonear el documental que han sacado para conmemorar la fecha. Una manera de echar el rato regodeándose en las miserias ajenas.

Pues venga, disfrutad del espectáculo. Pero no os engañéis creyendo conocerme. Ya lo he oído todo: que Katarina Shaw es una zorra, una diva, una mentirosa manipuladora. Que es calculadora, una tramposa, una delincuente. Que busca atención o que directamente es una buscona. Y hasta una asesina.

Llamadme lo que queráis. Ya no me importa lo más mínimo. Mi historia es mía y la voy a contar igual que patinaba: a mi manera, según mis propias reglas.

Ya veremos quién gana al final.

**NARRADORA**: Eran una obsesión.

*Los patinadores estadounidenses de danza sobre hielo Katarina Shaw y Heath Rocha sonríen y saludan a una multitud de fans enloquecidos en los Juegos Olímpicos de Invierno de 2014 en Sochi, Rusia.*

**NARRADORA**: Luego, un escándalo.

*Shaw y Rocha rodeados de nuevo por una multitud, solo que esta vez se trata de paparazzi que gritan sus nombres, un frenesí de obturadores y flashes en el instante en que salen de su hotel en Sochi. La pareja se abre paso con expresión seria; Heath rodea a Katarina por los hombros con el brazo.*

**NARRADORA**: Y, al final..., una tragedia.

*El comentarista deportivo de la NBC Kirk Lockwood retransmite en directo desde las Olimpiadas de Sochi. «En todos los años que llevo cubriendo el patinaje —dice, negando solemne con la cabeza—, jamás había visto nada parecido».*

**NARRADORA**: Ahora, por primera vez, las personas más cercanas a Katarina Shaw y Heath Rocha compartirán su historia y arrojarán nueva luz sobre lo que condujo a unos hechos sin precedentes durante aquella fatídica final olímpica.

*El expatinador olímpico Ellis Dean responde a una entrevistadora en un bar de West Hollywood.*

**ELLIS DEAN**: Bromeábamos diciendo que morirían en brazos del otro o se asesinarían a sangre fría. No tenían término medio.

*La entrenadora de patinaje artístico Nicole Bradford es entrevistada en la cocina de su casa en un barrio residencial de Illinois.*

NICOLE BRADFORD: Eran los patinadores con más talento con los que trabajé nunca, eso es innegable. Pero, echando la vista atrás..., sí, los problemas ya se veían venir.

*La jueza estadounidense de patinaje artístico Jane Currer mira a cámara desde una pista de hielo en Colorado.*

JANE CURRER: ¿Cómo íbamos a saberlo? ¿Cómo iba a imaginarlo nadie?

*Una serie de imágenes se suceden a toda velocidad: Katarina y Heath patinan juntos de niños. Luego, con más edad, aparecen subidos en lo alto de un podio, sonrientes, con medallas de oro al cuello. Por último, ambos se gritan, Katarina con el maquillaje corrido y el puño cerrado a punto de golpear.*

ELLIS DEAN: Una cosa está clara. Nunca habrá otro equipo como el formado por Kat y Heath.

*La imagen pasa lentamente a una fotografía de la pista de patinaje de Sochi. Los anillos olímpicos aparecen manchados con salpicaduras de un fuerte color rojo.*

ELLIS DEAN: ¿Y sabes qué? Tal vez sea lo mejor.

NARRADORA: Aquí empieza...

# LOS FAVORITOS

## *La historia de Shaw y Rocha*

# PRIMERA PARTE

# Los aspirantes

# 1

En cuanto me di por satisfecha, le tendí el cuchillo.

Heath se alzó sobre las rodillas y yo me tumbé en el cálido hueco que había dejado en la cama a observarlo: la forma en que el pelo negro le brillaba a la luz de la luna, en que los dientes presionaban el labio inferior mientras, concentrado, hacía la primera marca con la punta de la hoja. Más preciso de lo que yo había sido, trazó unas líneas sinuosas y elegantes por debajo de mis tajos feroces.

«Shaw y Rocha», decía la inscripción cuando acabó. Así era como aparecerían nuestros nombres en el marcador de nuestro primer campeonato nacional de patinaje artístico, que tendría lugar dentro de unos días. La forma en que los anunciarían en las entregas de medallas y los escribirían en los periódicos y los inmortalizarían en los anales. Habíamos grabado las letras en el centro del cabecero antiguo de palisandro con unos surcos tan profundos que no desaparecerían por mucho que se lijara la madera.

Teníamos dieciséis años y queríamos comernos el mundo.

Nuestra maleta para ir a los nacionales ya estaba hecha, y los trajes y los patines nos esperaban en una pulcra pila junto a la puerta de mi dormitorio. Aunque llevábamos años esperando, trabajando y preparándonos para aquel momento, aquellas últimas horas se nos estaban haciendo interminables. Queríamos marcharnos ya.

Ojalá no tuviéramos que volver.

Heath dejó el cuchillo en la mesilla y se sentó a mi lado a admirar nuestra obra.

—¿Estás nerviosa? —susurró.

La vista se me fue al collage dispuesto alrededor de la ventana de vidrio emplomado, por la que entraba el aire: todas eran fotografías de mi patinadora favorita, Sheila Lin. Doble medalla de oro olímpico en danza sobre hielo, una leyenda viva. Jamás se la veía nerviosa, por mucha presión que tuviera.

—No —respondí.

Heath sonrió y deslizó la mano por mi espalda, por encima de la camiseta de Stars on Ice 1996, ya dada de sí, que me ponía para dormir.

—Mentirosa.

Lo más cerca que había estado de Sheila Lin en la vida real había sido en unos asientos en las últimas filas del graderío en aquella gira. Mi padre también me consiguió una foto conmemorativa firmada, que estaba fijada a la pared con el resto de mi altar. Era la mujer, y la deportista, en quien quería convertirme, y no de mayor, sino cuanto antes.

Cuando Sheila y su pareja, Kirk Lockwood, ganaron su primer título nacional, ella seguía siendo una adolescente. A Heath y a mí todavía nos quedaba mucho para llegar a su nivel, también porque aún no habíamos ido al campeonato. La temporada anterior nos habíamos clasificado, pero no teníamos medios para viajar a Salt Lake City. Por suerte, esta vez los nacionales se celebraban en Cleveland, que, en comparación, estaba a un trayecto corto y barato en autocar. Estaba segura de que nos cambiaría la vida.

Y así fue. Pero no como lo había imaginado.

Heath me besó el hombro.

—Bueno, yo sí que no estoy nervioso. Voy a patinar con Katarina Shaw. —Pronunció mi nombre con lentitud y tono reverente, paladeando el sonido—. Y a ella no hay nada que se le resista.

Nos miramos en mitad de las sombras, tan cerca el uno del

otro que compartíamos el mismo aire. Más adelante nos haríamos famosos en todo el mundo justo por eso, por alargar el momento previo al beso hasta que era casi insoportable, hasta que todos y cada uno de los espectadores sentían cómo se nos aceleraba el pulso y veían el deseo reflejado en nuestros ojos.

Pero eso era una coreografía. Esto era real.

La boca de Heath por fin se unió a la mía, sin prisa. Creíamos tener toda la noche para nosotros.

Para cuando oímos los pasos, era demasiado tarde.

*Nicole Bradford, una mujer rubia de mediana edad muy maquillada y con una rebeca brillante, aparece sentada ante la isla de una gigantesca cocina decorada en blanco sobre blanco en su casa de las afueras.*

NICOLE BRADFORD (entrenadora de patinaje artístico): Después de las olimpiadas de invierno siempre resurge el interés. Todas esas niñas creen estar destinadas a convertirse en estrellas. Aunque no suelen mostrarse tan intensas como Katarina Shaw.

*Fotografías familiares muestran una Katarina niña con varios trajes de patinadora. En una de ellas, delante de una pared cubierta de imágenes de Sheila Lin, Katarina imita la pose de la patinadora en el póster central.*

NICOLE BRADFORD: En la primera clase, Katarina dijo que iba a ser una patinadora famosa, como Sheila Lin. Se ganó el odio instantáneo del resto de las chicas.

*Katarina, a los cuatro años, patina sola con expresión seria, el cabello recogido en dos trenzas despeinadas.*

NARRADORA: Aunque su nombre acabó convirtiéndose en sinónimo de danza sobre hielo, Katarina Shaw se inició en el patinaje individual, ya que no había chicos con los que emparejarla.

*Ellis Dean está encaramado a un taburete alto en una coctelería chic, con una copa de martini en la mano. Tiene poco más de cuarenta años, una sonrisa pícara y el pelo cuidadosamente peinado.*

ELLIS DEAN (exbailarín sobre hielo): Hay poquísimos chavales que quieran practicar la danza sobre hielo. Al menos en el patinaje por parejas hay saltos, lanzas a chicas guapas al aire y luego, al recogerlas, les tocas la entrepierna. Si te van esas cosas, claro.

NARRADORA: Puede que la danza sobre hielo sea la modalidad de patinaje artístico más incomprendida.

*Imágenes de archivo de patinadores compitiendo en danza sobre hielo durante los Juegos Olímpicos de Innsbruck, Austria, en 1976, el primer año en que esta disciplina se disputó como deporte olímpico.*

NARRADORA: Inspirada en los bailes de salón, la danza sobre hielo se centra en secuencias de pasos intrincadas y en la interacción de las parejas más que en las elevaciones acrobáticas y los saltos atléticos que se ven en otras especialidades.

ELLIS DEAN: Muchas bailarinas sobre hielo empiezan practicando con sus hermanos porque son los únicos tíos a los que pueden hacer chantaje emocional. Pero Kat Shaw no tenía esa opción.

# 2

La puerta se abrió de golpe y el dormitorio quedó inundado de una mezcla apestosa de Marlboro, Jim Beam y olor corporal.

Mi hermano mayor, Lee.

Heath y yo nos incorporamos de un salto. Si mi hermano no quería a Heath en casa, no digamos ya en mi habitación, lo cual no hacía más que alentarnos a buscar formas creativas de colarlo. Si Lee estaba sobrio —algo cada vez menos frecuente—, se limitaba a soltar algún comentario despectivo o a lanzar algún objeto inanimado contra la pared.

¿Cuando estaba borracho? Ahí no tenía límites.

—¿Qué demonios hace este aquí? —Atravesó dando tumbos el umbral—. Te tengo dicho...

—Yo sí que te tengo dicho que no entres en mi habitación.

Antes, cerraba la puerta con la llave de bronce deslucido y la dejaba dentro de la cerradura para que Lee tampoco pudiera espiarnos por el ojo. Hasta que la reventó de una patada.

—¡Esta es mi casa! —Apuntó hacia Heath con el dedo—. Y este no es bienvenido.

Heath se colocó delante de mí con un movimiento suave, como de baile, y sonrió de esa forma que ambos sabíamos que sacaba de quicio a mi hermano.

—Katarina me quiere aquí —dijo—. Igual que me quería su...

Lee se abalanzó sobre Heath, lo agarró del brazo y tiró de él hacia el pasillo.

—¡Basta! —grité.

Heath se aferró al marco de la puerta, clavando las uñas en el perfil cuarteado. Como deportista de competición, estaba en mucho mejor forma que mi hermano, pero Lee le sacaba varios centímetros de estatura y muchos kilos de peso. De un solo empellón, se vio obligado a soltarse.

—¡Lee! He dicho que ya vale.

No por primera vez, deseé tener vecinos cerca que oyeran el griterío y llamaran a la policía, pero nuestra casa estaba en medio de ninguna parte, rodeada por un bosque añoso y la fría extensión del lago Michigan.

Nadie iba a venir a socorrernos.

Salí corriendo detrás de ellos, agarré a Lee del cuello de la camiseta, le tiré del pelo grasiento... Lo que fuera para frenarlo. Él me apartó de un codazo en las costillas.

Heath hizo un valiente intento de darle un pisotón, pero él lo mandó de un golpe contra el pasamanos. Estaban cerca —peligrosamente cerca— de lo alto de la escalera.

Por la mente me pasaron imágenes espantosas: Heath desmadejado al final de la escalera, rodeado de un charco de sangre cada vez mayor. Huesos atravesando la piel, tan destrozados que no podría volver a caminar, y mucho menos patinar.

Me puse en pie como pude y volví corriendo a mi dormitorio.

No fui consciente de lo que hacía hasta que me vi apuntando con el cuchillo a la cara de mi hermano.

—Quítale las manos de encima —le advertí, acercando la hoja a su barbilla cubierta de barba.

Lee bajó la vista con una sonrisa perezosa. No me creía capaz de hacerle daño.

Heath me conocía mejor.

—Katarina. —Cuanto más bajaba la voz, más áspera sonaba, acariciando cada palabra como una brisa entre las ramas de los árboles—. Por favor, baja el cuchillo.

Era un cuchillito de pelar que había sacado de un cajón polvoriento de la cocina. Lo bastante afilado para tallar la madera, pero no para lesionar a nadie, y mucho menos matarlo. Aun así, quería hacer daño a Lee, solo un poco, lo suficiente para que por una vez me tuviera miedo.

Miré a Heath como si estuviéramos solos en el centro de la pista, la música a punto de empezar. «¿Listo?».

Se estremeció y negó con la cabeza. Le mantuve la mirada y aferré el cuchillo con más fuerza. Se notaba que le parecía una idea terrible, igual que se notaba que no se le ocurría ninguna mejor.

Heath apenas bajó la barbilla un milímetro. «Listo».

Me arrojé sobre Lee y deslicé el cuchillo sobre su bíceps. Aulló lleno de rabia, pero soltó a Heath para poder darme un golpe. Lo esquivé, pero el cuchillo se me cayó al alejarme de mi hermano camino de las escaleras. Heath abrió la puerta principal, por la que entró una ráfaga de viento gélido, y se detuvo al otro lado del umbral a esperarme.

Lee soltó una retahíla de exabruptos cuando trastabilló en el último escalón y bajó al recibidor a trompicones. Seguí corriendo con la vista clavada en los ojos de Heath. Casi lo había conseguido.

Sin embargo, Lee llegó primero. Con una mano, cerró de golpe la puerta y echó el pestillo.

Con la otra, apretó la hoja del cuchillo contra mi cuello.

NICOLE BRADFORD: Katarina y Heath se conocieron en la pista, pero él no era patinador.

NARRADORA: Heath Rocha se crio en hogares de acogida. A los diez años, ya había vivido con seis familias distintas.

NICOLE BRADFORD: No estoy segura de cómo era su vida doméstica, así que no quiero lanzar calumnias. Solo diré que sus padres de acogida no parecían demasiado... implicados. Llegó al complejo por medio de una organización benéfica que ofrecía programas de deporte gratuitos a los niños de la zona.

*La cámara amplía lentamente una fotografía de unos chicos con uniforme de hockey hasta detenerse en un primer plano de Heath a los diez años. Es el único niño de la foto que no es blanco.*

NICOLE BRADFORD: Heath se apuntó a hockey y, después de la primera clase, se quedó dando vueltas por la pista, como si no quisiera volver a casa. Cuando creía que nadie miraba, se sentó en las gradas y se puso a observar a Kat patinar. Era evidente que le gustaba. A mí me pareció muy mono.

*Una fotografía de Katarina, a los nueve años, practicando en la pista de hielo North Shore en Lake Forest, Illinois. La cámara se acerca hasta revelar a sus espaldas una figura borrosa en el graderío: Heath.*

NICOLE BRADFORD: Al final se hicieron amigos y él empezó a ir a cenar a su casa. Hasta se quedaba a dormir en casa de los Shaw. Katarina estuvo unos meses sin mencionar de nuevo sus aspiraciones respecto a la danza sobre hielo, así que pensé que tal vez lo había superado y estaba lista para centrarse a tope en individuales. Debería haberme imaginado que no iba a rendirse tan fácilmente.

*Imágenes de archivo del lago Michigan en pleno invierno. Las olas heladas están sólidas.*

NARRADORA: Katarina enseñó en secreto a patinar a Heath en el lago cercano a la casa de los Shaw.

ELLIS DEAN: Yo empecé a patinar a los siete años y ya iba tarde. Heath Rocha tenía casi once.

*Jane Currer, una mujer de aspecto severo de setenta y tantos, con el cabello rizado teñido de rojo chillón y un fular de seda en un tono que no combina, está sentada junto a la pista del centro de entrenamiento olímpico de Colorado Springs.*

JANE CURRER (exjueza de patinaje artístico por Estados Unidos): Aunque los patinadores de danza sobre hielo suelen alcanzar su momento álgido con más edad, quienes empiezan en cualquier disciplina más tarde que la media se encuentran en desventaja. Los rudimentos del patinaje son la base para el éxito futuro.

NICOLE BRADFORD: Tengo que admitir que no confiaba en absoluto en sus posibilidades. Hasta que los vi patinar juntos.

# 3

Dejé de resistirme mientras Lee me arrastraba escaleras arriba para luego arrojarme al interior del dormitorio. En cuanto sus pasos tambaleantes se perdieron por el pasillo, corrí hasta la ventana. Heath estaba debajo, descalzo sobre el césped cubierto de hielo. Sus hombros se relajaron en cuanto me vio.

Para ser enero, fuera no se estaba demasiado mal: no había nieve en el suelo y el lago todavía no se había helado. A Heath lo habían echado de casa en peores circunstancias. Yo le bajaba por la ventana ropa, comida, mantas..., pero Lee se enteró y atornilló el marco.

Heath me saludó con un gesto de la mano y se encaminó hacia el bosque. Aunque Lee ya no pudiera encerrarme con llave, a efectos prácticos seguiría atrapada hasta que cayera dormido, lo que podía suceder en cualquier momento entre la medianoche y el amanecer. Sabía dónde se escondía Heath en noches como aquella y no quería arriesgarme a que mi hermano también destruyera su refugio.

Apoyé la mano en el cristal, como si pudiera tocar a Heath a pesar de la distancia, y no la quité hasta que desapareció entre las ramas retorcidas de las acacias. Cuando la aparté, había dejado con la palma una marca roja en la ventana.

Ojalá mi hermano siguiera sangrando.

Desde la muerte de nuestro padre, Lee era el cabeza de familia —aunque solo me sacaba cinco años y apenas era capaz de cuidar de sí mismo— y creía que Heath era una mala influencia. Había que tener cara para que le preocupase la «influencia» de Heath cuando él traía cada semana una chica distinta a casa. Había perdido la cuenta de las noches que había pasado tapándome los oídos con la almohada, tratando de amortiguar los sonidos que hacían las pobres con sus orgasmos a todas luces fingidos.

A la prensa le gusta transformar mis primeros años con Heath en un rollo sórdido, a lo *Flores en el ático*: los dos criados como hermanos (que no era el caso), sin supervisión adulta que nos impidiera explorar la innegable pasión que sentíamos por el otro (qué más hubiera querido yo).

La verdad, lo creáis o no, es que Heath y yo seguíamos siendo vírgenes a los dieciséis. Nos besábamos, claro, nos tocábamos, apartábamos la ropa para poder sentirnos piel con piel. Sabíamos cómo hacer suspirar, gemir y estremecerse de placer al otro. Yo sabía que él quería ir más lejos. Y yo también.

En cierto modo, parecía absurdo esperar. Al fin y al cabo, ya compartíamos una intimidad que hasta los adultos, después de años de relación, tenían difícil alcanzar. Íbamos a clase juntos, patinábamos juntos, pasábamos juntos prácticamente cada minuto despiertos... y algunos dormidos, cuando conseguíamos burlar la vigilancia de mi hermano.

A pesar de ello, el próximo viaje al campeonato nacional sería la primera vez que estaríamos a solas de verdad. Técnicamente, seguíamos teniendo una entrenadora, aunque apenas podíamos permitirnos pagar a Nicole. El testamento de mi padre había dividido todo a partes iguales entre Lee y yo, incluida la propiedad, pero hasta que cumpliera los dieciocho no podría acceder a mi mitad.

Nicole nos ayudaba a Heath y a mí todo lo que podía —nos empleaba a tiempo parcial en la pista para cubrir el coste del uso que le dábamos y nos ayudaba con las coreografías, ya que contratar a un profesional estaba fuera de nuestro alcance—, pero no era cuestión de pedirle que renunciara a las clases pagadas para viajar con nosotros gratis. Así que iríamos solos y pasaríamos varias noches en un motel cochambroso que habíamos reservado porque el alojamiento oficial era demasiado caro.

Cualquier adolescente normal habría estado ansiosa de aprovechar la ausencia de carabina, pero yo no era una adolescente normal. Iba a ser campeona olímpica y no estaba dispuesta a hacer ninguna tontería que pusiera en peligro mi objetivo. Ni apuñalar a mi hermano, por mucho que se lo mereciera, ni quedarme embarazada y tener que gastarme en un aborto los escasos fondos de que disponíamos para pagar los entrenamientos.

Todo el mundo cree que Heath Rocha fue mi primer amor. No es cierto.

Mi primer amor fue el patinaje artístico.

Sucedió en febrero de 1988, durante las Olimpiadas de Invierno de Calgary. Tenía cuatro años y, aunque ya se había pasado la hora de acostarme, estaba viendo la final de danza sobre hielo.

Lin y Lockwood fueron la última pareja en salir al hielo. Mientras, en el centro de la pista, esperaban en posición a que sonara la primera nota de su programa, la cámara fue acercándose, dejando de lado a Kirk, con su traje ceñidísimo y su pelo peinado hacia atrás, para enfocar la cara de Sheila.

A la pareja que había patinado justo antes que ellos se le había notado los nervios, como si estuvieran rezando a su dios correspondiente para que tantos años de esfuerzo agotador se vieran recompensados con la gloria olímpica.

No era así en el caso de Sheila Lin. Sus labios, pintados del mismo tono que la pedrería que le adornaba el cabello negro, dibujaban una sonrisa orgullosa. Aunque yo no tenía ni idea de aquel deporte, supe que iba a ganar. Sheila sonreía como si ya hubiera vencido, como si ya tuviera la medalla de oro al cuello y se alzara con las cuchillas de los patines bien clavadas sobre el cadáver todavía palpitante de sus oponentes.

No me hice patinadora por un deseo infantil de lucir lentejuelas y girar como una bonita peonza. Me hice patinadora porque quería sentirme igual que ella.

Grande. Valiente. Una diosa cubierta de purpurina. Tan segura de mí misma que pudiera hacer realidad mis sueños por pura fuerza de voluntad.

El patinaje fue mi primer amor, pero con los años se había convertido en mucho más que eso. Era lo único que se me daba bien, mi mayor esperanza de una vida mejor, mi oportunidad de escapar de aquella casa oscura y ruinosa, de mi hermano y sus ataques de rabia. Si me entregaba a fondo, si conseguía ser lo bastante buena…, puede que un día fuera tan invulnerable como Sheila Lin.

El campeonato nacional era el primer paso, el comienzo de todo. Pronto, me dije con la mirada puesta en las sombras más allá de la ventana de mi dormitorio, Heath y yo nos habríamos librado de aquel lugar.

Y, pasara lo que pasara, estaríamos juntos.

# 4

Cuando conseguí escabullirme de casa, estaba amaneciendo.

Lee dormía boca abajo en el sofá del salón. El hogar de la chimenea estaba lleno de colillas y las botellas de alcohol habían dejado cercos por todo el suelo original de madera. Para mi hermano, aquella era la idea de una noche tranquila.

Fuera, la mañana era fresca y serena, silenciosa salvo por las olas lamiendo la orilla y mis pisadas por el camino de grava. Apreté el paso y rebasé corriendo la camioneta salpicada de barro de Lee para tomar el sendero que sabía que Heath había seguido en la oscuridad.

La casa de mi niñez se encuentra en un barrio de las afueras de Chicago, más cerca de la frontera con Wisconsin que de la ciudad, denominado The Heights por su levísima elevación sobre el paisaje que lo rodea, más llano que una tortita. La mayor parte de la zona se pobló a finales del siglo XIX, tras los incendios y los disturbios obreros que hicieron huir a los ricachones del centro en busca de la relativa seguridad de la ribera norte del lago Michigan. Los Shaw ya llevaban décadas viviendo allí.

Mi tatara-no-sé-cuántos-abuelo compró un buen pedazo de terreno con vistas al agua cuando la zona no era más que barro, arena y robles negros encorvados por los vientos que azotaban desde el lago. Al cabo de una generación, un nuevo Shaw construyó la casa justo a la orilla, con bosque suficiente por detrás para taparle las vistas a cualquier futuro vecino cotilla.

La vivienda como tal es bastante simple: una modesta casa de labor en piedra con un par de detalles neogóticos. Lo valioso es la finca. Cada diez años o así viene a husmear algún promotor, ofrece un buen pellizco y el Shaw que vive allí en ese momento lo manda a paseo, unas veces con la típica actitud pasivo-agresiva del Medio Oeste y otras con un rifle en la mano.

Podéis entender cómo adquirí mi personalidad encantadora.

De niña odiaba aquella casa. Cuando mis padres la heredaron, ya estaba destartalada y llena de telarañas, y mi madre murió antes de poder poner en práctica sus grandes planes de redecoración. Cuando yo no estaba en el colegio o la pista de patinaje, andaba correteando por la finca, primero sola y luego con Heath a mi lado. Los meses de calor, el lago era nuestro lugar predilecto. Nadábamos entre las olas, nos encaramábamos a las rocas para ver pasar los veleros y cargueros, y encendíamos fogatas en la estrecha franja de arena que pasaba por ser una playa privada.

Cuando el tiempo empeoraba, nos retirábamos al establo. Todos seguían llamando así a aquella edificación, aunque llevaba sin alojar caballos desde décadas antes de que naciera mi padre. Construido en el mismo tipo de piedra gris que la casa, se encontraba cerca de la linde norte, justo al lado del cementerio familiar. Lee evitaba aquel rincón de la propiedad: jamás visitaba las tumbas de papá y mamá, ni siquiera el día de su cumpleaños o el aniversario de su muerte.

Así que, cuando no había pasado ni una hora tras el funeral de nuestro padre y Lee echó a Heath de casa, nos pareció el escondrijo perfecto. Me pasé semanas llevándole provisiones a hurtadillas: velas, leña, un colchón viejo que saqué a rastras del sótano y hasta un radiocasete a pilas.

Aquella mañana, en cuanto entré en el establo me di cuenta de que Heath no había descansado mucho más que yo. Había metido el colchón en el cubículo más cálido, lejos de la claraboya rota que servía de chimenea, y en la emisora de música clásica que sintonizaba cuando le costaba dormir sonaba un nocturno de Debussy. Solo quedaban las cenizas del fuego de la víspera y, aunque el sol había empezado a derretir la escarcha adherida a los afilados añicos de las ventanas, hacía tanto frío que se veía el vaho que echaba por la boca.

Le había traído el abrigo más calentito que tenía y le cubrí los hombros antes de tumbarme a su lado. Abrió los ojos y, a pesar de la poca luz, distinguí el moratón del derecho, que se extendía como una flor púrpura entre las pestañas y el pómulo.

Deslicé las puntas de los dedos sobre la piel hinchada, sin tocarla. Aunque debía de dolerle, Heath exhaló una nubecilla de vapor y se acercó a mi mano.

—Voy a matar a Lee —dije.

—No es para tanto —respondió. Al hablar, le castañetearon los dientes. Me descalcé y froté los calcetines de lana contra los dedos entumecidos de sus pies—. Podrás tapármelo para los nacionales, ¿verdad?

Asentí, aunque no estaba segura de que alguno de los correctores de supermercado que había en mi neceser fuera a conseguirlo del todo.

—Creía que, helándome aquí fuera, tal vez no me subiría la hinchazón. —Al apartarme el cabello con una caricia, los dedos se le enredaron—. Al menos me alegro de que no te hiciera daño a ti.

Hacía mucho que Lee había descubierto algo: la mejor manera de hacerme daño era hacérselo a Heath.

Heath siempre había sido estoico; los insultos y los golpes, por fuertes que fueran, le daban igual. Una vez, Lee lo arrojó contra una pared con tanto ímpetu que se quedó inconsciente unos terroríficos segundos y, cuando conseguí que despertara a base de zarandearlo, lo único que hizo fue encogerse de hombros y decir que podía haber sido peor.

Por muy unidos que estuviéramos, no sabía casi nada de la vida de Heath antes de conocernos. Su partida de nacimiento mostraba que venía de Michigan y que llevaba el apellido de su madre. El campo donde debería haber constado el padre estaba vacío. «Rocha», que debía de ser de origen español, o puede que portugués, era la única pista que tenía sobre su ascendencia. La mayoría de la gente del Medio Oeste, al verle la piel morena y el pelo oscuro, imaginaba que era mexicano o de Oriente Próximo (y, en consecuencia, le atribuía otras características... menos agradables).

Heath no sabía nada más sobre sus padres biológicos e insistía en que tampoco quería buscarlos. Yo jamás había pisado su casa de acogida, un pequeño bungalow de color sepia, situado junto a las vías del tren, que no parecía capaz de albergar a todas las personas que vivían allí en un momento dado. Cuando Heath se mudó a nuestra casa el verano antes de octavo, mi padre le cedió el dormitorio que Lee había ocupado de niño y que había desalojado en cuanto cumplió los dieciocho para largarse a un asqueroso apartamento compartido más cerca del centro. Heath se había quedado boquiabierto mirando el cuarto, ventoso y angosto, como si fuera un palacio real. Ahí me había dado cuenta de que debía de ser la primera vez que disponía de espacio para él solo.

A Heath no le gustaba hablar de su pasado y a mí no me gustaba meterme donde no me llamaban. Lo único que sabía era que, si la vida con Lee Shaw era una mejoría, lo que hubiera vivido antes debía de haber sido una auténtica pesadilla.

—Matar a tu hermano me parece un pelín extremo. —Heath ya no tiritaba tanto, así que sus palabras sonaron más claras—. Pero, si quieres rajarle las ruedas, ahí te secundo.

—Tengo una idea mejor —respondí—. Mírate los bolsillos.

Heath rebuscó por el abrigo hasta notar un tintineo metálico. Una sonrisa lenta se abrió paso por su rostro mientras sacaba las llaves de la camioneta de Lee.

Yo todavía no tenía carnet, pero Heath se lo había sacado el verano anterior.

—Ahora sí que nos va a matar, a los dos —dijo.

—Si nos vamos antes de que se despierte, no.

Sin soltar las llaves, me sujetó la cara entre las manos y me besó. Noté el metal frío contra la mejilla.

—¿Qué te tengo dicho, Katarina Shaw?

Sonreí y le devolví el beso.

—Que no hay nada que se me resista.

NICOLE BRADFORD: Al principio, Heath parecía incapaz de llegar a nada. Gracias a las clases de hockey, podía patinar rápido, pero sin delicadeza alguna. En la danza sobre hielo hay que moverse sobre el filo de las cuchillas, deslizándolas por el hielo con control y precisión.

*En un vídeo casero grabado por la señora Bradford durante uno de sus primeros ensayos juntos, Katarina y Heath intentan efectuar algunos cruzados sencillos hacia delante, patinando de la mano.*

NICOLE BRADFORD: Pero tenían una especie de... conexión.

*A Heath no dejan de enredársele los patines mientras trata de seguir el ritmo de Katarina. Ella le aprieta la mano. Él deja de fijarse en sus propios pies y, en su lugar, la mira. Enseguida, ambos se mueven en sincronía.*

NICOLE BRADFORD: Era como si se leyeran la mente. Él necesitaba mejorar muchísimo la técnica, pero nunca he visto a nadie esforzarse tanto como Heath.

ELLIS DEAN: Imagina estar tan pillado por alguien como para dominar un deporte olímpico solo para pasar tiempo con esa persona.

NICOLE BRADFORD: Para cuando cumplieron los trece, a mí ya me dio por pensar a lo grande: nacionales, mundiales, puede que hasta las olimpiadas. Yo jamás había llegado tan lejos.

*Katarina y Heath se suben a lo alto del podio en una competición regional.*

NICOLE BRADFORD: Una tarde me los encontré en un banco fuera de la pista. Estaban abrazados y, por un momento, pensé que podían estar... [*Carraspea*]. En fin, resultó que estaban llorando. Los vi tan mal que pensé que había muerto alguien.

*Una serie de instantáneas muestran a Katarina y Heath de niños, en la pista y en casa de los Shaw: nadando en el lago, dando volteretas en el césped, acurrucados bajo las mantas viendo la televisión.*

NICOLE BRADFORD: Por fin conseguí que Heath se tranquilizara lo suficiente como para contarme que iban a trasladarlo a otra casa de acogida, a varias horas de coche. Le quedaba menos de una semana.

JANE CURRER: Lo más seguro es que, con la partida del señor Rocha, la señorita Shaw hubiera tenido que dejar el patinaje, a menos que encontrara otra pareja. Desde que se dedicaba a la danza sobre hielo, había desarrollado una silueta que no era... idónea para los saltos que exige el patinaje individual femenino.

NICOLE BRADFORD: A mí también me daba pena, pero ¿qué le iba a hacer? Se acabó y ya, pensé. Sin embargo, al día siguiente, aparecen los dos de la mano y con una sonrisa de oreja a oreja. Katarina dice que al final Heath no se va a ninguna parte.

*En una fotografía de Katarina y Heath preadolescentes, ambos flanquean al padre de ella fuera del estadio Rosemont Horizon tras el espectáculo de la gira Stars on Ice de 1996, con Lin y Lockwood como cabezas de cartel. El señor Shaw les rodea los hombros y los tres muestran una amplia sonrisa.*

NICOLE BRADFORD: Katarina había convencido a su padre de convertirse en tutor legal del chico.

# 5

La calefacción del Chevy de Lee no funcionaba y por las ventanas, que no cerraban bien, se colaba un viento gélido. Aun así, los recuerdos que guardo de aquel viaje con Heath me calientan el corazón.

Las manos enguantadas unidas sobre la palanca de cambios, el sol invernal acariciándonos el rostro mientras cantábamos las canciones de Savage Garden y Semisonic que sonaban en la radio. El calorcillo se me extendía por el pecho y se me acumulaba más abajo cada vez que Heath se volvía hacia mí y me sonreía.

Tras kilómetros y kilómetros de maizales, explotaciones ganaderas y humeantes polígonos industriales, Cleveland por fin asomó en el horizonte. Llegamos varias horas antes que si hubiéramos tenido que viajar en autocar, justo a tiempo para una sesión de entrenamiento libre en la pista de competición.

Al entrar en el pabellón, aun con el pelo sin lavar recogido en una coleta cutre y con el sabor a quemado del café de gasolinera en la lengua, me sentí el no va más del glamour, algo que ahora me parece ridículo. Un complejo deportivo polivalente en Cleveland, Ohio, no es lo que se dice el colmo de la sofisticación. Pero aquel día, al alzar la vista hacia la ola encrespada de asientos azules, sentí que había llegado a lo más alto.

Mientras estirábamos para desentumecernos tras la noche en vela y todas las horas que habíamos pasado en el congelador que era la camioneta de Lee, observaba —y juzgaba— al resto de los patinadores.

Casi al lado estaban Paige Reed y Zachary Branwell, medalla de plata del año anterior, un par de pulcros rubios nórdicos de Minnesota. Tenían una técnica envidiable, pero, por mucho que fueran pareja tanto dentro como fuera de la pista, resultaban más fríos que unas rebanadas de pan de molde sin tostar. Paige, además, se apoyaba más en la pierna izquierda por culpa de una lesión de pretemporada.

A las otras dos parejas no las conocía, así que o era su primera vez en los nacionales, igual que nosotros, o el año anterior habían puntuado demasiado bajo como para salir en la tele. Había una chica delgada y plana con un chico pecoso, pero no suponían una amenaza: clavaban bien los filos, pero sus movimientos no eran fluidos y apenas se tocaban, como si estuvieran en un baile de secundaria.

Los dos miembros de la última pareja llevaban coleta: la de él, oscura y recogida con un lazo, como un aristócrata; la de ella, rubio platino y tan tensa que le daba el aspecto de una divorciada con un lifting facial. Eran sorprendentemente buenos, pero también les faltaba conexión. Patinaban uno junto al otro, no «con» el otro.

Heath y yo podíamos vencerlos, pensé mientras un hormigueo vertiginoso se me extendía por el pecho.

Justo entonces sonó una fanfarria por los altavoces y una nueva pareja entró en la pista.

En lugar del típico chándal de calentamiento, ya llevaban el traje y el maquillaje completo. El vestido de ella era de aire retro y brillaba como una bola de discoteca azul hielo. Su compañero lucía unos tirantes a juego sobre una camisa negra a medida que subrayaba a la perfección su postura impecable. Y no estaban calentando ni ensayando el programa sin más. Lo estaban llevando a cabo de principio a fin, sonriendo al graderío cada vez que acababan un paso, como si el estadio estuviera a rebosar de rendidos admiradores.

Esos sí que eran nuestra competencia.

Hice girar mi anillo para serenar los nervios. Desde mi primera competición en juveniles, llevaba como amuleto el anillo de compromiso art déco de mi madre. Cuando era pequeña, colgado de una cadena de oro al cuello. Para cuando cumplí los dieciséis, ya se ajustaba a mi dedo corazón, así que empecé a llevarlo conmigo a todas horas, pues sabía que, si Lee le ponía las manos encima, lo empeñaría y se bebería las ganancias.

—No te preocupes por ellos —dijo Heath. Era capaz de leerme la mente como si fuera el pronóstico del tiempo—. Lo que importa es que lo hagamos lo mejor posible.

A mí no me interesaba hacerlo «lo mejor posible» a menos que fuéramos mejores que los demás. Llevábamos tanto tiempo siendo los mejores de la pista de nuestro pueblo que ya no significaba nada. Si queríamos seguir avanzando, si queríamos convertirnos en deportistas olímpicos, necesitábamos un reto, que nos desafiaran. Bueno, pues esa era la oportunidad perfecta, acababa de pasar con sus lentejuelas azules por delante de nuestras narices.

Le di la mano a Heath y salimos al hielo. Mientras completábamos un par de vueltas, el otro equipo acabó su programa y volvió a situarse en el centro de la pista. Su música empezó de nuevo y repitieron la coreografía entera, paso a paso, sonrisa a sonrisa. Ni siquiera parecía que les faltara el aliento.

Heath enarcó las cejas, como diciendo: «¿Vamos?». Sonreí con picardía y tiré de él hacia mí sin preocuparme de recolocar su mano, que había bajado demasiado y estaba sobre el hueco de mi cintura.

Arrancamos a girar por la pista, sincronizando nuestros movimientos con la música. Así era como aprovechábamos los entrenamientos en casa: llegábamos pronto e improvisábamos con la música que sonara en el momento, ya fueran los temas pop de los 40 principales que atronaban durante las sesiones de patinaje público o las alegres cancioncillas de dibujos animados que acompañaban las fiestas de cumpleaños infantiles.

Nuestros pies primero siguieron la grandilocuente armonía de los vientos para luego acelerar con la melodía de las cuerdas.

Girábamos cada vez más rápido, la coleta se me deshizo y los rizos salvajes me azotaban la cara; nos habíamos olvidado de la competición. Por unos instantes maravillosos, solo existíamos Heath y yo, el hielo, nuestros patines y el ritmo.

Y, de pronto, dejé de estar entre los brazos de Heath.

Me vi tirada boca abajo, la cadera retorcida en un ángulo extraño, el hielo quemándome las palmas de las manos. Esquirlas de nieve me salpicaron los ojos cuando un par de patines se detuvieron a unos centímetros de mi nariz.

—¿Estás bien? —preguntó una voz desde algún lugar por encima de mi cabeza.

Aquellos patines estaban tan limpios que parecían nuevos, con su cuero blanco y sus cordones cuidadosamente atados. Yo limpiaba mis botas cada noche antes de acostarme y ni por asomo estaban tan lustrosas.

—¡Katarina! —La voz de Heath. Su aliento en mi oído—. ¿Puedes levantarte?

Parpadeé y el hielo se derritió en mis ojos. O puede que estuviera llorando, no lo tengo claro. No dejaba de mirar aquellos patines fijamente. Había algo grabado en las cuchillas. Un texto en delicada letra cursiva. Un nombre.

Su nombre. «Isabella Lin».

*Kirk Lockwood —a quien previamente se ha visto en imágenes de archivo de las Olimpiadas de Sochi— está sentado junto al ventanal en saledizo del salón de su casa en Boston.*

KIRK LOCKWOOD (expatinador profesional): ¿Es hora de hablar de Sheila?

JANE CURRER: Para comprender a Katarina Shaw, primero hay que entender a Sheila Lin.

KIRK LOCKWOOD: Sheila empezó a entrenar en mi pista el verano de 1980. Se había quedado sin pareja. Supongo que ya había probado con un par, no es algo raro. Pero es que era buenísima. No entendía cómo nadie podía dejarla escapar... O por qué no habíamos coincidido hasta entonces.

*Vista exterior de la pista de patinaje sobre hielo del Centro de Alto Rendimiento Lockwood, en las afueras de Boston.*

NARRADORA: Mientras que nadie sabía de dónde había salido Sheila Lin, Kirk Lockwood provenía de una larga dinastía de patinadores. Su familia había fundado el Centro de Alto Rendimiento Lockwood, conocido por ser cuna de campeones de patinaje, como la madre de Kirk, Carol, medalla de plata en individuales femeninos en los Juegos Olímpicos de Cortina.

JANE CURRER: Se formó cierto escándalo cuando Kirk dejó a su pareja por Sheila. Llevaba casi diez años con Deborah Green y acababan de ganar el oro en el mundial júnior.

KIRK LOCKWOOD: Tal vez, si fuera mejor persona, diría que me arrepiento, pero no. Formar pareja con Sheila fue la primera decisión que tomé solo, sin que mis padres me dijeran qué hacer.

JANE CURRER: Sheila lo manipuló. Era el mejor y lo quería para sí.

KIRK LOCKWOOD: Ella era mejor que yo y yo sabía que patinaría como nunca lo habría hecho con Debbie. Uno tenía que subir al nivel de Sheila, porque ella no iba a rebajarse por nadie.

*Imágenes caseras, antiguas y borrosas, muestran a Sheila y Kirk practicando rotaciones sincronizadas en paralelo, lo que se conoce como* twizzles. *Kirk pierde el equilibrio y se cae. Sheila ni siquiera baja de velocidad.*

KIRK LOCKWOOD: Y, si no llegabas a su nivel, pues peor para ti.

# 6

Una mano bajó a mi altura y yo la cogí.

Hasta que no estuve de nuevo de pie no me di cuenta de que era la del chico de los tirantes de lentejuelas azules.

Si la chica era Isabella Lin, él tenía que ser su mellizo, Garrett. El parecido con su famosa madre era inconfundible. Los dos tenían los altos pómulos de Sheila, sus labios carnosos y su cabello de anuncio de champú. Y, desde luego, también habían heredado su talento sobre los patines.

Ganar dos medallas de oro consecutivas ya era raro, pero lo que había conseguido Sheila Lin lo era aún más: seguir compitiendo después de dar a luz. Los mellizos habían nacido tras sus primeras olimpiadas. Las segundas las vieron sentados en primera fila.

Yo sabía que Garrett e Isabella habían seguido los pasos de su madre, pero aún los imaginaba como los niños que había visto en el regazo de Sheila en las retransmisiones. Eran más pequeños que Heath y yo, aunque no mucho: quince años, y ya estaban compitiendo en nivel sénior, con equipos que les sacaban una década. Las cosas que pueden conseguirse cuando se nace con la mejor entrenadora del mundo…

—¿Te has hecho daño? —preguntó Heath al tiempo que me rodeaba con el brazo.

Yo seguía dándole la mano a Garrett Lin. La dejé caer, di un paso atrás y me limpié el hielo de las mallas.

—Estoy bien. Me he quedado sin aire, solo eso.

Cualquiera que patine está acostumbrado a caerse. Sé cómo prepararme para absorber el impacto y evitar lesiones, pero estaba tan ensimismada que, antes de darme cuenta de lo que pasaba, ya estaba en el suelo.

—Lo siento mucho. —Garrett parecía más disgustado que yo—. No me...

—No te disculpes con ellos.

A diferencia de Garrett, que superaba el metro ochenta y aún no había terminado de crecer, su hermana era menuda, como Sheila. Isabella apenas me llegaba a la barbilla y, aun así, parecía estar mirándome por encima del hombro.

—Ha sido culpa suya —dijo.

Los dedos de Heath se tensaron y se me clavaron en el hombro, desde donde me irradió un dolor sordo.

—Nos habéis atropellado.

Isabella se cruzó de brazos.

—Estaba sonando nuestra música.

—Si suena tu música, tienes preferencia de paso durante el ensayo —explicó Garrett con tono amable, sin condescendencia alguna—. De todas formas, deberíamos haber prestado más atención. ¿Seguro que estás bien? Si te has dado un golpe en la cabeza o...

—Está bien —replicó Heath, tirando de mí hacia las barreras.

A cada paso con los patines, notaba cómo se extendía el dolor de la espalda y penetraba hasta la columna.

No podía permitirme una lesión. Era el campeonato nacional. Nos esperaban tres días seguidos de competición. Habíamos trabajado un montón para estar allí.

—¿Qué pintáis en los nacionales —Isabella alzó la voz— si ni siquiera sabéis...?

—Bella.

La voz sonó suave y serena, pero los dos mellizos se enderezaron como si les hubiera impartido una orden un mando militar. Seguí su mirada y allí estaba.

Sheila Lin.

En persona era tan impresionante como en las fotos de la pared de mi dormitorio. Llevaba el pelo más corto, en una media melena recta que seguía el perfil afilado de su mandíbula. Iba entera de blanco: un pantalón ceñido y una cazadora de cuero tan inmaculada como los patines de su hija.

Me encontraba a pocos metros de la mujer que llevaba idolatrando desde que alcanzaba mi memoria. Y me había visto caer como una aficionada cualquiera, a punto de llevarme por delante a sus hijos, los campeones.

Heath ni siquiera pareció enterarse de su presencia. Me sacó de la pista y me ayudó a sentarme en un banco antes de arrodillarse para ponerme los protectores.

—¿Qué necesitas? —me preguntó—. Puedo traerte hielo. O un médico, para que te eche un vistazo y así nos aseguramos de que no...

—Estoy bien —repetí. Notaba las caderas rígidas y un dolor pulsante se me estaba agarrando a la articulación derecha. Moverme me vendría bien—. Déjame descansar un segundo y volvemos a salir.

—Voy a buscar al médico.

Antes de que pudiera impedírselo, ya se había ido. Sabía que se sentiría mejor si hacía algo, aunque estaba segura de que me dolía más el orgullo que el golpe.

Los mellizos estaban junto a las barreras, las cabezas inclinadas mientras hablaban con Sheila. Probablemente de la ignorante que se había chocado con ellos porque no sabía ni las reglas básicas para compartir pista. Cerré los ojos, decidida a aguantarme las lágrimas que ya asomaban.

—Por favor, dime que lo has hecho aposta.

Levanté la vista. Era el chico de la coleta que había visto antes. De cerca era tan flaco que ya no parecía un aristócrata, sino más bien uno de esos golfillos victorianos, pero altísimo.

—¿Cómo? —respondí.

—Lo de quitarte de en medio a los mellizos Lin. —Se sentó a mi lado con una sonrisa pícara en el rostro pálido—. Por favor, dime que ha sido aposta.

—Ha sido un accidente. No he mirado por dónde iba y...

—Lástima. Me habías parecido de esas.

—¿«De esas»? —No era capaz de saber si se estaba riendo de mí o no.

—De las que harían cualquier cosa por ganar. —Me tendió la mano—. Ellis Dean.

Se la estreché.

—Katarina Shaw.

—Encantado, Katarina Shaw. —Se arrimó a mí y bajó la voz para susurrarme—: La próxima vez, ve a por la serreta de freno y será ella la que acabe comiéndose el hielo.

Como si, de alguna manera, lo hubiera oído desde la otra punta de la pista, Isabella nos lanzó una mirada. Ellis le sonrió y levantó el índice a modo de saludo. Ella no le devolvió ninguno de los gestos.

—Hazme caso —señaló Ellis entre dientes—. Se lo merece.

Cuando Isabella me miró, ni me molesté en sonreírle. Yo también le clavé la mirada y se la sostuve sin pestañear hasta que los ojos empezaron a arderme.

Al final acabó dándose la vuelta y le dio un trago a su botella de agua con cristales de Swarovski incrustados.

Mi primera victoria sobre Bella Lin. Me prometí que no sería la última.

*Garrett Lin, ya cerca de los cuarenta años, está sentado en un sofá de cuero en su casa de San Francisco.*

GARRETT LIN (hijo de Sheila Lin): Si cree que voy a ponerme a echar pestes de mi madre, de lo mala que era conmigo y mi hermana o yo qué sé..., olvídelo, ¿vale? No he aceptado participar para eso.

*Se muestran varias polaroids de Sheila durante el embarazo; luego aparece el anuncio del nacimiento. De pequeños, los mellizos parecen idénticos, con su pelo negro y su mantita dorada.*

KIRK LOCKWOOD: Sheila era la persona más motivada y centrada que he conocido. ¿Y de pronto aparece embarazada, de mellizos, a los veintidós? No me lo podía creer.

ELLIS DEAN: Bella y Garrett nacieron a los nueve meses justos de los Juegos de Sarajevo. Sheila se negó a decirle a nadie quién era el padre, pero tuvo que ser un rollo en la villa olímpica.

KIRK LOCKWOOD: Lo único que sé es que no fui yo. Además de mi medalla de oro, hay otra que puedo colgarme: la de gay que jamás ha estado con una mujer.

GARRETT LIN: Sé que mi madre no planificó el embarazo, pero casi lo parece, ¿verdad? Le salió el equipo de danza sobre hielo ya montado y nos puso los patines en cuanto aprendimos a andar.

NARRADORA: Tras dar a conocer el embarazo, Sheila Lin se apartó de la esfera pública. Aunque no había anunciado su retirada, casi todos supusieron que no volvería a competir.

*En una serie de fotos hechas por paparazzi, Sheila empuja un cochecito gemelar por la calle de una ciudad.*

**KIRK LOCKWOOD**: Pasamos meses sin hablar. Cuando por fin se puso en contacto conmigo y dijo que quería empezar a entrenar para los Juegos del 88, estuve a punto de mandarla a la mierda. Perdón por la expresión, pero es que, venga, ¿acaso creía que estaría esperándola? A ver, en cierto modo sí, pero esa no es la cuestión.

*Sheila se ata los patines en el Centro de Alto Rendimiento Lockwood con la mirada, decidida y desafiante, fija en el hielo.*

**KIRK LOCKWOOD**: Pensaba que mejor dejarlo cuando se está en lo alto, ¿no? Pero ella estaba convencida de que podíamos ganar de nuevo. Y, cuando Sheila Lin quería algo..., solo a un idiota se le habría ocurrido interponerse en su camino.

# 7

A la mañana siguiente, el dolor de la cadera había empeorado. Me dije que eran los muelles del colchón del motel, que se me clavaban mientras intentaba dormir pese al ruido del tráfico de la autopista y los gritos de placer —para nada fingidos— provenientes de la habitación de al lado.

Giré la llave del agua caliente hasta el tope y me estiré bajo el chorro, tratando de relajar los músculos. El primer ejercicio empezaba a última hora de la mañana y acabaría a media tarde, luego tendría el resto de la jornada para tomármelo con calma y recuperarme.

En aquellos tiempos, las competiciones de danza sobre hielo empezaban con el programa obligatorio, durante el cual todos los equipos debían llevar a cabo los mismos pasos exactos. Era lo que menos me gustaba, pero, por desgracia, los poderes fácticos no cambiaron las normas hasta casi el final de mi carrera. La danza original, que permitía a las parejas añadir algo de su cosecha al estilo elegido cada temporada, era mejor, pero mi preferido era el ejercicio final, la danza libre. Ahí podíamos escoger la música y la coreo que quisiéramos.

Tras la ducha hirviendo y un montón de estiramientos para calentar, realicé el programa obligatorio de quickstep sin demasiados problemas. No pude levantar la pierna tanto como de costumbre, pero Heath adaptó sus giros para mantener nuestra simetría. No fue nuestra mejor actuación, pero bastó para colocarnos en séptima posición.

Hasta el día siguiente, mientras me vestía para la danza original, no me vi el moratón. No teníamos dinero para trajes chulos, así que Heath llevaba el mismo conjunto clásico de camisa y pantalón negros en los tres ejercicios, mientras que yo había reservado un vestido más elaborado para el programa libre. Para el obligatorio y la danza original llevaba uno sencillo de terciopelo negro con tirantes finos y un corte lateral que coincidía de lleno con la mancha violeta chillón que me bajaba de la cadera hacia la rodilla.

—Tiene mala pinta —dijo Heath.

—Al menos ahora vamos a juego —repliqué.

Había logrado ocultar el moratón del ojo de Heath casi por completo, pero ni todo el corrector del mundo iba a hacer desaparecer el de mi pierna. Se veía incluso con las medias más tupidas. El vestido para la danza libre era más largo, con un corpiño estructurado sobre una falda de jirones de gasa; me lo había hecho a partir de un vestido de gala que había encontrado en una tienda de segunda mano. Así que decidí ponérmelo, sin hacer caso de los chispazos de dolor que me subían por el muslo cada vez que la falda me rozaba.

El estilo que exigían para la danza original era baile latino y nuestro programa era una rumba con el clásico «Quizás, quizás, quizás» que remezclaba la versión de Desi Arnaz con otra de Cake, que aportaba los cambios de carácter y tempo que los jueces deseaban ver en un ejercicio bien equilibrado.

Más adelante, el baile latino se convertiría en nuestra especialidad, por así decirlo, ya que nos permitía aprovechar al máximo nuestra química natural —y muchos de los jueces pensaban que Heath era de ascendencia latina, cosa que él tampoco se molestaba en corregir si nos ayudaba con las puntuaciones—. En aquella época nuestro estilo no estaba tan pulido, pero la danza latina era de lo que mejor se nos daba. Mientras que para el quickstep hacían falta movimientos precisos y controlados, la rumba pedía una postura erguida del tronco y unos movimientos más exagerados y sensuales del tren inferior.

Una combinación poco recomendable, visto mi estado. A los pocos segundos de empezar con el programa, Heath vio lo mucho que me dolía y noté que estaba deseando parar y asegurarse de que me encontraba bien.

Pero no podíamos. Como parásemos, adiós. Así que me dejé llevar por la inercia de los pasos y acabamos el ejercicio. Al patinar hacia las barreras, Heath me rodeó la cintura con el brazo y no nos soltamos mientras caminábamos al área de *kiss and cry* a esperar nuestras puntuaciones. Él sabía que no quería que nadie me viera cojeando, y menos los Lin, que estaban a punto de entrar en el hielo con el último grupo de calentamiento.

Para cuando regresamos al motel aquella noche, nevaba tanto que casi nos pasamos el neón intermitente de HABITACIONES LIBRES. Me dolía tanto que no pude ni bajarme del coche sin ayuda de Heath. Tuvo que atravesar el umbral conmigo en brazos, como si fuéramos unos recién casados.

Mientras él se abría paso entre la nieve camino de la farmacia al otro lado de la calle, permanecí acurrucada en la cama, oyendo cómo el viento golpeaba las frágiles ventanas y cada vez más nerviosa.

El equipo que estaba en sexta posición se había tropezado durante la secuencia de *twizzles* y, para cuando llegaron al final de la danza original, nosotros estábamos quintos, justo detrás de Ellis Dean y su compañera, Josephine Hayworth. Un ejercicio más y tendríamos el podio a tiro de piedra. Solo teníamos que avanzar un puesto, ya que en el campeonato nacional, además de las medallas de oro, plata y bronce, a los cuartos se les entregaba una de peltre.

El núcleo del dolor se concentraba alrededor de la articulación de la cadera, pero hasta el menor movimiento hacía que irradiara por todo el cuerpo. El anillo de mi madre, que normalmente me bailaba en el dedo, no me pasaba del nudillo de tan hinchadas como tenía las manos.

Heath volvió con nieve en las pestañas, cargado de paracetamol, un tarro de bálsamo de tigre y una bolsa de hielo. Fue alternando entre el frío del hielo, el calor de sus manos y la extraña combinación de ambos de la pomada. Nada.

Detestaba que me tuvieran que cuidar así, como si fuera una niña indefensa. Heath solo lo había hecho una vez antes.

El día en que murió mi padre.

Siempre iba a recogernos a la pista de camino a casa desde la facultad en la que enseñaba Historia. Cuando aquella noche no apareció, me dije que se le habría olvidado, que se habría distraído y se le habría pasado la hora. De niños, Lee y yo nos lo encontrábamos a menudo sentado sin moverse durante horas, con la mirada perdida en el empapelado, como si esperase que apareciera el rostro de mi madre entre los motivos. Era de una tristeza indescriptible, así que nunca hablábamos de ello.

No obstante, desde que Heath se había venido a vivir a casa, mi padre había mejorado. Estaba más presente. Alguna vez incluso había llegado con antelación y se había sentado en las gradas a vernos patinar y a charlar con otros padres..., aunque, bueno, eran todas madres. Y esas mujeres lo adoraban, pero de verdad. Supongo que poseía cierto encanto raro, como de profesor despistado.

Nicole me dejó usar el teléfono de la oficina para llamarlo, pero nadie respondió a su número del campus. Transcurrida una hora, se rindió y acabó llevándonos ella a casa. Cuando llegamos, estaba a oscuras, pero al acercarnos vi una luz encendida: la de su despacho.

Me inundó una extraña mezcla de enfado y alivio. No me había equivocado, se había olvidado de nosotros. Así que, al entrar por la puerta principal, en vez de saludar en voz alta, miré a Heath y me llevé un dedo a los labios. Recorrimos el pasillo de puntillas.

Lo único que queríamos era pillarlo in fraganti, darle un pequeño susto. Gastarle una broma; se lo tenía merecido. Soltaría un grito, luego se reiría y quedaríamos en paz. Nos prepararía algo para cenar —gofres congelados o macarrones con queso precocinados; tampoco tenía un repertorio culinario demasiado extenso— y dejaría que Heath eligiera la música de entre su colección de discos. Nos sentaríamos a la mesa y charlaríamos como una familia normal.

Heath siempre me envidió por haberme criado con un padre y un hermano en una casa propia, pero la verdad es que nunca me resultó natural hasta que él se nos unió. Tal vez fuera por el gusto que compartían por la música o por la absorta atención con que Heath escuchaba a mi padre por mucho que se fuera por las ramas. O tal vez fuera simplemente que Heath era el hijo a quien mi padre podía mimar sin que lo asaltaran los recuerdos de su amor perdido. Lo único que sabía era que, con su presencia, Heath hacía que a mi padre le brillara una luz en los ojos que yo creía extinguida para siempre.

La puerta del despacho estaba entreabierta. Introduje los dedos por la rendija y empujé el panel de roble. Las bisagras chirriaron y me estremecí. Se acabó lo de colarnos a hurtadillas.

Pero mi padre no se movió. Estaba en su gastado sillón de cuero favorito, de cara al mirador: le gustaba contemplar el lago mientras cavilaba. El resplandor de la lámpara de banquero se reflejaba en el cristal y mostraba la imagen especular de su cara.

Piel pálida. Boca flácida. Ojos abiertos. Mirada vacía.

Muerto.

Lo siguiente que recuerdo es la mano de Heath en mi espalda, girándome hacia él, abrazándome como si estuviéramos bailando.

Luego, minutos después, o puede que horas: los dedos de Heath apretando los míos, ambos de pie en el porche delantero, viendo alejarse la ambulancia. Las luces apagadas, la sirena sin sonar. Aquello que había sido mi padre dentro de una bolsa negra sobre la camilla.

Heath había llamado a emergencias. También llamó a Lee para darle la trágica noticia antes de meterme en la cama y quedarse a mi lado hasta que caí dormida. Al despertarme una hora después, llorando a lágrima viva, Lee todavía no había regresado, pero Heath no se había movido un milímetro.

Cuando le tendí la mano, ni lo dudó. Se metió bajo las sábanas y me aferré a él como si estuviéramos suspendidos sobre un abismo oscuro y él fuera lo único que me impedía caer hasta lo más hondo.

Aquella fue la primera vez que compartimos la cama. Desde entonces tuve problemas para dormir si no me rodeaba con sus brazos. Heath Rocha estuvo a mi lado cuando me encontraba más sola.

En el motel de Cleveland, conseguí dormirme con la mejilla en su pecho y sus dedos acariciándome el pelo con ternura. Cuando desperté a la mañana siguiente, la nieve había dejado de caer y la cadera me estaba matando.

A Heath le bastó una mirada para decirme:

—Katarina, tiene que verte un médico.

Los dos sabíamos que no podíamos permitirnos uno. Igual que sabíamos que, si no patinábamos ese día, podíamos ir despidiéndonos de nuestra carrera profesional. Trepar con uñas y dientes hasta ese podio era la mejor manera de atraer patrocinadores, un entrenador mejor, lo que fuera, pero algo que nos permitiera seguir sin tener que suplicarle a mi hermano que nos arrojara alguna migaja.

Pensé en Isabella y Garrett Lin, que se despertarían como una rosa tras ocho horas descansando bajo una colcha de plumón en el Ritz-Carlton. Que desayunarían claras de huevo y fruta fresca servidas en bandeja de plata. Que irían hasta el estadio en un coche con chófer para que ni el viento que se levantaba desde el lago los tocase.

La gente como ellos no sabía luchar. Nunca habían tenido que hacerlo.

Me senté en la cama. Apoyé un pie en la mugrienta moqueta verde y luego el otro. Al impulsarme para levantarme, Heath arrugó la frente como si el dolor atravesara su propio cuerpo.

Pero sabía que más le valía no intentar detenerme.

**ELLIS DEAN**: Kat Shaw siempre fue una zorra testaruda. [*Toma un trago de martini y enarca las cejas*]. ¿Qué? Es un cumplido. Créeme, ella se lo tomaría así.

**GARRETT LIN**: Parte de ser un deportista de élite consiste en superar tus límites cuando el momento lo exige.

**JANE CURRER**: Jamás querríamos que un patinador compitiera lesionado. Dicho esto, depende de esa persona y de su entrenador. No se puede responsabilizar a la federación. Y menos legalmente.

**NICOLE BRADFORD**: Si hubiera estado allí, los habría retirado de la competición y los habría llevado derechos al hospital más cercano. [*Se para y frunce los labios*]. Bueno, al menos lo habría intentado.

**GARRETT LIN**: La cuestión es que, cuando lo único que sabes hacer es superar tus límites y es lo que te parece normal..., incluso te cuesta recordar que existen esos límites. Hasta que te das de bruces con ellos.

# 8

Lo dividí en pasos pequeños y manejables, igual que en los entrenamientos.

Primero, tenía que llegar a la ducha; luego, vestirme. Después, caminar hasta el coche sin resbalarme en el aparcamiento, por cuyo suelo no habían esparcido sal.

Pasé el día a base de superar un dolorosísimo instante tras otro hasta que me vi con Heath junto a las barreras, esperando a que los patinadores en sexta posición acabaran para entrar nosotros.

Heath se colocó detrás de mí, apoyó la palma de la mano en mi estómago y empezamos a respirar lentamente, al unísono, hasta que notamos cómo el pulso se nos sincronizaba. A pesar del dolor, me inundó la misma sensación de serenidad que sentía cuando los dos nos tocábamos.

Si aquella iba a ser la última vez que competíamos juntos, quería asegurarme de haber hecho cuanto estaba en mi mano.

Patinamos hasta el centro de la pista y me olvidé de todo. No solo del dolor: de todo. Del rumor de la multitud. Del rechinar de las cuchillas. De la voz del presentador al anunciar nuestros nombres. Todo se desvaneció hasta que lo único que notaba era el calor de los dedos de Heath entrelazados con los míos.

No recuerdo gran cosa de aquella danza libre. Bailábamos al son de un mix de canciones del álbum *Ray of Light* de Madonna sobre la base de «Frozen», que en la época no paraba de sonar en la radio. Heath me la había grabado de la emisora B96 y yo había gastado la cinta de tanto ponerla, hasta que Lee la tiró contra la pared, gritando que apagara «de una vez esa mierda».

Esto es lo que sí recuerdo de nuestra primera final en los nacionales: la forma en que mi cuerpo tomó el mando en cuanto oí aquellas cuerdas de sintetizador, el aliento de Heath contra mi cuello mientras nos enredábamos alrededor del otro en una sinuosa pirueta combinada, el ardor de piernas al iniciar el último minuto del programa y cómo era casi más placentero que doloroso.

Acabamos con una pirueta vertical en la que nos quedábamos cara a cara, las manos de Heath alrededor de mi cintura. El público estalló en vítores en cuanto dejó de oírse la última nota y las voces se alzaron aún más cuando nos dimos un beso rápido y casto. Bueno, casto en comparación con los que nos dábamos cuando fuimos mayores.

Mientras salíamos de la pista, no podía dejar de sonreír. Lo habíamos conseguido. No había permitido que el dolor me frenara; de hecho, apenas lo sentía. Nunca habíamos patinado así de bien. Bastaría para asegurarnos el cuarto puesto. Si no más.

Nadie nos había arrojado flores durante los dos primeros programas, pero ahora llovían sobre nosotros. Heath se agachó a recoger una rosa roja y me la tendió.

Éramos el único equipo en el campeonato nacional sin entrenador presente, así que nos sentamos solos a esperar las puntuaciones. Al principio se me hizo raro, pero ahora me alegro de que fuera así. Nicole habría intentado impedirnos patinar, pero habría sido un error por su parte. Íbamos a subirnos al podio, como llevaba soñando desde los cuatro años, y los nacionales solo iban a ser el principio, no el final.

Primero aparecieron las puntuaciones técnicas. Ningún seis, pero varios cincos y pico. Yo agarraba la rosa con una mano y la rodilla de Heath con la otra. Casi siempre sacábamos mayor puntuación en la nota artística.

La nota técnica es matemática, sobre todo ahora, con el complejísimo sistema de puntuación que ha desarrollado la Unión

Internacional de Patinaje. Pero la artística es pura magia. Es a lo que responde el público. Tu pasión, tu forma de conectar e interpretar cada nota de la música con las extensiones más efectistas de las extremidades y las inclinaciones más sutiles de la barbilla. ¿Cuando eres capaz de hacer que cada persona en el pabellón, de la primera a la última fila, sienta algo de verdad? Así es como se gana.

—Y, ahora, las puntuaciones de la impresión artística.

Contuve la respiración. Heath tensó el brazo alrededor de mis hombros. Entonces apareció la primera nota y se me olvidó respirar.

**ELLIS DEAN**: Aquello fue un robo. Mira que me habrían arrebatado el podio, y aun así tengo que admitirlo.

**JANE CURRER**: Su actuación fue bonita, pero aquello era un campeonato nacional, no un espectáculo de Ice Capades.

*Se reproduce un clip de la retransmisión del campeonato de Estados Unidos de 2000, en el que Katarina Shaw y Heath Rocha ejecutaron el programa* Frozen. *Un zoom a cámara lenta enfoca la expresión de sus caras. Ni siquiera durante los elementos más complejos se quitan el ojo de encima.*

**NICOLE BRADFORD**: Entiendo por qué algunos jueces no respondieron a su estilo. Patinar con una canción de Madonna y con un vestido como el que llevaba Kat quizá fuera un poco más atrevido que lo que hacían el resto de los equipos.

**JANE CURRER**: La presentación es importante, y eso incluye el peinado, el maquillaje, el vestuario. Todo cuenta.

**ELLIS DEAN**: A ver, sí, el vestido de las narices era lo más feo que he visto nunca. Pero también lo llevó durante la danza original y ahí no la penalizaron.

*Katarina y Heath reaccionan a las puntuaciones de la presentación artística. Parece que ella quiera romper algo. Él le aprieta la mano. Se oyen algunos abucheos entre el público.*

**JANE CURRER**: Diría que el patinaje artístico es un deporte conservador, y no veo por qué eso tiene que ser negativo. Los jóvenes que ganan medallas nacionales salen al mundo como embajadores de nuestro gran país. Tenemos que asegurarnos de que se comporten como es debido. Dentro y fuera de la pista.

**ELLIS DEAN**: Al mirar a Kat Shaw, no vieron más que a una paleta, y, al mirar a Heath Rocha, vieron a un extranjero. Da igual que fuera tan estadounidense como aquella panda de pijos de los jueces.

**JANE CURRER**: Como ya dije en su momento, me reafirmo en mis puntuaciones y en mis decisiones. Tanto en los nacionales de 2000 como en todas las competiciones posteriores.

**PRODUCTORA** [*Fuera de cámara*]: ¿También con respecto a su decisión sobre...?

**JANE CURRER**: Siguiente pregunta, por favor.

# 9

La mejor actuación de nuestra vida y habíamos descendido al sexto puesto.

Los Lin se llevaron la plata, por detrás de los campeones nacionales en aquel momento, Elizabeth Parry y Brian Alcona. Reed y Branwell fueron bronce, y Hayworth y Dean, peltre.

Heath no me preguntó si quería quedarme a ver la entrega de medallas. Era cuestión de tiempo que perdiera el control sobre las emociones que llevaba guardándome desde que nuestras catastróficas puntuaciones artísticas aparecieron en pantalla y los dos queríamos estar ya de camino a casa cuando sucediera.

A casa, donde era muy posible que mi hermano nos matara por habernos llevado su camioneta sin permiso. Casi deseaba que lo hiciera, porque, de otro modo, tendría que sobrevivir como fuera hasta mi decimoctavo cumpleaños sin lo único que me había animado a vivir todo ese tiempo.

Con una nota así, no querría entrenarnos nadie mejor que Nicole. Los patrocinadores pasarían de largo. Nadie se acordaría de nosotros.

La nieve había empezado a caer de nuevo, así que Heath se ofreció a ir a por la camioneta mientras yo esperaba en el vestíbulo. La cadera no hacía más que quejarse por haberla hecho sufrir tanto, pero no era nada en comparación con la humillación que me roía el pecho. Recostada de cualquier manera contra la pared y con las manos hundidas en los bolsillos del abrigo, parpadeaba sin parar para mantener las lágrimas a raya.

No era una campeona. No era especial. No era nada.

Al final volví a alzar la vista. Y allí estaba de nuevo.

Sheila Lin.

Por un segundo creí estar sufriendo una alucinación. Seguía de blanco de la cabeza a los pies —esta vez, con un vestido recto— y la luz de las farolas al otro lado del vestíbulo hacía que resplandeciera como una diosa. Era tan bella, tan perfecta, que no podía dejar de mirarla.

Y entonces, de forma inexplicable, me devolvió la mirada.

Me erguí de golpe, sin hacer caso del espasmo muscular resultante. Debía de estar ridícula, toda sudada y desgreñada, con la maldita falda de jirones asomando bajo el abrigo acolchado. Y con la boca abierta del pasmo, porque Sheila Lin no solo me miraba, sino que había echado a andar hacia mí.

Se detuvo, acompañada por el eco de sus tacones de aguja.

—Señorita Shaw.

Me dejó tan pasmada que Sheila Lin supiera mi apellido que se me olvidó cómo articular palabras.

—Es usted la señorita Shaw, ¿no?

Tragué saliva.

—Sí, hola. S-soy Katarina. O Kat. La mayoría me llama Kat, pero no...

Me tendió la mano.

—Soy Sheila Lin.

Casi rompí a reír. ¿SHEILA LIN se me estaba presentando? ¿A mí? Como si hubiera alguien en el mundo que no la conociera. La mano me tembló al estrechársela mientras pensaba: «Ya está, la cumbre de mi carrera. He patinado en los nacionales y he tocado la mano de Sheila Lin. A partir de aquí, todo cuesta abajo».

—Es la primera vez que compiten en un campeonato nacional —dijo.

Empecé a asentir, pero me detuve porque, en realidad, no me había hecho una pregunta.

—No he visto a su preparador. ¿Dónde entrenan?

—En la pista de hielo North Shore, a las afueras de Chicago. Con Nicole Bradford.

No merecía la pena explicarle nuestro extraño acuerdo ni los problemas económicos que nos habían abocado a él. De todas formas, a Sheila no le sonaría Nicole. Heath y yo éramos el primer equipo de North Shore que llegaba a los nacionales.

—Hoy lo han hecho ustedes muy bien —dijo—. No es común ver a un equipo joven con tanta garra.

Me mordí el labio inferior sin saber muy bien qué responder.

Sheila arqueó una ceja perfectamente depilada.

—¿No cree haber patinado bien?

—Podríamos haberlo hecho mejor.

—Siempre se puede hacer mejor, siempre. No permita que eso le impida comportarse como una campeona. Si no cree que es la mejor, nadie lo hará por usted, ¿entendido?

—Sí —respondí, aunque no lo entendía. Aún.

Heath estacionó en la puerta y se bajó de la camioneta. Yo ya me imaginaba presentándoselo a Sheila. Hasta que no estaba atravesando las puertas giratorias no me acordé del ojo morado, que se le notaba bajo el maquillaje derretido por el sudor. Parecía que hubiera salido perdiendo en una pelea de bar.

En cuanto le lancé una mirada, se quedó parado en el umbral. Los intermitentes de la camioneta destellaban a sus espaldas. Sheila no pareció darse cuenta.

—Dígame, señorita Shaw. ¿Qué planes tiene para el verano?

# 10

Heath tenía los nudillos blancos de aferrar el volante, intentando que la camioneta no se saliese de la calzada mientras la nieve caía cada vez con más intensidad. Sabía que necesitaba concentrarse, pero yo era incapaz de dejar de rememorar la conversación con Sheila Lin.

—Su escuela de patinaje tiene dos pistas, ¡dos! ¡Y de tamaño olímpico! Y hay profesores para cada estilo de danza, y entrenadores técnicos y...

—¿Por qué nosotros? —preguntó.

—¿Por qué no? No entiendo por qué no te hace más ilusión.

Mientras avanzábamos hacia el oeste a paso de tortuga por la I-80, yo seguía añadiendo detalles al cuento de hadas que me había montado en la cabeza. Sí, vale, habíamos quedado sextos, pero Sheila había visto algo que le había gustado, que había llamado su atención lo suficiente para quedarse con mi nombre, buscarme e invitarme —en persona, a mí— a unirme al curso de verano intensivo en la Academia de Hielo Lin de Los Ángeles.

Antes de marcharse para ver cómo les entregaban la medalla de plata a los mellizos, Sheila me había dado su tarjeta de visita. Yo la había agarrado con tanta fuerza que el cartón me había cortado la palma de la mano. Me daba igual. Cada punzada de dolor me recordaba que aquello había pasado de verdad.

—¿Dijo algo de cuánto costaría? —preguntó Heath.

Eso tampoco me importaba. La oportunidad de entrenar con Sheila Lin no tenía precio.

—Algo se nos ocurrirá —respondí.

Lee habría acabado con mis grandes planes de un plumazo. Así que mi idea era no decirle nada al respecto.

En cuanto llegamos a casa, hice de tripas corazón y me disculpé por haberme llevado la camioneta. Lee se quedó tan estupefacto —vale, también estaba medio catatónico por el alcohol— que cogió las llaves sin montar una escena y tampoco abrió la boca cuando Heath me ayudó a subir las escaleras hasta mi dormitorio.

Al día siguiente, una vez que la resaca lo golpeó de lleno, me dijo un par de cosas y me cruzó la cara, pero ni lo noté. El dolor de la cadera también comenzaba a desvanecerse y me sentía invencible. Un par de meses más y me largaría de aquel lugar a hacer realidad mi futuro.

Cuando llegaron los formularios de matrícula de la academia, intercepté el sobre y falsifiqué la firma ilegible de Lee en la línea de «Padre, madre o tutor». Mi herencia estaba atada con un cordón rojo legal hasta que cumpliera los dieciocho, pero Heath y yo nos las apañamos para reunir dinero suficiente de nuestros trabajillos de media jornada en el centro deportivo para la preinscripción en el curso. También reservamos los billetes de avión: los más baratos que encontramos, con una escala de seis horas en no sé qué aeropuerto regional en Texas. Pero, incluso después de meses echando todas las horas extra que pudimos y guardando todos nuestros ahorros bajo una plancha suelta en el establo, andábamos cortos para sobrevivir en Los Ángeles todo un verano.

Lee ya había vendido todo lo que tenía algo de valor en casa. Solo quedaba una opción y sabía que Heath trataría de disuadirme.

El anillo de compromiso de mi madre era el último vínculo físico que me quedaba con ella. Cuando murió, yo era tan pequeña que apenas guardaba algún vago recuerdo: la melena que le caía por la espalda en ondas indómitas, como a mí, del mismo castaño soso que brillaba dorado al sol. Su aterciopelada voz de alto que se alzaba hasta el cielo azul mientras yo corría por la orilla. Sus brazos fuertes rodeándome en el agua y sujetándome a su lado mientras aprendía a nadar para luego dejarme libre.

En nuestro último día en Illinois, le dije a Heath que debía hacer unos recados y cogí el autobús a la mejor joyería en el centro de Lake Forest. El propietario me hizo una oferta por debajo del valor real, creyendo que era una adolescente idiota que no sabía lo que tenía en las manos. Pero sabía lo que era y lo que valía. Salí con el monedero lleno de efectivo y sin mirar atrás.

Nunca llegué a conocer bien a mi madre, pero quiero pensar que habría estado orgullosa de mí.

Al volver, Heath estaba en la playa, donde había encendido una hoguera. Habíamos decidido pasar la noche acampados para ver el sol salir sobre las olas una última vez; además, evitaríamos a Lee hasta que fuera demasiado tarde para que pudiera detenernos. Las maletas hechas estaban escondidas bajo mi cama, listas para cuando cogiéramos un taxi a O'Hare a primera hora. No estaba segura de lo que pensaría mi hermano al ver que nos habíamos ido, pero tenía claro que no iba a molestarse en ir a buscarnos.

La tarde era cálida y ventosa; por encima del lago se estaba levantando una tormenta de principios de verano. Heath había extendido una manta y había sujetado las esquinas con piedras para que no se volara.

Yo esperaba que no se fijase, pero la vista se le fue directa a mi mano.

—Katarina... —Se pasó la mano por el pelo—. ¿Qué has hecho?

—No era más que un anillo —respondí—. Me compraré uno mejor cuando sea oro olímpico, rica y famosa.

Estaba oscureciendo rápido y el viento arreciaba. Rodeé la cintura de Heath con los brazos.

—¿Y tú? ¿Qué quieres cuando seas rico y famoso?

Heath frunció el ceño.

—¿El mejor equipo estéreo del mundo? —sugerí—. ¿Un deportivo hortera?

Negó con la cabeza.

—No necesito nada.

—No es eso lo que te he preguntado. ¿Qué es lo que quieres?

Me besó al tiempo que el primer relámpago partía en dos el cielo sobre el lago. Enseguida nos acurrucamos bajo la manta junto a la hoguera. Los truenos retumbaban y la tormenta se iba aproximando a la orilla, pero estábamos resguardados en nuestra pequeña playa.

Tan de repente como había empezado, Heath dejó de besarme y me apartó. Me tomó la mano y examinó mi dedo desnudo a la luz de la hoguera.

—¿Qué pasa? —pregunté.

Aunque me había ayudado con los preparativos, a medida que se acercaba la fecha de nuestra partida se iba retrayendo cada vez más en un silencio huraño. No entendía su falta de entusiasmo. Era yo quien iba a dejar el único hogar que había conocido nunca. Él se había pasado la infancia de casa en casa, ¿qué importaba una mudanza más? ¿Es que no veía que era la oportunidad de nuestra vida, lo mejor que podía habernos pasado?

—El anillo —dijo.

Suspiré.

—Heath, lo hecho hecho está.

—Con todo lo que significaba para ti. —Tragó saliva—. Y simplemente...

—Habrá merecido la pena —respondí—. En cuanto lleguemos a California, ya verás.

A la luz temblorosa de la hoguera avivada por el viento, sus ojos parecían de un negro puro, agitados como las aguas. Las olas que rompían contra la orilla casi taparon sus siguientes palabras.

—Espero que tengas razón, Katarina.

Ahora, al echar la vista atrás, pienso que, si no hubiera estado tan obsesionada con mis fantasías de convertirme en la alumna estrella de Sheila Lin, habría visto lo que en realidad ocultaba la reticencia de Heath. Sí, estaba acostumbrado a los cambios. Estaba acostumbrado a las pérdidas. Pero también estaba acostumbrado a que todo lo que parecía demasiado bueno para ser verdad —o simplemente todo lo bueno— se lo arrebataran de las manos en cuanto lo tocaba.

No era de extrañar que se aferrara a mí con tanta fuerza.

*—¿Imagina lo que es estar retirada de la competición y ser madre de dos criaturas a los veintiséis?*

*En un corte de televisión de finales de los noventa, Sheila Lin aparece sentada en un plató frente a una entrevistadora.*

*—Tenía mis medallas de oro —prosigue—. Mis contratos de patrocinio. Kirk y yo hicimos durante varios años la gira de Stars on Ice. No era suficiente. Quería construir algo duradero.*

*—¿Para sus hijos? —pregunta la entrevistadora.*

*Sheila responde sin dudar:*

*—Para mí.*

NARRADORA: Después de Sarajevo, Sheila Lin era una estrella. ¿Después del segundo oro consecutivo en Calgary, cuando todos pensaban que su carrera estaba acabada? Era una leyenda.

*Imágenes de archivo de un encuentro con los fans durante varias giras de Stars on Ice. Sheila posa para las fotografías y firma programas conmemorativos.*

KIRK LOCKWOOD: Al final de nuestra última gira profesional, el centro Lockwood le ofreció a Sheila un puesto de entrenadora, pero lo rechazó. Cuando le pregunté por qué, me dijo: «¿De verdad quieres seguir los pasos de tus padres, Kirk?».

JANE CURRER: Cualquiera de los grandes centros de entrenamiento habría estado encantado de contar con Sheila entre sus filas. Pero ella tenía que hacer las cosas a su manera.

KIRK LOCKWOOD: Si Sheila no me hubiera hecho esa pregunta, es probable que aún siguiera entrenando. Y siendo infeliz.

*Nuevas imágenes de la entrevista de los años noventa:*

*—¿Se considera usted un ejemplo a seguir? —pregunta la entrevistadora—. Es la primera chinoestadounidense en ganar el oro olímpico en danza sobre hielo, ¿cree que...?*

*—Querrá decir la primera estadounidense —la interrumpe Sheila.*

*—¿Cómo?*

*—Soy la primera y, hasta el momento, la única estadounidense en haber ganado un oro olímpico en danza sobre hielo. Antes de Lin y Lockwood, lo máximo que consiguió nuestro país fue el bronce. —Sheila sonríe—. Así que sí, me considero un ejemplo a seguir para todas las estadounidenses.*

KIRK LOCKWOOD: Cuando me llamó y me contó lo que tenía pensado hacer, le respondí que estaba loca. Así que me colgó. [*Se ríe*]. En fin; la llamé de inmediato y le expliqué lo que quería decir: que era la única persona lo bastante loca como para que algo así funcionara y que estaba seguro de que iba a ser un éxito apoteósico.

*Fotografías de archivo del barrio angelino de The Grange antes de su desarrollo: edificios condenados con las ventanas rotas, vías de tren a ninguna parte.*

NARRADORA: En la actualidad, The Grange cuenta con algunos de los edificios arquitectónicamente más atrevidos y más caros. En los noventa, sin embargo, la zona era un polígono industrial abandonado.

*En un momento posterior de la misma entrevista, Sheila muestra un modelo a escala de la academia: un complejo vanguardista de cristal y metal construido sobre dos hangares abandonados y conectados a través de un atrio.*

*—Las obras ya están en marcha. Recibiremos a los primeros patinadores la próxima temporada y lanzaremos un curso intensivo de verano todos los años para bailarines sobre hielo prometedores de todo el mundo.*

*—Suena maravilloso —reconoce la entrevistadora—. Pero también parece un proyecto tremendamente ambicioso para una joven sin experiencia en negocios. Y con dos niños a su cargo.*

*—Creo recordar que hubo quien expresó temores parecidos cuando decidí competir en Calgary, y aquello no salió demasiado mal. —Sheila sonríe—. ¿Verdad?*

# 11

Cuando aterrizamos en Los Ángeles, el sol bajo bañaba nuestra nueva ciudad de una luz dorada, pero yo estaba demasiado cansada para apreciar las vistas. Amodorrada por el rumor del motor del taxi en medio del tráfico intermitente de Sepulveda Boulevard, me quedé dormida sobre el hombro de Heath.

No volví a abrir los ojos hasta el momento de llegar. Sabía que la academia estaría por encima del nivel al que Heath y yo estábamos acostumbrados. North Shore era la típica pista de hielo media para el estadounidense medio: luces fluorescentes, gritos de niños, olor constante a agua de hervir perritos calientes y a sudor.

La Academia de Hielo Lin era una catedral. Heath y yo nos quedamos sin palabras al entrar en el atrio, asombrados por todo aquel cristal reluciente al sol. El altísimo techo parecía tallado en hielo y las puertas de acero a ambos lados del vestíbulo brillaban como espejos. El suelo, que al principio me había parecido de hormigón, era de la más avanzada goma a prueba de cuchillas. Todo era minimalista, moderno y nuevecito.

Además de solitario. Habíamos llegado más tarde de lo previsto por un retraso en el segundo vuelo que prolongó varias horas más nuestra escala, que ya de por sí era larga. Mientras Heath comprobaba las puertas —cerradas ambas—, yo me acerqué, atraída como un imán, a la vitrina de trofeos, fuertemente iluminada, en la pared del fondo. Dentro había una serie de fotografías de Sheila, además de varias de sus medallas, aunque no los oros olímpicos.

La foto del centro, enmarcada en cristal tallado, mostraba a Sheila y Kirk Lockwood en lo más alto del podio de Calgary. La había visto con anterioridad: los dos jóvenes y estupendos, con la chaqueta del equipo estadounidense y la mano en el corazón. Estaba recortada, por lo que solo se los veía a ellos, pero, en la versión original —la que salió en las revistas y en los noticiarios tras los Juegos de 1988—, la archienemiga soviética de Sheila, Veronika Volkova, la asesina con la mirada desde el escalón de la plata, el repeinado cabello rubio ondeando como la capucha de una cobra.

Qué arrestos los de Sheila para volver a la competición cuando todos la daban por acabada y demostrar a los escépticos lo equivocados que estaban, hasta el punto de que, décadas después, se seguía hablando de ella.

«Algún día —pensé mientras la miraba a través del cristal—. Algún día yo estaré ahí».

La puerta de la izquierda del vestíbulo se abrió y entró una ráfaga de aire frío acompañada del punzante olor químico del hielo bien mantenido. Acababa de terminar la última sesión de entrenamiento del día y los patinadores salían en tromba de la pista principal. Algunos eran de la zona y practicaban en las instalaciones de la academia todo el año, pero la mayoría eran como nosotros y solo pasarían el verano.

Reconocí alguna que otra cara: otros competidores de los nacionales, además de los últimos campeones de Francia y una pareja de británicos, supuestos herederos de un equipo legendario del país que se había retirado un par de temporadas atrás. Ni rastro de los Lin.

Algunos de nuestros nuevos colegas de entrenamiento nos lanzaron miradas de sospecha; los demás no nos hicieron ni caso. Aunque todos ellos estaban empapados de sudor, éramos Heath y yo quienes dábamos lástima, con nuestra ropa de segunda mano arrugada y el humo de la hoguera de la víspera adherido al pelo sin lavar.

Aún no habíamos puesto el pie en el hielo y la competición ya estaba en marcha. E íbamos perdiendo.

Al final alguien se dignó a reconocer nuestra presencia.

—Vaya, vaya. Qué sorpresa verte por aquí, Katarina Shaw.

Era Ellis Dean, el chico que había conocido en Cleveland. El que esperaba que me hubiera chocado con Bella Lin adrede. En los meses transcurridos se había cortado el pelo, pero seguía llevándolo lo bastante largo como para que se le formaran ondas desenfadadas que le rozaban el afilado mentón.

Ellis se nos acercó con la bolsa de deporte al hombro y miró a Heath de la cabeza a los pies.

—¿No vas a presentarme a este compañero tuyo tan ideal?

—Heath, este es Ellis Dean. Ellis, Heath Rocha.

Ellis le tendió la mano. Heath se la estrechó, pero parecía incómodo. Odiaba que lo tocaran desconocidos, y consideraba un desconocido a todo el que no fuera yo.

—¿Acabáis de llegar? —preguntó Ellis. Cuando asentí, añadió—: ¿De dónde?

—De Chicago. —Más o menos.

—Bueno, pues bienvenidos.

El profundo escote en uve de la camiseta de Ellis mostraba sus pectorales húmedos de transpiración. Era evidente que en aquel lugar se entrenaba a fondo; yo no recordaba haber sudado nunca así. En North Shore, teníamos que estar siempre pendientes de posibles protuberancias en el hielo y de los conos naranjas para el tráfico que a veces usaba el personal para acordonar una zona en lugar de arreglarla, así que no podíamos patinar lo que se dice a toda velocidad.

—Supongo que querréis instalaros —dijo Ellis—. ¡Hey, Josie!

Esta levantó un dedo y siguió conversando en susurros con Gemma Wellington, la pelirroja menuda del equipo británico. Las dos no dejaban de lanzarnos miraditas con los ojos entrecerrados, así que me podía imaginar de qué estarían hablando.

—Buah, parece un encanto.

Heath me dirigió una mirada de desconcierto. Ahí me di cuenta de que había hecho el comentario en voz alta y no en mi cabeza. Mierda. Ellis parecía la única persona dispuesta a darnos la hora, no podía ponerme a malas con él cuando ni siquiera habíamos deshecho la maleta.

Ellis se inclinó igual que había hecho cuando quiso susurrarme aquello sobre Bella.

—Josephine Hayworth es una cabrona traicionera —me dijo—. No le cuentes nada si no quieres que se entere toda la costa oeste.

No obstante, a los pocos segundos, en cuanto Josie se despidió de Gemma con un gesto de la mano y se encaminó hacia nosotros, Ellis era todo sonrisas. Mejor no confiar en ninguno de los dos.

—Josephine, amor, ¿serías tan amable de enseñarle su habitación a la señorita Shaw?

—Encantada —respondió esta, aunque su expresión delataba todo lo contrario—. Los dormitorios de las chicas están por...

—Un momento. —Heath me apretó aún más la mano—. Pensaba que íbamos a compartir cuarto.

Josie se rio... y se calló en cuanto se dio cuenta de que lo decía en serio.

—Los chicos tienen prohibido el acceso a las habitaciones de las chicas.

Yo no le había dado demasiadas vueltas a cómo dormiríamos, más allá de apretar los dientes al leer el precio exorbitante del alojamiento en pensión completa. Tampoco me apetecía estar separada de Heath.

Pero era algo temporal y nos pasaríamos entrenando juntos todo el día y todos los días. Además, tampoco era que tuviéramos alternativa; nadie en su sano juicio iba a firmar un contrato de alquiler con un par de chavales de dieciséis años pelados de dinero.

—No pasa nada —respondí, pidiéndole a Heath en silencio con la mirada que no montara un numerito.

Los dormitorios estaban en la segunda planta: los chicos en el edificio norte y las chicas en el sur. Seguí a Josie por las escaleras y Heath se fue con Ellis a regañadientes. Josie subió los escalones de dos en dos antes de detenerse en el rellano y ponerse a jugar con la cruz de oro que llevaba al cuello mientras yo arrastraba la maleta.

—Nos levantamos a las cinco cuarenta y cinco —me dijo mientras yo trataba de seguir su paso rápido por el pasillo—. Desayunamos a las seis. Los entrenamientos empiezan a las siete.

Los alojamientos de la academia se parecían más a un resort de lujo que a un centro de entrenamiento deportivo. Cada una tenía una habitación privada, pero compartíamos los cuartos de baño, con duchas de vapor, toallas mullidas y un surtido de productos de belleza dignos de Sephora, generosamente cedidos por las marcas patrocinadoras de Sheila.

—Todo de uso libre y gratuito —me informó Josie, arrugando la nariz—. Por si quieres... refrescarte un poco.

Estaba clarísimo que no creía que mereciera estar allí. Como si su opinión me importara un comino. El único oro que luciría jamás Josephine Hayworth al cuello era aquella cruz ostentosa que le había comprado su rico papaíto.

Pronto les demostraría a ella y a todos los demás qué era exactamente lo que yo merecía.

# 12

Nuestra primera noche en California estaba más cansada que en toda mi vida.

Y, sin embargo, no conseguía conciliar el sueño.

La ausencia de Heath no era lo único que me mantenía despierta. Las habitaciones estaban bien equipadas, pero eran como cajas modernas y austeras, de cegadoras paredes blancas y ángulos afilados. Aun con los ojos cerrados, había demasiada claridad.

Me pasé horas dando vueltas con las sábanas de algodón egipcio —también de un blanco níveo— enredadas entre las piernas. Los Ángeles hasta sonaba distinta: los cláxones de los coches en la autovía, el rumor constante del aire acondicionado, los aullidos distantes de lo que luego me enteraría de que eran coyotes deambulando por los cañones de la ciudad.

Así que ya estaba nerviosa cuando, poco después de la medianoche, un golpe repentino en la ventana me hizo levantarme de la cama de un brinco.

Al otro lado de la ventana —ventana de una segunda planta, por cierto—, Heath me sonrió y me saludó con la mano.

—Déjame entrar —musitó.

Tiré de la hoja para abrirla. Heath estaba en el alféizar; la estrecha tubería de desagüe a la que se sujetaba era lo único que lo protegía de una caída fatal contra el hormigón del suelo.

—Pero ¿qué haces aquí? Como te vea alguien...

—¿Quieres que me vaya?

Heath me sonrió con malicia y soltó una mano. El corazón se me subió a la garganta.

—¡Así no! Entra antes de que te partas la cabeza.

Se puso de pie en el alféizar y se bajó de un salto al estrecho espacio entre la cama individual y el armario blanco de estilo minimalista. Cerré la ventana al bochornoso aire nocturno y eché la cortina.

—No te habré despertado, ¿verdad? —preguntó.

Negué con la cabeza.

—No conseguía dormirme.

—Yo tampoco.

Me rodeó la cintura y me atrajo hacia él para besarme. Me deshice entre sus brazos y fuimos retrocediendo hasta que mis piernas tocaron el borde del colchón.

—Si vas a quedarte —le advertí—, debemos dormir.

Me besó el cuello y deslizó la mano bajo la cinturilla del pantalón del pijama.

—Dormir de verdad —le aclaré.

—Vale, Katarina. —Su rostro recién afeitado estaba suave contra mi garganta—. Dormiremos.

Me tumbé en la cama estrecha con la espalda pegada a la pared. Heath se colocó frente a mí y cubrió nuestros cuerpos con las sábanas. Deslizó los dedos por mi cabello limpio e inhaló.

Me había «refrescado un poco» con los productos gratuitos del baño, aunque había esperado a que Josie se fuera para no darle el gusto de ver que había hecho caso de su sugerencia. Todos olían dulces y caros, como los pasteles de una confitería elegante. Nunca había sentido la piel tan suave.

Heath olía como siempre: champú genérico dos en uno y loción amaderada. Mi padre había sido quien le enseñó a afeitarse y él seguía usando la misma marca.

Los Ángeles era lo más lejos que habíamos estado nunca de casa. Parte de mí seguía sin creerse que realmente estuviéramos allí. Me parecía demasiado bueno para ser verdad, como si, al dormirme, pudiera despertar de nuevo en Illinois, con Lee llamando a la puerta.

Quizá por eso no conseguí pegar ojo pese a tener a Heath a mi lado. Sobre las dos de la madrugada me rendí y, rompiendo mi propia regla, lo desperté con los dientes en el lóbulo de la oreja y las uñas en su espalda.

Más tarde por fin conseguí dormir unas pocas horas, pero fue un sueño inquieto. Cuando la alarma sonó a las 5.45 en punto, Heath ya se había ido.

JANE CURRER: Nunca he entendido todo el revuelo alrededor de la Academia de Hielo Lin. No era más que una pista de patinaje con ínfulas.

KIRK LOCKWOOD: Era mucho más que una pista de patinaje. Esa academia es el legado de Sheila.

*Francesca Gaskell, una rubia pecosa de aspecto amigable que sigue pareciendo una jovencita a pesar de tener ya treinta y tantos, está sentada en un invernadero acristalado lleno de rosas de invierno abiertas.*

FRANCESCA GASKELL (expatinadora): De pequeña soñaba con convertirme en patinadora de la Academia Lin.

GARRETT LIN: Ahora me doy cuenta de la suerte que tuvimos mi hermana y yo. Éramos tremendamente privilegiados.

*Se muestra un vídeo de Bella y Garrett a los quince años, entrenando solos en la Academia de Hielo Lin.*

GARRETT LIN: También estábamos sometidos a una tremenda presión.

*Garrett tropieza. Bella lo agarra y los dos caen al hielo.*

GARRETT LIN: Todo el mundo quería hacer de nosotros un modelo, un ejemplo a seguir.

KIRK LOCKWOOD: Antes incluso de que nacieran los mellizos, la prensa ya hablaba de la «dinastía Lin», lo que mostraba..., cómo decirlo, muy poca sensibilidad cultural. Dejémoslo así.

JANE CURRER: El mejor equipo del país estaba integrado por deportistas de veintimuchos, así que todo el mundo entendía que se retirarían tras los Juegos de 2002. Isabella y Garrett eran el futuro de la danza sobre hielo en Estados Unidos.

**GARRETT LIN**: Puede que parezca extraño lo de entrenar al lado de los competidores. Pero, si cada día era como una competición, las competiciones de verdad serían como un día más.

**KIRK LOCKWOOD**: Sheila quería entrenar a sus hijos a su manera, siguiendo sus propias reglas.

**GARRETT LIN**: Esa era la idea del intensivo de verano. Mi madre quería motivarnos, rodearnos de patinadores, entrenadores y especialistas de primer nivel, ofrecernos todo lo necesario para convertirnos en los mejores.

*Sheila observa cómo se caen sus hijos, se da media vuelta y se aleja de la pista.*

**GARRETT LIN**: Pero también quería recordarnos lo fácil que sería sustituirnos.

# 13

Voy a contaros cómo era de verdad la escuela de patinaje de élite de Sheila Lin. Teníamos todo el tiempo encima los ojos de los entrenadores, los coreógrafos, los profesores de baile, los preparadores personales, los fotógrafos, los reporteros y, especialmente, los del resto de los deportistas. Siempre pendientes, siempre esperando que cayéramos, que falláramos. Cada segundo era una competición. Cada día, una serie de victorias y fracasos, de alegrías y decepciones.

Después de tantas horas sobre el hielo, caminar en tierra firme se hacía raro. La nariz moqueaba, los labios se cuarteaban, los talones se agrietaban, las uñas de los pies sangraban. El cuerpo me dolía como si todo él fuera un enorme moratón. Solo sentía los rayos de sol sobre la piel a través de los paneles de cristal, porque empezábamos antes del amanecer y acabábamos tras el ocaso. Caía como un tronco en cuanto la cabeza tocaba la almohada por la noche.

El hambre era constante, y no solo porque la nutricionista controlaba las porciones de verduras orgánicas, proteínas magras y batidos probióticos, sino porque estaba más cerca que nunca de lo que más deseaba y me moría por hincarle el diente. Por sentir su sabor y apretar tanto la mandíbula que nunca pudiera escapárseme.

Nada de días libres. Nada de descansos. Nada de excusas. Algunos días creía que no sería capaz.

Pero todos y cada uno de ellos era feliz como no lo había sido en mi vida.

Por desgracia, Heath no sentía lo mismo que yo.

Hacía todo lo posible por ocultarlo, pero lo conocía demasiado bien. Si aguantaba todo aquello —el horario estricto, el escrutinio constante, la lista interminable de reglas en apariencia arbitrarias y de expectativas tácitas— era porque me quería. Yo sabía que los únicos momentos en que no lo pasaba mal eran los pocos que podíamos arañar de noche para estar juntos, siempre que no tuviera las piernas demasiado doloridas para trepar hasta mi ventana.

No era que no me importase verlo infeliz. Es que creía que lo superaría. Que, una vez que empezáramos a ganar, vería que las jornadas interminables, el esfuerzo y el sacrificio habían merecido la pena.

En cuanto a mí, solo tenía una queja sobre la Academia de Hielo Lin.

A Sheila Lin apenas se la veía por allí.

Un día se paraba a pocos pasos del hielo y analizaba cada uno de nuestros movimientos. Al siguiente estaba desfilando en una pasarela en Seúl, o grabando un anuncio de champán en París, o saludando desde el *photocall* durante el estreno de una película en Manhattan.

Estábamos en buenas manos con el resto del profesorado, pero yo había ido a California a trabajar con Sheila y, más de un mes después, lo más cerca que la había visto era en las fotos de la vitrina de trofeos de la entrada. Y, cuando aparecía, pasaba la mayor parte del tiempo trabajando con los mellizos. Sus comentarios sobre los demás nos llegaban a través de los entrenadores y especialistas técnicos, como en el juego del teléfono roto.

Antes he dicho que no teníamos días libres, pero sí que nos dieron uno: el Cuatro de Julio. Aunque no habría sesiones formales durante el festivo, las instalaciones permanecerían abiertas para quien quisiera entrenar. Parecía una prueba: ¿quién se lo tomaba tan en serio como para renunciar a los placeres patrióticos de emborracharse y ver los fuegos artificiales, y practicar un poco más?

Heath quería pasar el día en la playa. Llevaba una semana hablando de ello: nadaríamos en el Pacífico y veríamos ponerse el sol sobre el agua. «Un día entero solo para nosotros».

Sonaba fenomenal. Pero también sonaba a una pérdida de nuestro tiempo limitado.

A pesar de nuestro mediocre régimen de entrenamiento en Illinois, nos las estábamos apañando para mantenernos a la altura de los demás patinadores. Heath y yo no éramos los mejores —aún—, pero tampoco los peores. Un día extra practicando no supondría diferencia alguna. Pero saltárnoslo sí permitiría que otro equipo nos rebasara. En la academia no había rankings oficiales, pero todos sabíamos el lugar exacto que ocupábamos en la jerarquía.

Y Bella y Garrett Lin acaparaban el primer puesto. Durante la última sesión de entrenamiento antes de la festividad, la mayoría de los patinadores estaban algo distraídos y alborotados, contando los minutos para que llegaran las ansiadas veinticuatro horas de libertad. Los mellizos, en cambio, seguían tan concentrados como siempre.

Pasaron una hora entera afinando la secuencia de *twizzles* de su danza original, luego ocuparon la pista y repasaron el programa una y otra vez hasta la extenuación. Los dos llevaban ropa de licra blanca y la espalda cruzada del top de Bella dejaba ver sus hombros tonificados. Siempre se recogía el pelo en una complicada corona trenzada y, aunque se pasara el día patinando, nunca tenía un mechón fuera de sitio. Por el contrario, mi bonito moño descuidado se había convertido en una seta enmarañada, y hacía horas que Heath y yo teníamos la ropa empapada de sudor.

Esperamos nuestro turno mientras completábamos una sesión fuera de pista con Sigrid, la especialista en elevaciones —formada en el Cirque du Soleil—, sobre una colchoneta. En la academia no había que compartir el hielo con jugadores de hockey ni patinadores de velocidad, por lo que las instalaciones estaban diseñadas específicamente para el patinaje artístico, sin barreras, solo una extensión de un blanco prístino que parecía fundirse con el horizonte como una piscina infinita.

«¡Activad el abdomen —no paraba de gritarnos Sigrid con un acento escandinavo tan fuerte que cortaba el jazz suave de nuestro programa como un cuchillo—. ¡Otra vez!».

Hasta aquel momento de nuestra carrera, nos habíamos limitado a efectuar elevaciones más o menos básicas. Pero, si queríamos competir a nivel internacional, debíamos dar un salto cualitativo y para eso Heath tenía que hacer algo más que subirme y volver a bajarme sin caernos.

Para las elevaciones que practicábamos aquel día, yo tenía que flexionar la espalda hacia atrás mientras me sostenía sobre los muslos de Heath. Hacerlo en el suelo ya era bastante difícil; lograrlo mientras nos deslizábamos a velocidad de vértigo sobre el hielo parecía casi imposible. Cuanto más practicábamos, más se le resbalaban a Heath las manos por mis mallas mojadas de sudor. Cada vez que me desplomaba, sus nobles esfuerzos por agarrarme hacían que ambos termináramos con el culo en el suelo.

Pero yo estaba empecinada. Y que los Lin ejecutaran con fluidez su foxtrot a pocos metros me motivaba aún más. No entendía cómo lo hacían para que pareciera tan fácil. De alguna manera, iban rápido y lento a la vez, el golpeteo rítmico de las cuchillas coincidía con cada pulsión de las cuerdas y se deslizaban por el hielo en perfecta armonía con la lánguida melodía vocal. Cuando terminaron el programa, tuve que cerrar los puños para no aplaudirles.

Entonces nos tocó a nosotros. Nuestra danza original, creada por uno de los coreógrafos residentes, usaba un mix de temas de Cole Porter. Según el concepto, éramos un par de celebridades en una fiesta de gala en el Hollywood de los años dorados. Heath la detestaba, con tanto juego de pies y tanta postura formal, con poco margen para dejar entrever nuestra química natural. Estábamos acostumbrados a elegir nuestra propia música, a pasar horas tumbados en el suelo escuchando una canción tras otra hasta oír un ritmo que nos hiciera querer levantarnos y movernos. Pero no era así como se hacían las cosas en la academia.

Siempre que refunfuñaba, le pedía que confiara en Sheila.

Nada sucedía sin su aprobación y ella sabía lo que hacía. Esperaba que nos resultara más fácil meternos en el papel cuando los trajes estuvieran acabados. El de Heath era un frac en tejido elástico para facilitar el movimiento; el mío, un vestido hasta la rodilla con cuello halter. Ya con el de muselina de prueba, que me había puesto para la diseñadora de la academia, me sentía como una estrella de cine..., aunque, luego, pagar el anticipo sustancial me recordó que era una mindundi del Medio Oeste.

Al salir al hielo, traté de imaginar el aspecto que tendríamos en competición: Heath, con las solapas del frac subrayando el perfil de su mentón; yo, con los labios del mismo color que las lentejuelas del vestido y el cabello recogido en un moño sofisticado. Nos pusimos en posición, uno frente al otro, mi mano sobre su pecho como si no supiera si empujarlo o atraerlo hacia mí, y nos miramos a los ojos. Estábamos concentrados, serenos, preparados.

En cuanto comenzó la música, mi fantasía se desvaneció. Éramos un desastre, estábamos agotados, fuimos por detrás de la música durante los primeros compases, casi nos tropezamos con el otro mientras nos apresurábamos para recuperar el ritmo. Superamos el tramo del foxtrot sin que se produjera el desastre, aunque notaba las rodillas demasiado rígidas y Heath no hacía más que bajar la vista a los pies, que se movían a toda velocidad. Entonces llegó la elevación.

Supe que había complicaciones en cuanto mi cuchilla tocó la pierna de Heath. No me estaba sujetando bien y no pude erguirme a tiempo de ejecutar en condiciones la flexión hacia atrás. Las rodillas comenzaron a flaquearme. Activé el abdomen, tensé los gemelos, apreté los dientes..., lo que fuera para salvar la elevación. Pero era demasiado tarde. Iba a caerme.

Heath paró con la elevación, se detuvo y me rodeó la cintura con los brazos. Yo me preparé para el choque contra el hielo, pero milagrosamente los dos permanecimos en pie.

—¿Estás bien? —me preguntó con la respiración rápida y entrecortada—. Lo siento mucho. Creí que...

—¿Por qué se para?

Sheila. Allí estaba. De pie junto a la pista, observándonos.

# 14

Yo no sabía que Sheila estaba en las instalaciones. A juzgar por el silencio incómodo que reinó cuando terminó nuestra música, los demás tampoco.

—Le he hecho una pregunta, señor Rocha.

Sheila entrelazó las manos, esperando una respuesta. Algunos entrenadores gritan a los deportistas, pero los silencios de Sheila Lin dolían más que las broncas.

Heath tragó saliva.

—Pensé que se había hecho daño.

—Yo la veo bien —respondió—. ¿No se encuentra bien, señorita Shaw?

Asentí. Heath apartó la mano de mi cintura, aunque seguía sintiendo su corazón en la espalda, latiendo cada vez más rápido.

—Solo quería asegurarme —replicó—. ¿Y si...?

—¿Y si hubiesen estado en el campeonato mundial? ¿En los Juegos Olímpicos? ¿Se habría tomado un descansito en mitad del programa, señor Rocha?

Esta vez Heath fue lo bastante listo como para no abrir la boca.

—Deben seguir —afirmó Sheila—. Pase lo que pase. Todos los patinadores cometen errores, pero los mejores los superan y siguen adelante con el programa. Empiecen de nuevo. Y, esta vez —lo miró a los ojos—, no paren.

Heath casi temblaba de rabia cuando volvimos a colocarnos en posición. Yo posé la mano en su pecho con mayor firmeza, para calmarlo.

—No pasa nada —susurré.

Tomó aire con inspiración temblorosa.

—No quiero hacerte daño.

—No lo harás.

No parecía convencido, pero, cuando la música empezó de nuevo, se concentró en mí.

Patinamos en sincronía perfecta. Agitamos los hombros con cada golpe del solo de percusión con que empezaba la pieza. Entramos sin problemas en el paseo cuando se sumaron los metales y continuamos con el resto del foxtrot mientras Ella Fitzgerald cantaba «You are the one».

Entonces llegó la elevación. Noté cómo Heath me agarraba el tobillo y afirmaba la cuchilla de mi patín en el pliegue de su cadera. Apoyó las manos en la corva de mi rodilla y ascendió mientras yo me iba levantando y colocaba la otra pierna en posición.

¡Estaba arriba! Los patines en equilibrio a cada lado de sus caderas, mi tronco erguido con orgullo, como una bella flor que extiende sus pétalos al sol. Heath dobló aún más las rodillas y me sujetó los muslos para ofrecer contrapeso suficiente para mi pose final, con la espalda arqueada y los brazos estirados hacia atrás, mientras describíamos una elegante curva sobre el hielo.

Lo teníamos. Por fin lo teníamos. Lo...

... fastidiamos.

El pie de Heath vaciló. Yo eché las caderas demasiado hacia delante. No nos caímos, pero salí de la elevación en un torpe lío de extremidades que nos hizo perder varios pasos de la coreografía.

La música había cogido velocidad con «Too Darn Hot» y nos costó ponernos al paso. Luchamos por cada compás, en cada movimiento. No fue bonito. No lo hicimos bien. Pero no paramos.

Al acabar estábamos jadeando, temblando, chorreando de sudor. En el exacto segundo en que se desvaneció la última nota,

Heath me soltó y se dobló por la mitad. Hasta que no volvió a erguirse no vi que él, además, estaba sangrando.

Debía de haberle cortado el muslo con la cuchilla durante mi catastrófica bajada. Le había rasgado la pernera y le había provocado un corte bastante feo.

—¡Mierda! —exclamé—. ¿Estás bien?

—Hemos acabado. Eso es lo que importa. —Lanzó una mirada asesina a Sheila—. ¿Verdad?

Ella se encontraba de espaldas a la pista, impartiendo alguna instrucción a la pareja francesa, formada por Arielle Moreau y Lucien Beck. Lo habíamos dado todo en nuestro ejercicio y ni siquiera había estado mirándonos.

Heath no esperó a que le dieran permiso —ni me esperó a mí— para dejar la pista. Cuando aparté la vista de Sheila, ya estaba sentado en uno de los bancos pegados a la pared, examinándose el corte.

Patiné hasta él mientras pensaba qué decirle. Garrett Lin se me adelantó.

—Te ha hecho un buen tajo, ¿eh? —Garrett le tendió un botiquín—. A nosotros nos pasaba todo el rato. He perdido la cuenta de los pantalones que Bella me destrozó.

Los Lin podían permitirse destruir todas las prendas que quisieran hasta lograr la elevación perfecta. Heath no tenía más que dos pares de pantalones decentes para entrenar y acababa de cargarme uno.

Como Heath no se movió para aceptar el botiquín, lo cogí y lo dejé al lado con gesto suave. Con todo el cuidado que había tenido para no hacerme daño y yo ni me había enterado cuando se lo había hecho a él.

—No te sientas culpable —dijo Garrett—. La clave está en asegurarte de que tienes el peso equilibrado justo en el centro de la cuchilla. Es más fácil si te lo demuestro. ¿Te importa?

Sin mirar siquiera a Heath, sabía que sí le importaba, y mucho. Pero Garrett me había preguntado a mí, no a él. Me coloqué en posición para iniciar la elevación y extendí la pierna.

La forma de agarrarme de Garrett era más suave. Se movió

tan rápido que no tuve tiempo ni de pensar. Estaba en el suelo y, de pronto, me elevé en el aire.

Mientras me inclinaba hacia atrás, ya no era una flor delicada en exposición. Era una diosa esculpida en la proa de un barco; el mar se abría a mi paso. Nunca me había sentido así. Grácil y poderosa a la vez. Podría haber seguido durante horas.

Garrett empezó una secuencia de bajada más difícil, girándome para que mis caderas pasasen sobre sus hombros durante el descenso, algo que ya lo había visto hacer con Bella.

Lancé una mirada a Heath. Tenía la mandíbula apretada y agarraba el botiquín con tanta fuerza que se podría haber partido el plástico.

—¡Ha estado genial! —exclamó Garrett—. ¿Y ves? Ni un corte.

Las cuchillas habían dejado pequeñas marcas en sus pantalones blancos, pero nadie había salido herido. Si acaso, tal vez, el orgullo de Heath.

—Gracias —le dije.

—De nada. —Garrett sonrió de oreja a oreja—. Siempre es un placer ser de ayuda.

Y hablaba en serio. Garrett nunca parecía participar —y a veces ni enterarse— de las rivalidades mezquinas y los juegos de poder de la academia. Le caía bien a todo el mundo.

Bueno, a casi todo el mundo.

En cuanto Heath acabó de curarse el corte, vino a mi lado y me puso la mano en la espalda con actitud posesiva. La sonrisa de Garrett no se inmutó.

—Escuchad —dijo—, ¿qué tenéis pensado hacer el Cuatro de Julio?

—Habíamos hablado de… —empezó a responder Heath, pero lo interrumpí.

—No tenemos nada decidido —afirmé—. ¿Por?

—Mi madre da una pequeña fiesta todos los años. Si ya tenéis pensado algo, nada, pero nos encantaría veros allí.

Dudo mucho que aquel «nos» incluyera a Bella, que estaba en el otro extremo de la pista, haciendo estiramientos para enfriar y esforzándose por no hacer caso de nuestra conversación con su hermano.

Además, no tenía nada que ponerme. En el Medio Oeste, por «pequeña fiesta» se entendía una barbacoa en el jardín trasero con salchichas, cerveza y, si uno se ponía refinado, malvaviscos tostados entre dos galletas: los asistentes iban en pantalón corto y chanclas. A saber qué tendrían previsto los Lin, pero estaba claro que sería algo más formal.

Aunque, si me permitía pasar más tiempo con Sheila...

—Nos lo pensaremos —respondió Heath.

—Allí estaré —respondí yo.

**ELLIS DEAN**: Ah, sí, la fiesta Rojo, Blanco y Oro de Sheila Lin. Llamada así porque, a menos que fueras uno de sus alumnos, para que te invitara debías tener una medalla de ese metal.

**KIRK LOCKWOOD**: No es cierto. También había medallas de plata. De hecho, en 1994, cierto patinador artístico muy famoso se emborrachó y acabó vomitando en un macizo de flores.

*Inez Acton, una mujer de treinta y pico con un moño desgreñado atravesado por un lápiz, aparece sentada en las oficinas del blog feminista* TheKilljoy.com *en Brooklyn.*

**INEZ ACTON** (redactora, *The Killjoy*): Soy superfán del patinaje, pero a veces es difícil de compatibilizar con mi ideología. El patinaje artístico de competición sale por más de cuarenta mil dólares al año. A menos que tus padres sean ricos, estás jodido.

**ELLIS DEAN**: Los padres de Josie eran ricos. Los Lin eran la realeza.

**KIRK LOCKWOOD**: Aquella fiesta era una oportunidad única para hacer contactos. En el patinaje es importante hacer las cosas bien en la pista, claro, pero conocer a la gente adecuada tampoco viene mal.

**ELLIS DEAN**: La fiesta Rojo, Blanco y Oro representaba todo lo que hay de malo en el deporte. El patinaje ya es bastante elitista de por sí.

**PRODUCTORA** [*Fuera de cámara*]: Entonces entiendo que nunca asistió a una...

**ELLIS DEAN**: ¿Estás de coña? Por nada del mundo me la habría perdido.

# 15

El calor de la tarde aflojó justo a tiempo para la fiesta, como si Sheila hubiera negociado con el mismísimo tiempo para asegurarse de que las condiciones fueran perfectas.

Un descapotable blanco, cuya capota bajada revelaba el interior de color carne cruda, esperaba delante del edificio. Ellis Dean estaba apoyado en el capó con sus tobillos desnudos cruzados, bamboleando las punteras de los mocasines de cuero trenzado.

Hasta que me vio acercarme. Entonces se irguió y se bajó las gafas de sol.

—Quién te ha visto y quién te ve…

Arielle se había ofrecido a prestarme algo de su armario lleno de prendas de diseñadores franceses de estilo chic desenfadado. Y de ahí no habíamos tardado en pasar a una transformación total de emergencia. Todo lo que llevaba, desde las horquillas que me sujetaban el recogido hasta el pintalabios a juego con el motivo de rosas del vestido, era de ella.

Cuando me mostró el resultado final en el espejo, me sentí glamurosa, pero incluso entonces ya tenía mis dudas. Los tirantes del vestido eran tan finos que resultaba imposible llevar debajo un sujetador y, cuando probé a no llevarlo, me pareció obsceno, dado que la abertura de la falda ya mostraba un buen trecho de pierna.

Hasta llegar a la academia, nunca había dedicado demasiado tiempo a pensar en mi cuerpo más allá de lo que era capaz de hacer. A los diez años, otra niña de North Shore me dijo que tenía los muslos como troncos y de verdad que no pillé el insulto. Los árboles son altos, fuertes y bellos. ¿Por qué no iba a querer parecerme a uno?

Para la danza sobre hielo no hace falta ser menudita, como las chicas del patinaje artístico por parejas, ni delgadas a lo prepúber, como las de individuales. Pero mis curvas y mis piernas musculosas llamaban la atención, igual que mi estatura, que era la misma que la de mi compañero. Rodeada de equipos con cuerpos y diferencias de tamaño más convencionales, no era difícil que me sintiera incómoda.

Me llevé una mano a los tirantes del vestido prestado.

—¿Crees que está bien? —le pregunté a Ellis—. No estaba segura del protocolo.

—¡Pero qué dices! ¡Si estás estupenda! A Heath se le va a ir la cabeza. Por cierto, ¿dónde se ha metido ese hombre tuyo?

Llevaba sin verlo desde el entrenamiento del día anterior. Nunca habíamos estado separados tanto tiempo, pero, aun así, no me imaginaba que fuera a dejarme plantada.

—Llegará en cualquier momento —le aseguré a Ellis.

—Bien. Porque, cuanto más tarde salgamos, peor estará la interestatal 10.

Por fin se abrieron las puertas de cristal y salió Heath.

No sé qué le habría hecho llegar tarde, pero desde luego no había sido arreglarse para la fiesta. No se había afeitado y llevaba una camiseta negra lisa con unos vaqueros gastados. Aunque en esa época ninguno de los dos teníamos demasiada ropa formal, yo sabía que había metido en la maleta algo mejor que aquello.

—Hey. —Alargué la mano para dársela, pero él no sacó la suya del bolsillo—. ¿Listo para irnos?

Heath asintió sin mirarme y se subió a la exigua parte trasera. Las zapatillas dejaron una mancha de barro en la puerta del pasajero, que limpié antes de acomodarme en el asiento.

—Bonito coche, por cierto —le dije a Ellis. El cuero quemaba de haber estado al sol, pero no pude evitar acariciar su delicada superficie.

—¿Verdad? —Pasó la mano por el volante—. Un regalito de Josie por su decimosexto cumpleaños. Al cumplir los dieciocho ya se había cansado del color, así que sus padres le compraron un BMW azul y este me lo dio a mí.

—¿Qué le regalarán cuando cumpla veintiuno? —murmuró Heath—. ¿Un jet privado?

—Creo que lo habitual en Orange County es que a los veintiuno te compren un ático con vistas al Pacífico. Pero ¿qué sabré yo, que soy un don nadie del norte de Florida?

Jamás habría imaginado que Ellis era de Florida. Para empezar, tenía la piel tan pálida que parecía traslúcida. Y tenía un acento genérico y aburrido, como el mío, sin rastro de la musicalidad del sur. Tardé más de lo debido en descubrir hasta qué punto lo de Ellis Dean era una actuación. Como los mejores patinadores artísticos, había conseguido que pareciera natural lo que era fruto de un gran esfuerzo.

Ellis buscó entre las emisoras hasta dar con una canción para la que mereciera la pena subir el volumen —«Try Again», de Aaliyah— y se puso en marcha.

Llevábamos varias semanas en Los Ángeles, pero no había visto mucho más que el aeropuerto y la academia. Tras pasar tanto tiempo en aquellos entornos estériles, las vistas desde el coche casi me parecían demasiado vívidas para ser reales. Las hojas verdes de las palmeras se recortaban contra el cielo azul y el magenta chillón de las flores de buganvilla trepaba por los muros de piedra roja que flanqueaban la carretera. Cuanto más nos acercábamos al mar, más fresca era la brisa.

Tras varios kilómetros serpenteando por la ruta costera del Pacífico, Ellis accionó el intermitente. Al principio parecía que fuéramos a asomarnos a un acantilado, pero entonces vi la verja.

Un guardia de seguridad uniformado anotó nuestros nombres y la matrícula antes de permitirnos entrar con un gesto. Al otro lado, un camino de adoquines blancos ascendía por una pendiente pronunciada. Aún tuvimos que zigzaguear un poco más antes de que la mansión de Sheila Lin apareciera ante nuestros ojos.

—Bienvenidos al Palacio de Hielo —anunció Ellis.

# 16

Me había esperado una arquitectura moderna, angulosa y severa como la de la academia. Sin embargo, la mansión de Sheila Lin era puro glamour hollywoodiense.

La fachada era totalmente blanca: ladrillo pintado, tejado de terracota vidriado, ventanas rematadas en arco. Columnas esbeltas flanqueaban la puerta principal, a la que se accedía por una empinada escalinata. Yo, que había crecido maravillada por las mansiones de la edad dorada de North Shore, entendí que no eran nada al lado del Palacio de Hielo. Aquel era un lugar digno de una estrella de cine. O de una reina.

Ellis le lanzó las llaves al aparcacoches —que iba mucho mejor vestido que Heath— y subimos por la escalinata. Aunque levantaba los pies como un caballo al trote, las modernas sandalias de plataforma de Arielle no dejaban de engancharse en los escalones. Heath me puso una mano en la cintura para afianzarme y no la movió hasta que entramos en la mansión.

El interior también era blanco: suelos, paredes, muebles, la chimenea de mármol del salón de dos plantas. El único toque de color lo aportaban las medallas de oro olímpico de Sheila, que colgaban sobre la chimenea como trofeos de caza.

No vi a la propia Sheila, pero el salón ya estaba lleno de otros astros del deporte. En el centro, el antiguo compañero de Sheila, Kirk Lockwood, presidía cual monarca, apoyado en el respaldo de una butaca escultural con la altiva y desenfadada seguridad que a Heath y a mí tanto nos estaba costando proyectar en nuestro programa de Cole Porter. Tras retirarse, Kirk había empezado a colaborar como comentarista en campeonatos y se hacía raro oír su suave voz de barítono en vivo y no a través de los altavoces del televisor.

El resto de los asistentes eran igualmente impresionantes. Además de numerosos medallistas olímpicos, había actores famosos, estrellas del rock, diseñadores, modelos y políticos, incluido el padre de Josie Hayworth, que era senador, acompañado de su rubia —de bote— segunda esposa.

Los tres Hayworth se encontraban junto a las enormes puertas correderas que comunicaban con el jardín trasero, charlando con Garrett Lin. Josie no dejaba de tocarle el brazo y reía tan alto que se la oía por encima del grupo de jazz que tocaba en el patio.

—¿Qué os apetece? —sugirió Ellis—. ¿Comemos primero o vamos a rescatar a Garrett antes de que Josie abra las fauces y se lo zampe entero?

—Y tú ¿por qué patinas con ella? —le pregunté.

No es que fuese un fuera de serie del patinaje, pero se le daba bastante bien y los chicos estaban tan cotizados que hasta los mediocres tenían donde elegir.

—Sus padres son los que mejor pagan —respondió, encogiéndose de hombros.

—¿Que te pagan? —preguntó Heath con asombro.

—Sí, me lo pagan todo: entrenamiento, alojamiento, equipamiento, ropa, viajes. Es la única manera de que alguien aguante a su queridísima hija más de una temporada. Yo soy su tercera pareja. ¿O la cuarta? Siempre se me olvida.

Al otro lado del salón, vimos cómo Garrett, al apartarse de Josie, se chocaba con el marco de la puerta. En vez de pillar la indirecta, ella se le acercó y le apretó el bíceps.

—Por lo que se ve, diría que tiene pensado convertir a Garrett Lin en la quinta —dije.

—Ni en sueños. Es demasiado rico como para comprarlo y demasiado majo como para dejar tirada a su hermana.

Cuando Garrett nos vio aproximarnos, el rostro se le iluminó con una sonrisa. Se disculpó con los Hayworth —dejando a Josie y a su madrastra con expresión agriada— y atravesó el salón para venir a saludarnos.

—¡Hola! Al final habéis venido. —Garrett se inclinó y me dio un beso en la mejilla. Noté cómo Heath tensaba la mano que agarraba la mía—. ¿Tenéis hambre? Os puedo traer algo de beber o...

—Estamos bien —contestó Heath.

Garrett hizo caso omiso del intento de Heath de responder por mí.

—¿Kat?

—Agua está bien —respondí—. Gracias.

—¡Venga, que es una fiesta! El barman prepara unos daiquiris de granada que están increíbles. —Sonrió con picardía—. Sin alcohol, por supuesto.

—Vale, pues tomaré uno. —No pude evitar devolverle la sonrisa; aun con quince años, su encanto era contagioso.

—Para mí lo mismo —dijo Ellis.

Garrett imitó el gesto de tomar nota.

—¡Marchando dos daiquiris! ¿Seguro que no quieres nada, Rocha?

Heath, con la boca fruncida en una línea hosca, negó con la cabeza. En cuanto Garrett se encaminó a la barra, me incliné y le susurré al oído:

—Solo intenta ser amable.

—Ya —respondió—. Ya he visto lo amable que Garrett Lin es contigo, amabilísimo.

Ni se molestó en bajar la voz. Y Ellis tampoco se molestó en ocultar su satisfacción al ver la tensión que crecía entre nosotros.

—Venga —le dije a Heath, tirándole de la mano—. Vamos a comer algo.

Mientras yo llenaba un plato con comida suficiente para los dos, él se quedó detrás con las manos en los bolsillos. A cualquier otro, su rostro le habría parecido inexpresivo, pero yo lo conocía lo suficiente como para notar el asco en su mirada.

Si para mí la opulencia de los Lin era incomprensible, no podía ni imaginarme lo horrible que sería para alguien con unos antecedentes como los de Heath. Aquella enorme mansión para solo tres habitantes, más de lo que muchas personas ganaban en un año derrochado en una sola fiesta, montañas de exquisiteces que con toda probabilidad acabarían en la basura al concluir la velada.

Pero éramos sus invitados. No había necesidad de ser groseros.

—Escucha... —Dejé el plato y, tomándole la cara entre las manos, lo obligué a mirarme—. No te pongas así, ¿vale?

—¿Así cómo?

—Gruñón. —Lo besé. Su boca siguió tensa e inflexible—. Borde.

—Ya sabías que no quería venir, Katarina.

Dejé caer las manos.

—Pues no haber venido, que nadie te ha obligado.

Ya no estaba segura de si estábamos hablando de la fiesta o de Los Ángeles en general. Daba igual; estaba harta de su actitud negativa.

Garrett apareció con una bebida carmesí en una copa con azúcar adherido al borde.

—Un daiquiri virgen para la dama. —Acto seguido se sacó un botellín del bolsillo de la chaqueta y se lo tendió a Heath—. Y te he traído agua, por si acaso. Espero que no te importe que sea con gas.

Por un momento creí que Heath iba a estallar la botella contra el suelo, pero lo que hizo fue esbozar una sonrisa dentona y sarcástica. Jamás lo había visto mirar a nadie así salvo a mi hermano.

—¿Con gas? Espléndido. Muchas, muchísimas gracias.

La sonrisa de Garrett se desvaneció.

—Eeeh, bueno, avisadme si necesitáis algo más.

En cuanto se alejó lo suficiente, le clavé las uñas a Heath en la muñeca.

—Pero ¿qué te pasa?

—¿Y a ti? ¿Qué te pasa a ti? La Katarina que conozco estaría riéndose de toda esta panda de gilipollas estirados, no haciéndoles la pelota.

—Ahora mismo, el único gilipollas eres tú, no Garrett. No es culpa suya venir de donde viene, igual que te pasa a ti.

Sabía que iba a darle donde más dolía, pero no me importó. Heath se soltó de mi mano y dejó el botellín de agua con un fuerte golpe en la mesa más cercana.

—Heath.

Se dio la vuelta y, con las suelas de las deportivas chirriando contra el suelo pulido, salió al jardín a grandes zancadas.

—¡Heath!

Había levantado lo suficiente la voz como para que dos mujeres —actrices que me sonaban de una serie de máxima audiencia— se volvieran a mirarme. Agaché la cabeza y di un trago a la copa para ocultar el sonrojo que se extendía por mi cara.

—¿Adónde va con tanta prisa?

Ellis Dean, con un cóctel en la mano, se puso a mi lado. Heath se había alejado tanto que parecía una mancha en el horizonte. No estaba segura de si se tranquilizaría y volvería o si se marcharía de la fiesta, pero me dije que me importaba un comino. Por mí, como si volvía a The Grange andando.

—No... no se encuentra bien —respondí.

—Claro. —Ellis me tendió el codo—. ¿Nos mezclamos con los invitados?

Enlacé el brazo con el suyo y nos pasamos la siguiente hora conociendo gente. Ellis era tan atrevido en público como yo lo era en la pista. Mientras él se metía en conversaciones con famosos desconocidos, yo miraba y aprendía, agarrada a mi bebida y muerta de miedo por si derramaba aquel líquido rojo y pegajoso sobre la decoración inmaculada de Sheila Lin.

Cuando el sol ya se ponía, por fin la vi, acompañada de Bella. Estaban de pie en la terraza, iluminadas por la luz bruñida del ocaso. Sheila llevaba un vestido blanco con un intrincado escote drapeado de diosa griega, mientras que el de Bella era azul pálido con delicados bordados blancos y un corte al bies similar al del vestido que Arielle me había prestado. En su caso, sin embargo, el tejido le acariciaba la piel, no se le pegaba. Las dos se parecían mucho. No eran solo los rasgos, sino los gestos, la postura, las sonrisas ensayadas.

Pensé en llevar a Ellis en aquella dirección —hablar con Sheila me daba menos miedo teniéndolo a él a mi lado—, pero las mujeres Lin ya estaban ocupadas charlando con una señora mayor con el cabello rojo recogido en un moño prieto.

—¿Quién es esa? —pregunté. Me sonaba de algo, pero no sabía de qué.

—Jane Currer —respondió Ellis.

—¿La jueza?

Jane era la que nos había dado a Heath y a mí una nota artística tan baja que nos había costado la medalla en el campeonato nacional. Y allí estaba de pronto, de risas con las Lin, como si fueran amigas de toda la vida.

—No me digas que creías que este deporte es justo —dijo Ellis—. Qué mona.

Señaló a otros invitados.

—Esa también es jueza. Y ese. Y el tipo de ahí es el segundo de a bordo en la Asociación de Patinaje Artístico de Estados Unidos, aunque, si Sheila se sale con la suya, para principios de temporada será presidente.

—¿Cómo sabes tú todo esto?

—Porque presto atención. —Levantó la copa e hizo un gesto abarcando todo lo que nos rodeaba—. Si quieres ganar sobre el hielo, primero tienes que triunfar aquí.

No quería creerlo. Pensaba que bastaría con mi talento y esfuerzo.

Así de joven e ingenua era.

Cuando el sol terminó de ponerse y la temperatura descendió, todos los que estaban en la terraza regresaron al salón. Las puertas se cerraron para que no entrara frío y lo que antes era un agradable rumor de conversaciones y música suave se convirtió en un estruendo que retumbaba contra el techo abovedado.

Seguía sin haber rastro de Heath. Empecé a notar un dolor de cabeza por detrás de los ojos de tanto ruido, tanto azúcar en el cóctel y tantas sonrisas, así que dejé a Ellis intercambiando anécdotas de la noche parisina con Lucien, el compañero de Arielle, y me escabullí hacia el jardín.

Puede que la noche fuera gélida para los californianos, pero para mí era bastante templada. Y silenciosa, a pesar del sonido distante de los fuegos artificiales a lo largo de la costa. Me descalcé y hundí los pies en el césped.

No echaba de menos mi casa y, desde luego, no echaba de menos a mi hermano. Pero sí echaba de menos aquella sensación. La brisa en la piel, las briznas de hierba entre los dedos, las olas rompiendo en la distancia. Cerré un instante los ojos y saboreé la calma antes de armarme de valor para regresar a la mansión.

Cuando los abrí de nuevo, la vi.

Bella Lin. Encaramada al murete de piedra que rodeaba la piscina a ras de suelo. La melena le caía por debajo de los hombros; era la primera vez que le veía el pelo suelto.

Como aún no me había descubierto, barajé mis opciones. Si me daba prisa, podía entrar en el salón antes de que se diera cuenta.

Demasiado tarde. Bella levantó la vista y me preparé para otra de sus miradas despectivas.

Pero no sucedió. Sus ojos mostraban una suavidad que nunca le había visto y su espalda, tan recta normalmente como la de una bailarina, estaba encorvada. Sin embargo, no era simple tristeza.

Bella Lin parecía sentirse sola.

Di un paso hacia ella. También se había descalzado y sus pies desnudos se mecían por encima del agua mientras su pedicura brillante reflejaba el azul misterioso de las luces de la piscina.

—¿Qué haces aquí tan sola? —le pregunté.

—Bueno, sola ahora mismo no estoy, ¿verdad? —Su voz sonó monocorde, impasible.

Allí estaba yo, tratando de ser simpática...; bueno, puede que no simpática, pero al menos educada. Y ella despreciando todos mis esfuerzos. Cuanto más le permitiera tratarme así sin decirle nada, más poder tendría sobre mí. Así que mejor dejarle las cosas claras desde ese instante.

—Mira... —me crucé de brazos—, ya sé que no te caigo bien. Me choqué contigo en los nacionales, sin querer, por cierto, y no deseas que esté aquí. Ni en la fiesta ni en la academia.

Bella se me quedó mirando con la misma expresión indescifrable que Sheila lucía durante los entrenamientos.

—Pero no voy a irme a ninguna parte —proseguí—. Así que tendremos que aprender a llevarnos bien, o al menos a...

—Te equivocas.

—¿Perdona?

—Sí quiero que estés aquí —afirmó Bella.

Se me escapó una carcajada desdeñosa.

—Seguro.

—Pues sí. —Levantó la barbilla—. Fui yo quien le pidió a mi madre que os invitara.

**GARRETT LIN**: El patinaje artístico, sobre todo al más alto nivel, es un mundo muy pequeño.

**ELLIS DEAN**: El patinaje es endogámico. Todos conocen a todos, todos lo saben todo de todos.

**GARRETT LIN**: Nadie de fuera entiende cómo es tu vida. Y todos los de dentro son tus compañeros... o tus adversarios.

**ELLIS DEAN**: ¿Te suena eso de tener a tus amigos cerca, pero a los enemigos aún más cerca?

**FRANCESCA GASKELL**: ¡Por supuesto que es posible ser amigo de tus contrincantes!

*Katarina y Bella, de adolescentes, posan para una foto entre bambalinas durante una competición. Están completamente maquilladas, llevan chaquetas a juego de la Academia de Hielo Lin y se rodean los hombros con el brazo.*

**ELLIS DEAN**: Eso era lo que hacía Bella Lin, tener a sus enemigos lo más cerca posible. Tal y como le había enseñado su madre.

**FRANCESCA GASKELL**: Puede que no sea fácil, pero sí que es posible.

**INEZ ACTON**: Toda la narrativa alrededor del enfrentamiento entre Katarina y Bella es muy reduccionista. Esas mujeres competían por una medalla de oro, no era una pelea de chiquillas por alguna nimiedad.

**GARRETT LIN**: Katarina Shaw fue la mejor amiga que tuvo nunca mi hermana.

*Vuelve a aparecer la misma imagen de Katarina y Bella, pero esta vez la cámara se acerca a la mano de Katarina, que agarra la manga de*

*Bella, clavándole las uñas. La pantalla se funde a negro mientras suena una música inquietante.*

**GARRETT LIN**: Hasta que... Bueno, ya llegaremos ahí, imagino.

# 17

Miré a Bella con incredulidad.

—¿Tú le pediste que me invitara? ¿Por qué?

—Porque eres buena.

Del modo en que lo dijo, no sonó a cumplido. Solo afirmaba un hecho: la hierba era verde, el agua mojaba y yo era buena patinando.

—No tanto como yo —continuó—. Pero podrías llegar a serlo.

—Gracias, supongo.

—De nada.

Se bajó del murete y caminó hacia la piscina. Aun descalza, se movía como si llevara patines.

—Así que me querías aquí… ¿para ser tu rival?

Bella asintió.

—Tú me empujas, yo te empujo: las dos mejoramos.

—Como tu madre y Veronika Volkova.

—Preferiría que te abstuvieras de meterme cuchillas en los patines, pero, por lo demás, sí.

—¿Eso pasó de verdad?

—Uy, y es de lo menos grave —contestó Bella—. Te podría contar cada historia…

Conforme se acercaban los Juegos de 1988, la prensa se ensañó con la rivalidad entre Lin y Volkova, convirtiéndola en todo un espectáculo, sin parar de especular sobre intentos de sabotaje y relaciones sentimentales secretas. Di por supuesto que la mayoría de las noticias estaban manipuladas por los medios, con su típica obsesión por enfrentar a las mujeres poderosas para que se odien.

Tras su retirada, Veronika había estado entrenando a patinadores de danza, pero solo para competir por Rusia. A diferencia de la mayoría de los preparadores de élite, se negaba a aceptar a extranjeros, por mucho que sus padres estuvieran dispuestos a pagar. Su alumna estrella era su sobrina, Yelena, que patinaba con el hijo mayor de su antiguo compañero de equipo. La gente ya estaba babeando de pensar en ver competir a Yelena contra Bella; imaginaban que la nueva generación de «la batalla de las reinas del hielo» volvería a traer una buena dosis de drama a las pistas y un aumento de la audiencia a la televisión.

Puede que Bella viera en mí una contrincante que la ayudara a prepararse para el combate final. Me daba igual; lo que yo había oído era: «Podrías ser tan buena como yo».

Aunque eso no bastaría, claro. Tenía que ser aún mejor. Y también mejor que Yelena Volkova. Pero era un buen punto de partida.

Bella se sentó en el borde de la piscina y yo me senté a su lado.

—Bueno. —Cruzó las manos sobre la rodilla como si fuera la periodista en un programa de entrevistas—. Cuéntame cuál es tu objetivo.

—¿Mi objetivo?

—Lo que, una vez que lo consigas, hará que todo esto haya merecido la pena.

—A ver... —Sabía la respuesta, pero me daba vergüenza decirla en alto. Claro que, unos meses antes, también me habría parecido imposible entrenar con Sheila Lin y allí estaba, en su jardín trasero—. Quiero ir a unos Juegos Olímpicos. Sé que Salt Lake es mucho pedir, pero quizá a los de Turín en 2006.

—¿Eso es todo?

Para Garrett y ella, llegar a las olimpiadas no era para tanto. Era lo mínimo que se esperaba de ellos.

—No —contesté—. No es todo. Quiero ser campeona nacional y campeona mundial, y quiero una medalla de oro olímpica.

Bella esbozó una sonrisita y, por un momento, creí que iba a reírse de mí, que todo había sido un truco para que le confesara mis delirios de grandeza y ella pudiera asestarme un mazazo que me devolviera al arroyo, que era el lugar que me correspondía.

Pero entonces dijo:

—Pues claro. Si no, no estarías aquí.

Nadie me había hablado así nunca. Mi padre, por mucho que me hubiera apoyado, parecía considerar el patinaje un pasatiempo infantil que acabaría abandonando cuando madurara. En cuanto a mi hermano, se tomaba mi ambición como un ataque personal.

«Zorra arrogante. ¿Te crees mejor que yo? No vales nada. No eres nadie».

—¿Y tú? —le pregunté a Bella—. ¿Cuál es tu objetivo?

—¿El mío? Yo lo quiero todo. ¿Por qué conformarse con un oro olímpico?

—¿Quieres dos, como tu madre?

—Quiero que mi madre sea una nota al pie en la página que me dediquen en los anales.

Si alguien hubiera llamado a Bella zorra arrogante —a la cara, quiero decir; mucha gente la llamaba eso y cosas peores a sus espaldas—, habría sonreído y habría respondido: «Y tanto».

Y, si quería que la empujase, la empujaría.

—¿Te hace un baño? —pregunté.

—¿En serio?

La miré sin parpadear, con una chispa de desafío en los ojos.

—Hace un frío que pela —respondió.

—¿Crees que hace frío? En mi pueblo sería una noche para ir en biquini.

El viento había arreciado y, a decir verdad, sí que hacía algo de fresco tan cerca del mar. Pero no iba a acobardarme a esas alturas.

Y Bella tampoco. Se levantó y, al sacarse el vestido por la cabeza, dejó a la vista un sujetador sin tirantes con bragas a juego de color crema. Se dio media vuelta y se tiró de cabeza a la piscina con tanta suavidad que casi ni salpicó.

Al emerger, sacudió la melena hacia atrás como una sirena.

—Venga, te toca, Shaw.

Me quité el vestido al revés que ella, agitando las caderas para que cayese al suelo. Como Bella no dejaba de mirarme, no pude evitar sentir vergüenza de mi modesta ropa interior: un sujetador negro con relleno de los baratos y unas bragas de algodón grisáceas de tanto lavarlas.

También me tiré de cabeza, aunque no con tanta gracia como ella.

En cuanto me repuse del impacto, me di cuenta de algo.

—¿Está climatizada?

Bella se rio. Le arrojé un poco de agua a la cabeza y se sumergió bajo la superficie, por lo que solo se veía una figura rutilante deslizándose entre las luces de la piscina.

Por supuesto que la piscina estaba climatizada. A los Lin solo les bastaba lo mejor. Bella volvió a emerger y las dos flotamos en silencio unos segundos. La piscina no era demasiado profunda, por lo que tocaba el fondo con los dedos.

—¿Por qué no has dicho nada? —le pregunté—. Hasta hoy, me refiero.

—No te ofendas, pero no eres precisamente accesible. Desde que llegaste, apenas le has dirigido la palabra a nadie más que a Heath.

Habría querido contradecirla, pero tenía razón. Estábamos demasiado acostumbrados a tenernos solo el uno al otro.

—¿Cuánto tiempo lleváis juntos?

No estaba segura de si quería decir como pareja de patinadores o sentimental. Nos habíamos conocido a los diez años y habíamos empezado a patinar juntos poco después; pero, en cuanto a nuestra relación…, no había una fecha clave, un antes y un después claro. Hasta nuestro primer beso había sido en la pista: un roce de labios durante un cambio de posición en una coreo, un contacto tan leve que podría haber sido accidental… de no ser por que lo volvimos a hacer durante el siguiente repaso y paramos lo suficiente como para cargarnos el comienzo de una secuencia de pasos en diagonal. Amaba a Heath Rocha desde antes de saber lo que era el amor.

—Llevamos patinando juntos unos seis años.

Aquella parecía la respuesta más sencilla. Seis años. Parecía toda una vida y apenas un suspiro.

Nuestra entrenadora, Nicole, creía que no me había percatado de la presencia de Heath cuando empezó a quedarse en el centro después de la clase de hockey. Pero, desde el primer día, había notado sus ojos sobre mí y una atracción entre ambos, a pesar de no entender lo que significaba.

Esperaba que en cualquier momento viniera, como mínimo, a decirme hola, pero acabé impacientándome. La tarde siguiente aguardé en la puerta y lo abordé antes de que tuviera ocasión de escabullirse a su asiento de siempre, en las últimas gradas.

«¿Por qué estás siempre ahí sentado mirándome?», le dije.

Él no me respondió de inmediato. Me pareció algo intimidado. Incluso entonces ya éramos de la misma estatura, pero, como yo llevaba los patines y los protectores de las cuchillas, le sacaba algunos centímetros.

«Tu música —acabó por responder—. Suena como... como una tormenta o algo así».

Me encogí de hombros.

«Supongo que sí».

Se trataba de un fragmento del «Verano» de *Las cuatro estaciones*, que Nicole había elegido cuando rechacé su sugerencia de patinar al ritmo de Paula Abdul. A pesar de los intentos de mi padre por educarme, toda la música clásica sonaba igual a mis jóvenes oídos. Heath fue el que acabó por enseñarme a apreciar los infinitos matices, texturas y emociones que podía evocar una orquesta. Con todo, me gustaba lo rápido que podía patinar al paso de las vigorosas cuerdas de Vivaldi.

«Bueno —dijo Heath—, es que eres buenísima».

Me eché el pelo hacia atrás con un gesto que debió de resultar ridículo. Solía hacerme un par de trenzas para entrenar; una siempre me quedaba más grande que la otra y los mechones se me salían todo el tiempo.

«Ya lo sé —respondí—. Así que, si quieres verme, al menos ponte en un sitio mejor».

Heath sonrió antes de colocarse en primera fila.

—Es una monada veros juntos —dijo Bella—. Pero ¿quieres un consejo? Deberíais ser un pelín más discretos.

Abrí la boca para protestar, pero me detuve al ver cómo arqueaba una ceja.

—Tu habitación está al lado de la de Gemma. Y Gemma es la mejor amiga de Josie.

Joder...

—Entonces ¿todo el mundo lo sabe?

Bella asintió.

—¿Tu madre lo sabe?

—Lo mejor que puedes hacer es aceptar que mi madre lo sabe todo.

—¿Crees que...? —Ni me atreví a terminar la pregunta.

—Bah, no te preocupes. No va a expulsaros. No por eso. Aunque, si empezara a afectar a vuestro patinaje...

—No nos afectará.

En aquella época no veía por qué nuestra relación iba a ser otra cosa que una ventaja sobre el hielo.

—Bueno, y ¿estáis enamorados? —La voz de Bella se volvió melosa y burlona—. ¿O solo folláis?

Me quedé tan pasmada por su crudeza que no supe qué contestar. Debería haberle dicho que Heath era mi novio; al fin y al cabo, era cierto. Aunque esa palabra parecía insuficiente para describir nuestra relación. Por muy enfadada que estuviera con él por haberse ido enfurruñado, era mi mejor amigo, mi familia, mi persona favorita del mundo.

—Es complicado—respondí.

Bella se rio, esta vez de forma menos digna, con un ronquidito que hizo que me cayera aún mejor.

—Ya me imagino. Pues ten cuidado.

—¿Y eso?

—Mezclar el patinaje y el romance puede ser problemático.

—¿Lo dices por tu amplia experiencia?

Tenía gracia que una quinceañera de mierda se pusiera a criticar mi relación y a darme consejitos. Seguro que ni siquiera la habían besado aún. Desde luego, no podía ni imaginar lo que Heath y yo sentíamos por el otro. Éramos almas gemelas.

—No, puaj. —Por una vez, Bella sonó exactamente como alguien de su edad. El agua de la piscina había empezado a borrarle el maquillaje y parecía aún más joven—. No tengo tiempo para chicos. Voy a ser medalla de oro olímpico a los veintidós; no me puedo permitir distracciones.

—Pues menos mal que patinas con tu hermano, ¿no?

—Créeme, también tiene sus inconvenientes.

No lograba imaginar cuáles serían. Tenía envidia de Bella, pero no por el dinero ni la mansión, ni siquiera por su talento sobre el hielo. Lo que envidiaba era su confianza, la firme creencia de que había nacido con un don, que se merecía lo mejor y que estaba destinada a conseguirlo.

Se oyó un ruido entre las sombras de la fachada lateral. Eran pasos. Bella y yo, que seguíamos en el agua, nos dimos la vuelta.

—¿Katarina?

Era Heath.

# 18

No estaba segura de cuánto habría oído Heath. Parecía perplejo, pero puede que fuera por vernos a mí y a mi enemiga número uno, Bella Lin, flotando en ropa interior en el agua.

—Andaba buscándote —dijo.

—Estaba aquí conmigo. —Aun empapada, Bella era capaz de resultar imponente—. Así que tampoco has debido de buscarla con demasiado interés.

Heath apretó la mandíbula igual que cuando Garrett me había elevado. Pero yo también estaba molesta con él. Se había largado a saber dónde durante quién sabe cuánto tiempo y juraría que había estado bebiendo. A pesar del olor del cloro y las flores nocturnas, se lo notaba. Olía como Lee.

—Ellis ya se marcha —dijo Heath—. Así que, si quieres que te lleve...

—¿Ya?

Había perdido la noción del tiempo mientras hablaba con Bella. Teníamos reservada la pista a primera hora de la mañana siguiente, como siempre. Aunque, como mi compañero estuviera de resaca, el entrenamiento iba a ser un asco.

—Quédate —sugirió Bella—. Ya te llevará alguien.

Yo sabía que Heath esperaba que saliera de la piscina de un salto y me fuera con él sin dudar a pesar de cómo me había tratado toda la noche. Eso fue lo que me convenció.

—Me quedo —respondí—. Ya te veo luego.

Al principio no se movió. Bella se despidió con un gesto de la mano, que le salpicó los vaqueros de agua.

—Buenas noches. Gracias por venir.

Heath se adentró en la oscuridad con los hombros más tensos que nunca.

—Madre mía, un pelín posesivo, ¿no? —dijo Bella—. ¿Siempre es así?

—La gente nueva le cuesta —respondí sin demasiado convencimiento.

—Bueno, pues me alegro de que te hayas quedado, porque, en realidad, quería preguntarte una cosa. ¿Qué planes tienes para la próxima temporada?

Había intentado no pensar más allá de agosto, cuando acababa el curso intensivo.

—No lo sé —respondí—. Supongo que regresaremos a Illinois. Seguiremos yendo a clase y entrenando. Espero que volvamos a llegar a los nacionales.

Tendríamos suerte si mi hermano nos dejaba entrar en casa. Y aún más suerte si con la borrachera no se ponía violento y le partía las piernas a Heath delante de mí como castigo por fugarnos. Tal vez Nicole nos dejara quedarnos en su casa, pero no era una solución a largo plazo. Y seguíamos sin tener dinero.

—¿Y si no volvierais a Illinois? —preguntó Bella—. ¿Y si os quedarais aquí?

El corazón me dio un vuelco. Tenía que estar de broma. No podía ser verdad.

—Garrett y yo llevamos tiempo buscando compañeros de entrenamiento —prosiguió—. Pero hasta ahora no hemos encontrado a nadie adecuado.

—Y crees que Heath y yo...

—Como te dije, tú me empujas y yo te empujo a ti. Ya sé que Heath y Garrett no son lo que se dice amiguitos del alma, pero, con el tiempo, mi hermano puede ganarse a cualquiera.

Dudaba mucho que pudiera ganarse a Heath. Pero tal vez no hiciera falta, tampoco tenían que llevarse bien para entrenar juntos. El odio que Heath sentía por los Lin podía hacer que se esforzara más.

—No sé si... —Tragué saliva. Aquello era humillante—. Puede que nos costase conseguir el dinero para la estancia.

No tenía ni la menor idea de cuánto podía valer pasar una temporada entera entrenando en la academia. Me faltaba más de un año para acceder a mi parte de la herencia y no me quedaban más reliquias familiares que vender.

Bella hizo un gesto de desdén con la mano.

—Bah, tú no te preocupes por el dinero. Algo se nos ocurrirá.

Allí estaba de nuevo aquella confianza. La idea de preocuparse por algo tan prosaico como el dinero no le entraba en la cabeza a Bella Lin.

Cuando era una cría de trenzas desgreñadas, de las que exigían que las vieran desde la primera fila, yo también tenía una confianza inquebrantable y medio desconectada de la realidad. Pero, después de años de pérdidas y decepciones, de malvivir y aferrarme a Heath porque era lo único que tenía, había acallado a aquella niña y la había encerrado en una cajita en mi interior.

Aquella noche me pareció que Bella me tendía la llave para abrirla.

—Hablaré con Heath —dije.

Bella, en cuyas pestañas temblaba una gota de agua, me guiñó un ojo.

—Estoy segura de que encontrarás la manera de convencerlo.

Al final, acabó invitándome a pasar la noche en la mansión: «Tenemos sitio de sobra».

¡Menudo eufemismo! La mansión de los Lin tenía como mínimo una docena de dormitorios, aunque algunos ya estaban ocupados por los medallistas de oro que habían acudido de fuera de la ciudad a la fiesta de Sheila.

Había tratado de imaginármelo: despertar bajo el mismo techo que Sheila Lin. Sentarme a la mesa de desayuno con ella y sus hijos. Ir con ellos al centro. La cara que pondrían Josie y

Gemma cuando vieran al chófer detener el coche de los Lin y a mí saliendo.

Luego me había imaginado a Heath, dando vueltas en su cama individual. Más cómodo, eso sí, que en el establo de casa. Pero igual de solo. Igual de abandonado.

Además, lo de la oferta de Bella me quemaba en el pecho. Tenía que contárselo a Heath. Tenía que hacerle ver la increíble oportunidad que era. Puede que nuestra única oportunidad de convertirnos en los deportistas que yo sabía que podíamos llegar a ser.

Tomé un taxi de vuelta a la academia, pero no fui a mi cuarto, sino que me escabullí hasta el ala norte del edificio.

No había ninguna bajante junto a la ventana de Heath, pero sí un pequeño árbol, sus raíces rodeadas de hormigón. Con las sandalias en la mano, ascendí como pude por el tronco, estremeciéndome por dentro cada vez que la corteza arañaba la tela del vestido de Arielle. Una vez que hube subido lo suficiente, golpeé el cristal con el tacón.

Heath abrió la ventana.

—¿Katarina? ¿Qué demonios haces en...?

—Cuando lo haces tú, parece mucho más fácil de lo que es. —Me levanté la falda, que se enganchaba en las ramas—. ¿Vas a dejarme entrar?

—Es tarde —respondió. Se había duchado y lavado los dientes, por lo que ya no olía a alcohol.

Era tarde, sí, pero no estaba dispuesta a esperar hasta la mañana para contárselo. Las palabras me zumbaban en la lengua como si tuviera un avispero atrapado en la boca.

Así que me alcé hasta el alféizar. Heath cedió y me agarró de las muñecas para ayudarme a entrar sana y salva, aunque no sin refunfuñar entre dientes.

—Escucha —comencé a decir en cuanto puse los pies en el suelo—. Estaba hablando con Bella y...

Heath torció la boca.

—Así que ahora sois amigas...

—¿Y qué si lo somos?

—No puedes fiarte de ella.

—Ni siquiera la conoces.

—Y tú tampoco. Creías que te odiaba y ahora, de repente...

—Quiere que nos quedemos.

—¿Que nos quedemos? —Heath dio un paso atrás—. ¿Qué quieres decir?

—Que nos quedemos aquí, en Los Ángeles. Que patinemos en la academia. Seríamos sus compañeros de entrenamiento.

No quería darle la oportunidad de meter baza. Tenía que soltarlo todo y desmontar sus argumentos antes de que se le ocurrieran siquiera.

—Bella dice que el dinero no es un problema, que algo se nos ocurrirá. Tampoco tendríamos que preocuparnos por el instituto, porque estudiaríamos con un tutor varias horas al día, igual que Garrett y ella, y el resto del tiempo podríamos entrenar.

Heath abrió la boca. Yo seguí adelante sin dejarle un resquicio.

—No tendríamos que volver a ver a mi hermano. Seríamos libres.

—No sé, Kat.

Le cogí la mano y lo conduje a la cama deshecha. Hice que se tumbara a mi lado.

—Podríamos estar juntos —le dije—. Como siempre hemos querido.

Heath se me quedó mirando con fijeza; sus ojos reflejaban el brillo de las farolas al otro lado de la ventana.

Las palabras de Bella resonaron en mi cabeza: «Encontrarás la manera de convencerlo».

—A menos que... —Me pegué a él. Uno de los finos tirantes del vestido de Arielle se me deslizó por el hombro—. A menos que no sea eso lo que quieres.

Heath introdujo un dedo por debajo del tirante, como si fuera a volver a colocarlo en su sitio, pero en cambio lo enrolló alrededor del nudillo.

—Por supuesto que quiero que estemos juntos. —La voz le sonaba ronca y se le entrecortaba la respiración—. Pero...

Lo tumbé en el colchón y me subí a horcajadas, como si estuviéramos a punto de hacer una elevación. Los ojos se le abrieron como platos cuando me saqué el vestido por la cabeza y lo tiré al suelo.

—¿Estás segura? —preguntó—. ¿Estás segura de que esto...?

—Sí.

Lo quería todo. California, las medallas de oro y la confianza inquebrantable de Bella Lin. Quería tanto talento, fama y dinero que jamás tuviera que volver a preocuparme por nada.

Y a él. Quería a Heath, lo deseaba con locura. Estaba harta de esperar.

Lo quería todo y todo iba a ser mío.

—Estoy segura —respondí—. De todo. Pero si tú...

Sabía que Heath me deseaba, pero ¿quería también el mismo futuro que yo? Antes de seguir adelante, necesitaba oírselo decir.

—Sé que es mucho pedir. Lo de quedarnos a vivir en California.

—Katarina.

—Es mucho dinero y estaremos muy lejos de casa y...

—Katarina...

Me callé. Heath se incorporó y me atrajo hacia él. Tan cerca que no era capaz de distinguir los latidos de mi corazón de los del suyo.

—Tú eres mi hogar —afirmó.

Segunda parte

# Los rivales

*Katarina Shaw y Heath Rocha están en el segundo escalón del podio del campeonato alemán Nebelhorn en 2001. Katarina se agacha para que le pongan la medalla de plata. La coleta se le queda enganchada en la cinta y Heath tira con suavidad de ella para soltarla.*

KIRK LOCKWOOD: Después de un año en la academia, Katarina Shaw y Heath Rocha habían mejorado muchísimo.

*Los Lin sonríen desde el primer escalón del podio de Nebelhorn con las medallas de oro al cuello.*

GARRETT LIN: Kat y Heath iban pisándonos los talones. Que era lo previsto desde el principio.

*Katarina y Bella se sonríen mientras suena el himno nacional de Estados Unidos.*

GARRETT LIN: Mi hermana se crecía con la presión. Cuanto más se acercaban sus notas a las nuestras, más se motivaba.

FRANCESCA GASKELL: Era inspirador ver llegar tan alto a patinadoras no mucho mayores que yo. Veía a Kat y a Bella y pensaba: «Quizá yo también pueda llegar ahí».

ELLIS DEAN: Para los demás ya daba igual. Todos sabíamos que era imposible vencer a los mellizos Lin. ¿Y ahora teníamos que pelear también con Shaw y Rocha para subirnos al podio?

KIRK LOCKWOOD: Pero aún les quedaba un largo camino por recorrer. Sobre todo a Rocha.

*Imágenes de una competición durante la temporada 2001-2002. Katarina y Heath bailan un tango durante el programa de danza original.*

KIRK LOCKWOOD: Los filos de Rocha no eran lo bastante marcados. Y las transiciones eran poco elegantes.

*La imagen se acerca a los patines de Heath y enfoca las diferencias entre su técnica y la de Katarina, luego pasa al panel de jueces, donde se ve a Jane Currer observar con gesto severo por encima de las gafas.*

GARRETT LIN: Heath era todo pasión cuando patinaba, pero le costaba afinar los detalles. Me ofrecí más de una vez a darle algún consejo, pero no le interesó.

*Nuevas imágenes de la ceremonia de medallas de Nebelhorn. Katarina abraza a Bella y, acto seguido, a Garrett.*

GARRETT LIN: El chaval casi ni hablaba, solo con Kat. Bella no hacía más que quejarse de que no era lo bastante bueno para Kat, ni en la pista ni fuera de ella. Yo pensaba que quizá fuera... Supongo que «tímido» no es la palabra correcta. ¿Orgulloso, tal vez? ¿Testarudo?

*Mientras Katarina abraza a los Lin, Heath, aparte, los fulmina con la mirada.*

GARRETT LIN: Al final dejé de intentarlo.

# 19

La primera vez nunca se olvida.

Para Heath y para mí, fue en el Skate America 2001. El día antes de que cumpliera los dieciocho.

Ni siquiera íbamos a participar en principio. Éramos suplentes, pero Parry y Alcona se retiraron por una lesión, y Reed y Branwell, porque tenían dudas sobre la seguridad durante el viaje. El campeonato se celebraba solo seis semanas después de los ataques del 11 de septiembre y todo el mundo andaba nervioso. En el aeropuerto de Los Ángeles, a Heath lo pararon para registrarlo, se supone que al azar, pero los agentes miraban con sospecha sus rasgos étnicamente ambiguos y su carnet de Illinois.

Yo, parada al otro lado de la barrera, contemplaba cada vez más furiosa cómo lo cacheaban. Era un adolescente y un ciudadano estadounidense que viajaba para representar a su país en un acontecimiento deportivo de primer nivel, nada menos. ¿Cómo se atrevían a tratarlo así? Heath lo sobrellevó con su habitual impasibilidad, pero, en cuanto lo dejaron marchar, la mano que me daba no dejó de temblarle hasta que estuvimos embarcados en nuestro vuelo.

En cualquier caso, llegamos a Colorado Springs con unos días de antelación para aclimatarnos a la altitud de la ciudad. El último día del campeonato íbamos segundos por detrás de los canadienses Olivia Pelletier y Paul McClory. La charla motivadora de Sheila antes de patinar se centró en resistir por delante del equipo italiano para asegurarnos la plata.

La coreografía y el concepto de nuestra danza libre engañaban por su aparente sencillez, con movimientos a lo Bob Fosse para una nueva versión del clásico sentimental «Fever». Sheila afirmaba que el programa era perfecto para mostrar nuestra química, pero a mí me parecía forzado, como si Heath y yo tratáramos de fingir algo que siempre nos había resultado natural. Los trajes también me parecían demasiado evidentes: terciopelo y tul negro con llamas de pedrería ascendiendo por el torso.

Sin embargo, desde los primeros golpes de cadera al ritmo de la hipnótica línea de bajo, me di cuenta de que Sheila tenía razón. El público estaba hipnotizado con cada movimiento de nuestros cuerpos, con cada momento de abrasador contacto visual que compartíamos. Heath y yo patinábamos con la potencia controlada de unas ascuas que en cualquier instante fueran a estallar en llamas, y a la gente le encantaba. Les encantábamos. Mis nervios se disiparon, no sentía más que determinación y deseo. Deseo de oro, de adoración, de Heath; todo aquel deseo ardía como una hoguera en mi interior.

Cuando nos detuvimos en la pose final, la multitud del Broadmoor World Arena rompió a vitorearnos tanto que Heath tuvo que gritarme al oído:

—Creo que podemos ganar.

De camino al *kiss and cry*, los aplausos me mareaban aún más que la escasez de oxígeno en el aire. Nuestras puntuaciones fueron las mejores que habíamos obtenido nunca, pero teníamos que esperar a que los canadienses terminaran su programa para ver si habíamos arañado el oro.

Me senté entre bastidores al lado de Sheila y Heath. Mi rodilla no dejaba de moverse contra la seda fría de los pantalones de nuestra entrenadora. Los mellizos estaban en Los Ángeles, preparándose para la Copa Sparkassen, que sería su primer Grand Prix de la temporada, así que, por una vez, teníamos a Sheila dedicada por entero a nosotros.

Cuando aparecieron las notas finales, Heath me abrazó con

tanta fuerza que mis patines dejaron de tocar el suelo. Sheila me dio una suave palmadita en el hombro y dijo: «Bien hecho, Katarina». Ganar mi primera medalla de oro a nivel sénior fue genial, pero sentí que sus palabras eran el verdadero premio.

Cuando entramos en la academia para nuestro primer entrenamiento después de Skate America, me sentía como si fuéramos una pareja de famosos. La gente se nos acercaba para darnos la enhorabuena con una sonrisa cálida y una mirada gélida de envidia. Por fin eran los demás quienes nos envidiaban a nosotros.

Salvo los Lin, claro, porque ellos no envidiaban a nadie.

—¡Aquí está la cumpleañera de oro! —exclamó Bella al verme.

Cruzó el vestíbulo para envolverme en medio abrazo mientras escondía la otra mano tras la espalda.

—¡Enhorabuena! —me felicitó Garrett—. Una medalla muy merecida para los dos. ¿Qué tal el cumpleaños, Kat?

Nos habíamos pasado la mayor parte del día siguiente a ganar la medalla respondiendo a entrevistas de prensa, actuando en la gala de exhibición y asistiendo al banquete posterior de la asociación de patinaje. Sheila no se separó de nosotros en ningún momento, contestando a los comentarios aduladores con una sensación de serena y confiada seguridad que me habría encantado poder inyectarme en vena. Nunca había pasado tanto tiempo seguido en su presencia.

Para nuestra última noche en Colorado Springs, Heath les pidió a sus compañeros de habitación que se buscasen la vida y nos dejaran a solas en el hotel. Les conté a los mellizos todo lo que Heath había hecho para que la habitación estándar del Sheraton resultara romántica: velas en la cómoda de madera aglomerada, pétalos de rosa artificiales esparcidos sobre el edredón, Portishead en el reproductor de CD. Hasta consiguió una tarta de chocolate como las que compraba mi padre por mi cumpleaños cuando era pequeña.

—Qué bonito —dijo Bella—. Yo también te he comprado algo.

—No hacía falta —protesté.

Bella puso los ojos en blanco.

—No seas tan del Medio Oeste, anda. Aquí en California, cuando alguien te hace un regalo, se le da las gracias.

Entonces sacó lo que estaba escondiendo a la espalda: una cajita envuelta con primor profesional. Heath miraba por encima de mi hombro mientras retiraba con cuidado el papel metalizado. Dentro había un rectángulo de plástico rojo cubierto de botones. Un teléfono móvil.

—Es igual que el mío, ¿ves? —Bella puso su teléfono azul al lado del rojo; eran idénticos salvo por el color—. Ni siquiera se puede conseguir todavía en Estados Unidos. Reproduce archivos de música y todo; en el mío tenemos la canción de nuestro programa para escucharla mientras viajamos.

—Gracias. —Me puse a dar vueltas al aparato en las manos—. Nunca he tenido teléfono propio.

—Ya lo sé. Pensé que iba siendo hora de que te vinieras al siglo XXI.

Pulsé uno de los botones y la pantalla digital se iluminó. Bella ya había guardado su número en la lista de contactos, al igual que el de Garrett.

—También deberíamos ir de cena —propuso Bella—. Te enviaré los detalles por mensaje de texto. Pero no te olvides de ponerlo en modo de silencio; como empiece a sonar durante el entrenamiento, mi madre te lo confiscará.

—¿Estás segura de que salir a cenar es buena idea? —me preguntó Heath en cuanto los mellizos se alejaron—. Todavía no tenemos el dinero del premio y…

—No pasa nada. Ya puedo acceder a mi herencia, ¿recuerdas?

La suma que me había dejado mi padre en el testamento no era una fortuna, ni mucho menos, pero bastaría para mantenernos un tiempo a flote. Si Heath y yo habíamos llegado a fin de mes durante el año anterior había sido a base de trabajar en las fiestas que se celebraban en la academia varias noches y fines de semana. Algunos meses recibimos un montón de propinas de los asistentes ricos que iban a las exhibiciones de patinaje, pases de modelos y galas benéficas que celebraba Sheila; otras veces tuvimos que alargar hasta el último centavo y rogar que nos aplazaran el pago de los entrenamientos. Daba gracias por poder trabajar, pero pronto empezó a pesarme. ¿Cómo íbamos a superar a los Lin si nos pasábamos los ratos libres plantados en un rincón con el uniforme de camareros viendo cómo ellos se mezclaban con la flor y nata de Los Ángeles?

Con qué facilidad se movían los Lin por el mundo, consiguiendo lo que se les antojara sin tener que luchar, esforzarse o pedirlo siquiera. Cuando estaba con ellos, sentía que iba a rebufo, pero, si me pegaba lo suficiente, me llevarían a donde quería llegar.

Siempre y cuando me mantuviera un paso por detrás.

Durante la pausa para el almuerzo, saqué mi móvil nuevo y me escondí en uno de los vestuarios para llamar a mi banco en Illinois. El aparato se me hacía raro en la mano, como si fuera un juguete infantil, pero me sentí de lo más adulta cuando me presenté a la cajera y le expliqué por qué llamaba.

—Felicidades con retraso, señorita Shaw —respondió—. Ahora mismo verifico lo que me pide.

Le di los detalles de la cuenta y oí cómo tecleaba rítmicamente para introducir los datos. Todo iba según lo previsto. Heath y yo nos estábamos adelantando a nuestros competidores. Habíamos ganado nuestros primeros oros. Como la segunda cita del Grand Prix, que tendría lugar en San Petersburgo, se nos diera bien, podríamos llegar a la final, lo que supondría un ensayo estupendo para los nacionales. Si manteníamos la trayectoria, hasta podríamos calificarnos para los mundiales en primavera.

Y entonces seguro que nos llegarían oportunidades de patrocinio. A menos que fueras campeón olímpico, los patrocinadores no iban a hacerte rico, pero, si sumábamos el dinero de la herencia, tendríamos bastante margen. Se acabaría lo de sufrir por salir una noche a cenar. Quizá incluso podríamos dejar la residencia y mudarnos a un piso solo para nosotros. Probablemente un estudio en alguna zona medio peligrosa de la ciudad, pero al menos estaríamos solos.

—Gracias por su paciencia, señorita Shaw. Efectivamente, tiene acceso a la cuenta en cuestión desde el día de su decimoctavo cumpleaños. Sin embargo, ahora mismo la cuenta carece de fondos.

Agarré el teléfono con fuerza.

—¿Cómo?

—La cuenta está a cero. Bueno, técnicamente el balance es negativo, dado que hace poco se han cargado varias comisiones por descubierto. ¿Le gustaría solucionarlo hoy?

Cuando una es deportista profesional, se le enseña a visualizar el futuro exacto que desea. Cada paso de un programa perfecto. La vista desde lo alto del podio. El peso de una medalla olímpica alrededor del cuello. Pero no hace falta más que un segundo —un resbalón con la cuchilla, un fallo en la concentración, una chispa de duda— para que todo se venga abajo.

—¿Quién ha retirado los fondos? —traté de preguntar con aplomo, aunque la voz me temblaba. Tenía que ser un error. El abogado de mi padre habría traspasado el dinero a otra cuenta o...

—El titular principal de la cuenta —me dijo la cajera—. Leland Shaw.

# 20

No podía contarle a Heath lo del dinero. Se iba a enfurecer tanto como para gastarse nuestro último dólar en volar de vuelta a Illinois para arrearle un puñetazo en los dientes a Lee.

Era mi hermano. Mi problema. Estaba decidida a solucionarlo yo sola.

Marqué el número de la casa de mi niñez en mi flamante teléfono nuevo. Sonó y sonó y sonó. Estaba a punto de rendirme y colgar.

Por fin respondió alguien.

—¿Dígame? —Una voz de mujer, ronca y melosa.

—Hola. —Intenté que mi tono no dejara traslucir la rabia que sentía. Fuese quien fuese, aquella situación no era culpa suya—. ¿Se puede poner Lee?

—¿De parte de quién?

Incluso a través de la neblina de sustancias que hubiera consumido, se le notó el arranque de celos. Cómo el idiota de mi hermano se las ingeniaba para que todas aquellas mujeres le hicieran caso, y hasta compitieran por su atención, era algo que no lograba comprender.

—Katarina —respondí—. Su hermana.

Se oyeron ruidos de roce mientras le pasaba el teléfono.

—¿Sí? —dijo Lee, y bastó esa palabra para que supiera que estaba borracho. Más tarde entendería que la adicción de Lee era una enfermedad, pero a los dieciocho lo único que sabía era que el mierda de mi hermano mayor había vuelto a jugármela.

—¿Dónde está, Lee?

—¿Katie? ¿De verdad eres t...?

—¿Qué has hecho con mi dinero?

—¿Cómo que «tu» dinero? —Rompió a reír, pero a medio camino la carcajada se convirtió en un acceso de tos—. ¿Estás de coña?

—Papá me lo dejó a mí. He cumplido los dieciocho, así que...

—¡Así que nada! Los dos sabemos que ya has gastado mucho más de lo que te correspondía.

—¿Qué demonios quieres decir?

—Todas esas piruetas en el hielo y esos vestiditos tan monos no se pagan solos, princesa. ¿Sabes lo que me dejó a mí papá al morir? Un marrón de cojones.

—No. —Negué con la cabeza—. Mientes. Te lo has gastado todo en drogas o...

—Se endeudó para que tú y ese mierdecilla aprovechado siguierais compitiendo. Lo siento mucho, hermanita, pero la mitad de nada es nada.

Sabía que el patinaje era un deporte caro y que nuestra familia no era rica, pero mi padre no se había quejado nunca ni había mencionado problemas de dinero. Se había limitado a seguir firmando los cheques.

Si Lee había tenido que recurrir a mi herencia para cubrir las deudas de papá, lo mínimo que podría haber hecho era hablarlo primero conmigo. Tampoco es que yo me hubiera dejado ver mucho los últimos años, pero, que supiera, ni siquiera había intentado buscarme.

—Si tan mal vas de pasta —dije—, podemos vender la casa.

—La casa no se vende —contestó Lee tajante. De repente ya no arrastraba las palabras.

—¿Por qué no?

—Nuestros antepasados la construyeron con sus propias manos, Katie. Es...

—Deja de llamarme Katie.

—Papá y mamá están enterrados aquí.

—Y tú ni siquiera visitas su tumba, Leland.

—¿A ti qué te importa? —respondió—. Te marchaste. Te marchaste y me dejaste tirado.

Era lo más parecido a que mi hermano me dijera que me echaba de menos.

La línea se cortó.

—¿Lee? —Clavé tanto las uñas en el teléfono que arañé la superficie satinada. Me había colgado—. ¡Lee!

Con un grito frustrado, cerré el aparato.

—¿Todo bien?

Al levantar la vista, me encontré la puerta del vestuario abierta y a Garrett Lin en el umbral. Qué bien.

Otra cosa que había aprendido en la Academia de Hielo Lin era a parecer tranquila y serena cuando no lo estaba en absoluto. Respiré hondo para que me bajaran las pulsaciones. Las medallistas olímpicas no gritaban y solo lloraban lágrimas bonitas y fotogénicas.

—Estoy bien —respondí—. Es que... me han llegado malas noticias.

Garrett frunció el ceño, preocupado.

—Lo siento. ¿Hay algo que pueda hacer?

—No, no. Ha sido un problema de falta de comunicación. Mi hermano mayor se ha gastado el dinero con que se suponía que iba a pagar los entrenamientos del mes que viene.

Y los del mes pasado, y los de todos los puñeteros meses hasta los nacionales.

—No sabía que tenías un hermano. —Garrett se apoyó en el marco de la puerta. Habría jurado que, cada vez que lo veía, había pegado otro estirón; casi le sacaba treinta centímetros a Bella—. ¿Vive en Illinois?

Asentí. A pesar de que pasaba cada vez más tiempo con los Lin, pocas veces hablábamos de nada que no fuera el patinaje. En la academia nadie sabía nada de mi pasado. Lo único que había merecido la pena llevar conmigo era Heath.

—Bueno, si quieres, yo encantado de hablar con mi madre —propuso Garrett—. Estoy seguro de que no le importará que pagues un poco más tarde.

No quería contarle que su madre ya nos había ofrecido varios aplazamientos bastante generosos. El dinero del Grand Prix podía sacarnos del atolladero, pero sin la herencia no tardaríamos en endeudarnos de nuevo. Y no había muchas posibilidades de que volviéramos a ganar en la próxima competición, porque nos enfrentaríamos tanto a los Lin como a los rusos.

—No pasa nada —dije—. Nos apañaremos.

—Quizá pueda ayudaros yo.

—Es un detalle por tu parte, Garrett. —Si me hubiera tratado con lástima, lo habría odiado, pero Garrett era todo encanto y sinceridad. Me pregunté cómo sería tener un hermano así y no el zángano que me había tocado en suerte—. Pero no puedo aceptar dinero tuyo.

—No me refiero a eso. —Dio un paso al frente y dejó que la puerta se cerrara tras él—. ¿Qué vas a hacer el próximo sábado? Podría conseguirte un trabajillo.

Me explicó que se trataba de una sesión de fotos para una marca de ropa de deporte. También participaría Bella. La empresa era más bien pequeña y conocida sobre todo en los mercados asiáticos, pero siempre estaban en busca de embajadores que supieran moverse delante de la cámara.

—No pagan gran cosa —me advirtió—. Pero el diseñador es un viejo conocido de mi madre y, si le gustas, podría volver a contar contigo en el futuro.

—Te agradezco la oferta… —Vacilante, me mordí el labio.

—¿Pero?

—A ver, no tengo lo que se dice… pinta de modelo.

—Pero ¿qué dices? —Garrett sonrió—. Si eres preciosa.

«Solo intenta ser amable». Eso fue lo que le dije a Heath el Cuatro de Julio y, de pie en aquel vestuario con Garrett Lin mirándome a los ojos, me dije lo mismo.

A Heath no iba a gustarle, pero tampoco tenía por qué enterarse, ni del trabajo de modelo ni de la herencia desaparecida ni de nada. Yo me ocuparía de todo y seguiríamos adelante hasta conseguir la siguiente medalla de oro.

—Gracias —le dije a Garrett—. Allí estaré.

GARRETT LIN: No voy a ocultar que mi hermana y yo nos criamos con ciertas ventajas. También teníamos unas expectativas altísimas que cumplir.

KIRK LOCKWOOD: Los Lin hicieron una temporada espectacular. Shaw y Rocha también estuvieron bien, pero el oro en Skate America fue lo máximo a lo que llegaron.

*En el campeonato nacional de Estados Unidos de 2002 en Los Ángeles, Bella y Garrett Lin ganan la medalla de plata por tercer año consecutivo. Katarina Shaw y Heath Rocha también suben al podio, pero en cuarta posición, la medalla de peltre.*

GARRETT LIN: Básicamente, seguíamos siendo unos críos, pero, como éramos los hijos de Sheila Lin, no bastaba con que compitiéramos. Se esperaba que ganáramos.

JANE CURRER: Hay quien piensa que cometimos un error al poner a los Lin de suplentes para Salt Lake en lugar de meterlos en el equipo olímpico.

GARRETT LIN: A mí no me importó ser suplente, todavía no había llegado nuestro momento. Pero, en cambio, mi hermana...

KIRK LOCKWOOD: Al acabar unos juegos es la ocasión perfecta para que una nueva generación de patinadores dé el paso al frente y se haga valer para las siguientes olimpiadas.

JANE CURRER: El campeonato mundial se celebra unas semanas después de los juegos, por lo que muchos patinadores olímpicos descansan y no participan. O anuncian sus planes de retirarse.

*En los Juegos Olímpicos de Invierno de Salt Lake City, Utah, de 2002, el anterior equipo puntero estadounidense, formado por Elizabeth Parry y Brian Alcona, ofrece una actuación decepcionante, sembrada de errores. En la conferencia de prensa posterior, confirman su retirada inmediata.*

KIRK LOCKWOOD: Cuando es año olímpico, el campeonato mundial constituye una oportunidad de oro.

JANE CURRER: Con la retirada de Parry y Alcona y la renuncia de Reed y Branwell a participar en los mundiales, algunos de los equipos de menor nivel tuvieron oportunidad de competir.

GARRETT LIN: En el equipo para los mundiales de 2002 estábamos Bella y yo, Kat y Heath, y Josie y Ellis.

ELLIS DEAN: Nadie creía que Josie y yo tuviéramos opción real de medalla. Bueno, puede que el padre de Josie, pero también pensaba que Ronald Reagan había sido nuestro mejor presidente, así que...

*La pantalla se divide en dos imágenes: Katarina y Heath en lo alto del podio de Skate America, Bella y Garrett con las medallas de oro del Grand Prix en la Copa de Rusia de 2001.*

ELLIS DEAN: No, todo giraba en torno a Lin y Lin contra Shaw y Rocha. Y el campeonato se convirtió en un espectáculo memorable. Aunque no en el sentido en que esperábamos ninguno.

# 21

Cuando desperté la mañana de la final del campeonato mundial de 2002, estaba segura de que sería el mejor día de mi vida.

La danza libre no tenía lugar hasta la tarde, por lo que Bella sugirió que pasáramos la jornada mimándonos. También invitó a su hermano y a Heath. Garrett prefirió ir de turismo a unos santuarios sintoístas con otro grupo de patinadores. Heath simplemente rehusó.

—Además, ¿cuánto cuesta el spa ese? —me había preguntado mientras me vestía a la grisácea luz matinal. Estaba tumbado de través en el futón sobre el suelo; para poder estar juntos en el hotel oficial del campeonato habíamos tenido que conformarnos con una habitación de estilo japonés que ningún otro occidental quería.

—Yo qué sé. Paga Bella.

Ya iba tarde y el teléfono no dejaba de zumbarme cada vez que llegaba uno de sus mensajes de texto.

—Cómo no... —Se acomodó sobre las almohadas de trigo sarraceno y cogió el walkman. La música de Nine Inch Nails resonó por los auriculares—. Más te vale ir saliendo. No querrás hacer esperar a su alteza real.

Los Lin estaban alojados en un establecimiento de cuatro estrellas a pocas manzanas. Bella me recibió en medio del silencio monástico del vestíbulo y me metió de tapadillo en el bufet de desayuno, donde me llené el plato de fideos *soba* recién preparados y manzanas *shinshu*. Luego fuimos en coche privado a un spa de aguas termales en el campo, donde pasamos varias horas alternando piscinas de agua helada con otras humeantes que me dejaron los músculos tersos y la piel luminosa.

—Tenéis opciones reales de conseguir el bronce —me dijo Bella mientras volvíamos a la ciudad de Nagano. Íbamos juntas en el asiento trasero y las dos olíamos a la mezcla de aceites esenciales del spa, a base de plantas de temporada recogidas en las mismas sierras que veíamos pasar a toda velocidad a través de los cristales tintados.

—¿Tú crees?

Bella asintió.

—Puede que hasta la plata si los rusos la pifian de nuevo.

Heath y yo íbamos cuartos tras la danza original, a un solo punto por detrás de los franceses y muy por delante de la pareja canadiense a la que habíamos vencido en Skate America. Los rusos habían llegado al campeonato pensando que dominarían el podio igual que habían hecho en las olimpiadas, pero una serie de errores inusitados habían sacado a una de las parejas de la competición y habían dejado a Yelena Volkova y su compañero —que acababan de ganar el bronce en Salt Lake City y eran favoritos para llevarse el mundial— en segunda posición, por detrás de los Lin.

—Arielle y Lucien llevan toda la temporada sufriendo con la elevación combinada —dijo Bella—. Además, tienen cero química, lo que resulta aún más evidente cuando patinan justo detrás de ti y de Heath. Si se os da bien, podéis superarlos.

En aquel momento, sus palabras me halagaron. Ahora, echando la vista atrás, entiendo lo que me estaba diciendo en realidad: puede que Heath y yo tuviéramos opción de medalla, pero el oro quedaba fuera de nuestro alcance. Porque era absolutamente imposible que pudiéramos vencerlos a Garrett y a ella.

Siendo justos, era verdad que nunca lo habíamos hecho. Heath no llegaba a entender por qué me molestaba tanto. A él le gustaba ganar, pero no sentía el mismo anhelo punzante de la ambición, el pozo sin fondo en mi interior que, por mucho que lo llenara, no hacía sino pedir más y más.

A Bella no hacía falta que se lo explicara, porque ella sentía exactamente ese mismo anhelo. Y eso significaba que me conocía a un nivel que Heath, a pesar de nuestra historia juntos, jamás alcanzaría.

Bella había reservado para después del spa en un restaurante famoso por lo tierno de su carne; las vacas se alimentaban con las mismas manzanas que habíamos disfrutado en el desayuno. Heath había aceptado unirse a nosotras, aunque a regañadientes.

Cuando el coche nos dejó cerca del templo Zenkoji, Heath ya estaba esperando en la acera, encogido contra el viento. Yo apenas sentía el frío. Era como si un pequeño sol brillase en mi interior e irradiase su cálida luz por todo mi cuerpo.

—¿Qué tal el spa? —preguntó, acercándose a mí.

—¡Genial! —respondí al tiempo que lo besaba. Sus labios estaban fríos como el mármol—. Tenían un montón de piscinas con minerales y...

—Me muero de hambre —gruñó Bella—. Os juro que podría comerme una vaca entera.

Enlazó el brazo con el mío y tiró para alejarme. Heath echó a andar detrás de nosotras. El restaurante estaba en una callejuela apartada de la vía más turística que conducía a la puerta del templo. Nagano era un extraño cóctel de antiguo y moderno, con bloques de oficinas de acero y cristal y tiendas de moda rápida mezcladas con santuarios de tejados en pagoda y primorosos jardines de meditación. Hasta había uno zen escondido detrás de nuestro hotel, su entrada flanqueada por sonrientes leones de piedra. Heath había querido explorarlo, pero le dije que debíamos esperar hasta haber acabado la competición.

Bella tomó velocidad, zigzagueando entre los visitantes que deambulaban con paso tranquilo, y tiró de mí para que le siguiera el ritmo..., hasta que vi algo que me hizo detenerme, boquiabierta.

—¿Qué pasa? —preguntó. Entonces ella también lo vio.

Una valla publicitaria en el lateral del edificio que teníamos delante mostraba una fotografía enorme de dos modelos que posaban juntos con ropa negra muy ceñida.

Garrett Lin. Y yo.

Cuando Garrett me dijo que la marca de ropa era más popular en Asia, me imaginaba que el anuncio aparecería en las páginas de papel cuché de las revistas de moda surcoreanas, puede que hasta en alguna que otra parada de autobús de Pekín. Nada parecido a aquello.

—¡Qué cabrona! —Bella me dio un golpecito amigable en el brazo—. Pero si estás de muerte.

Los pasos de Heath, que se apresuraba a nuestras espaldas tratando de seguirnos el ritmo, se detuvieron de repente.

—¿Qué demonios es eso? —siseó entre dientes.

# 22

El día de la sesión de fotos con Garrett era un borrón en mi memoria.

Luces estridentes, atronadora música electrónica y un fotógrafo que no paraba de gritar: «Arquea la espalda, inclina la cabeza, más, sí, sí, justo así, quieta, ni se te ocurra moverte». Hacía un frío helador y tuve que concentrarme a fondo para no estremecerme cada vez que las manos congeladas de Garrett me rozaban la piel. La experiencia fue extraña, incómoda. Nada sexy.

Pero nadie lo habría imaginado al ver el producto acabado. En la valla publicitaria, Garrett aparecía sin camisa y los pantalones se le pegaban tanto que podrían haber sido mallas de ballet; yo llevaba un pantalón corto y un top que apenas me tapaba el escote. Tenía la pierna rodeándole la cadera, él me agarraba el muslo desnudo y ambos nos mirábamos a los ojos.

Salvo que no había sido así. Recuerdo perfectamente que le miraba la oreja o el mechón de pelo de la frente porque se me hacía demasiado incómodo mirarlo de frente. Aun así, el fotógrafo había conseguido que pareciera no solo que lo miraba a los ojos, sino directamente al alma.

Y ahora el que se negaba a mirarme era Heath.

—Se me ha quitado el hambre —musitó al tiempo que se daba media vuelta.

Eché a andar detrás de él. Bella me agarró del brazo.

—Deja que se vaya. Se está comportando como un imbécil.

—Pero tenemos que patinar esta noche.

—¿Y? ¿Vas a suplicarle que te perdone? Anda y que le den. No has hecho nada malo.

Le había mentido; por omisión, al menos. Porque sabía con exactitud cómo iba a reaccionar.

Mi primer instinto fue aplacar sus sentimientos heridos, como hacía siempre. Pero, al levantar la vista a la valla publicitaria, pensé que no quería ser la de siempre. Quería ser la mujer valiente y confiada que veía en la foto. Aquella mujer no se disculparía, no se rebajaría ni daría explicaciones.

—Tienes razón. —Volví a enlazar mi brazo con el suyo—. Vamos a comer.

No volví a ver a Heath hasta la hora de marcharnos al complejo deportivo. El autocar iba tan lleno que tuvo que sentarse a mi lado, pero estaba claro que seguía cabreado. Mientras el resto de los patinadores charlaban entre ellos o cantaban al ritmo del k-pop que sonaba en la radio, él siguió rumiando su enfado hasta llegar al estadio M-Wave.

Se suponía que su silueta crestada se había diseñado imitando el paisaje montañoso de Nagano, pero más bien parecía un armadillo tumbado sobre la hierba helada. Sin embargo, la primera vez que atravesamos sus puertas, el corazón me dio un vuelco al saber que estaba en uno de los escenarios de las Olimpiadas de 1998. Heath y yo las habíamos visto en la tele con catorce años y, cuatro más tarde, allí estábamos, a punto de competir en nuestra primera final del campeonato mundial.

A punto de competir, sí, y sin hablarnos. Llevamos a cabo nuestra rutina prepatinaje por separado. Hice los estiramientos sola, usando las paredes de bloques de hormigón en lugar de sus manos para obtener el soporte y la resistencia necesarios.

Esperaba que, una vez en el hielo, la memoria muscular —o la costumbre pura y dura— se hiciera cargo de todo. Pero Heath ni siquiera me dio la mano durante el calentamiento en grupo.

Después de maquillarme, solía ponerle el delineador de ojos —solo un poco a lo largo del nacimiento de las pestañas, suficiente para que se le viera la expresión desde las últimas gradas—, pero decidió que también iba a hacerlo solo. La línea negra estaba tan mal hecha que le daba un aspecto medio salvaje. Nos quedamos cerca de los laterales de la pista, tensos e incómodos, con un gran espacio entre nosotros, mientras nuestros adversarios giraban y se deslizaban en perfecta sincronía.

Nuestros entrenadores observaban desde las barreras. El equipo de Canadá se encontraba entre Sheila y Veronika Volkova, como si sintiera que era necesario interponer una zona neutral. Veronika llevaba el pelo de un rubio aún más claro que cuando patinaba y un abrigo camel con un llamativo cuello que subrayaba lo anguloso de sus rasgos. Era una de las pocas mujeres en la danza sobre hielo más alta que yo, aunque su compañero, Mijaíl, superaba el uno ochenta aun sin patines.

Yelena Volkova tenía el mismo cabello pálido y los ojos felinos de su tía, pero, por lo demás, no podrían haber sido más distintas. Acababa de cumplir los dieciséis, pero era tan menuda y frágil que aparentaba aún menos. Su compañero —Nikita Zolotov, el hijo de Mijaíl— tenía veintipico, por lo que ella parecía aún más niña en la pista.

Quedaban dos minutos de calentamiento cuando Sheila nos hizo un gesto a Heath y a mí para que nos acercáramos. Me preparé para lo peor, pero, si ella conseguía que Heath dejara de estar de mal humor, merecería la pena.

En cuanto se puso los protectores en las cuchillas, sin embargo, Heath se marchó y me dejó a solas con Sheila.

—Lo siento. —Las palabras que me negaba a decirle a Heath me salieron en tromba en cuanto me enfrenté a la mirada intimidante de nuestra entrenadora—. Está enfadado conmigo porque...

Sheila levantó una mano.

—No me importa. Salen a pista dentro de cinco minutos. Haga las paces con él.

—¿Por qué tengo que ser yo quien se disculpe?

En cuanto las palabras escaparon de mi boca deseé habérmelas tragado. Nadie hablaba así a Sheila Lin.

Para mi sorpresa, suavizó el tono.

—Sé cómo se siente, créame. Pero ¿qué le importa más, señorita Shaw, su actuación o su orgullo?

No entendía por qué tenía que escoger, pero estábamos en los mundiales y a punto de conseguir una medalla de bronce.

Así que fui a buscar a Heath, dispuesta a decir o hacer lo necesario para que me perdonara, al menos hasta el final del programa libre. Los entrenamientos en la academia habían hecho que mejorara como patinadora, pero también me habían enseñado a aguantar la presión. Daba igual que una se sintiera triste, dolorida o tan cabreada que quisiera chillar, había que conservar la sonrisa en los labios. Y había que convencer a todo el mundo —el público, los jueces, hasta la propia pareja— de que era una sonrisa genuina.

Había llegado a los dos escalones que conducían a la zona de bastidores cuando Garrett me abordó.

—Hola —dijo—. ¿Todo bien?

—Todo estupendo. —Traté de mirar por detrás de él, pero sus anchos hombros me impedían ver. Todavía llevaba la chaqueta extragrande del equipo de Estados Unidos con la cremallera subida por encima del traje de gasa gris que vestiría para la sombría pieza orquestal en homenaje a las víctimas del 11-S. La coreografía ya estaba terminada meses antes de los ataques, pero su madre sabía reconocer cualquier oportunidad de hacerse publicidad—. ¿No habrás visto a...?

—Bella me ha contado lo del anuncio. Dice que a Heath le ha molestado. —Garrett se me acercó aún más—. Si quieres, puedo hablar yo con él y asegurarme de que sepa que... no pasó nada o...

—Te agradezco el ofrecimiento, pero lo tengo bajo control.

O lo tendría si conseguía hablar con Heath a tiempo. La pareja de Japón, que ocupaba la quinta posición, ya había comenzado su programa, así que había empezado la cuenta atrás.

—Vale —respondió Garrett—. Bueno, pues buena suerte en la pista. Lo habéis estado haciendo genial.

—Vosotros también. —Le sonreí—. ¿Nos vemos en el podio?

—Nos vemos en el podio.

Garrett se alejó después de darme un breve apretón en el hombro. La música de los patinadores japoneses pasó a la sección lírica, más lenta, lo que quería decir que habían llegado a la mitad de su programa. Tenía que encontrar a Heath.

Pero ya me había encontrado él.

Si antes me miraba con frialdad, ahora ardía de furia. A pesar de la distancia notaba su calor, como si me encontrara demasiado cerca de una hoguera.

—Lo siento —dijo. Era justo lo que quería oír, pero en absoluto el tono con que quería oírlo—. ¿Necesitabais privacidad?

—Basta. —Tiré de él hasta situarnos por detrás de los monitores, que mostraban a la pareja de Japón realizando una compleja pirueta combinada—. Garrett solo...

—Te estaba tocando.

—Me ha dado un apretón en el hombro.

—Veo de sobra cómo te mira. Y no solo en el puto anuncio ese.

—«El puto anuncio ese» es la única razón por la que estamos aquí.

Heath frunció el ceño.

—¿Cómo?

—Sin lo que me pagaron por la sesión de fotos, tendríamos que haber dejado la academia hace meses.

Resultó que el «no pagan gran cosa» de Garrett era más dinero del que jamás había visto junto, suficiente para cubrir nuestros gastos el resto de la temporada.

—¿Y tu herencia? —preguntó Heath.

—Se la gastó Lee. Toda. Y, si no hubiera sido porque Garrett me consiguió ese trabajo...

—No quiero saber...

—Si no hubiera sido por Garrett —repetí, alzando la voz—, ni siquiera habríamos llegado a los mundiales. Así que deberías estarle agradecido.

Heath se quedó callado un momento. Yo esperaba que sus

siguientes palabras fueran algo del tipo: «¿Por qué no me lo dijiste?», o incluso: «Voy a matarlo», refiriéndose a Lee, o a Garrett, o a ambos.

Pero lo que dijo fue:

—¿Te atrae?

Puse los ojos en blanco.

—Anda ya.

—¿Te atrae o no?

En el estadio retumbaban los aplausos mientras el equipo japonés saludaba en la pista. Tendríamos que haber estado ya allí, preparados para saltar al hielo en cuanto ellos se sentaran en el *kiss and cry*.

—Solo fue una sesión de fotos —respondí—. Venga, que tenemos que...

—Es una pregunta sencilla, Katarina. Sí o no.

Era una pregunta insultante, así que merecía una respuesta a la altura.

—Por supuesto que Garrett me atrae. Es atractivo.

Heath abrió la boca para contestar, pero continué como una apisonadora.

—Si confiaras en mí, no importaría.

—¿Si confiara en ti? —Heath emitió una carcajada desdeñosa—. ¿Cómo voy a confiar en ti si me mientes? Si guardas secretos y actúas a mis espaldas con...

—¡Porque sabía que ibas a reaccionar así! Es justo que tenga más amigos, Heath.

Más aplausos. Habían aparecido las puntuaciones. Nos habíamos perdido el calentamiento en pareja entero.

—Cuando estás con ellos eres otra persona —dijo—. Casi no te reconozco.

Pensé que era el motivo por el que habíamos ido a la academia: ser diferentes. Mejores. La mejor versión posible de nosotros. Tenía razón, había cambiado.

El problema era que él no había cambiado nada. Era el mismo chico que había conocido hacía casi una década, herido, testarudo y tan solitario que había hecho de mí todo su mundo.

En el interior de Heath también había un pozo sin fondo, pero no tenía nada que ver con la ambición. Por mucho amor que le diera, nunca sería suficiente. Él quería serlo todo para mí igual que yo lo era todo para él.

Y siempre querría más.

«Y a continuación, representando a Estados Unidos de América, ¡Katarina Shaw y Heath Rocha!».

—Nos toca. —Le tendí la mano—. Tenemos que salir.

Se oyó un rumor confuso entre la multitud ante nuestro retraso. Como no saliéramos al hielo en los dos minutos siguientes a que anunciaran nuestros nombres, nos descalificarían.

—Heath, por favor. Hemos llegado hasta aquí. Este es nuestro sueño, nuestro...

—No, Katarina. —Suspiró al tiempo que me daba la mano—. Es «tu» sueño.

*Katarina Shaw y Heath Rocha salen a pista durante el campeonato mundial de 2002 en Nagano.*

KIRK LOCKWOOD: Desde el momento en que salieron se vio que algo no iba bien.

*La imagen enfoca primero la cara de Katarina y luego la de Heath. Los dos están ceñudos y lanzan miradas severas al otro. Empieza a sonar «Fever».*

ELLIS DEAN: Aquel programa fue la movida más pasivo-agresiva que jamás había visto. Y mira que soy del sur, cariño.

*Más imágenes de la danza libre de Shaw y Rocha. Simplemente ejecutan los elementos, no hay conexión, no se miran. Durante la secuencia de* twizzles, *Katarina va una vuelta entera por delante de Heath y él tropieza en el último giro.*

KIRK LOCKWOOD: Era como si todo el calor que había entre ellos se hubiera evaporado.

JANE CURRER: Fue una lástima, pero es lo malo de jugárselo todo a... la química.

*Un momento posterior en el programa: Katarina alarga la mano hacia Heath, pero están más separados de lo que deberían. Sus dedos se tocan, pero no consiguen agarrarse.*

GARRETT LIN: Me sentí fatal. Estaban peleados por mi culpa.

*Corte a Veronika Volkova, sentada muy recta en un sillón de terciopelo rojo en su apartamento moscovita. Ronda los sesenta y pico y tiene el pelo completamente blanco.*

**VERONIKA VOLKOVA**: En Rusia no se toleran semejantes chiquilladas de telenovela.

*Katarina y Heath llegan al final del programa. En cuanto para la música, rompen la pose, como si no aguantaran tocarse un segundo más.*

**VERONIKA VOLKOVA**: Los sentimientos personales no tienen cabida en el hielo. Muchos días, Mijaíl y yo casi no soportábamos vernos, pero ¿se notaba mientras patinábamos? No. Porque éramos unos profesionales.

**GARRETT LIN**: No debería haber mirado. Verlos así... me afectó a la cabeza.

**KIRK LOCKWOOD**: Aquel día, los Lin tampoco patinaron al nivel que acostumbraban.

*Durante el programa libre de los Lin en el campeonato mundial de 2002, Garrett pierde el equilibrio un instante al salir de una elevación estacionaria y Bella casi se le cae. Consigue salvarlo en el último segundo, pero su hermana le lanza una mirada asesina antes de recobrar la compostura.*

**GARRETT LIN**: Fue culpa mía y me sentí como si fuera el fin del mundo. Años después, por la noche todavía me quedaba despierto pensando en aquel programa. Les había fallado a mi hermana y a mi madre, y no se me ocurría qué podía haber peor que aquello. Es curioso: qué poca imaginación tenía a los diecisiete, ¿verdad?

# 23

«En primera posición, y campeones mundiales de danza sobre hielo 2002…».

Los flashes de las cámaras iluminaron el estadio con un torrente de pequeñas explosiones.

«¡Yelena Volkova y Nikita Zolotov, de Rusia!».

Yelena y Nikita echaron a patinar de la mano, sus trajes artísticamente deshilachados ondeando a su alrededor, y accedieron a la alfombra roja extendida sobre el hielo.

«Ganadores de la medalla de plata, ¡Arielle Moreau y Lucien Beck, de Francia!».

La solemne música con instrumentos de viento me hizo rechinar los dientes. Cuando Arielle y Lucien se subieron al podio, no dejé de aplaudir ni de sonreír. No iba a mostrar mal perder.

Heath estaba sentado a mi lado con las manos sobre el regazo. Ya no parecía enfadado, solo triste. Vencido. Se hacía raro tenerlo tan cerca y no tocarlo.

No podía ni mirarlo a la cara. Como lo hiciera, rompería a gritar.

«En tercera posición, y ganadores de la medalla de bronce, ¡Isabella Lin y Garrett Lin, de Estados Unidos de América!».

La medalla que habría supuesto todo un logro para Heath y para mí no era más que un premio de consolación para Bella y

Garrett. Cuando esta se inclinó para que se la colgaran del cuello, se tensó como si el oficial fuera a encadenarla a una galera.

«Zorra desagradecida», pensé. Pero no dejé de sonreír.

«Levántense para escuchar el himno nacional de los campeones».

Nos levantamos y Heath me rozó los nudillos, pero yo cerré el puño. Tendríamos que haber estado en aquel podio con la bandera estadounidense alzándose sobre nuestras cabezas, no sentados en el graderío, mirando.

Me rodeó la mano cerrada con la suya y se inclinó para que pudiera oírlo por encima de los compases triunfales del himno ruso.

—La próxima vez lo haremos mejor.

Me eché hacia atrás. Heath se estremeció como si lo hubiera golpeado.

—¿Qué te hace pensar que habrá una próxima vez?

Antes del campeonato, éramos un equipo al alza, prometedor. Ahora éramos un chiste. Sheila no había vuelto a abrir la boca desde que nuestras pésimas notas aparecieron en la pantalla; si accedía a entrenarnos una temporada más, sería un milagro. O un acto de caridad, lo que era aún peor. Con un entrenador peor —y, en lo que a mí se refería, cualquier entrenador sería peor que Sheila Lin—, no tendríamos opciones de volver a arañar una posición de relevancia.

Puede que fuera lo que Heath quería, de forma consciente o inconsciente. Dejar la academia implicaba dejar California. Dejar a los Lin. Volvería a tenerme solo para él.

«Señoras y señores, ¡los medallistas mundiales de 2002!».

Los patinadores se apiñaron en el escalón superior y posaron para las fotos oficiales antes de dar la vuelta de la victoria alrededor de la pista. Empecé a bajar las escaleras del graderío sin esperar a ver si Heath me seguía.

Para cuando llegué junto a Bella y Garrett, sonreía tanto que la mandíbula me dolía del esfuerzo.

—¡Enhorabuena!

Bella me quedaba más cerca, así que la abracé a ella primero, pero me aseguré de que el abrazo a Garrett fuera más largo. Sabía que Heath estaba mirando. Sabía que le dolería. Quería que sufriera.

—Gracias. —Bella se enrolló la cinta de la medalla alrededor de la muñeca—. Siento que...

Acallé sus condolencias con un gesto de la mano.

—No pasa nada. Deberíamos celebrarlo.

Los ojos de Bella se iluminaron.

—¿Te apetecen unos carbohidratos?

—Y tanto. ¿Adónde vamos?

—Katarina.

Heath se nos había acercado. Me di la vuelta para mirarlo, pero no me moví de entre los mellizos: la línea de batalla estaba trazada. A mi lado, Garrett se removió incómodo.

—¿Podemos hablar un momento? —preguntó Heath.

—Nos estamos yendo —respondí con una voz tan fría que se diría que una capa de escarcha se había posado sobre mí.

—Pues cuando vuelvas.

—No sé a qué hora volveré.

—Katarina, por favor, yo...

—No me esperes levantado.

# 24

—Pero ¿cómo puede hacer tanto frío? —se quejó Bella mientras recorríamos el breve trayecto entre el coche y la entrada del restaurante—. ¡Si estamos casi en la temporada de los cerezos, por el amor de Dios!

Me aguanté las ganas de poner los ojos en blanco. La temperatura había descendido desde nuestra excursión al spa, pero ni siquiera hacía como para que nevara. Había humedad en el aire, a medio camino entre la llovizna y la neblina. Me hizo pensar en las mañanas de principios de primavera en el lago Michigan, sentada con las piernas cruzadas en la orilla junto a Heath, contemplando las cabrillas de la superficie a través del manto de niebla.

Supuse que se habría vuelto al hotel a rumiar su mal humor. Garrett había preferido pedir la cena al servicio de habitaciones, así que Bella y yo volvíamos a estar solas.

El restaurante era confortable y acogedor, con lámparas de papel multicolor suspendidas sobre mesas bajas de madera. Nos lo había recomendado un patinador japonés y la mayoría de la clientela parecía local, aunque el lugar debía de estar habituado a recibir turistas, pues el camarero me puso una cuchara y un tenedor junto al plato sin que se los pidiera. A Bella le trajo unos palillos de ébano con delicadas filigranas doradas en el extremo.

Bella se dejó el abrigo puesto y se arrimó a mí para que le diera calor mientras repasábamos el menú. Yo sentía cada nudo del suelo de madera a través del delgado cojín y me dolían tanto las caderas que no podía creer que me hubieran dado un masaje aquella misma mañana. Cómo cambiaban las cosas en un solo día.

Heath y yo nunca nos habíamos peleado así. No tenía ni idea de cómo sería romper una relación; nunca me había pasado.

Bella pidió para las dos en japonés con toda confianza. De tanto viajar por el mundo desde que eran pequeños, Garrett y ella chapurreaban una docena de idiomas.

No tenía ni idea de lo que íbamos a comer hasta que empezaron a llegar los platos repletos de fideos, tubérculos en salmuera remojados en caldo de miso y *dumplings* de pliegues delicados coronados con una pizca de raíz de wasabi rallada. Debería haber estado muerta de hambre después de competir, pero me sentía demasiado inquieta como para hacer otra cosa que remover la comida en el plato.

Entre bocado y bocado, Bella iba diseccionando los resultados del programa libre, especulando sobre los sesgos de los jueces y las negociaciones en la sombra que les habían hecho quedar en tercera posición a Garrett y a ella.

—A ver, ya sé que la cagamos en los *twizzles*. Pero Nikita tuvo problemas graves de equilibrio en la última secuencia de la coreografía y, vamos, ¿es que los jueces están ciegos?

Para cuando llegó el postre —un pastel de crema de castañas cuyo glaseado hacía que pareciera una montaña nevada—, ya no aguantaba más.

—No tienes más que diecisiete años —señalé.

—¿Y? —Bella le dio un enorme bocado al pastel.

—Tienes diecisiete años y eres tercera. En el mundo. Sabes que está muy bien, ¿no?

—Podríamos haber ganado. Deberíamos habernos llevado la plata como mínimo.

—Pero Heath y yo habríamos tenido mucha suerte si llegamos a ganar el bronce, ¿verdad? —Atravesé el glaseado con el tenedor y cayó una avalancha de castañas caramelizadas.

—No era eso lo que quería decir. —Bella me cubrió la mano

con la suya antes de que pudiera destrozar aún más el postre—. De todas formas, ¿qué os ha pasado esta tarde? No es posible que fuera solo por la chorrada del anuncio ese.

—Cree que tengo algo con tu hermano.

Bella arqueó una ceja.

—¿Y lo tenéis?

Sabía que Heath no le caía demasiado bien, pero sonó a que la posibilidad le hacía demasiada ilusión.

—Claro que no. Heath y yo...

—Lleváis juntos, como quien dice, media vida. No estamos en el siglo XIX, tienes derecho a hablar con otros tíos. —Le dio un nuevo bocado al pastel y, al sonreír, dejó ver un poco de glaseado pegado a los dientes—. Aunque está en lo cierto. A Garrett le gustas.

—A Garrett le gusta todo el mundo.

—Qué va. Créeme. —Dejó los palillos en equilibrio sobre el borde del plato—. ¿Y te digo otra cosa?

—Vale.

—Pero tienes que jurarme que no se lo contarás a nadie.

Dado que Heath y yo apenas nos hablábamos, no tenía a nadie a quien contarle nada.

—Te lo juro.

Bella se inclinó y bajó la voz, aunque las únicas personas lo bastante cerca para oírnos eran dos señoras japonesas con el pelo grisáceo alborotado y gafas de búho.

—Mi madre por fin va a dejarnos a Garrett y a mí cambiar de pareja la próxima temporada.

—¿Cómo? —respondí—. ¿Y eso?

Siempre había envidiado a Bella por haber nacido con un compañero de patinaje. Garrett no iba de estrella, como algunos patinadores famosos, pero era muy bueno, el telón de fondo perfecto para que Bella pudiera brillar.

Pero a ella nada le parecía suficiente. Por eso éramos amigas: ninguna de las dos nos conformábamos nunca.

—¿Sabes? —dijo—. Ningún equipo formado por hermanos ha ganado nunca el oro olímpico en danza sobre hielo.

—Vosotros dos podríais ser los primeros. Juntos sois la bomba.

—Sí, bueno, la técnica la tenemos, pero estamos muy limitados con las coreos. No podemos hacer gran cosa sin que dé grima. Y la diferencia de altura es un problema desde que pegó ese estirón brutal.

—¿Con quién vas a patinar?

Los chicos eran una rareza en el mundo de la danza sobre hielo. Y alguien del nivel de Garrett era un bien aún más escaso. Desde que Ellis me reveló que los Hayworth le pagaban por patinar con Josie, había oído historias aún más locas sobre los límites a los que las chicas estaban dispuestas a llegar para conseguir compañero. Sobornos, chantajes, tratos bajo cuerda con otras federaciones de patinaje artístico que rozaban el tráfico de personas...

Bella no necesitaba recurrir a esos chanchullos. Tendría a los candidatos haciendo fila como si fueran concursantes de un programa de citas, dispuestos a renunciar a su ciudadanía, a abandonar a sus compañeras y a hacer cualquier cosa por una oportunidad de patinar con la única hija de Sheila Lin.

—Estoy considerando mis opciones —dijo—. Zack Branwell ha expresado cierto interés.

—¿Ya no está con Paige Reed?

Reed y Branwell habían acabado entre los diez primeros en Salt Lake, pero no habían participado en los mundiales por una lesión no especificada. No obstante, todo el mundo esperaba que volvieran para incorporarse al siguiente equipo olímpico y optar a los Juegos de Turín de 2006.

—Yo no te he dicho nada, pero... —Bella se acercó a mí con los ojos chispeantes a la luz de las lámparas— Paige no está lesionada. Lo que está es embarazada.

Eso lo explicaba todo. Aunque sus padres debían de tenerla incomunicada en su pueblo de Minnesota para evitar que el rumor se propagara por el mundillo.

—Ah, ¿sí?

Bella se encogió de hombros.

—No es problema mío, pero estará fuera de juego toda la

próxima temporada, como mínimo. Y, una vez que Zack haya patinado conmigo, es imposible que vuelva con ella. Paige es mediocre, y eso siendo generosa.

Aunque su estilo, de una masculinidad muy consciente, no me gustaba demasiado, Zack siempre había sido la estrella de la pareja. Además, era bastante más bajo que Garrett, por lo que físicamente encajaría mejor con Bella. Por soso y provinciano que resultara en la pista, el chaval parecía un modelo de revista para adolescentes, con su pelito rubio, su mentón afilado y sus labios carnosos y besables. Bella también era muy guapa; con Zack a su lado, serían como una princesa y una estrella de cine, todo en uno.

—¿Y Garrett? —le pregunté—. ¿Con quién va a patinar él?

Tendría donde elegir, eso desde luego. Todas las patinadoras del mundo se dejarían la piel por emparejarse con alguien como Garrett Lin.

—Eso es lo mejor. —Bella se inclinó por encima de la mesa y me tomó las manos—. Tú podrías patinar con él.

**INEZ ACTON**: El patinaje artístico es un deporte extraño, porque depende en gran medida de la imagen y la narrativa. Hay que clavarlo en el hielo, pero también hay que ser buen actor y contar una historia que atrape. ¿Qué mejor manera de añadir un giro de guion que con un cambio de pareja?

**KIRK LOCKWOOD**: Es común que los patinadores de danza sobre hielo cambien de pareja, sobre todo si llevan juntos desde que eran niños.

*En un vídeo casero, Bella y Garrett, a los tres años, dan sus primeros pasos juntos sobre el hielo. Garrett lleva un pequeño esmoquin y muestra una expresión seria, mientras que Bella sonríe de oreja a oreja y saluda con la manita, ondeando la falda de vuelo de su vestido brillante.*

**KIRK LOCKWOOD**: Y el comienzo de un nuevo ciclo olímpico es el momento perfecto para hacerlo.

**GARRETT LIN**: Era comprensible que Bella quisiera un cambio.

**VERONIKA VOLKOVA**: Es raro que los equipos formados por hermanos compitan al más alto nivel. Por mucho talento que tengan, no pueden usar todos los colores de la paleta.

**JANE CURRER**: La danza sobre hielo no necesita incorporar matices románticos. Las parejas de hermanos pueden ejecutar todo tipo de programas. La insinuación de que están en desventaja es, la verdad, insultante.

**INEZ ACTON**: De todas las disciplinas del patinaje, la danza sobre hielo es en la que están más arraigados los roles de género tradicionales. Hasta de los patinadores claramente homosexuales se espera que finjan atracción por sus compañeras en el hielo y, a veces, también fuera. Al público le pirran las historias de amor.

ELLIS DEAN: ¡Pues claro que la danza sobre hielo gira en torno al sexo! Si no puedes imaginarte a los patinadores echando un polvo, a ver, ¿para qué vale?

VERONIKA VOLKOVA: No me sorprendió lo más mínimo enterarme de lo de Isabella y Garrett. Para Sheila era todo ventajas.

KIRK LOCKWOOD: Separar a los mellizos fue una lástima, aunque supongo que era lógico. Así Sheila tenía el doble de oportunidades de conseguir el oro.

VERONIKA VOLKOVA: Al emparejar a sus hijos con algunos de sus principales adversarios, neutralizaba la amenaza de esos equipos. Y sería capaz de hacerlos llegar más alto si los enfrentaba entre sí durante los entrenamientos y en las competiciones.

GARRETT LIN: Yo solo quería que mi hermana fuera feliz. No pensaba en mí.

VERONIKA VOLKOVA: Es exactamente lo mismo que habría hecho yo en su lugar.

GARRETT LIN: La verdad es que yo no sabía lo que quería. Pero Bella sí. Ella siempre lo ha sabido.

# 25

—¿Yo, patinar con Garrett? No lo dirás en serio.

—Estabais increíbles en la foto aquella —respondió Bella—. Y eres lo bastante alta. Contigo lo de su estatura no sería un problema. Os equilibraríais mejor.

Heath y yo éramos feroces y apasionados, pero, como se había demostrado en nuestra horrible danza libre, la llama podía apagarse tan rápido como prendía. Garrett era todo lo contrario: sereno y tranquilo. Demasiado tranquilo a veces. Yo podría sacar a la luz su pasión y él apaciguaría la mía. Sabía que Bella tenía razón. Su hermano y yo seríamos la combinación perfecta en pista.

También sabía que Heath no me lo perdonaría jamás.

—¿Tu madre está al tanto?

Después de mi fracaso en los mundiales, no me imaginaba que Sheila quisiera seguir trabajando conmigo, y mucho menos que patinara con su hijo, tan querido y tan perfecto.

Bella asintió.

—Sabe que Heath y tú estabais teniendo problemas.

Heath y yo estábamos fuera de control. Habíamos entrado en una espiral destructiva desde la mudanza a Los Ángeles y no podía seguir negándolo. Para bien o para mal, no éramos capaces de dejar nuestros sentimientos fuera de la pista. Si rompíamos, también sería el fin de nuestra colaboración deportiva. Heath no amaba el patinaje. Me amaba a mí.

Pero, en el hielo, no podía seguirme el ritmo. Yo había bajado a su nivel en lugar de llevarlo conmigo a nuevas cotas.

—Puedes seguir saliendo con Heath —señaló Bella— aun cuando patines con Garrett. Quizá hasta sea mejor: así separaríais el patinaje de la relación, ¿no?

Negué con la cabeza.

—Lo destrozaría.

—Lo superará.

No, no lo superaría. Heath llevaba toda la vida viendo cómo lo abandonaban. Y ahora yo me planteaba hacer lo mismo.

Solo que, me dije, en realidad no estaría abandonándolo. Podríamos seguir juntos fuera de la pista, como había dicho Bella. Podríamos alquilarnos un apartamento, como siempre habíamos querido.

En un deporte como el patinaje artístico, no existen las apuestas seguras, pero ¿competir con alguien como Garrett Lin? Solo con las oportunidades de patrocinio podría dejar de preocuparme por el dinero. Y Heath igual. Yo podría perseguir mis sueños y, al mismo tiempo, le daría el tiempo y el apoyo que necesitara hasta que descubriera los suyos.

—¿Me lo puedo pensar? —pregunté.

—Claro —respondió Bella—. Pero asegúrate de centrarte en qué es lo mejor para ti, ¿vale?

Después de cenar, Bella cogió el coche para volver al hotel. Le dije que prefería caminar.

—Como veas —dijo—. ¡Pero cuidado con morir congelada!

La neblina había dado paso a una lluvia fina, lo bastante fría como para resultar incómoda hasta a alguien acostumbrado a los inviernos del Medio Oeste. Decidí ir dando un lento rodeo por las calles silenciosas del centro de Nagano, las manos hundidas en los bolsillos del abrigo.

Traté de pensar —en lo que yo quería, más allá de mi relación con Heath—, pero tenía la cabeza como una olla a presión. En casa, cuando me sentía así, iba al lago y contemplaba las aguas hasta que se me aclaraban las ideas. En una ciudad de interior como Nagano, tendría que conformarme con lo que había.

Sabía que el jardín quedaba cerca del hotel, pero en la oscuridad me costó varios intentos dar con los leones de piedra. Al pasar junto a ellos me sentí como si atravesara un portal a otro mundo. Mis hombros se relajaron conforme descendía por el sendero de piedra húmedo de lluvia hasta la orilla del estanque central. Mientras el agua corría bajo un pequeño puente de madera, cerré los ojos para deleitarme en el sonido. No era el lago Michigan, pero tendría que conformarme.

—Perdona, pero este es mi rincón de la melancolía.

Me di media vuelta. Ellis Dean estaba fumando un cigarrillo sentado entre las sombras de los árboles.

—Ellis. —Cuando me acerqué, los ojos me picaron con el humo—. Ya sabes que como Sheila te pille...

—¿Te vas a chivar tú? —Dio otra calada y el brillo de la punta iluminó sus mejillas hundidas.

No, no iba a hacerlo. Si estaba dispuesto a cargarse su capacidad pulmonar, sería un adversario menos por el que preocuparme. Me senté al otro lado del banco.

—Siento lo de Josie y tú.

Hayworth y Dean apenas se habían calificado para la danza libre y habían terminado en vigesimosegunda posición general. Por decepcionante que fuera nuestro resultado, podría haber sido mucho peor.

—Eh, siempre nos quedará la temporada que viene —dijo—. A menos que ella me cambie por un modelo más nuevo. ¿Y tú, dónde te has dejado a tu media naranja? Tengo entendido que hay problemas en el paraíso.

—Algo así.

—¿Quieres hablar?

Dudosa, apreté las manos contra la piedra fría.

—Puedes confiar en mí —dijo Ellis.

Eso no se lo creía ni él, pero necesitaba hablar con alguien y todavía no estaba lista para enfrentarme a Heath. Al menos hasta que hubiera decidido qué hacer, sin que toda nuestra historia y nuestra pasión me nublaran el entendimiento.

—Los Lin buscan nuevos compañeros —le dije.

—Joder, ¿en serio? —Exhaló una larga bocanada de humo—. No se lo digas a Josie o se correrá en el cinturón de castidad. ¿Y sabes si tienen a alguien en mente?

Me mordí el labio. Ellis me clavó la mirada.

—Quieren que patines con Garrett. —Apagó el cigarrillo y se volvió hacia mí—. ¿Y qué vas a hacer?

—No lo sé.

Ellis frunció los labios.

—Claro que lo sabes.

—Tengo que...

—Serías una gilipollas integral si renunciaras a la oportunidad de patinar con Garrett Lin. Y serás muchas cosas, Kat Shaw, pero gilipollas no.

—Es que... —tragué saliva, con el corazón acelerado—, ¿qué hago con Heath?

—Novios hay a patadas. Una pareja de patinaje como Garrett no tantas.

Mucho menos para una mujer con un cuerpo como el mío y una estatura superior a la media. Si desaprovechaba la oportunidad, a la mañana siguiente Garrett tendría a cientos de chicas suplicándole que patinara con ellas. Y serían un equipo de alto rendimiento más contra el que tendríamos que competir Heath y yo.

Si es que Heath quería seguir conmigo. Puede que estuviera dándole vueltas al tema para nada. Puede que, al volver al hotel, me lo encontrara listo para romper definitivamente.

—Mira, Kat. —Ellis dejó caer la máscara de petulante. Sin ella, sus rasgos se suavizaron. Hasta podía considerarse atractivo—. Me caes bien.

Se me escapó una carcajada desdeñosa.

—Seguro que sí.

—Siempre me has caído bien. Eres peleona. La mayoría de las chicas en este deporte son unas zorras mimadas, como Josie. Y puede que tú seas una zorra, pero de mimada nada.

—Vaya, gracias. —Puse los ojos en blanco, aunque sabía que, viniendo de Ellis, aquello era todo un piropo.

—Tú quieres ser campeona, ¿no?

—Pues claro. ¿Tú no?

Ellis se encogió de hombros.

—Cuando empecé, sí. Pero en algún momento uno tiene que aceptar la realidad. Mira, te voy a hacer una pregunta: ¿tú crees que puedes llegar a alcanzar ese nivel con Heath?

Podría haber dudado. Podría haber fingido que me lo pensaba. Incluso podría haber mentido.

Lo que hice fue mirar a Ellis fijamente a los ojos y decir la verdad.

—No. No lo creo.

Fue todo un alivio decirlo en voz alta. Al soltar aire, se formó una nubecilla en el ambiente helado. Llovía con más fuerza; las gotas convertían el estanque en un mosaico de minúsculas ondas.

—Me está impidiendo avanzar. Lleva impidiéndome avanzar años.

—Bueno... —Ellis sonrió y sacó otro cigarrillo del paquete—. Pues ahí lo tienes.

Ya no me miraba a mí. Miraba a mis espaldas, hacia la entrada del jardín. Comencé a darme la vuelta para verlo con mis propios ojos, pero una parte de mí ya lo sabía.

Había alguien de pie entre los leones de piedra. Aunque estaba demasiado oscuro para ver sus rasgos, distinguí la silueta de su cuerpo, la curva de sus hombros. No me hizo falta más.

—Heath. —Su nombre me salió en un susurro horrorizado.

Lancé una mirada de pánico a Ellis. Él se llevó el cigarrillo encendido a los labios, pero no pudo ocultar la sonrisa de suficiencia.

Había sabido desde el principio que Heath estaba escuchándonos. Había querido que lo oyera.

Me puse de pie.

—¡Heath, espera!

Dio media vuelta y desapareció tras la cortina de lluvia. Corrí tras él. Mis zapatos resbalaron sobre la piedra mojada y me caí. La grava me hirió las rodillas.

Para cuando me puse de nuevo en pie, lo había perdido de vista. Seguí corriendo y gritando su nombre hasta quedarme sin voz. Las pocas personas que había en la calle me dirigían miradas extrañadas, pero no quise parar. No podía parar. Tenía que encontrarlo. Tenía que explicárselo.

Por fin lo divisé a un par de manzanas de distancia, con la cabeza agachada, inclinándose contra la lluvia torrencial.

—¡¡¡Heath!!! —grité.

Se quedó inmóvil un momento. Pero no se giró.

Fue entonces cuando supe que lo había perdido.

**GARRETT LIN**: Ojalá supiera lo que sucedió aquella noche.

**ELLIS DEAN**: Ah, yo sé muy bien lo que sucedió aquella noche.

**GARRETT LIN**: Si hubiera habido algo que hacer para detenerlo..., pero para cuando me enteré ya era demasiado tarde.

**ELLIS DEAN**: Me imaginé que Kat lo alcanzaría, que tendrían una de esas peleas superrománticas a gritos bajo la lluvia y que volverían al hotel para reconciliarse con un buen polvo. De verdad que creía estar haciéndoles un favor al sacarlo todo a la luz para que lo superasen y siguieran adelante.

**GARRETT LIN**: Ya sé que no soy objetivo, pero Kat no se merecía aquello.

**ELLIS DEAN**: ¿Cómo iba a saber yo que iba a reaccionar así? Heath Rocha fue el hetero más melodramático que he conocido en la vida, palabra.

**GARRETT LIN**: Kat se merecía... Bueno, se merecía algo mejor.

# 26

Cuando dejamos Japón, yo seguía en fase de negación de lo ocurrido.

No sé cuánto tiempo estuve buscando a Heath por las calles. Lo suficiente para que la lluvia helada atravesase la cazadora fina y el jersey y me calara entera.

Al final me di por vencida y volví a nuestro hotel, pero no quise meterme en la ducha —¿y si volvía a buscarme y no me enteraba?—, así que me acurruqué bajo las sábanas, tiritando y sin poder dormir, hasta el amanecer.

Luego, por la mañana, mientras arrastraba el equipaje hasta el tren bala, me dije que estaría esperándome en la estación. O en el aeropuerto. O de vuelta en California. Me imaginaba rodeándole el cuello con los brazos y besándolo hasta quedarme sin respiración. Me imaginaba estrechándolo con tanta fuerza que casi lo ahogaba.

Nadie sabía qué decir. El resto de los patinadores en nuestro vuelo me evitaban, como si el fracaso y la pena fueran contagiosos. En cuanto despegamos, Garrett insistió en cambiarme el asiento para que pudiera sentarme con su hermana. Era la primera vez que volaba en primera clase. Bella compartió los auriculares conmigo y puso una película malísima tras otra en la pantalla del respaldo de delante, fingiendo con tacto que no veía las lágrimas que me rodaban por la cara.

En algún lugar cerca del estrecho de Bering conseguí caer en un duermevela inquieto. Soñé que el hielo se rompía bajo mis pies y el agua me entraba en los pulmones cuando trataba de gritar.

Para cuando llegamos a Los Ángeles, ardía de fiebre.

Los mellizos se ofrecieron a llevarme a su casa y que me quedara en una de las habitaciones de invitados, pero quería estar sola, por lo que volví a la residencia. Me pasé días en la cama, sudando y temblorosa. El único indicio del paso del tiempo era la luz que iba cambiando tras mis párpados cerrados.

Bella me trajo medicinas y comida, y no antigripales ni la típica sopa de pollo con fideos, sino remedios que una solo imaginaría en Los Ángeles: zumos verdes, caldos de hueso orgánicos, paquetes de verduras con etiquetas escritas a mano en caracteres chinos.

No me sirvieron de nada. Llevaba sin ponerme tan enferma desde que era pequeña y, en aquella ocasión, por muy mal que estuviera, había tenido a Heath a mi lado.

Fue en febrero de 1994, la primera vez que los Juegos Olímpicos de Invierno tenían lugar un año distinto de los de verano, y era el primer año de mi amistad con Heath.

La gente habla de los inviernos en los Grandes Lagos como si fueran un desierto helado desde Acción de Gracias hasta Pascua, pero el mes más difícil es febrero. Después de semanas de temperaturas extremas, de la noche a la mañana caen varios centímetros de nieve y hay que cerrar las escuelas hasta en el Medio Oeste.

Sabía que Heath lo pasaría fatal atrapado el día entero en aquella casucha con su familia de acogida y yo tampoco estaba deseando pasarme horas oyendo a mi hermano gritarle a la Sega Genesis. Así que le propuse ir al lago.

Este se congelaba al menos una vez cada invierno, aunque no hacía falta aventurarse demasiado antes de que la superficie se volviera un peligro por lo delgada que era la capa de hielo. Mi padre me había enseñado a fijarme bien: el hielo transparente con un toque azulado es el más resistente. Si el hielo es blanquecino, hay que pisar con cuidado y, si se ve gris o enfangado, ni se te ocurra acercarte. Pero ¿y si empieza a quebrarse bajo tus pies?

No corras. Será aún peor.

Los fuertes vientos habían barrido la nieve suelta alrededor de la orilla, por lo que disponíamos de una pista de hielo privada a cielo abierto. Había sacado dos pares de botas de hockey viejas del fondo del sótano porque Heath todavía no tenía patines y a mí ni se me habría ocurrido tocar con mis caras cuchillas nada que no fuera el más inmaculado de los hielos a cubierto.

Los dos nos movíamos con torpeza, deslizándonos vacilantes como cervatillos con las cuchillas de hockey, pero, al cabo de unos minutos, habíamos cogido ritmo y pronto patinábamos por la superficie del lago, cogidos de las manos enguantadas y con una sonrisa de oreja a oreja.

Heath ya llevaba meses viéndome patinar, pero era la primera vez que lo hacíamos juntos. Empezó a hacerme girar en un paso de vals sencillo y yo cerré los ojos, imaginando que patinábamos hacia la victoria delante de una multitud enfervorecida.

A veces creo que toda mi carrera ha sido un intento de recuperar la sensación de regocijo de aquel día de invierno, con el viento en las mejillas y la mano de Heath en la mía, patinando tan rápido que casi volábamos. No sé ni cuánto tiempo estuvimos en el lago ni lo lejos que llegamos.

Hasta que oí el crujido.

Solo me dolió un segundo. Luego llegó el entumecimiento. Mis piernas se sumergieron en el agua. Las esquirlas de hielo me arañaban la cintura, pero estaba demasiado conmocionada como para gritar. Por suerte, Heath sí reaccionó.

—¡Katarina!

De pequeña, todo el mundo me llamaba Kat, Heath incluido, hasta aquel momento. No paraba de gritar mi nombre completo una y otra vez, como si de alguna manera las sílabas extra fueran a salvar la distancia que nos separaba.

—¡Katarina, dame la mano!

Cuando lo intenté, lo único que conseguí fue hundirme más mientras el agua helada me empapaba el abrigo y tiraba de mí hacia el fondo. Heath se lanzó hacia delante y me agarró de los hombros, pero yo seguía hundiéndome, cada vez más deprisa. Y lo arrastraba a él al agujero que habíamos hecho en el hielo.

—Katarina, por favor.

Heath tiró y yo me alcé como pude. No supe exactamente cómo lo conseguimos hasta que, años después, empezamos a hacer elevaciones y a lograr lo que parecía imposible a fuerza de contrapeso, adrenalina y confianza pura. Lo único que sé es que salí del agua.

Caí encima de él. El hielo emitió un quejido bajo nuestro peso.

Había perdido el gorro en algún momento y el pelo se me soltó y cayó como una cortina alrededor de nuestros rostros. Teníamos que levantarnos, escapar del lago y volver a la seguridad de la tierra firme. Pero estábamos petrificados, mirándonos a los ojos, abiertos de par en par por el asombro.

Al final recuperamos el aliento y volvimos como pudimos a casa para calentarnos al fuego. Aquella misma noche estábamos los dos tiritando y sin parar de toser, y Heath acabó quedándose varios días en casa, hasta que ambos nos recuperamos. Yo creía que sus padres de acogida nos pondrían pegas, pero parecieron aliviados por no tener que ocuparse de un niño enfermo. Los dos nos acurrucamos juntos en un nido de mantas en el sofá y nos dedicamos a ver horas de competiciones de patinaje que tenía grabadas. Menos mal que la fiebre me enrojecía la cara, porque así Heath no veía cómo me sonrojaba cada vez que me lanzaba una mirada. Cada vez que recordaba lo cerca que habíamos estado.

Ocho días tras el vuelo de Nagano, la fiebre por fin remitió. Pero seguía sin saber nada de Heath.

Después de tanto tiempo en la cama, tenía el cuerpo tenso de ansiedad e inquietud. Necesitaba moverme.

Necesitaba patinar.

Era casi medianoche. No tenía ni idea de si a esas horas se podía acceder a las pistas de la academia, pero decidí probar suerte. Me puse unas mallas andrajosas y mi vieja camiseta de Stars on Ice, me eché al hombro la bolsa de los patines y, con los músculos de las piernas quejándose a cada paso tras tantos días de inactividad, bajé las escaleras.

La puerta de la pista principal estaba cerrada, pero se veía luz por las rendijas. No era la blanca brillante de los focos del techo, sino la de los focos azulados que usaban para los espectáculos y exhibiciones. También sonaba música, aunque a un volumen tan bajo que no distinguí la canción hasta que entré.

«The Good Fight», de Dashboard Confessional. Y allí, girando por el hielo al ritmo de los lamentos de Chris Carrabba, estaba Garrett Lin.

En lugar de la ropa de diseño ceñida, Garrett llevaba un pantalón de chándal suelto y una camiseta sin mangas que dejaba ver sus hombros bien desarrollados. El sudor hacía que le brillaran los brazos y el pecho y le corría por debajo del escote mientras se inclinaba para realizar una pirueta de techo. Era evidente que llevaba horas practicando.

Entonces comenzó otra canción. No la conocía, aunque evocaba las mismas sensaciones angustiadas y un poco emo. A pesar de la ropa informal y la intensidad de la música, cada uno de los movimientos de Garrett era impecable, una lección magistral de técnica.

Resultaba hipnótico. No me percaté del tiempo que pasé allí parada observándolo entre las sombras como una psicópata hasta que Garrett dejó de patinar y me miró.

Por un segundo pareció sorprendido. Luego sonrió y me saludó con un gesto de la mano, como si nos hubiéramos cruzado por la calle.

—Kat. —Estaba sin aliento, por lo que mi nombre le salió ahogado—. Deberías estar en la cama.

La camiseta empapada se le pegaba al pecho y mostraba cada uno de sus músculos a medida que subía y bajaba con la respiración. Fuera de la pista, a veces Garrett parecía un adolescente desmañado, incómodo en su propio cuerpo, inseguro de sí mismo.

Pero ¿sobre el hielo? Era todo un hombre. Y un artista. Garrett no solo era un telón de fondo fiable para que destacase el talento de Bella. Él también era una estrella y tan solo se cortaba para no hacerle sombra a su hermana.

—Me encuentro mucho mejor —le respondí, aunque, si hubiera sabido que iba a tener compañía, me habría molestado en ducharme o, como mínimo, cepillarme el pelo.

Patinó hasta las barreras y cogió su botella de agua.

—Si te encuentras mejor, seguro que es porque has tirado por el váter ese repugnante zumo verde que te llevó Bella.

—Claro que no. —Sonreí—. Lo he vertido con todo el cuidado por el desagüe.

Garrett rio.

—Chica lista.

—¿Es lo que Sheila os daba de pequeños cuando enfermabais?

—Nos lo daba la niñera. —Echó la cabeza hacia atrás para apurar el agua que le quedaba y una gota de sudor se le deslizó por la nuez—. Me alegro de que estés mejor, pero ¿qué haces levantada tan tarde?

—Podría preguntarte lo mismo.

—*Jet lag*. Siempre me deja fastidiado un par de semanas. Para cuando vuelvo a tener el horario cogido, normalmente hay que volar de nuevo a no sé dónde.

—¿A tu madre no le importa que vengas a patinar en plena noche?

—Mientras practique, no. —Dejó la botella—. De hecho, me alegro de que hayas venido. Esperaba poder hablar contigo, pero quería aguardar a que estuvieras recuperada.

—Ah, ¿sí? ¿De qué?

—Sobre lo que Bella te dijo en Japón.

El alma se me cayó a los pies. Iba a decirme que todo había sido un terrible malentendido. ¿Para qué iba a patinar conmigo Garrett Lin cuando podía hacerlo con cualquiera? Y, ahora que me había cargado mi relación con Heath, estaba sin pareja; nunca llegaría a las olimpiadas y…

—Jamás le habría pedido que hablara contigo —dijo Garrett— si hubiera sabido que provocaría…

—¿Tú le pediste a Bella que hablara conmigo?

—Claro. ¿Por qué? ¿Qué te dijo?

—Solo que os ibais a separar. Que estabais buscando nueva pareja para el próximo ciclo.

—De verdad que yo no quería poneros las cosas difíciles a Heath y a ti. Pero se notaba que últimamente os estaba costando entenderos. Y cuando hicimos esa sesión de fotos… Bueno, creí que… En fin, puede que fueran imaginaciones mías.

—No, no lo eran.

Era la primera vez que admitía, tanto ante mí como ante alguien más, que había sentido algo durante aquella sesión. No había sido atracción como tal, por muy atractivo que fuera Garrett. Era más bien una cuestión de compatibilidad. Habíamos pasado de una postura a la siguiente con tanta naturalidad que no había podido evitar preguntarme cómo sería patinar con él.

Cuando la lista de reproducción pasó al siguiente tema, el recuerdo me sacudió como un relámpago.

«I'll be your dream, I'll be your wish, I'll be your fantasy».

«Seré tu sueño, seré tu deseo, seré tu fantasía». Bastó escuchar la letra de Savage Garden para evocar a Heath y a mí a los dieciséis, conduciendo hacia Cleveland, cantando a voz en grito por encima del rumor del motor, creyendo que nos querríamos para siempre. Y ahora no sabía ni en qué continente se encontraba. No tenía ni idea de si volvería a verlo.

—¿Estás bien? —me preguntó Garrett.

—Sí, es que… —tragué saliva— me encanta esta canción.

—A mí también. —Me tendió la mano—. ¿Vienes?

Dudé. Si posar con Garrett ya había sido una traición, ¿qué sería aquello? Nunca había patinado con nadie que no fuera Heath.

—Entiendo que vosotros dos… —Garrett negó con la cabeza—. Vale, a ver, no hay quien os entienda. Pero sé que tenéis una historia.

Heath me había conocido cuando era una niña larguirucha con las rodillas peladas y briznas de hierba en el pelo. Me había visto llorar a moco tendido, débil y temblando de rabia e impotencia. Conocía mis puntos débiles. Sabía cómo provocarme.

Garrett no había conocido a la Kat Shaw de Villaningunaparte, Illinois. Con él podría dejarla atrás, de una forma tan abrupta y despiadada como Heath me había dejado a mí. Con Heath podía ser yo misma. Pero con Garrett podría ser alguien distinto, alguien mejor.

Y ¿si Heath quería volver a verme? Que encendiera la tele; estaría ganando medallas de oro sin parar con Garrett Lin.

TERCERA PARTE

# Los campeones

*Delante del atrio de cristal de la Academia de Hielo Lin, Katarina Shaw y Garrett Lin posan para los fotógrafos junto a Bella Lin y Zachary Branwell mientras anuncian su emparejamiento en la primavera de 2002.*

**JANE CURRER**: Los equipos nuevos suelen necesitar un tiempo de adaptación.

**GARRETT LIN**: Kat y yo funcionamos bien juntos desde el principio.

*Ambas parejas se dan la mano y sonríen a las cámaras como si fueran los reyes del baile de fin de curso. Katarina ha cambiado de aspecto: melena rubia, maquillaje profesional, ropa a juego con la de Garrett.*

**ELLIS DEAN**: De absoluto desastre a princesa del hielo. Increíble lo que puede hacer un cambio de look, ¿verdad?

**JANE CURRER**: No vi el potencial que tenía la señorita Shaw hasta su emparejamiento con el señor Lin.

*Un clip de la danza original que Shaw y Lin ejecutaron para la temporada 2002-2003: un suave vals al ritmo de «Kiss from a Rose», de Seal. Ambos giran por el hielo en perfecta sincronía; las capas de la falda de Katarina, que evocan los pétalos de una rosa, se enredan entre sus piernas con cada vuelta.*

**JANE CURRER**: A lo largo de aquellos años, Katarina Shaw se convirtió en una joven encantadora.

**INEZ ACTON**: Hicieron que pareciera la puñetera Barbie patinadora. Menuda chorrada.

**GARRETT LIN**: Kat y yo sacamos lo mejor del otro. Todo el mundo decía que era una persona difícil, pero no me lo pareció en absoluto. A mí me ponía las cosas muy fáciles.

**KIRK LOCKWOOD**: Shaw y Lin eran imparables. Ganaron el título de Estados Unidos el primer año que patinaron juntos, algo prácticamente inaudito.

**FRANCESCA GASKELL**: La gente los llamaba los «veinticuatro kilates» porque siempre se llevaban el oro.

*Un montaje de vídeo muestra a Katarina y a Garrett subidos a un podio tras otro: tres oros consecutivos en el campeonato nacional de Estados Unidos y plata en dos mundiales.*

**VERONIKA VOLKOVA**: Juntos eran buenos, eso hay que reconocerlo. Pero no lo bastante para quitarles el título mundial a Yelena y Nikita.

**FRANCESCA GASKELL**: Bella y Zack, sin embargo..., no lo llevaban tan bien.

*Clip del programa libre elegido por Lin y Branwell para la temporada 2002-2003: patinan con fragmentos de la banda sonora de la famosa película* Titanic *con trajes inspirados en los de Jack y Rose.*

**INEZ ACTON**: Tenía sentido que Bella quisiera hacer programas más románticos, después de llevar tanto tiempo patinando con su hermano. Pero es que... no funcionaban.

*En un primer plano de un momento de pasión durante la coreografía de* Titanic, *Bella hace todo lo posible por establecer una conexión. Zachary apenas mantiene el contacto visual con ella.*

**ELLIS DEAN**: Tenía más química con su hermano.

*Unas fotos tomadas por paparazzi muestran a Bella y a Zachary por Los Ángeles, con ropa de fiesta y expresión aburrida. Katarina y Garrett caminan unos pasos por detrás, agarrados del brazo.*

ELLIS DEAN: Después de la primera temporada, Bella dejó de intentar convencer a todo el mundo de que Zack y ella eran pareja. Es que eso no se lo creía ni el gato. Todo el mundo sabía que él seguía liado con Paige.

GARRETT LIN: A Zack le costaba estar tan lejos de su familia. Sobre todo cuando tuvo que hacer toda aquella rehabilitación de rodilla.

ELLIS DEAN: A veces me pregunto si no se lesionaría la rodilla aposta, como estrategia para tener una salida. Era digno del Hollywood de la vieja escuela, cómo los Lin insistían en silenciar lo del hijo fuera del matrimonio de Zack.

JANE CURRER: El símil no me gusta demasiado, pero suele decirse que un ciclo olímpico es como una campaña política.

*En un montaje fotográfico que recorre los primeros años de emparejamiento de Katarina y Garrett, saludan a los fans, firman autógrafos y posan para que les tomen fotografías.*

JANE CURRER: Hacen falta años de preparación y luego un último empujón hasta el final. Y, para lograr el éxito, se necesita mucho más que destreza física.

GARRETT LIN: A medida que se acercaban los mundiales de 2005, Kat y yo notábamos muchísima presión. Después de tres años juntos, el campeonato mundial era lo único que todavía no habíamos ganado. E íbamos a competir en Moscú, en casa de nuestros mayores rivales. Por no hablar de que sería uno de los primeros grandes eventos con el nuevo sistema de puntuación.

KIRK LOCKWOOD: En la temporada 2004-2005, la Unión Internacional de Patinaje introdujo modificaciones en el sistema de puntuación. El objetivo era que la evaluación fuera más justa y menos subjetiva.

*Un gráfico explica los nuevos criterios: a cada elemento se le asigna un nivel, de uno a cuatro, según la dificultad; luego, un valor de base puede aumentar o disminuir según la «nota de ejecución», es decir, lo bien que el equipo realiza ese elemento.*

JANE CURRER: Suponía un cambio, desde luego, pero era necesario. Yo siempre he juzgado objetivamente, pero el sistema antiguo era caldo de cultivo para la corrupción y los cambalaches.

VERONIKA VOLKOVA: Los americanos no eran capaces de vencernos, así que cambiaron las reglas.

ELLIS DEAN: El nuevo sistema de puntuación era un puto dolor. Yo sabía cómo poner en pie al público y ofrecer un buen espectáculo, pero ¿todas esas movidas de «niveles» y «notas de ejecución»? Pasando. De todas formas, Josie y yo ya no íbamos a ninguna parte después del desastre de Nagano. Sheila seguía cobrándonos una pasta, pero no mostraba el menor interés en nuestro progreso.

GARRETT LIN: La gente cree que era mi madre quien nos presionaba tanto para que ganáramos o fuésemos perfectos o... Pero la verdad es que no le hacía falta. Ya me presionaba yo solo. Sabía que aquello no era normal, pero yo me decía que nosotros tampoco éramos normales. Éramos los Lin. Teníamos que ser extraordinarios. Y, como a Bella y a Zack les estaba costando tanto, todo dependía de mí. Debía ganar.

# 27

«Nuestros últimos patinadores, en representación de Estados Unidos de América, ¡Katarina Shaw y Garrett Lin!».

Garrett y yo nos deslizamos de la mano hasta el centro de la pista. No habíamos presenciado la danza libre de Yelena y Nikita, pero, a juzgar por el grito ahogado que el público había lanzado al unísono en el palacio de los deportes Luzhniki a mitad de su programa con *El lago de los cisnes*, sabía que nuestros rivales habían cometido como mínimo un fallo claro.

Garrett y yo nos habíamos puesto en cabeza después de un impecable blues de medianoche obligatorio y habíamos aumentado la distancia con la mejor ejecución de la temporada de una energética danza original con fragmentos del musical *La calle 42*. Lo único que se interponía entre nosotros y nuestro primer título mundial eran los cuatro minutos del programa libre. Si patinábamos bien, llegaríamos a la inminente temporada olímpica como campeones del mundo.

Para la danza libre habíamos elegido también a Chaikovski: su sinfonía inspirada en *La tempestad*, de Shakespeare. Era una sutil guerra psicológica en versión Sheila: lucirnos ante nuestros competidores y vencerlos con música del mismo compositor (y una leyenda rusa, nada menos).

El traje de Garrett estaba teñido formando un delicado remolino marino, mientras que el mío presentaba un relámpago de pedrería atravesando el pecho. Se suponía que éramos el mar y la tormenta, que se encontraban en un apasionado choque de poder natural y desencadenado. Los elementos conceptuales me parecían un poco exagerados. Pero, en comparación, la tradicional coreografía de estilo ballet de Volkova y Zolotov parecía caduca. Y ya los habíamos adelantado en la final del Grand Prix en Pekín.

Además, nuestros mayores rivales estaban fuera de la carrera. Llevaba sin hablar con Bella desde la noche anterior, cuando Zack y ella se habían retirado oficialmente tras una danza original mediocre en la que él salió cojeando de la pista. Ya habían tenido que simplificar bastante sus programas para adaptarse a sus crecientes problemas de rodilla; aunque hubieran sido capaces de terminar la competición, no habrían optado a medalla. Tenía cita para operarse después de los mundiales y su médica creía que estaría listo para volver al hielo en otoño, pero tampoco se lo podía garantizar.

Adopté la postura inicial: abrazada a mi compañero y con la cabeza apoyada en su hombro. Después de tres temporadas patinando juntos, aún tenía la impresión de no conocer a Garrett Lin, pero lo que sí sabía era que, cada vez que salíamos al hielo, lo hacía aterrorizado. De lejos parecía sereno y confiado, pero, en cuanto me acercaba, olía su sudor y sentía su pulso acelerado contra mi sien. No sé cómo, pero su nerviosismo me tranquilizaba, como si fuéramos un péndulo que se mecía hasta detenerse en el centro.

Respiré hondo, esperando a que sonara la primera nota de la sobria melodía de cuerdas y metales que acompañaba la secuencia con que se abría nuestra coreo.

Entonces lo vi.

Se encontraba en los escalones que llevaban a las gradas, a la izquierda de la mesa de los jueces. Llevaba un abrigo de lana negro y el cabello oscuro rapado casi al cero.

Estaba completamente distinto del Heath Rocha que había conocido y amado. Y, sin embargo, verlo me golpeó el corazón como una campanada.

—¿Qué te pasa? —susurró Garrett. Sin darme cuenta, había levantado la cabeza y el cuerpo se me había tensado como un arco entre sus brazos.

Pero era demasiado tarde para explicarle nada. La música comenzó y ya íbamos con un pulso de retraso, pero Garrett se las ingenió para recuperar el ritmo sin perder un solo paso.

Cuando patinaba con Heath, siempre me sentía a punto de perder el control, arrastrada por él. Con Garrett, cada movimiento era preciso. Correcto. Controlado. Todo lo que con Heath resultaba tan natural era fruto del esfuerzo con Garrett. Tenía que recordarme que debía sonreír, mirarlo a los ojos, tenderle las manos en el momento adecuado, con la cantidad de pasión y de anhelo justa. Eso también formaba parte de una coreografía, un elemento más que aprender junto con los pasos, los giros y las elevaciones.

Al principio me molestaba esa artificiosidad, pero aquel día lo agradecí. Para cuando llegamos a nuestra primera secuencia de *twizzles*, que coincidían con la cascada de coloraturas de los vientos madera que señalaba la llegada de la tormenta musical, la memoria muscular se había adueñado de mí y patinaba de la forma impecable de siempre.

Al salir de la última pirueta, sin embargo, no pude evitar lanzar una nueva mirada a los escalones.

Ya no estaba.

Me dije que eran imaginaciones mías, que estaba dejándome llevar por los nervios. Hacía años que había dejado de buscar a Heath, después de que las autoridades me dijeran que un adulto que se había marchado por su propia voluntad no podía considerarse desaparecido; después de que los contactos de los mellizos en el mundillo buscaran en vano alguna pista sobre su paradero; después de que Sheila me diera una charla sobre dejarlo marchar y centrarme en el presente, porque mis preocupaciones personales no tenían cabida en la pista junto a su hijo.

Había dejado de buscar, pero no había dejado de mirar a mi alrededor. ¿Cuántas veces en los últimos tres años me había agobiado pensando que Heath podía aparecer en las gradas durante una competición? ¿Cuántas veces lo había confundido con un desconocido de pelo oscuro que caminaba entre el gentío o esperaba a embarcar en un avión o hacía cola en una cafetería?

No era más que eso, otro fantasma, invocado por la ira, el dolor y el miedo inconfesable a que de verdad hubiera desaparecido para siempre.

Pero no había tiempo para el miedo. Tenía un título que ganar, así que me sumergí en la danza y fui cogiendo velocidad a medida que la tempestad de Chaikovski se intensificaba con un atronador redoble de timbales. Al llegar al momento álgido de la pieza, cuando las cuerdas y los platillos rompían en un turbulento sonido como olas contra las rocas, Garrett me tomó entre sus brazos para efectuar nuestra elevación más espectacular. En equilibrio con un solo patín sobre su pierna, abrí los brazos de par en par, como una hechicera que lanzase un conjuro, la falda ondeando detrás de mí mientras nos deslizábamos por el hielo con un alarde de poderío tal que se diría que habíamos creado nuestra propia tempestad. Hasta que...

Allí estaba de nuevo. Más cerca esta vez, observándome justo detrás de las barreras.

Heath. Era imposible. Pero era él.

La pierna empezó a temblarme. Garrett clavó los dedos, tratando de salvar la elevación. Cuando estaba ya a punto de caerme, improvisó: me atrapó entre sus brazos y me hizo chocar con su cadera como si bailásemos un torpe número de lindy hop. Su rapidez de reacción nos salvó de la caída, pero no fue bonito y tardamos demasiado.

Traté de calcular mentalmente cuánto nos costaría mi error. Según las nuevas reglas, podíamos perder al menos un punto por rebasar el límite de tiempo asignado a la elevación. Y nuestra extraña posición de salida nos costaría aún más. Íbamos bastante por delante de los rusos, pero, como volviéramos a fallar, puede que no fuera suficiente.

Apenas recuerdo patinar el resto del programa. Tenía los ojos abiertos, pero solo veía a Heath, con aquella expresión de odio y aquel corte de pelo marcial. Lo siguiente que recuerdo es a la gente vitoreando y a Garrett abrazándome.

Mientras nos encaminábamos hacia el *kiss and cry*, Garrett cogió uno de los animales de peluche que habían caído al hielo —un cachorrito de lanudo pelaje dorado— y me lo tendió. Lo tenía en el regazo mientras esperábamos nuestras notas, agarrándolo del pescuezo como si fuera a ahogarlo.

Cuando las puntuaciones aparecieron en el monitor, seguía recorriendo las gradas con la vista, buscando a Heath. No me di cuenta de que habíamos ganado hasta que Garrett me levantó en volandas con un grito victorioso. Sheila nos rodeó con los brazos con una sonrisa tan grande que parecía que el oro lo hubiera ganado ella.

«Soy campeona del mundo»; fue lo primero que pensé, aturdida.

Lo segundo: «Bella me va a odiar».

Nada más salir del *kiss and cry*, Garrett y yo nos vimos envueltos en una vorágine de entrevistas, con los micrófonos y las cámaras pegados a la cara, un caos de voces entremezcladas preguntando en distintos idiomas. Él se encargó de responder a casi todo mientras yo me aferraba a su brazo.

«Sonríe —no paraba de repetirme—. Este es el mejor día de tu vida».

Pensé que tal vez me convenciera de ello cuando tuviera la medalla colgada del cuello. Pero, incluso mientras saludaba a la multitud desde el escalón más alto del podio, estaba como anestesiada. Cuando sonó el himno nacional, me llevé una mano al corazón y la otra a la medalla, tratando de calmarme a base de respiraciones hondas y el tacto frío del oro contra la palma.

No era oro de verdad, sino plata chapada. Si una rascaba lo suficiente, el baño desaparecería.

A Garrett le brillaban los ojos mientras cantaba el himno. Mis labios también se movían, pero no emitían sonido alguno.

Entonces lo vi de nuevo. Bajo la bandera, para asegurarse de que no me pasara inadvertido. Heath había cambiado casi por completo desde Nagano, tres años atrás, pero seguía teniendo los mismos ojos. De párpados pesados y pestañas largas, el iris tan oscuro que se fundía con las pupilas. Unos ojos tan intensos que me clavaron en el sitio como si me hubiera rodeado el cuello con una mano. Los habría reconocido en cualquier parte.

Debíamos quedarnos en el podio para las fotos oficiales y luego dar una vuelta alrededor de la pista. La ceremonia de medallas se había vuelto tan habitual que me sabía el procedimiento de memoria.

Sin embargo, en cuanto acabó el himno, le di a Garrett el ramo de flores. Me lanzó una mirada atónita, pero yo ya me había bajado del estrado y me dirigía a la salida.

Creía haber perdido a Heath. Cuando llegué al vestíbulo, sin embargo, atisbé la espalda de su abrigo oscuro mientras atravesaba las puertas de cristal que daban al aparcamiento. Corrí tras él todo lo rápido que me permitían los patines. Ni siquiera me había parado a coger los protectores, por lo que destrozaría las cuchillas. Ahora las llevaba a medida, igual que Bella y Garrett, con mi nombre grabado en letra cursiva.

Había hecho un frío ártico toda la semana y estaba nevando; los copos blancos se arremolinaban por las aceras y hacían que me picaran los ojos. Aunque, después de tantos años, mi sangre se había acostumbrado al calor de Los Ángeles, apenas noté el frío. Con el corazón en un puño, recorrí el aparcamiento con la mirada, desde la fuente apagada del centro hasta los cedros que marcaban el límite. Heath había desaparecido.

Si es que había llegado a estar.

—¡Kat! —Garrett llegó a mi lado—. ¿Qué...?

—¿Qué demonios cree que está haciendo?

Sheila iba pocos pasos detrás de su hijo y, mientras que este parecía preocupado de verdad por mi comportamiento voluble, ella estaba furiosa.

—Dale un minuto —dijo Garrett.

Sheila lo fulminó con la mirada y su hijo retrocedió encogido, como si fuera un crío y no un campeón de veinte años.

—Lo siento. —Las piernas me temblaban, encaramadas sobre las cuchillas curvas, como si estuviera en la cubierta de un barco a la deriva. No había dudado un instante de que fuera él, pero ahora...—. Yo...

—Es usted campeona mundial —me cortó Sheila—. Compórtese como tal.

Dio media vuelta y regresó al pabellón.

—Venga. —Garrett me cubrió los hombros con su chaqueta del equipo estadounidense—. Nos está esperando todo el mundo.

Había sacrificado muchas cosas por aquel momento. Cosas que no podría recuperar aunque quisiera. Y había merecido la pena, ¿verdad? Garrett y yo éramos campeones del mundo. Seríamos los favoritos para el oro en las próximas olimpiadas.

«Compórtese como tal».

**GARRETT LIN**: En Moscú, parecía que Kat hubiera visto un fantasma.

*Primer plano de Katarina Shaw durante la ceremonia de medallas del campeonato mundial de patinaje artístico de 2005. Los ojos se le abren como platos y Garrett y el resto de los medallistas observan perplejos cómo abandona el podio.*

**GARRETT LIN**: Ella no me dijo qué le pasaba y yo tampoco quería entrometerme.

*Durante la rueda de prensa posterior al mundial de 2005, los equipos con medalla se sientan a lo largo de una mesa, con los carteles para los nombres y los micrófonos delante, y responden a las preguntas de los periodistas.*

*—¿Por qué te marchaste tan de repente durante la ceremonia de medallas, Katarina?*

*Ella se vuelve hacia el reportero con una sonrisa tensa y demasiado amplia.*

*—Siempre he soñado con ganar unos mundiales —responde—. Allí arriba, al escuchar el himno, supongo que... me embargó la emoción.*

*La respuesta suena demasiado ensayada, tan falsa como su rictus. Garrett le rodea los hombros y dedica una sonrisa a los presentes que desarma a toda la sala.*

*—No quería que nadie la viera llorar —dice—. ¡Y eso que yo ya estaba berreando como un bebé!*

*Garrett ríe y los periodistas hacen lo mismo. Katarina se relaja un poco y se apoya en él.*

**ELLIS DEAN**: A ver, aquel intento triste de darle la vuelta a la historia no se lo creyó nadie. Sheila sabía hacer las cosas mejor.

**JANE CURRER**: El comportamiento de la señorita Shaw fue muy poco deportivo, simple y llanamente.

VERONIKA VOLKOVA: Una enorme falta de respeto. A mi Yelena jamás se le habría pasado por la cabeza hacer algo así.

GARRETT LIN: Cuando uno alcanza un hito como ese, nunca es como se lo había imaginado. Yo tampoco estaba para muchas celebraciones, porque mi hermana tenía un disgusto tremendo.

*Bella Lin y Zack Branwell observan desde las últimas gradas durante el programa libre del mundial de 2005. Bella tiene una bandera estadounidense arrugada en el regazo y parece malhumorada. Cuando se da cuenta de que la está enfocando la cámara, sonríe, empieza a agitar la bandera y le da codazos a Zack hasta que hace lo mismo.*

GARRETT LIN: Ir a las olimpiadas era lo que Bella más deseaba en el mundo. Lo que le pasó con Zack fue una pena, pero yo sabía que encontraría la forma de llegar a Turín. Mi hermana siempre conseguía lo que se proponía. Como fuera.

# 28

El último día que pasamos en Rusia, Sheila nos llevó a todos a desayunar a un restaurante de manteles blancos almidonados y vistas impresionantes a la Plaza Roja.

Llevaba sin hablarme desde que acabaron los mundiales, salvo un breve «Enhorabuena» mucho menos convincente que la felicitación por mi medalla de bronce en 2002. Cuando empecé a patinar con Garrett, me mudé con los Lin, por lo que vivía en el dormitorio de invitados al fondo del pasillo donde estaban las habitaciones de los mellizos. Al principio había sido como una interminable fiesta de pijamas con la hermana que nunca tuve. Pero, a medida que Bella y Zack fueron teniendo más dificultades, más se fue alejando de mí.

Esperé pacientemente a que comiéramos varios platos de deliciosa bollería y caviar servidos en bandejas de plata decoradas antes de preguntarle por su compañero ausente.

—Zack está bien —respondió Bella—. Ha adelantado la vuelta a casa.

—¿A Los Ángeles?

—A Minnesota. Va a pasar una temporada con sus padres.

Lo que suponía vivir con su excompañera y supuesta exnovia, Paige. Esta se había instalado con los Branwell desde que dio a luz y, para entonces, la criatura ya gateaba. Zack iba a visitarlos siempre que podía: otro de los muchos puntos de fricción con Bella, dado que les robaba tiempo de entrenamiento.

Con lo segura que había estado Bella de que serían el equipo estrella y de que Garrett y yo quedaríamos a su sombra. Ahora se enfrentaba a la posibilidad de una temporada olímpica sin pareja, mientras que su hermano y yo nos habíamos convertido en el equipo que batir.

—¿Qué vas a hacer? —pregunté.

Bella dio un sorbo a su té Caravana Rusa y acarició con las uñas el soporte dorado que encerraba el vaso.

—No te preocupes por mí. Algo se me ocurrirá.

Dadas las circunstancias, era un alivio verla tan tranquila.

Debería haberme preguntado por qué.

Tras las casi trece horas de vuelo de Moscú a Los Ángeles, Sheila nos dijo que podíamos llegar tarde al entrenamiento, pero solo una hora. Nada de días libres, ni siquiera para los campeones del mundo.

Mi habitación en la mansión de los Lin era lujosa pero sencilla: paredes blancas, ropa de cama blanca, muebles lacados en blanco salidos de un salón de exposición que solo se podía visitar con cita previa. Viajábamos tanto que ni me había molestado en decorar ni en deshacer el equipaje del todo. Aquel espacio eran tan hogareño como la ristra interminable de hoteles en los que nos alojábamos durante la temporada de competiciones.

La cama era como una nube, eso sí, gracias a las capas de espuma viscoelástica y a las sábanas que cambiaba cada dos días la criada de Sheila. Pero no logré pegar ojo. Tampoco había dormido en el avión, a pesar de los asientos reclinables, los antifaces de seda con aroma a lavanda y el resto de las comodidades en primera clase.

Llevaba sin padecer tanto insomnio desde los meses después de la marcha de Heath. Solía dar vueltas en la cama e imaginar dónde estaría y lo que estaría haciendo. ¿Él también se habría acostado o se encontraría en algún lugar lejano donde apenas acababa de amanecer? ¿Estaría solo? Odiaba imaginarlo solo, pero más odiaba imaginarlo con otra persona.

¿Realmente lo había visto en Moscú o se me estaba yendo la cabeza?

Poco después de las cinco me rendí y decidí bajar a la pista antes de la hora. Garrett me había dado permiso para tomar prestado su SUV Audi, por lo que descendí con las ventanillas bajadas por la ruta del Pacífico, despejada, para mi suerte, disfrutando de la fresca brisa del océano en la cara mientras el sol se levantaba por encima de las palmeras.

Quizá algo de tiempo a solas en el hielo fuera justo lo que necesitaba. Sin espectadores, sin competiciones, sin presión.

Aunque no esperaba encontrarme a nadie hasta poco antes de las siete, cuando empezaba nuestra sesión de entrenamiento, me había tomado mi tiempo para peinarme y maquillarme. Sheila nos había inculcado la importancia de estar siempre presentables; una nunca sabía quién podía vernos y juzgarnos.

Cuando accedí a la pista principal unos minutos antes de las seis, vi que al final no iba a tenerla para mí sola. Otro patinador se me había adelantado para disfrutar del hielo fresco.

Con un mono ceñido negro, no era más que una mancha borrosa contra las paredes. Aunque no sonaba música, de alguna manera se oía el ritmo que seguía: en el roce de las cuchillas sobre el hielo suave, en el sutil movimiento de sus caderas, hasta en el modo en que extendía los dedos.

El tipo era bueno. Bueno de verdad. Cuando cambiaba de dirección, se inclinaba tanto sobre el filo de las cuchillas que temí que fuera a caerse, pero mantuvo un control total.

Al llegar al centro de la pista, se detuvo con un movimiento que hizo saltar un brillante arco de escarcha. Acto seguido me miró fijamente; quizá él también había estado observándome.

Di un paso atrás, como si me hubiera golpeado.

Heath Rocha abrió los labios, enrojecidos por el esfuerzo. Igual que cuando había pasado horas besándome.

—Hola, Katarina —dijo.

# 29

«Katarina».

Heath era el único que me llamaba así, quitando a los periodistas y comentaristas. En el pasado, cuando usaba mi nombre completo, lo pronunciaba como si paladeara cada sílaba, como si fuera su palabra favorita del mundo entero.

Ahora la escupía como un insulto.

—Enhorabuena por el título mundial —dijo, y también sonó a desprecio.

Habían pasado tres años, casi exactos, desde que se alejara de mí bajo la lluvia helada de Nagano y parecía otra persona. Su postura era más recta, con los hombros hacia atrás como un bailarín de ballet. Sus rasgos eran casi adustos, esculpidos sin rastro de suavidad, y su rostro anguloso resultaba hasta severo. El exuberante bosque de rizos había sido talado de raíz. Una pequeña cicatriz blanca le atravesaba la mejilla izquierda, subrayando la dureza de su mirada.

Pero seguía siendo bellísimo a mis ojos. Puede que aquello fuera lo peor.

Me di cuenta de que él también pasaba revista a los cambios que yo había experimentado. Durante el tiempo que habíamos permanecido separados, había hecho todo lo posible por dominar hasta el último rasgo descontrolado de mi ser: me había teñido y cortado el pelo, me había sometido a depilaciones, decoloraciones y cualquier otro tratamiento de belleza que Bella y su madre me hubieran recomendado, hasta había perdido peso para parecer menos curvilínea.

Mi nuevo aspecto me hacía sentirme profesional, más formal, más patinadora de élite que merecía estar al lado del chico de oro Garrett Lin. Pero, bajo la mirada dura de Heath, me sentí ridícula, como una niña con un traje que le quedaba grande.

Él veía a través de todas mis capas hasta llegar al fondo. Siempre había sido así.

Con todas las preguntas que tenía para hacerle —«¿Dónde has estado? ¿Por qué me dejaste? ¿Cómo pudiste ser tan cruel?»—, la única que se me ocurrió fue:

—¿Qué haces aquí?

—Me han invitado —respondió.

—¿Quién?

La puerta del vestíbulo se abrió de golpe y Bella entró corriendo en la pista con Garrett pisándole los talones.

Los dos se habían vestido a toda prisa. Bella llevaba el pelo recogido en un moño descuidado en lugar de su habitual corona de trenzas y ni siquiera se había puesto protector labial.

Al despertar, debían de haberse percatado de que había madrugado para venir a la pista. Cuando cayeron en la cuenta de lo que me iba a encontrar, salieron pitando para alcanzarme por el camino.

Empecé a unir los puntos en mi cabeza: Heath en Moscú. La tranquilidad tan poco propia de Bella ante la partida de Zack. La expresión nerviosa y culpable mientras nos lanzaba miradas alternas a Heath y a mí.

No necesitaba un nuevo compañero porque ya había encontrado uno. Heath no había vuelto por mí. Había vuelto por ella.

—Mira —dijo Bella—, no es así como quería que te enterases, pero todos sabemos que Zack no va a volver a competir en mucho tiempo, si es que vuelve, y...

—¡Y tú eres Bella Lin! ¡Podías emparejarte con quien quisieras!

—Sabes que no es tan sencillo.

—Y una mierda. Le dices a tu madre que tire de un par de hilos, que se traiga a algún pobre chaval de...

—Sería demasiado tarde. Queda menos de un año para los juegos.

No había tiempo para superar los obstáculos legales y que un patinador de otra federación obtuviera la ciudadanía. Pero, aunque solo pudiera escoger entre estadounidenses, aun habiendo bajado en el ranking durante las temporadas que había patinado con Zack, Bella tenía donde elegir.

Heath se había quedado a un lado, presenciando nuestra discusión como si fuera un programa de exhibición para su disfrute exclusivo.

—Bella nunca pensó que fueras lo bastante bueno para mí —le dije—. Y ahora, de pronto, ¿sí que lo eres para ella?

Como toda respuesta, Heath se limitó a sonreír, pero no era una sonrisa como las que solía dirigirme. Era como solía sonreírle a mi hermano cuando trataba de sacarlo de quicio.

—Kat. —Garrett me puso la mano en el hombro—. ¿Por qué no respiramos todos hondo y...?

Me di media vuelta con tanta fuerza que me zafé de su mano.

—¿Estabas al corriente?

—Hasta esta mañana, no.

—Si lo hubieras sabido, ¿me lo habrías contado?

Garrett, vacilante, miró a su hermana. Ahí estaba mi respuesta. Y era evidente que Sheila lo sabía. Recordé las palabras de Bella aquella noche en la piscina: «Lo mejor que puedes hacer es aceptar que mi madre lo sabe todo». La operación entera bien podía haber sido idea suya.

En el momento me dije que estaba enfadada porque no habían sido sinceros conmigo. Ahora puedo admitir que no era cierto. Bajo ninguna circunstancia habría aceptado de buena gana que Heath y Bella patinaran juntos.

La traición de ella me dolió, pero la de él era peor. Porque Heath no solo había mejorado desde que me dejó, se había transformado. No era el mismo patinador que cuando estábamos juntos. Era el patinador en que yo siempre había soñado que se convirtiera.

Su amor por mí no había sido motivación suficiente para alcanzar todo su potencial. ¿Su odio, en cambio? Había hecho que fuera capaz de todo.

**ELLIS DEAN**: Así que, durante tres largos años, el muy perro desaparece de la faz de la tierra y luego, de repente, ¿reaparece sin más? ¡No me digas que no es un movidón digno de una telenovela de sobremesa! Qué fuerte. Es que me habría encantado verle la cara a Kat.

**GARRETT LIN**: Después de Nagano, temía que Heath se hubiera... hecho algo. Nunca le dije nada a Kat, pero imagino que a ella también se le pasó por la cabeza.

*Vídeo de una sesión de práctica en la Academia de Hielo Lin durante el verano de 2005. Mientras calienta, Heath improvisa una coreografía sobre la canción con la que otro equipo está patinando por la pista. Varios compañeros dejan lo que estaban haciendo para verlo, pero él no parece percatarse de la atención que despierta.*

**FRANCESCA GASKELL**: Siempre había sido bueno en las partes de expresión y ejecución. Pero ahora tenía una técnica en la que apoyarse. Era como si, no sé, él fuera la música.

**KIRK LOCKWOOD**: No es imposible que un patinador mejore tanto en tan poco tiempo, pero es poco probable.

**ELLIS DEAN**: A ver, tenía que estar chutándose o algo, ¿no?

**GARRETT LIN**: No estaba tomando nada. El dopaje no está tan extendido en la danza sobre hielo, más que nada porque tampoco ayuda demasiado. Puedes mejorar tu resistencia, claro, pero aquí se trata más bien de talento artístico, y para eso no hay píldora milagrosa que valga.

**JANE CURRER**: La Asociación de Patinaje Artístico de Estados Unidos tiene una política de cero tolerancia con los medicamentos de mejora del rendimiento. Eso es todo lo que tengo que decir al respecto.

**ELLIS DEAN**: El chaval siempre fue muy mono, sí, pero esos músculos antes no los tenía.

**GARRETT LIN**: Mi madre hacía test semanales a todos en la academia..., y sí, quiero decir «todos», incluidos sus hijos. Si Heath hubiera estado tomando algo, lo habría pillado y lo habría echado.

**ELLIS DEAN**: Kat debía de estar tirándose de los pelos por haberlo dejado marchar. Era la comidilla de todo el mundo, de Canadá a China los patinadores hacían apuestas a ver cuánto tardaban Kat Shaw y Bella Lin en sacarse los ojos.

**GARRETT LIN**: ¿Cree que mi madre habría aceptado ese tipo de rencillas en el seno de su academia? Todos queríamos lo mismo: llegar a los juegos. No teníamos tiempo para nada más.

*Sheila entrena a Katarina y Garrett mientras Bella y Heath patinan en segundo plano.*

**GARRETT LIN**: La verdad es que Bella y Kat se evitaban todo lo posible. Era una pena, después de haber sido buenas amigas tanto tiempo. Pero cualquiera que conociera a mi hermana sabía que el patinaje estaba por encima de todo y de todos. Además, ¿si la situación hubiera sido la contraria? Estoy seguro de que Kat habría hecho lo mismo.

# 30

Estaba decidida a no hacer caso de Heath y Bella. No podía permitirme malgastar energía en ellos si quería conseguir el oro olímpico.

Pero no me lo ponían fácil. Cada vez que me daba la vuelta, allí estaban: girando el uno alrededor del otro en el hielo o sentados juntos en las gradas. Si Heath me veía mirarlos, se arrimaba a ella y buscaba excusas para tocarla. Y tampoco es que Bella lo disuadiera.

Me duele reconocerlo, pero juntos eran buenos. Heath había mejorado tanto que hacía que todos los estilos, de la polca al mambo, parecieran fáciles. La combinación de estatura menuda de Bella con los músculos que Heath había desarrollado durante su misteriosa ausencia hacía que pudieran llevar a cabo elevaciones y trucos que estaban fuera del alcance de la mayoría de los demás equipos.

Corrían todo tipo de rumores sobre dónde había estado entrenando Heath, porque no había muchos preparadores de danza sobre hielo a tan alto nivel, y menos aún que pudieran medirse con Sheila Lin. Un par de entrenadores quisieron atribuirse el mérito de su transformación, pero Heath se negó a confirmar o desmentir nada. Lo único que se sabía era que, de alguna manera y en muy pocos años, había pasado de ser un patinador digno a convertirse en uno de los mejores del mundo.

Entretanto, Garrett y yo estábamos pasando por una mala racha. Aquella temporada, para la danza libre, íbamos a patinar con un mix de temas de rhythm and blues. Nuestra coreografía era una historia de pasión a fuego lento, con un montón de miradas anhelantes y elevaciones en las que le rodeaba la cintura a Garrett con las piernas. Ya habíamos realizado más programas románticos, pero nada tan abiertamente sexy. Los elementos técnicos no eran el problema, pero el conjunto se veía forzado e incómodo, sobre todo con el único hombre al que había amado mirando desde el otro lado de la pista.

No podía evitar ver a Heath en la academia, así que había empezado a hacer algunos entrenamientos fuera de pista en otro sitio. No estaba huyendo, me decía, era solo que necesitaba aire fresco. Un cambio de escenario, un nuevo reto.

Pues sí, ya entonces no me lo creía ni yo.

Mi lugar favorito para hacer ejercicio estaba en un cañón cerca de la mansión de los Lin: cientos de escalones de hormigón que ascendían por una fuerte pendiente. A una temperatura suave, habría supuesto un desafío. Con el calor abrasador del verano angelino, era una verdadera tortura, más que suficiente para alejar mi mente del motivo real de mi malestar.

Cuando llegó el otoño, escapaba al cañón tres días a la semana, o más si podía encajarlo entre todas las sesiones en el hielo, las clases de baile y los compromisos promocionales. Allí reinaba el silencio: solo se oía el canto de los pájaros, el golpeteo de mis zapatillas contra el hormigón y mi respiración cada vez más jadeante conforme me acercaba a lo más alto.

Hasta una tarde de primeros de octubre, cuando mi soledad se vio arruinada por un sonido de pasos que me seguían a toda prisa.

Alguna vez me cruzaba con senderistas, pero la mayoría empezaba en lo alto de la pendiente y bajaba los escalones. Era raro encontrar a alguien más subiéndolos y aún más raro que lo hiciera lo bastante rápido como para alcanzarme.

Los pasos aumentaron de ritmo, acortando la distancia, hasta que el corredor me adelantó por la derecha y estuvo a punto de empujarme contra la barandilla oxidada.

Me faltó poco para pegarle un grito, pero entonces vi de quién se trataba.

Heath, con un pantalón corto que hacía imposible pasar por alto sus muslos esculturales.

Me detuve y resoplé frustrada.

—¿Qué, ahora andas detrás de mí?

Heath se detuvo y, desde varios escalones más arriba, me lanzó una mirada. El pelo le había vuelto a crecer lo suficiente para que se atisbara un poco de onda y el sol hacía que le brillase.

—Diría que eres tú la que está detrás—respondió.

Entonces se lanzó a correr de nuevo, subiendo varios escalones con cada zancada para ampliar la distancia. No le costaba ni respirar al muy cabrón.

Nunca le había dejado ganar cuando echábamos carreras de pequeños en la ribera del lago y no iba a empezar ahora. Así que pisé el acelerador y salí tras él.

Cuanto más subíamos, menos sombras había. El sudor me corría por la espalda y los músculos de las piernas me ardían como si estuviera en los últimos compases de un programa libre, pero había logrado acortar la distancia con Heath.

La escalera se estrechaba en una curva cerrada y el camino estaba atravesado por un árbol calcinado, por lo que vi una oportunidad de adelantarlo. Me precipité hacia delante y pasé tan cerca que nuestras caderas casi se tocaron. De pronto iba en cabeza y solo faltaban unos pocos pasos para llegar a la cima. Sentía el aliento de Heath en la nuca...

... cuando me enganché la puntera de la zapatilla en el borde de un escalón y caí de bruces sobre la tierra caliente por el sol. El dolor se irradió hacia abajo por las espinillas.

Antes de que me diera tiempo a reaccionar, Heath ya me había agarrado de los hombros y me había incorporado. Era la primera vez que me tocaba desde la noche de Nagano, aunque me soltó de inmediato y dio un respingo, como si le hubiera quemado las manos. Me odié por el modo en que me incliné hacia él, como una flor que busca la luz.

Observó de brazos cruzados cómo iba cojeando a sentarme

en una roca cubierta de grafitis. Tenía las piernas llenas de arañazos, de la rodilla al tobillo, y restos de grava clavados en la piel rozada. Empecé a sacudírmelos, pero también tenía las manos sucias y en carne viva.

Heath suspiró.

—Para, que estás empeorándolo.

Se desenganchó una botellita de agua del cinturón y se arrodilló delante de mí, tan cerca que notaba el calor que irradiaba. La cicatriz bajo el ojo parecía más tenue, como si pudiera extender el brazo y borrársela con la punta de los dedos.

Me aferré a la roca y clavé las uñas en la superficie rugosa. Cuando hacía un día claro, la espectacular panorámica abarcaba desde las montañas de Santa Mónica hasta el Pacífico. Sin embargo, aquella tarde, una nube de contaminación emborronaba las vistas, difuminándolas como una acuarela. Mientras Heath me limpiaba las heridas con el agua templada por el sol y me rozaba el gemelo con los dedos de un modo que podría haber sido accidental, me obligué a mantener la mirada fija en la neblina grisácea. Cualquier cosa menos mirarlo a él.

No era de extrañar que me hubiera costado tanto conectar con Garrett en la pista: el regreso de Heath me recordó cómo era sentir deseo de verdad.

Heath se puso en pie y se tiró del bajo de la camiseta para limpiarse el sudor de la frente. Me tuve que contener para no quedarme embobada mirándole los abdominales o la cintura estrecha o...

Las cicatrices. Heath tenía la espalda entera cubierta de cicatrices, mucho más llamativas que la de la mejilla. Ahogué un grito.

—¿Qué te ha pasado?

Heath volvió a taparse con la camiseta.

—Nada.

La cicatrices, de distintas formas y tamaños, se repartían por toda su espalda sin orden aparente ni simetría que yo fuera capaz de reconocer. Las lesiones parecían curadas hacía mucho, pero era fácil imaginar sus heridas frescas, dolorosas y abiertas como las de mis piernas.

Quería envolverlo entre mis brazos y asegurarme de que nada volviera a hacerle daño. Quería encontrar a quien le hubiera hecho aquello y torturarlo hasta que sangrara.

Pero, cuando alargué la mano hacia él, se apartó.

—Heath —dije, estremecida por la dulzura que se dejó oír en mi voz.

—Ah, que ahora sí que te importo.

—Pues claro que...

—¿Quieres saber quién me lo hizo? —exclamó furioso—. Tú. Me abandonaste y...

—¡No te abandoné! —¿Era lo que llevaba diciéndose todos esos años, cuando era yo la que había corrido por las calles buscándolo, gritando su nombre?—. Tú me abandonaste a mí.

—Anda ya. Oí todo lo que le dijiste a Ellis aquella noche.

—Era hablar por hablar. No había tomado ninguna decisión.

—Dijiste que estaba impidiéndote avanzar. Que no era lo bastante bueno. Que, si seguías patinando conmigo, nunca ganarías. Y los dos sabemos que es lo único que te importa.

—Y tú tomaste la decisión por los dos, ¿no? Así que supongo que ya nunca lo sabremos.

—Supongo que no. —Se volvió hacia la escalera. Todo el cariño que había mostrado unos minutos antes se había esfumado y no quedaba más que frío desdén—. Disfruta del resto de la carrera, Katarina. Intenta no romperte nada a la vuelta.

Empezó a bajar los escalones a mayor velocidad que antes, demasiado rápido para que lo alcanzara aunque lo intentase.

Me quedé en lo alto de la pendiente echando chispas. La sal del sudor hacía que me ardieran las espinillas. Las heridas no eran nada, pero las consecuencias podrían haber sido graves. Podría haberme roto un hueso o lesionado las muñecas al frenar la caída.

Tantos años de entrenamiento y casi los había tirado por la borda al correr detrás de Heath, como si todavía fuéramos un par de críos medio asilvestrados.

Aquel era mi año. Mi temporada olímpica. Nadie me la iba a arruinar.

Ni siquiera Heath Rocha.

**KIRK LOCKWOOD**: Todo el mundo esperaba que Turín fuera una nueva batalla entre estadounidenses y rusos, la batalla que todos estaban deseando presenciar desde que Sheila y yo nos enfrentáramos a los Volkova y Zolotov originales en Calgary.

*Durante la ceremonia de medallas de los Juegos Olímpicos de Invierno de 1988, Sheila Lin y Kirk Lockwood sonríen en lo más alto del podio mientras Veronika Volkova y Mijaíl Zolotov los contemplan rabiosos desde el escalón inmediatamente inferior.*

**KIRK LOCKWOOD**: Pero, como cualquier aficionado al patinaje sabe, las cosas no siempre salen como uno quiere.

*En un fragmento de informativos de la televisión estatal rusa, el presentador anuncia una noticia de última hora, doblado en voz superpuesta.*

*«Nikita Zolotov, hijo del medallista olímpico de danza sobre hielo Mijaíl Zolotov, ha anunciado hoy oficialmente su retirada del deporte. El joven Zolotov llevaba lidiando con las lesiones desde el campeonato mundial de este año en Moscú, donde, junto con su compañera, Yelena Volkova, sufrió una sorprendente derrota ante los estadounidenses Katarina Shaw y Garrett Lin.*

*»Había grandes esperanzas de que Volkova y Zolotov triunfaran en danza sobre hielo durante los XX Juegos Olímpicos de Invierno de Turín, en Italia, pero ahora Volkova se ha quedado sin pareja pocos meses antes de su comienzo».*

**VERONIKA VOLKOVA**: Yelena estaba inconsolable.

**ELLIS DEAN**: Es probable que para Yelena fuera un alivio. A ver, no la conozco, pero siempre me pareció que le tenía miedo a Nikita. Y a su tía.

**VERONIKA VOLKOVA**: Todavía era joven. Eso es lo que le dije. Podía ir a los juegos dentro de cuatro años, con un compañero nuevo y mejor. Cuatro años más y estaba segura de que nadie se acordaría ni de quién era Katarina Shaw.

**KIRK LOCKWOOD**: Con Volkova y Zolotov fuera de juego, no cabía duda de que Shaw y Lin eran la pareja a batir. Después de ganar un título mundial, los equipos suelen disfrutar de mucha mayor confianza en sí mismos. Hasta actúan de otra forma. Patinan como campeones.

*Katarina Shaw y Garrett Lin ejecutan la danza libre de la temporada 2005-2006, con música de la cantante británica de rhythm and blues Sade. El vestido de Katarina es de un blanco puro, con falda de gasa y cuerpo con incrustaciones de pedrería. Garrett va de negro riguroso, con las mismas incrustaciones decorándole los hombros.*

**KIRK LOCKWOOD**: Todos esperábamos que Kat y Garrett llegaran a lo alto de cada podio sin dificultad y que luego, como colofón, se llevasen el oro en Turín. Pero, como ya he dicho, el patinaje artístico está lleno de sorpresas. Y la de aquel año fueron Lin y Rocha.

*Tras su primera competición juntos, el trofeo Nebelhorn de 2005, Bella y Heath patinan en las pruebas de clasificación al ritmo de la banda sonora de la película de 1998* Grandes esperanzas. *Bella lleva un vestido verde con falda de vuelo. El traje de Heath es un esmoquin de corte perfecto.*

*Desde la cabina de comentaristas, Kirk Lockwood señala: «Parece que estos dos llevasen juntos mucho más que unos meses, ¿verdad? Si siguen patinando así, el oro es suyo».*

**GARRETT LIN**: Kat y yo no participamos en ninguna de las pruebas de principio de temporada y no nos asignaron los mismos eventos del Grand Prix que a Bella y Heath. Así que no competiríamos directamente con ellos hasta la final de diciembre, siempre que nos clasificáramos los cuatro.

ELLIS DEAN: Era casi como si Sheila lo hubiera planeado todo de antemano, como si los hubiera mantenido apartados en anticipación del gran espectáculo.

GARRETT LIN: Fue un alivio, y no tanto por mí, sino por Kat. Sabía que lo estaba pasando mal, sobre todo con nuestra danza libre. Aun así, ganamos las dos competiciones del Grand Prix.

*Katarina y Garrett saludan desde el escalón más alto del podio de Skate America, en Atlantic City, y del Trophée Éric Bompard, en París.*

KIRK LOCKWOOD: Aunque lo estaban haciendo fenomenal, no dejó de sorprendernos que Lin y Rocha ganaran la plata en Skate Canada; no era más que su segunda competición juntos y la primera a nivel internacional. Luego se llevaron el oro en Japón.

*Bella Lin y Heath Rocha observan con atención los marcadores del trofeo NHK de Osaka. Cuando aparecen las notas que los declaran ganadores, sonríen y se abrazan.*

*«Ahí lo tienen, amigos —anuncia Kirk—. Lin y Rocha estarán en la final del Grand Prix».*

GARRETT LIN: Sabíamos que Bella y Heath no nos lo pondrían fácil.

KIRK LOCKWOOD: Imaginaba que estaría reñido, pero todos esperábamos que Kat y Garrett ganaran. Tenían más experiencia. Eran los actuales campeones del mundo.

*En la final del Grand Prix de 2005 en Tokio, Katarina y Garrett esperan con Sheila en el* kiss and cry *las notas del programa libre. Al ir en cabeza tras la danza original, han sido el último equipo en patinar. Cuan-*

*do aparecen las puntuaciones, a Katarina se le borra la sonrisa de la cara.*

*«Increíble —se oye decir a Kirk durante la retransmisión—. En su primera temporada juntos, ¡Isabella Lin y Heath Rocha se llevan el oro del Grand Prix!».*

*Corte a Bella y a Heath entre bastidores, celebrando el triunfo. Bella besa a Heath en la mejilla y le deja una marca de pintalabios rosa. De vuelta a Katarina y Garrett. Ella tiene una expresión furiosa. Garrett le aprieta la rodilla y sonríe como si le estuviera recordando que debe mostrar buen perder, pero es demasiado tarde: su reacción se ha retransmitido y todo el mundo la ha visto.*

ELLIS DEAN: A ver, que si a ti te acabaran de patear el culo tu exnovio y tu ex mejor amiga también estarías que echas humo.

*Katarina y Garrett abandonan el* kiss and cry. *Aunque ella parece más calmada, pasa de largo junto a los micrófonos tendidos de los medios sin hablar con nadie.*

ELLIS DEAN: Ojalá lo de Heath y Bella hubiera quedado ahí.

# 31

Después de nuestra derrota en Tokio, lo único que quería era que llegaran los nacionales de enero, cuando Garrett y yo tendríamos la posibilidad de defender nuestro título y desquitarnos.

Por desgracia, Sheila había comprometido a todas las parejas de bailarines sénior de la academia para una gala benéfica en Nochevieja. Ni siquiera recuerdo cuál era la causa: ballenas, niños o alguna otra cosa de esas que siempre necesitan salvación; el caso es que aquella noche nos encargaríamos del entretenimiento con una exhibición de patinaje en la pista frente a la playa del Hotel del Coronado.

El hotel era impresionante, como un crucero de la edad dorada atracado en una franja de arena prístina a lo largo de la costa de San Diego. Cuando llegamos la mañana antes de la exhibición, el lugar mantenía la decoración navideña, con guirnaldas de luces en los torreones y un árbol lo bastante alto como para rozar el artesonado de madera pulida del vestíbulo de doble altura.

Las instalaciones de patinaje, sin embargo, dejaban bastante que desear. La pista era temporal, una estructura que montaban todos los inviernos para que los turistas dieran alguna vuelta con patines alquilados mientras bebían chocolate caliente. Sin nada que lo protegiera del sol californiano, las capas superiores del hielo se ablandaban tanto que parecía que avanzabas penosamente por el barro.

Tras la sesión previa al espectáculo, mientras la mayoría de los patinadores aprovechaban para tomar el sol en la playa o explorar el resort, me retiré a mi habitación, agotada. Habíamos salido de Los Ángeles al amanecer y mi asiento en el autocar alquilado ofrecía unas vistas demasiado buenas de Bella apoyada en el hombro de Heath mientras él escuchaba el iPod que ella le había regalado por Navidad. En vez de volver a casa tras el trofeo NHK, los dos se habían quedado en Japón unas semanas, hasta la final, haciendo turismo y a saber qué más juntos.

No quería pensar en ello. Pero tampoco parecía poder evitarlo.

El ascensor del vestíbulo era uno de esos antiguos en forma de jaula, accionado por un hombre de pelo gris con uniforme y una pequeña gorra de plato. Mientras tiraba de la reja de acordeón para cerrarlo, se puso a silbar una alegre versión de «Auld Lang Syne».

—¿Así que es usted una de las patinadoras? —preguntó.

Cuando asentí, pasó a silbar la fanfarria del himno olímpico.

—¿Va a ir a las olimpiadas?

—Eso espero.

Era mi respuesta modesta y educada, la que me habían enseñado a dar en las entrevistas para no parecer una narcisista engreída. Pero sabía más que de sobra que iba a ir a los juegos.

A pesar del inesperado triunfo de Bella y Heath en el Grand Prix, Garrett y yo seguíamos siendo los mejores bailarines sobre hielo del país. El campeonato nacional servía de prueba clasificatoria para las olimpiadas, pero para nosotros eran una mera formalidad. En Turín competirían dos equipos estadounidenses y nosotros seríamos uno de ellos. Por fin se cumpliría mi sueño infantil.

Solo que ya no me bastaba con eso.

Había pasado años deseando..., qué digo, anhelando competir en unos Juegos Olímpicos. Pero, ahora que estaba a punto de hacerlo, competir no era suficiente. Quería ir como campeona de Estados Unidos. No quería volver a pisar el peldaño de la plata.

El ascensor llegó a mi planta. El ascensorista se dio la vuelta para abrir la reja. Y allí, en el pasillo, estaba Bella, con el puño en alto para llamar a la puerta de mi habitación.

—Anda, si estás ahí —dijo—. Hola.

—¿Me buscabas?

Era la conversación más larga que habíamos mantenido desde el día que descubrí que iba a patinar con Heath.

—Sí. Me preguntaba si...

Sin acabar la frase, empezó a retorcerse los dedos. No recordaba haberla visto nunca tan insegura. He de admitir que me hizo gracia.

—Algunas de las chicas vamos a prepararnos juntas en mi habitación —dijo—. Y eres bienvenida. Solo si quieres, claro.

Como casi siempre sucedía con Bella Lin, la invitación podía ser una rama de olivo o una trampa que se me volvería en contra en cuanto bajara la guardia.

Decidí jugármela. Yo también sabía atacar.

—¿A qué hora? —pregunté.

El ruido se oía ya a mitad de camino por el pasillo: voces entremezcladas, risitas y el rítmico bajo de una canción de Beyoncé.

Me detuve delante de la puerta, con el neceser de maquillaje abrazado contra el estómago. Por un momento me planteé huir. No sabía a qué venía la repentina oferta de amistad de Bella. Lo que sí sabía era que, si me echaba atrás, ella ganaría. Otra vez.

La puerta estaba entreabierta, apoyada en el pestillo de bloqueo. Me obligué a adoptar una expresión agradable antes de abrirla del todo.

—¡Kat! —Bella esbozó lo que me pareció una sonrisa sincera—. Entra, entra.

En cuanto empecé a patinar con Garrett, se acabaron los días de alojarme en habitaciones de hotel cochambrosas. Aun así, mi habitación estándar no era comparable con la suite de lujo de Bella Lin, con sus ventanales de molduras blancas y vista panorámica de la puesta de sol en el Pacífico.

Todas las chicas estaban reunidas en la salita. Josie Hayworth apretaba un tubo de brillo de labios Lancôme Juicy rosa chicle sobre sus labios fruncidos. Aunque no la habían convocado para actuar con Ellis, sin duda su padre el senador estaría en la lista de invitados, lo que significaba que podría disfrutar de la comida gratis y la barra libre sin sentir presión alguna.

A las otras tres —Amber, Chelsea y Francesca, a quien todos llamaban Frannie— solo las conocía de pasada. No me dejaba caer mucho por la academia, pues evitaba a toda costa a Bella y a Heath, y cualquier otra distracción de mis objetivos. Las chicas eran unas recién llegadas, no hacía mucho que habían pasado al nivel sénior. Tenían toda la carrera por delante, aunque, después de años viendo cómo funcionaba el mundillo, sabía que la mayoría no llegarían a la siguiente temporada.

Me acomodé en una mullida otomana y empecé a aplicarme el maquillaje mientras me dejaba envolver por la conversación. Las chicas intercambiaban consejos sobre la perfecta manicura francesa, charlaban sobre la última película de Harry Potter y cantaban «Naughty Girl» a varias voces, Frannie con el bote de laca con purpurina a modo de micrófono.

¿Era eso lo que las jóvenes normales hacían cualquier noche de sábado? Solo tenía veintidós años, y ya me sentía una auténtica anciana. No tenía nada que aportar a la conversación, ningún interés más allá del patinaje. Me resultaba más fácil hablar con un periodista para un programa de televisión que se retransmitiría a millones de personas que participar en una charla informal con gente de mi edad.

Bella también permaneció callada la mayor parte del tiempo, concentrada en hacerse unas rayas perfectas con el delineador de ojos negro que se le extendieran hasta las sienes. Creía que Heath y ella iban a ejecutar su programa libre, pero, por lo que se veía, buscaba un look mucho más llamativo que el que había llevado en el Grand Prix.

Mientras me aplicaba la última capa de polvos fijadores, Bella me lanzó una mirada.

—¿Qué vas a hacerte en el pelo?

—No lo sé.

A lo largo de la temporada, me había limitado a lo más sencillo: la melena recogida en lo alto para que no se me fuera a la cara y fijada con una pinza decorada con cristalitos a juego con el vestido.

—¿Quieres que te lo trence? —preguntó.

Cuando empecé a patinar con Garrett, Bella me peinaba antes de casi todas las competiciones. Era uno de mis recuerdos favoritos: sentadas las dos en el suelo de cualquier habitación de hotel, de Spokane a San Petersburgo, mientras Bella me trenzaba y sujetaba el pelo con dedos expertos y rápidos.

—Claro —respondí.

Me hizo un gesto para que me sentara delante de ella, apoyada en el sofá. De este modo, quedé en medio del grupo, con las rodillas rozando las patas de la mesita metálica. Bella me pasó las manos por el pelo, desenredándomelo, y un cálido cosquilleo me bajó por la columna. Lo había echado de menos. La había echado de menos.

Alguien cambió el CD de Beyoncé por *Confessions on a Dance Floor*, de Madonna, y pronto nos sumimos en el tema de conversación inevitable: chicos guapos.

Frannie estaba colada por un patinador en pareja surcoreano y andaba maquinando cómo acercarse a él cuando los dos coincidieran en la misma ciudad para el campeonato de los Cuatro Continentes.

—Enséñanos una foto —le pidió Josie.

Frannie sacó su móvil de tipo concha. Las demás nos colocamos a su alrededor.

—¡Madre mía, pero si está buenísimo! —chilló Amber.

Chelsea entrecerró los ojos.

—Diría que es como Garrett Lin, pero en joven.

—Ay, sí —suspiró Frannie.

—Para empezar, no todos los asiáticos se parecen —espetó Bella. Frannie ya iba a disculparse, pero la interrumpió—. Y, por favor te lo pido, ¿podrías abstenerte de babear por mi hermano en mi presencia?

—Lo siento. —Amber se encogió de hombros—. Pero es que Garrett está buenísimo.

Cambié de postura y apoyé la barbilla en las rodillas.

—No te muevas —me pidió Bella.

Frannie se arrimó a nosotras. Apenas se había maquillado, solo se había puesto algo de máscara de pestañas y una hidratante con color que, en vez de esconder sus pecas, hacía que destacaran. Las cosas que una se puede permitir a los dieciséis. Su madre era directora ejecutiva de no sé qué conglomerado farmacéutico, así que su familia era aún más rica que la de Josie, pero me parecía una niña más encantadora que consentida. Puede que demasiado buena para sobrevivir en este deporte de arpías.

—Siempre me he preguntado... —dijo Frannie—. ¿Garrett y tú sois...?

—Solo somos amigos —respondí.

—¿En serio? —Frunció el ceño—. Pero si juntos sois perfectos.

—Es un compañero estupendo.

Era el tipo de respuesta que daría en una entrevista, pero también era la verdad. Los dos nos habíamos llevado muy bien desde el principio y sabía que mucha gente suponía que estábamos saliendo. Nosotros lo habíamos negado hasta que Sheila nos aconsejó que no nos molestáramos en desmentirlo. «Que piensen lo que quieran», nos recomendó.

Así que dejamos que los rumores continuaran. A veces hasta les seguíamos el rollo, caminábamos del brazo —sin darnos cuenta o aposta— con la naturalidad de quienes se pasan horas tocándose cada día, quitándose comida del plato en los banquetes posteriores a las competiciones o contándoles emocionados a los periodistas lo muchísimo que les gustaba trabajar juntos.

Una parte de mí seguía esperando que Garrett diera el paso. Bella me había dicho en Nagano que yo le gustaba y parecía que disfrutaba de mi compañía. Él nunca había salido con nadie del mundillo y no teníamos tiempo para conocer a demasiada gente de fuera.

Podría haberme sentido decepcionada, incluso insultada. Pero en cierto modo era un alivio. No tenía claro cómo reaccionaría si Garrett intentaba dar un paso más en nuestra relación. Prefería seguir como estábamos: buenos amigos y compañeros. Sabía demasiado bien lo catastrófico que podía ser un romance entre los miembros de una pareja de patinadores.

Como no daba demasiado juego en cuestión de cotilleos, las chicas se volvieron hacia Bella. Casi había terminado de peinarme; estaba recogiéndome las trenzas y sujetándomelas con horquillas en la nuca.

—¿Y tú, Bella? —preguntó Amber.

—Eso, ¿y tú? —Chelsea enarcó las cejas recién depiladas.

Bella se puso tan rígida que, del tirón que me dio en la trenza, me dolió el cuero cabelludo.

—Venga, suéltalo —dijo Frannie—. Porque todas sabemos que es imposible que Heath Rocha y tú solo seáis amigos.

# 32

—Heath y yo somos compañeros —respondió Bella—. Eso es todo.

Su voz había adoptado el mismo tono sereno y diplomático que Sheila usaba cuando le hacían alguna pregunta a la que no quería responder. Pero ¿Bella estaba incómoda porque las chicas habían sacado el tema delante de mí o porque lo que decían tenía una parte de verdad?

—Anda ya —replicó Amber—. Pero si todas hemos visto cómo te mira.

Frannie asintió.

—¡Y las fotos de vosotros dos en Japón...! ¡Monísimas!

—Estábamos de turismo.

—Claro. —Chelsea guiñó un ojo y la sombra de purpurina azul brilló con la luz—. Ahora se llama «turismo».

Había visto las fotos. Las había visto todo el mundo. Heath y Bella posando delante del templo de Sensō-ji con el brazo de él rodeándole la cintura. O sonriendo mientras bebían matcha en el jardín interior del santuario Meiji. Bailando pegados bajo las luces de neón del distrito de Harajuku mientras los músicos callejeros tocaban guitarras pintadas a mano.

Me negaba a creer que hicieran algo tan prosaico como salir juntos. No, aquello era la maquinaria de relaciones públicas de Sheila Lin a pleno rendimiento. Bella siempre insistía en que no tenía tiempo para novios. Había permanecido virgen hasta los dieciocho, cuando, tras una despiadada comparación analítica de los candidatos potenciales, había tenido un rollo de una noche con un patinador francés en el campeonato mundial de 2003. Para Bella, el sexo era una casilla que marcar, otra tarea que dejar zanjada para poder centrarse en las prioridades de verdad.

—Las fotos eran encantadoras —dijo Josie, lanzándome una mirada de soslayo—. Sobre todo esa en la que Heath está detrás de ti y…

—Basta —la interrumpió con brusquedad Bella.

Josie cerró la boca de golpe. Las otras chicas también se callaron. De fondo, Madonna cantaba «I'm sorry» en distintos idiomas con un palpitante ritmo de música dance.

—Se nos está haciendo tarde. —Bella prendió una última horquilla en mi pelo—. Deberíamos vestirnos.

Cada chica se marchó a su habitación a ponerse el traje. Yo me quedé rezagada, fingiendo que examinaba mi elaborado recogido en el espejo junto a la puerta. Bella me había tendido una rama de olivo y me sentía obligada a hacer lo mismo.

—Tenemos que hablar —dije en cuanto nos quedamos solas.

—¿De qué? —Había sacado una cajita para retocarse la raya, que seguía impecable.

—De Heath.

Aquel coqueteo simpático que mostraba con Bella… no era para nada el modo en que Heath se comportaría si realmente sintiera algo por ella. Era una actuación y yo era su público.

—Mira —dije—, no sé qué habrá entre vosotros y tampoco quiero saberlo. —Respiré hondo—. Pero, estuviera donde estuviera todos estos años e hiciera lo que hiciera, no creo que haya vuelto solo para patinar. Una vez que haya conseguido lo que quiere…

—¿Y qué sería exactamente lo que quiere? —me interrumpió Bella—. ¿A ti?

—No. No es eso lo que…

—No todo gira en torno a ti, Kat. —Cerró la cajita de golpe—. Y tampoco es que a ti Heath te importe una mierda.

—¿Perdona?

—No lo quisiste. Lo dejaste tirado y preferiste irte con mi hermano.

—¡Porque tú me lo dijiste!

—Como si alguien pudiera conseguir que Katarina Shaw hiciera algo que no quiere.

Parecían palabras de Heath. Seguro que se las había dicho en algún momento a solas después de entrenar. O mientras se acurrucaban uno contra el otro durante un vuelo largo.

O en la cama del hotel de Tokio, entre susurros y envueltos en la oscuridad.

—Nuestra amistad nunca significó nada para ti, ¿verdad? —le pregunté, aunque no esperaba una respuesta—. Lo único que te importa es ganar.

—Es lo único que nos importa a las dos. —Bella dio media vuelta y se puso a guardar las brochas y las paletas en el maletín de maquillaje personalizado con su monograma—. Por eso somos amigas.

Abrí la puerta.

—Ya no.

Cuando llegué a la pista, ya de noche, seguía echando humo. Ojalá hubiéramos estado en una competición. Así podría haber canalizado toda mi furia en ganar a Heath y a Bella.

Pero solo era una fiesta frívola, un puñado de hombres de negocios del sur de California que se iban a pimplar champán carísimo con sus trajes de diseño y sus mujeres florero colgadas del brazo. No habría ganadores ni medallas. Ninguna satisfacción que sacar de aquello.

Garrett me esperaba junto a la pista. El resplandor del brasero exterior que tenía al lado hacía que los cristales que decoraban sus hombreras brillasen como copos de nieve recién caídos. Las llamas danzaban sobre bloques que imitaban piedras, por lo que no desprendían el agradable aroma de la leña, sino el olor acre del propano.

—¿Estás bien? —me preguntó nada más verme.

La cabeza me dolía a causa de las trenzas; empezaba a sospechar que Bella me las había hecho demasiado tirantes a propósito. El maquillaje ya se me estaba fundiendo al calor de la brisa nocturna. Los cristales del corpiño me arañaban los brazos desnudos como lana de acero. Era probable que mi antigua mejor amiga estuviera acostándose con el único hombre al que había amado jamás y lo único que quería era abrir la boca y chillar hasta que el último ricachón de la isla de Coronado se volviera a mirarme con horror.

—Fenomenal —respondí—. ¿Cuándo nos toca?

—En cualquier momento. Somos los segundos.

—¿Segundos? ¿Quién va a patinar primero?

Garrett se encogió de hombros. En cualquier competición, cuanto más tarde patinas, mejor puntuación sacas. Pero en una gala como aquella, en la que la gente estaría más distraída (y borracha) conforme avanzara la noche, abrir la velada era lo más codiciado. Yo solo quería actuar y acabar cuanto antes para poder dedicar toda mi atención a los nacionales.

La iluminación cambió y sobre el hielo aparecieron proyectados copos de nieve.

«Damas y caballeros —anunció una voz masculina por los altavoces—, ¡acérquense y disfruten de esta actuación especial de la Academia de Hielo Lin!».

Un foco alumbró el otro extremo de la pista y empezó a sonar la música. Una fanfarria de trompetas.

Conocía aquella música. Pero no porque la hubiera oído durante alguna sesión de entrenamiento.

Heath salió al hielo vestido de negro de la cabeza a los pies, los brazos desnudos salvo por una cinta de cuero alrededor del bíceps izquierdo. Alargó la mano. El foco alumbró a su compañera, que cegaba con su vestimenta dorada. Los asistentes ahogaron una exclamación de agradable sorpresa.

Yo no. Apenas podía respirar. Porque allí estaba Bella, con el vestido de Cleopatra de su madre, sonriendo igual que Sheila en las Olimpiadas de Calgary.

Como si ya hubiera ganado.

**INEZ ACTON**: Aunque no se tenga ni pajolera idea de danza sobre hielo, todo el mundo conoce el programa *Antonio y Cleopatra* de Lin y Lockwood.

*Sheila Lin y Kirk Lockwood salen a la pista para ejecutar su programa libre durante los Juegos Olímpicos de Invierno de 1988 en Calgary, vestidos como los trágicos amantes Marco Antonio y Cleopatra. El traje de Kirk parece una armadura de cuero moldeada a medida sobre su pecho. El vestido de Sheila es de oro puro, igual que el tocado, que tiene forma de serpiente con ojos de gemas rojas.*

**FRANCESCA GASKELL**: ¡Hasta yo, que nací en 1989, conocía el programa!

**INEZ ACTON**: Su actuación en los Juegos del 88 tiene millones de visualizaciones en YouTube. Es un icono.

**JANE CURRER**: Te deja sin respiración.

**ELLIS DEAN**: Una puta leyenda.

**KIRK LOCKWOOD**: El patrón oro, podríamos decir. [*Se ríe*].

*Sheila y Kirk ejecutan una secuencia de pasos a toda velocidad al ritmo de los timbales y los sincopados tambores de guerra de la banda sonora de* Cleopatra, *el clásico de 1963 protagonizado por Elizabeth Taylor. La música da paso al inolvidable tema de amor de la película y los patinadores se acercan para bailar juntos.*

**KIRK LOCKWOOD**: Es curioso, nuestros rivales rusos también eligieron un programa inspirado en la realeza para la temporada 1987-1988.

*En los Juegos de Invierno de 1988, Veronika Volkova y Mijaíl Zolotov ejecutan una danza libre inspirada en la boda de Catalina la Grande y el emperador Pedro III. Veronika lleva un vestido de terciopelo rojo con brillantes adornos dorados. Mijaíl también va de rojo, con un fajín de estilo militar.*

VERONIKA VOLKOVA: Para nosotros, no se trataba de una pantomima barata. Mi traje estaba inspirado en el que la zarina de Rusia llevaba en el retrato de su coronación. Nuestra música era de su compositor favorito de la corte, una pieza perdida hasta que la Orquesta Nacional de Rusia la grabó especialmente para nosotros. Para la coreografía colaboramos con los principales bailarines del Bolshói. Era un homenaje a nuestro patrimonio. Un homenaje a Rusia.

JANE CURRER: A medida que nos acercábamos a los juegos, no se paraba de hablar del nuevo enfrentamiento entre Lin y Volkova. Los medios lo llamaron «la batalla de las reinas del hielo».

ELLIS DEAN: Yo debía de tener unos seis años, pero sí, lo recuerdo. Cada dos minutos aparecía en Channel 6: «No se pierdan la batalla de las reinas del hielo, ¡este martes en directo!».

VERONIKA VOLKOVA: Catalina no era reina. Era emperatriz.

KIRK LOCKWOOD: Todo aquello de la «batalla» era un poco exagerado. Para mí, no había punto de comparación. Veronika Volkova fingía ser una reina, pero ¿Sheila?

*En un momento posterior del programa* Antonio y Cleopatra, *Kirk toma el rostro de Sheila entre las manos como si fuera a darle un beso apasionado. Antes de que sus labios se toquen, Sheila se da la vuelta y se aleja, tomando la iniciativa.*

KIRK LOCKWOOD: Sheila era una reina. Y no iba a marcharse sin su corona.

INEZ ACTON: Hay que tener los ovarios bien puestos para presentarse en la final olímpica con un traje dorado cuando todo el mundo cree que tu momento de gloria ha pasado y que es imposible que ganes.

*Al final del programa, Sheila y Kirk se derrumban con gesto dramático sobre el hielo, como si murieran uno en brazos del otro. La música acaba y se produce un momento de silencio total. Acto seguido, el público se pone en pie y estalla en ovaciones.*

INEZ ACTON: Lo dicho. Un icono. No es de extrañar que Katarina Shaw idolatrara tanto a Sheila.

*Sheila y Kirk hacen sus reverencias y saludan a la multitud. La cámara enfoca a los pequeños Bella y Garrett Lin, sentados con sus niñeras en primera fila.*

*Los mellizos llevan los oídos tapados con auriculares con cancelación de ruido de tamaño infantil. Garrett mira a su alrededor, desconcertado por el bullicio. Bella no le quita los ojos de encima a su madre.*

GARRETT LIN: Mi hermana y yo estábamos allí aquel día. No recordamos nada, claro. Solo teníamos tres años.

*En el* kiss and cry, *Garrett está sentado en el regazo de Kirk y Bella en el de Sheila. Aparecen las notas que supondrán la medalla de oro y el pabellón estalla de nuevo en aplausos. Garrett arruga la cara y rompe a llorar, tratando de zafarse de Kirk y evitar las cámaras, pero Bella da palmadas y sonríe de oreja a oreja. Sheila besa a su hijita en la mejilla.*

GARRETT LIN: Era muy difícil estar a su altura, y a Bella y a mí no nos dieron otra opción. Siempre íbamos a permanecer a la sombra de la grandeza de nuestra madre. Pero Kat..., ella quería estar ahí. Ella realmente quería pasarse la vida tratando de emular a la gran Sheila Lin.

# 33

Cuántas veces me había imaginado patinando justo ese programa, con ese vestido. Entre los brazos de Heath.

Me sabía cada paso, cada gesto, cada nota. Habría sido capaz de decir al instante si fallaban por muy bien que lo disimulasen ante los asistentes.

Estuvieron absolutamente perfectos.

Las caderas de Bella marcando cada golpe de la percusión. La mano de Heath en la curva de su espalda. El deseo magnético latiendo entre ellos cada vez que se aproximaban lo suficiente para besarse y luego se alejaban para volver a acercarse de nuevo. Los labios entreabiertos, respirando el calor del otro.

Los odié. Quería ser ellos. No podía quitarles ojo. Cada expresión, cada inclinación, todo era igual que en el programa de Lin y Lockwood diecisiete años atrás. Excepto el final.

Se arrojaron al hielo justo como habían hecho Sheila y Kirk; la nieve brillaba en el plisado de la falda dorada de Bella mientras ella y Heath se abrazaban fingiendo los estertores de la muerte al ritmo del *crescendo* final.

Sabía lo que tenía que pasar a continuación. Él moría primero y luego sucumbía ella, todavía envuelta entre sus brazos.

Pero Heath no se derrumbó. No se quedó inmóvil. Tomó el rostro de Bella entre sus manos y le acarició el pelo.

Entonces posó sus labios en los de ella.

GARRETT LIN: Entre mi hermana y Heath Rocha no había nada.

FRANCESCA GASKELL: Todos sabíamos que había algo entre aquellos dos.

*Vídeo del final de la actuación* Antonio y Cleopatra *de Bella Lin y Heath Rocha. Cuando él la besa, el plano se va cerrando sobre sus rostros.*

ELLIS DEAN: ¿Que por qué creo que Heath la besó? Anda ya. Lo sabes de sobra.

*Heath y Bella hacen las consabidas reverencias. Tienen las mejillas sonrosadas. Más que mirar al público, se miran el uno al otro.*

GARRETT LIN: Todos estábamos con la vista puesta en las olimpiadas. Aunque a Bella le gustara o..., no iba a arriesgarse. Imposible. Aquello fue parte de la actuación.

*La cámara enfoca ahora a Katarina Shaw, de pie en la primera fila. Es la única que no aplaude. Cuando Bella se inclina una vez más para hacer una reverencia, las miradas de Katarina y Heath se cruzan. Él sigue sonriendo. Ella podría matarlo con los ojos.*

INEZ ACTON: Ni sé ni me importa lo que había entre Heath y Bella en esa época. Pero aquello fue sucio y manipulador. Tácticas de auténtico cabrón.

ELLIS DEAN: Es lógico que tantos patinadores acaben enrollados. Es como los actores que se pasan el día juntos en el estudio, tocándose y fingiendo que se quieren. Al final tienes que acabar sintiendo algo, ya sea amor u odio.

VERONIKA VOLKOVA: Es un talento con el que cuentan ciertos hombres: te miran a los ojos y te sientes la mujer más hermosa del mundo. Nunca hay que confiar en ellos. Porque, igual que te pueden hacer sentir así a ti, se lo harán a cualquier otra.

**ELLIS DEAN**: Era un juego, y no solo para Heath: para todos ellos. Sabían exactamente lo que se estaban haciendo unos a otros. Y no iban a parar hasta que alguien ganara.

# 34

Heath la besó para hacerme daño. Para echar sal en la herida. Era la única explicación.

«No todo gira en torno a ti, Kat». La voz de Bella resonó en mi cabeza.

Querían que me viniera abajo. No se lo podía permitir.

Heath y Bella salieron de la pista. Garrett y yo éramos los siguientes. El maestro de ceremonias anunció nuestros nombres. El público aplaudió. Nos esperaban.

Algo me rozó la mano. Entendí que sería Garrett tratando de sacarme a la pista.

Parpadeé. Garrett ya había rebasado las barreras y se estaba quitando los protectores. Heath estaba a mi lado. Era él quien me había tocado. Me miró como un gato que observara a su víctima herida, retorciéndose entre sus garras.

A algunos metros de distancia, Ellis Dean nos observaba con un plato de entremeses en la mano al tiempo que se metía un pastelillo de hojaldre en la boca como si fuera una palomita.

Di la espalda a Heath y me coloqué junto a Garrett sin volver la vista atrás. Era la hora del espectáculo.

Posición inicial: cada uno mirando en direcciones opuestas; nuestro único punto de contacto era la mano de Garrett, extendida hacia atrás para apoyarse en mi cadera. Dentro música: la línea de bajo sincopada y elegante de «Turn My Back on You», de Sade. Garrett me giró con un rápido golpe de muñeca e hizo que mi falda vaporosa se agitara como una telaraña en una tormenta. Entonces empezamos a patinar.

Me dije que no debía pensar en Heath. Me dije que debía disfrutar del momento, estar en el presente. Sentir la tela deslizándose por mis muslos, la brisa fresca del mar, el calor del hombro de Garrett bajo la mano. El contraste entre el suave terciopelo y la rugosidad de la pedrería.

Pero no podía quitármelo de la cabeza. El beso. El roce de los nudillos de Heath contra los míos. La expresión desdeñosa y triunfal en su cara.

Aunque estaba distraída, seguí el ritmo de Garrett. La primera parte del programa —con sus bruscos movimientos musculares aislados, de influencia hiphopera, el dinámico trabajo de pies y el coqueteo de nuestras interacciones— no nos suponía dificultad alguna a pesar de las limitaciones de aquella pista tan pequeña.

Los problemas siempre surgían en la segunda mitad, cuando pasábamos al tono anhelante de la guitarra clásica y el suave piano de «Haunt Me». Por mucho que ensayáramos, parecía contrario a la lógica: toda aquella energía iba acumulándose para luego echar el freno y seguir con una secuencia de pasos intermedia melosa y comedida acorde con la música más lenta.

Llegamos al punto de transición. Nos detuvimos en el centro de la pista, con los brazos de Garrett alrededor de mi tronco y mi cabeza sobre su hombro. Normalmente cerraba los ojos durante ese instante para centrarme, pero aquella noche los dejé abiertos.

Y allí estaba Heath, de pie en primera fila, rodeado por la multitud. Nuestras miradas se encontraron. Las manos se me tensaron y clavé los dedos en la nuca de Garrett. Él jadeó sorprendido y apretó los ojos.

Heath sonrió.

Durante todos aquellos meses trabajando en el programa y repitiéndolo sin parar para interiorizarlo, no me había dado cuenta de algo: acumular toda aquella energía no era contrario a la lógica. Joder, pero si era precisamente la clave. «Turn My Back on You» era la seducción, el tira y afloja de los deseos contrapuestos, cuando en un instante parecía que iba a ceder ante Garrett y al siguiente lo obligaba a seguirme como un cachorrillo enamorado.

Así que, al llegar a «Haunt Me», la tensión era casi tántrica. Mi error había sido tratar de rebajar aquel fuego en lugar de guardarlo en mi interior el mayor tiempo posible. Todo lo que estaba sintiendo aquella noche —la rabia, los celos, la frustración, el deseo— era combustible para avivar la hoguera.

Garrett respondió a mi repentina intensidad con el mismo ardor. La pirueta combinada siempre nos había salido algo mecánica y poco natural, pero de pronto nuestros cuerpos se fundieron como columnas de humo. Cuando me tocó la cara, sentí que me transmitía el anhelo con cada uno de sus dedos. Cuando llegamos al clímax de la elevación final, sincronizada con el tórrido solo del saxo tenor, me arrojé en sus brazos. Sin dudar, entregándome por entero. Y así giramos sobre el hielo, mi espalda arqueada, la mano extendida para agarrar la cuchilla, alzada únicamente por la fuerza de los dedos entrelazados de Garrett.

Sentí morirme. Sentí la victoria.

Al acabar, el aplauso pareció eterno. No volví a buscar a Heath entre la gente. A quien busqué con la mirada fue a Sheila. Estaba de pie junto a un brasero exterior, ataviada con un vestido de cóctel cubierto de lentejuelas tornasoladas que reflejaban el esplendor de las llamas de modo que parecía una diosa que emergiera de una pira.

No aplaudía. Nos sonrió y bajó la barbilla en un sutil gesto de aprobación. Garrett y yo intercambiamos una mirada. Ambos sabíamos lo que significaba.

Estábamos listos.

# 35

Mientras me cambiaba el traje de patinar por la ropa de fiesta —un vestido largo de terciopelo con escote en uve en el delantero y la espalda, y unos zapatos de piel de serpiente con tacón de aguja que un diseñador me había regalado tras una sesión de fotos—, seguía temblando por la adrenalina.

Garrett y yo estábamos llegando a lo más alto en el mejor momento. Nuestra danza libre por fin parecía un programa coherente y no una serie de elementos encadenados. Lo único que teníamos que hacer era patinar en los nacionales como habíamos hecho aquella noche y no les quedaría otra que darnos el título... y nuestro billete a Turín.

Qué más daba que Bella se hubiera puesto el viejo traje de su madre y hubiera ofrecido un espectáculo lleno de nostalgia a un puñado de gente que no sabía distinguir un *twizzle* de un giro de tres. Debía de haberse pasado semanas con Heath aprendiendo la coreografía, tiempo que podían haber invertido en perfeccionar sus programas para el campeonato. Sheila tendría que haber sido más lista. Aunque, pensándolo bien, seguro que lo había hecho adrede. Puede que hubiera puesto el foco en Bella y Heath, pero Garrett y yo seguíamos siendo la pareja a batir.

El ascensor iba vacío cuando llegó; el ascensorista de los silbidos debía de haberse tomado la noche libre. Entré y empecé a estudiar el panel de mandos, que tenía botones de dirección además de las opciones para cada planta.

Noté cómo el suelo se movía cuando entró otro pasajero.

—¿Bajas? —preguntó Heath.

También se había cambiado; llevaba un traje negro entallado y zapatos de cuero de tipo *brogue*. Era interesante lo satisfecho que parecía dejando que Bella lo vistiera como a una muñeca, teniendo en cuenta cómo se había aferrado obstinadamente a sus zapatillas desgastadas y sus vaqueros rotos cuando estaba conmigo.

Pulsé varios botones. El ascensor no se movió. Heath se acercó.

—Espera, tienes que...

—Déjame —repliqué al tiempo que lo apartaba con la cadera y probaba otra secuencia.

El ascensor empezó a bajar. Cerré la reja de un tirón.

Heath estaba detrás de mí. Sentía el calor que irradiaba a lo largo de mi columna. Nos quedamos inmóviles, como si esperásemos a que empezara la música, pero lo único que se oía era el rumor del mecanismo del ascensor.

Me giré para mirarlo de frente. Di un paso atrás. Mis hombros chocaron con la pared de la cabina y el frío de las barras metálicas me provocó un estremecimiento.

No había donde ir. Y, lo que era peor, no había donde quisiera ir. Heath se aproximó y se agarró a las barras. Sus caderas rozaban las mías, su aliento se mezclaba con el mío, y me resultó más natural que nada de lo que jamás hubiera hecho con Garrett Lin.

Mi cuerpo recordaba todo lo que yo tanto había tratado de olvidar.

El ascensor se detuvo. Seguimos inmóviles. No había nadie esperando. Nadie que nos viera pegados el uno al otro a través de la celosía que formaba la reja.

Nuestra respiración se acompasó, sus inspiraciones se aceleraron hasta adaptarse a las mías, igual que hacíamos antes de salir al hielo juntos. Me acarició con los dedos la curva de la oreja, pero no para colocarme los mechones rebeldes, sino para enroscar mi pelo alrededor de su dedo, soltándomelo aún más.

Podría haber alargado la mano al panel de mandos y pulsado de nuevo el número de mi planta. Podría habérmelo llevado a mi habitación, a mi cama, y haber fingido al menos por unas horas que los últimos tres años y medio no habían sido más que un mal sueño.

Era lo que él quería. Que me olvidara de mí misma. Que olvidara todo lo que tanto esfuerzo me había costado.

Así que lo aparté de un empujón. Agarré la puerta y, con las prisas por abrirla, me partí una uña con la reja.

Heath me llamó. Mi nombre sonó a súplica, a promesa. Igual que lo pronunciaba antaño.

Igual que si siguiera queriéndome.

Agarré la puerta con tanta fuerza que el metal tintineó. No. No iba a darme la vuelta. Aquello no era más que una actuación. Parte del espectáculo. Y me negaba a quedarme a los bises.

Abandoné dando tumbos el ascensor, corrí hasta la entrada del vestíbulo y salí al aire nocturno. En la fiesta, paré lo justo para coger una botella de champán de las fauces de una escultura de hielo medio derretida en forma de criatura marina. Seguí corriendo hasta que los tobillos se me hundieron en la arena.

El hotel estaba en la parte oeste de la isla, mirando al mar en lugar de hacia las luces del centro de San Diego. Durante el día era bonito, una franja interminable de azul cobalto que reflejaba el despejado cielo invernal.

En aquel momento no se veía más que oscuridad. La luna apenas era un tajo en el cielo y su luz solo permitía atisbar la cresta de las olas al romper en el espigón al final de la playa. Dejé los zapatos junto a una silla Adirondack y me encaminé hacia el rumor del mar, la botella agarrada por el cuello. Cuando el agua fría me subió por encima de los pies y me mojó el bajo del vestido, cerré los ojos y traté de imaginarme en el lago de casa.

Fue en vano. La arena era demasiado fina, el viento demasiado cálido. El aire sabía a sal.

Abrí los ojos. Ahora que se me habían acostumbrado, veía lo suficiente para distinguir las olas chocando contra el espigón.

Y lo suficiente para reconocer a las dos personas abrazadas en la cala.

Garrett y Ellis Dean.

**KIRK LOCKWOOD**: El patinaje artístico tiene fama de ser un deporte muy gay.

**ELLIS DEAN**: Hay un montón de deportes más gais que el patinaje.

**KIRK LOCKWOOD**: La verdad es que es heteronormativo hasta decir basta.

**ELLIS DEAN**: El luge por parejas, el fútbol americano, el vóley-playa. No me jodas, si hasta la lucha libre lo es.

**KIRK LOCKWOOD**: En mis tiempos había mucha presión para no salir del armario, al menos oficialmente. La idea era hacer lo que uno quisiera en privado siempre que no se hablase de ello en público. Por suerte, el deporte ahora es mucho más abierto y se aceptan cosas que antes eran tabú.

**ELLIS DEAN**: Incluso ahora hay muchísimos patinadores..., más de los que crees, y, si no fuera un caballero, podría dar nombres..., que siguen sin salir del armario. Yo no tenía opción. Era como si llevase un arcoíris gigante plantado en la cabeza.

**GARRETT LIN**: Mi madre nunca me dijo que ocultara mi sexualidad. Jamás lo mencionó. Ni siquiera estoy seguro de que supiera que soy gay.

**KIRK LOCKWOOD**: Sheila sabía lo de Garrett, por supuesto. Una madre sabe esas cosas.

**GARRETT LIN**: Siempre tuve esta... sensación de que debía comportarme de cierta manera. Ser cierto tipo de hombre, tanto dentro como fuera de la pista. Quería ser perfecto.

**ELLIS DEAN**: ¡La de mierda que tuve que comerme en aquella época por ser abiertamente gay! No quiero decir que Garrett Lin fuera un cobarde. Pero, a ver, si lo hubiera hecho público..., ¿con el estatus que tenía en la disciplina y todo aquel privilegio de tío bueno que pasaba por hetero? Nos habría puesto las cosas mucho más fáciles a todos los demás.

**GARRETT LIN**: Si pudiera volver atrás, haría las cosas de otra forma. Pero a esa edad ni siquiera era sincero conmigo mismo, ¿cómo iba a sincerarme con los demás?

**ELLIS DEAN**: Me alegro de que el deporte esté poniéndose al día. Aunque, una vez más, no estaría donde estoy si no hubiera sido por el patético autodesprecio de mis mayores. Es lo que siempre digo: cómesela a un tío y será feliz una noche. Ahora, ¿te la come él en una suite de hotel durante los mundiales de patinaje? Tienes material para chantajearlo una vida entera.

**GARRETT LIN**: Creo que una parte de mí quería que saliera a la luz y me obligase a aceptarme tal y como era. La verdad es que me sorprende que tardase tanto.

# 36

Ellis fue el primero en verme. Garrett estaba demasiado ocupado besándole la piel desnuda bajo el cuello de la camisa desabrochada.

Los pies me resbalaron en la arena mojada cuando di un paso atrás.

—Perdón, perdón. Yo...

Garrett se dio la vuelta.

—Mierda —dijo. Era la primera vez que le oía una palabra malsonante.

—Ya me voy.

—No. —Ellis se apartó y se remetió los faldones de la camisa por dentro del pantalón—. El que se va soy yo. Vosotros tenéis que hablar. —Lanzó una mirada a Garrett—. Eso está claro.

Se encaminó de vuelta al hotel y me dejó a solas con Garrett en la playa.

No sabía ni qué decir. Que a Garrett le gustaran los tíos tampoco me sorprendió tanto. La verdad es que explicaba muchas cosas. Pero ¿descubrir lo bien que mentía? Eso sí que me descolocó.

—Bueno... —Busqué a Ellis con la mirada, pero ya no era más que una sombra alargada contra el brillo distante de las luces de la fiesta—. Así que con Ellis Dean.

—Escucha, Kat. —Garrett tragó saliva—. No es lo que...

—No voy a decírselo a nadie. Si es que es eso lo que te preocupa.

Suspiró y relajó los hombros.

—Gracias.

—Pero me gustaría saber por qué no me lo has contado. Y yo todo este tiempo pensando que simplemente no era tu tipo.

Sonreí, tratando de que sonara a broma. Pero Garrett me tomó la mano y me miró a los ojos con toda la sinceridad del mundo.

—Ojalá fueras mi tipo, Kat. No te imaginas cuánto me gustaría.

—Para mí no cambia nada —le dije—. Espero que lo sepas.

En cierto sentido, las cosas serían mucho más fáciles así. Ojalá lo hubiera sabido cuando Heath y yo estábamos juntos, con lo celoso que se había puesto por lo que Garrett podría querer de mí cuando en realidad no había nada de que preocuparse.

—¿Quién más lo sabe? —le pregunté.

—Nadie.

—¿Ni siquiera...?

—No.

—¿Por qué no?

A Bella no le habría importado. De Sheila no estaba tan segura. Homófoba no era. Kirk y ella habían seguido en estrecho contacto después de su retirada y había participado en un montón de campañas de recaudación para pacientes de sida en los ochenta y los noventa. Pero se había pasado décadas construyendo la marca familiar Lin, vendiendo a Garrett como el bello príncipe con el que soñaban todas las fans. Ser gay no formaba parte de su plan de negocio.

—Al principio fue por miedo —respondió—. Creía que debía aclararme yo antes de contarle nada a nadie. Pero ahora... —Se pasó la mano por la nuca—. Tal vez me guste que una parte de mí no sea de dominio público.

—Bueno, tu secreto está a salvo conmigo. Y, si quieres que la gente piense que somos novios, por mí bien.

—¿De verdad te estás prestando voluntaria a ser mi tapadera? —preguntó con una sonrisa.

—¿Es que no lo soy ya?

—Y la forma en que hemos patinado hoy tampoco va a acallar los rumores, ¿no?

—En absoluto.

Garrett señaló con un gesto la botella de champán que llevaba en la mano.

—¿Brindamos por ello?

—No sé cómo abrirla —admití.

—Déjamela a mí.

Garrett descorchó la botella con un hábil giro de muñeca y la espuma derramada se mezcló con la de las olas en la orilla. Tomó un sorbo de champán antes de pasármela. Estaba tibio y, por mucho que seguro que costaba aquel brebaje, no pude evitar una mueca de asco por el amargor. Me obligué a tragar y tomé otro sorbo, por si acaso.

Nos sentamos en una de las rocas lisas del espigón, mirando hacia el hotel. Aunque las actuaciones habían terminado, la fiesta, en la que un DJ ahora pinchaba mezclas de canciones pop, seguía en su apogeo. Por encima de la brisa distinguí el estribillo a todo volumen de «Somewhere Only We Know».

Garrett me cubrió los hombros con la chaqueta y estuvimos unos minutos pasándonos el Dom Pérignon robado.

—¿Quieres volver a la fiesta?

—¿Para que un tipo de la edad de mi abuelo intente tocarme el culo en cuanto su tercera mujer se descuide? No, gracias. —Le di otro trago al champán—. Además, preferiría no acercarme a...

—¿Heath?

Me faltó poco para contarle lo del ascensor. Lo cerca que había estado de echarlo todo a perder.

—Para él tiene que ser duro —dijo Garrett—. Lo de verte con otro tío.

Típico de Garrett Lin: ponerse en el lugar de otra persona y empatizar con ella aunque no lo mereciera.

—Antes, Heath detestaba todo esto —le conté—. Las fiestas, el codearse con la flor y nata. Y ahora se le da mejor que a mí. Te juro que, en cuanto me ven, lo notan.

—¿El qué?

—Que no soy más que una pueblerina del Medio Oeste.

Después de conocer el gran secreto de Garrett, lo mío parecía poca cosa.

—Pensaba que eras de Chicago —comentó con extrañeza.

—De un barrio diminuto al norte de la ciudad, en el extrarradio: The Heights. Nada que ver.

Durante los últimos años, la mayoría de las horas del día las había pasado con Garrett, pero pocas veces habíamos hablado de nada que no fuera el patinaje. Aquella noche, en la playa, fue como si nos conociéramos por primera vez.

—Escucha —me dijo—, esa gente se siente tan insegura como tú. Bastante tienen con preocuparse por su propia apariencia como para fijarse en nadie más.

—Para ti es fácil decirlo. Eres rico.

—Mi madre es rica.

—Tanto da. Has crecido en este mundo.

—Eso es verdad. Pero ella no.

Le clavé la mirada.

—¿Cómo?

—Mi madre se crio en Sugar Land, Texas. Su familia tenía una tienda de suministros de oficina.

—¿En serio?

—Vivían en un apartamento encima del local. Sheila ni siquiera es su nombre real.

—¿Y cómo se llama?

—Lin Li-Mei. Supongo que se lo cambiaría cuando se marchó de casa. Sus padres murieron en los noventa, pero eso es lo que decía en los obituarios: «Les sobrevive una hija, Lin Li-Mei».

Garrett volvió a empinar la botella antes de pasármela; apenas quedaban unos tragos. La cabeza me daba vueltas, pero no sabía si era más por el alcohol o por lo que acababa de contarme.

—Bella nunca lo ha mencionado.

—No lo sabe. O, al menos, no creo que lo sepa.

Más secretos entre los mellizos. Y yo que creía que se lo contaban todo...

—Siempre he sabido que ocultaba algo de su pasado —explicó Garrett—. Pensé que sería..., yo qué sé, algo escandaloso o chocante. Pero sus padres parecían gente de lo más normal.

Justo por eso los había ocultado. Su normalidad no encajaba en el relato que quería crearse. La leyenda de Sheila Lin.

Bella me había contado que, cuando Garrett y ella eran pequeños, se pasaban horas rastreando los periódicos en busca de medallistas de oro varones de los Juegos de Sarajevo, por si encontraban algún parecido. «¿Por qué solo de oro?», le había preguntado yo.

«Porque, sea quien sea nuestro padre —me respondió—, tuvo que ser alguien excepcional. Si no, mi madre no habría seguido adelante con el embarazo».

Ahora que conocía mejor a Garrett, comprendía lo que intentaba hacerme entender: la Sheila Lin que yo idolatraba no era real. Era un personaje perfectamente armado, una bonita máscara tras la cual ni siquiera sus hijos podían mirar. No obstante, aquella noche de champán caro y sueños olímpicos, eso no fue lo único que entendí.

Enterarme de que Sheila venía de una familia y un entorno humildes no fue una desilusión. Al contrario, me permitió alimentar la esperanza de que podía transformarme igual que había hecho ella.

El champán se nos había acabado. Al levantarme, me tambaleé un poco; las consecuencias de no acostumbrar a beber alcohol y tener el porcentaje de grasa propio de una deportista de élite. Cuando Garrett se puso en pie, tuvo que agarrarse al borde de la roca para no perder el equilibrio.

—Deberíamos comer algo —propuso—. ¿Quedará algo de comida en la fiesta?

—También podríamos ser unos antisociales y usar el servicio de habitaciones.

Seguro que los invitados estaban demasiado borrachos para darse cuenta del estado en que nos encontrábamos, pero era mejor no arriesgarnos.

Garrett enlazó mi brazo con el suyo y fuimos dando tumbos

por la playa a recoger mis zapatos. Cuando me agaché para cogerlos, la chaqueta se me resbaló de los hombros y cayó en la arena. Él la recuperó y me envolvió los hombros otra vez con ella. Sentí calor y cariño, y una cercanía mayor que nunca. Si no lo hubiera visto con Ellis poco antes, habría considerado muy seriamente besar a Garrett Lin a medianoche.

—¿Qué deberíamos pedir para comer? —me preguntó mientras seguíamos caminando hacia el hotel.

—Algo con queso, mucho queso.

Garrett rio y me dio un codazo amistoso. Deslizó el brazo por debajo de la chaqueta y me rodeó la cintura.

—Puedes sacar a una chica del Medio Oeste, pero no puedes sacar el Medio Oeste de...

Se detuvo en seco. Había alguien delante de nosotros, bloqueándonos el camino.

Heath.

# 37

—Rocha. —Garrett me soltó la cintura—. Solo estábamos...

—Juntos en la playa —completó la frase Heath—. Siempre te ha gustado la playa, ¿verdad, Katarina? Te encantaba bajar cuando éramos más jóvenes. Todas esas largas noches junto al lago.

Lo fulminé con la mirada.

—¿Has acabado?

—Supongo que sí. —Heath se apartó y nos cedió el paso con un exagerado gesto de la mano—. Es toda tuya, Lin.

Garrett negó con la cabeza.

—No, no. No es lo que crees.

Vi las emociones contrapuestas en su cara, el peso de la elección. Sabía lo que iba a hacer, pero no podía permitírselo. No podía sacrificarse por mí.

Así que, una vez más, elegí a Garrett. Me coloqué a su lado y le di la mano. Entonces me volví hacia Heath y exclamé:

—¿Con qué derecho te pones celoso? No eres nadie para mí.

—Kat —Garrett me tiró de la mano—, vámonos.

Pero no podía parar. El champán me había dado la valentía que no había sabido mostrar antes. ¿Cómo se atrevía Heath a avergonzarme? ¿Cómo se atrevía a dar a entender que era suya, que de algún modo me estaba cediendo a Garrett? Yo no era propiedad de nadie.

—¿Te crees —pregunté con la mandíbula prieta— que puedes

pasarte tres años, tres, sabe Dios dónde y haciendo sabe Dios qué y que ahora todo vuelva a ser como era?

—Las cosas nunca volverán a ser como eran. —La voz de Heath sonó grave y peligrosa; sus ojos estaban cargados de furia—. Ya te encargaste tú de eso, ¿no?

—¡Desapareciste! —Había empezado a gritar y mi voz rebotaba en la elegante fachada del hotel—. No sabía nada de ti, podías haber muerto. ¿Dónde fuiste?

—Aquí estáis los tres.

Bella. Venía de la fiesta, ataviada con un resplandeciente vestido vendaje dorado que parecía una versión más sexy de la túnica de Cleopatra.

—Quieren que todos los patinadores salgamos a la pista —dijo— para brindar con champán a la medianoche.

Ninguno nos movimos. La tensión se mascaba en el aire. Bella se puso en jarras.

—Vale, ¿qué demonios pasa aquí? —Puso los ojos en blanco—. Si es por lo del beso...

—No todo gira en torno a ti, Bella.

Se estremeció al oír mis palabras y la vi dolida de verdad, aunque no había hecho más que repetir lo que ella misma me había dicho unas horas antes.

—No le hables así —me advirtió Heath.

—Como que no has dicho cosas mucho peores de ella. —Miré a Bella—. Siempre te odió, ¿lo sabías? Y yo siempre te defendí.

—Nunca he odiado a Bella —me corrigió Heath—. Odiaba en qué te convertías cuando estabas con ella.

Había comenzado la cuenta atrás. Los invitados a la fiesta levantaron las flautas de champán y empezaron a corearla.

«Diez, nueve, ocho...».

Solté la mano de Garrett y di un paso hacia Heath. Acerqué los labios a su oído.

«Siete, seis, cinco...».

—Odiabas que fuera mejor que tú —le susurré—. Odiabas que no te necesitara.

A Heath se le agitaron las aletas de la nariz y se le cerraron los puños.

«Cuatro, tres, dos…».

—Te odiabas a ti mismo porque sabías que no eras lo bastante bueno para mí. Sigues sin serlo.

Me eché hacia atrás. Heath me clavó la mirada. Bella y Garrett estaban a nuestro lado, como si fueran nuestros padrinos en un duelo, aunque lo mismo podrían haber sido fantasmas.

Heath y yo solo teníamos ojos para el otro.

«Uno».

«¡Feliz Año Nuevo!».

Los fuegos artificiales estallaron en el cielo. La gente vitoreaba, brindaba y se besaba bajo una lluvia de confeti. El cuarteto de cuerda interpretó «Auld Lang Syne».

Estábamos en 2006, el año de los Juegos Olímpicos de Turín. El año en que todos mis sueños se harían realidad.

El año en que haría que Heath Rocha lamentara todo lo sucedido.

GARRETT LIN: Todo cambió después de Año Nuevo.

*Durante una sesión de práctica pocos días antes del campeonato nacional de Estados Unidos de 2006, en Saint Louis, Missouri, la joven patinadora Frannie Gaskell y su compañero, Evan Kovalenko, ensayan su vals de Ravensburgo cuando Katarina Shaw y Garrett Lin se cruzan con ellos.*

FRANCESCA GASKELL: Aquel fue el primer año que competía en los nacionales sénior. No esperaba llevarme una medalla, pero me hacía mucha ilusión compartir pista con todos aquellos patinadores que tanto admiraba. Como Kat.

*Katarina no baja de velocidad. Frannie y Evan tienen que pegarse a la pared para no chocarse. Garrett se vuelve hacia ellos y les dirige una mirada de disculpa. Katarina sigue como si nada.*

ELLIS DEAN: Kat siempre había sido una intensa, pero aquello estaba a otro nivel. Era como un tiburón moviéndose por el hielo. [*Comienza a tararear en broma el tema de la banda sonora de* Tiburón]. Como te pusieras en su camino, te hacía picadillo.

JANE CURRER: Los puestos en el equipo olímpico se asignan según la actuación de cada país en los mundiales precedentes. Aunque la señorita Shaw y el señor Lin habían ganado el título, como ninguna otra pareja estadounidense había puntuado tan alto, aquel año el país solo pudo enviar dos equipos de danza sobre hielo a los juegos.

ELLIS DEAN: Hasta que no ha pasado el campeonato nacional no se toma ninguna decisión sobre el equipo olímpico. Pero todos sabíamos que, a menos que sucediera alguna catástrofe, una de esas posiciones era para Shaw y Lin, y la otra, para Lin y Rocha.

**KIRK LOCKWOOD**: Las dos primeras pruebas tuvieron lugar el mismo día. Shaw y Lin se impusieron en la danza obligatoria y parecía que ampliarían la ventaja con la original. Hasta que llegaron a los últimos momentos del programa.

*Katarina y Garrett ejecutan la danza original —un rápido programa mixto de música latina al son de Shakira— en el campeonato nacional de 2006. En mitad de una intrincada secuencia de pasos con «Ojos así», Katarina falla en un par de pasos y se desincroniza con Garrett.*

**GARRETT LIN**: Lo ideal, antes de una competición, es aflojar un poco en los entrenamientos para que te quede energía suficiente para patinar al máximo nivel el día clave.

**ELLIS DEAN**: Kat no paraba de apretar. Estaba claro que acabaría pasándole factura.

*Bella Lin y Heath Rocha ejecutan la combinación latina de su danza original durante el campeonato nacional: un segmento cargado de sensualidad con una versión con acentos de trip hop de «Bésame mucho».*

**GARRETT LIN**: Lo hicimos bien. Pero Bella y Heath... lo hicieron mejor.

**KIRK LOCKWOOD**: Lin y Rocha los adelantaron por un punto.

*Katarina y Garrett dan una entrevista a pie de pista nada más acabar la danza original. Ambos llevan el traje de baile latino y la cara les brilla de sudor.*

*—Me alegro por mi hermana —dice Garrett— y por Heath. Ambos han trabajado mucho y hoy han estado fantásticos en el hielo.*

*—¿Ha sido difícil enfrentaros a vuestros antiguos compañeros de equipo? Sobre todo teniendo en cuent...*

*Garrett corta al periodista con una sonrisa bonachona.*

*—Bueno, Bella y yo llevamos compitiendo entre nosotros desde la cuna. Nuestra madre no nos habría dejado hacer otra cosa.*

Risas de la gente. Garrett rodea a Katarina con el brazo. Ella tiene la mirada fija al frente, la postura tensa y el rostro inexpresivo.

El periodista se vuelve hacia ella y le pone el micrófono en la cara.

—Kat, dime: ¿cuáles son tus planes para la danza libre de mañana?

Katarina lo mira perpleja.

—¿Mis «planes»?

Garrett se remueve nervioso y la ciñe con más fuerza por los hombros.

—Mis planes —responde— son ganar.

# 38

Lo peor de las competiciones de patinaje artístico no es la presión.

Es todo el tiempo que te pasas sentada esperando.

El campeonato nacional de Estados Unidos de 2006 fue aún peor a ese respecto. Después de darnos la paliza de encadenar los programas la primera jornada, tuvimos dos días libres hasta la final de danza sobre hielo. Algunos patinadores asistieron a otras competiciones. Otros aprovecharon el calor excepcional que hacía en Saint Louis para ir de turismo, subir a lo alto del arco Gateway o visitar los establos de Anheuser-Busch. Por la tarde, los mayores de edad (y algunos que no lo eran) bajaron al bar del hotel donde estaba la sede oficial para echar la noche cotilleando.

Yo no. Sheila nos había reservado el alojamiento en el Chase Park Plaza, un hotel de lujo a varios kilómetros del ajetreo del campeonato, y, excepto para las sesiones de ensayo programadas, no salí de la habitación.

Hacía estiramientos para mantener los músculos tonificados. Pedía comidas repletas de proteínas perfectamente equilibradas al servicio de habitaciones y, por encima de todo, visualizaba no solo los detalles de nuestro programa libre, sino todo lo que sucedería tras la victoria. Me tumbaba boca arriba en la cama de matrimonio extragrande con los ojos cerrados y lo repetía una y otra vez en mi mente, como si fuera una película.

Para cuando llegué al centro Savvis para la danza libre, mis fantasías me parecían tan reales que era como si ya hubieran tenido lugar. En los vestuarios, el resto de las chicas me evitaban, como si hubiera un campo de fuerza a mi alrededor. Nada podía desestabilizarme.

Ni siquiera Heath y Bella. Cuando salí con el traje y el maquillaje completos, ellos seguían en chándal, escuchando las palabras motivadoras de Sheila.

A mí no me hacían falta discursitos. No me hacía falta nada más que salir allí fuera y ganar. El valor base técnico de nuestro programa libre era más alto que el suyo; si lo ejecutábamos a la perfección, tal y como llevaba días visualizándolo, triunfaríamos.

Por fin llegó el turno del último grupo, las cinco parejas en lo más alto de la competición. Gaskell y Kovalenko. Hayworth y Dean. Fischer y Chan, una pareja sólida aunque anodina que entrenaba cerca de Detroit. Garrett y yo. Heath y Bella.

¿Qué más daba que patinasen en el codiciado último lugar? Eso solo significaba que tendrían todos los ojos encima en el instante en que recibieran las puntuaciones en el *kiss and cry* y descubrieran que habían perdido.

Cuando el reloj marcó el momento de empezar el calentamiento grupal, eché a patinar tan rápido que Garrett tuvo que acelerar el paso para alcanzarme.

—¿Estás bien? —me preguntó cuando consiguió darme la mano.

—¿Por qué no iba a estarlo?

Ni siquiera lo miré. Habíamos convertido nuestra rutina de calentamiento en una ciencia: dos vueltas enteras a la pista los dos juntos, progresiones adelante y atrás alternando entre distintos agarres, y luego repaso de algunos de los elementos más complicados del programa para asegurarnos de que estábamos en total sincronía.

—Pareces... —Garrett se inclinó hacia mí— distraída.

«¿Distraída?». Menuda chorrada. No había estado más concentrada en la vida. Distraída era lo que había estado antes, cuando permitía que las maquinaciones de Heath me afectaran, pero eso se había acabado. Llevaba queriendo ir a unas olimpiadas desde antes de que supiera de la existencia de Heath Rocha.

Por el rabillo del ojo vi un torbellino verde esmeralda: Bella y Heath pasaron a toda velocidad, lo bastante cerca como para que el borde de su falda me rozara la pierna.

Garrett me arrimó a él para apartarme de su camino. La ira se apoderó de mí. Eran ellos quienes deberían apartarse del nuestro.

Quedaban dos minutos de calentamiento. Repasamos nuestra secuencia de pasos intermedia y pasamos a los *twizzles*. Volví a visualizar mi película mental y la revisé a cámara rápida.

Primero, cada uno de los pasos de nuestro programa libre, perfectos, aún mejor que en San Diego.

Garrett y yo en lo alto del podio, el himno de Estados Unidos anuncia nuestro cuarto título nacional consecutivo. Heath y Bella no son más que una mancha insustancial en el escalón de la plata.

Luego el anuncio del equipo olímpico. El vuelo a Italia. Nuestra llegada a Turín. El desfile en la ceremonia de inauguración con los uniformes de Estados Unidos. Todo hasta el momento en que nos ponen al cuello las medallas de oro. Shaw y Lin, los primeros estadounidenses en ganar una medalla olímpica en danza sobre hielo desde Lin y Lockwood en 1988.

Al iniciar el último giro de la secuencia de *twizzles*, estaba sonriendo. No quedaba nada. Pronto todo sería mío: el oro, la fama, la seguridad. Todo con lo que soñaba desde que tenía cuatro años y más.

Tendí la mano a Garrett. Él la alargó hacia mí. Tras él, un borrón verde y negro.

Y entonces un blanco cegador que me arrolló.

**GARRETT LIN**: Por supuesto que fue un accidente.

**ELLIS DEAN**: Esa mala pécora lo hizo aposta.

*Katarina Shaw y Bella Lin chocan durante el calentamiento para la danza libre en el campeonato nacional de Estados Unidos de 2006. Katarina trata de frenar la caída con las manos, pero reacciona demasiado tarde. Su cabeza golpea el hielo.*

**JANE CURRER**: La señorita Shaw debería haber prestado más atención. A veces parecía olvidar que no era la única patinadora en la pista.

*Garrett se agacha para ver cómo está su compañera. Katarina se pone de pie sin ayuda. Titubea y Garrett la agarra del brazo para que no pierda el equilibrio. No hay sonido, pero Bella se les acerca y parece preguntar si Katarina se encuentra bien. Heath permanece algo apartado de los tres, observando su interacción. Cuesta leer la expresión de su cara.*

**VERONIKA VOLKOVA**: No voy a ponerme a especular. Nunca me he fijado demasiado en lo que pasa en ese campeonatillo de los americanos.

*Katarina pasa junto a Bella, mirándola por encima del hombro con desprecio, de camino a las barreras. Garrett sigue a Katarina fuera de la pista. Heath se queda mirándolos hasta que Bella le toma la mano.*

**ELLIS DEAN**: Como te lo digo. Tú mira la grabación.

*La repetición a cámara lenta del accidente muestra el momento en que Bella y Heath patinan hacia Katarina y Garrett. Parece que ambas parejas tienen espacio suficiente para evitarse, pero, en el último momento, Bella y Katarina se chocan.*

**ELLIS DEAN**: ¿No ves la manera en que Bella vuelve la mirada y luego gira el tacón? Es que está clarísimo.

*Nueva emisión de la repetición a cámara lenta. Esta vez se enfoca la cara de Bella. En el momento del impacto, mira de frente a Katarina con expresión resuelta.*

**GARRETT LIN**: Heath y ella iban en cabeza. Y Bella también podría haberse lesionado, ¿sabe?

*El personal médico aborda a Katarina para examinarla, aunque ella trata de zafarse. La cámara los sigue hasta que un sanitario la conduce a una sala privada y cierra la puerta tras ellos.*

**GARRETT LIN**: Todos queríamos ganar. Pero no así.

*Sheila Lin entra en la sala a la que el sanitario se ha llevado a Katarina. Garrett se queda fuera, caminando inquieto. La sesión de calentamiento ha terminado, por lo que Bella y Heath salen de la pista y se quedan a un lado. A Heath se le va la vista una y otra vez a la puerta cerrada.*

**VERONIKA VOLKOVA**: Solo voy a decir una cosa. Desde luego, era algo que Sheila Lin podría haber hecho perfectamente.

# 39

—Señorita Shaw, ¿sabe decirme dónde nos encontramos en este momento?

Parpadeé mientras el sanitario me apuntaba al ojo con una linterna para comprobar la dilatación de mis pupilas. Tras él, Sheila esperaba de pie con los brazos cruzados sobre la cazadora motera de cuero blanco.

—Saint Louis, Missouri —respondí—. El centro Savvis.

«El campeonato más importante de mi carrera. Pero tú a lo tuyo, sin prisas».

Frannie y Evan habían terminado de patinar con la banda sonora de *El señor de los anillos* y los primeros compases de «Mambo n.º 5», de Lou Bega, atronaban en el pabellón, lo que significaba que Josie y Ellis estaban en la pista. Yo ya había descrito con todo detalle mis síntomas (dolor sordo, sin náuseas ni visión borrosa) y había enumerado los meses del revés para demostrar que estaba lúcida. Sin embargo, el tipo seguía haciéndome preguntas tontas y apuntándome a los ojos con aquella maldita luz.

—¿Y, por favor, a qué día estamos?

Suspiré.

—Viernes, 13 de enero de 2006.

Había oído bromear a otros compañeros sobre la fecha, que qué mala suerte que la final cayera en viernes 13. Los patinadores son gente supersticiosa de por sí: se atan los cordones de cierta manera antes de salir a patinar, llevan amuletos a las competiciones o repiten oraciones y mantras entre dientes cuando saltan al hielo.

Todo eso me parecía absurdo. A mí no me hacía falta suerte; tenía destreza, determinación y un firme deseo de ganar.

El sanitario se sentó sobre los talones y apagó la linterna.

—¿Y? —preguntó Sheila.

—Podría tener un traumatismo leve.

—Así que puedo patinar —dije—, ¿verdad?

La cabeza seguía martilleándome, pero estaba dispuesta a atribuirlo a la música machacona de Josie y Ellis.

El sanitario vaciló.

—Deberían examinarla en un centro médico. Le harían un escáner y le darían un diagnóstico más concluyente.

—Puedo hacerlo después del campeonato.

Me puse de pie. La cabeza me dio vueltas unos instantes, pero me recobré enseguida.

Cuatro minutos. Era todo lo que necesitaba. Luego podían hacerme escáneres con todos y cada uno de los equipos del hospital.

Garrett me esperaba cerca de la puerta. Puede que yo no sintiera náuseas, pero él sí que parecía a punto de vomitar. Corrió hacia mí con los brazos abiertos, pero luego se echó atrás, como si tuviera miedo de romperme.

—¿Te encuentras bien? ¿Tu cabeza está...?

—Estoy bien.

En los monitores se veía a Josie y Ellis tomar asiento en el *kiss and cry*. Tanya Fischer y Danny Chan salían en ese instante al hielo para sus dos minutos de calentamiento. Garrett y yo éramos los siguientes.

—¿Estás segura? —me preguntó—. Dio la impresión de que te diste un buen golpe.

Me encogí de hombros.

—Puede que tenga un traumatismo leve, pero nada que no...

—¿Traumatismo? Suena grave, Kat.

Volvió la vista hacia su madre, pero ella no dijo nada.

Bella, sin embargo, no pudo evitar entrometerse en la conversación.

—Si tienes un traumatismo —dijo—, no deberías patinar.

Me giré como un torbellino.

—Ya te gustaría a ti, ¿eh? ¿Era eso lo que tenías pensado desde el principio?

Cuando nos chocamos durante la sesión de ensayo en nuestros primeros nacionales en Cleveland, fue un accidente y nada más. Esta vez no lo tenía tan claro. Desde luego, Bella no parecía sentirlo.

—Ya basta. —La voz de Sheila nos atravesó como la delgada hoja de un cuchillo—. No creo que haga falta que les recuerde dónde estamos.

Entre los bastidores de un gran campeonato, lo que significaba que patinadores, entrenadores, oficiales y periodistas observaban cada uno de nuestros movimientos. Los cámaras mantenían una distancia respetuosa, pero no dudaba de que estaban enfocándonos con el zoom a tope.

Heath también mantenía sus distancias, apoyado en la pared a varios metros de nosotros. Pero no me quitó el ojo de encima ni un segundo.

—Vamos. —Le di la mano a Garrett—. Nos va a tocar ya.

Eché a andar hacia el túnel que formaban las cortinas entre la parte trasera y la pista, donde esperaríamos a que anunciaran nuestros nombres.

Heath me bloqueó el camino.

—¿Qué demonios crees que haces?

Lo fulminé con la mirada.

—Quítate de en medio.

Había comenzado el último movimiento de la sonata de Chopin de Fischer y Chan. Garrett y yo ya deberíamos estar en posición.

Heath se dirigió a Garrett.

—¿Vas a quedarte ahí plantado y permitir que Kat...?

—No va a «permitirme» nada —repliqué—. Quien decide soy yo.

—Quien decide es ella —repitió Garrett en tono monocorde.

—Has ganado este campeonato tres veces seguidas —dijo Heath—. Aunque te retiraras, te mandarían igualmente a Turín. Puedes presentar una... ¿Cómo se llama...?

—Apelación —terció Bella—. Heath tiene razón, puedes pedir estar en el equipo pase lo que pase hoy.

Garrett se volvió hacia Sheila.

—¿Crees que nos incluirían igualmente en el equipo?

Sheila se encogió de hombros.

—Puede que sí y puede que no. No hay forma de saberlo a ciencia cierta.

Me planteé preguntarle a Sheila qué haría ella en mi lugar, pero ya sabía la respuesta. Sheila Lin no se retiraría de una competición a menos que estuviera muerta y para enterrar.

Sí, me dolía la cabeza, pero no era nada en comparación con el calvario por el que había pasado para llegar hasta ahí. No solo el dolor físico de llevar mi cuerpo hasta el límite, sino todo el sufrimiento y el esfuerzo. Por no hablar de mi corazón roto.

No podía tirar la toalla. No cuando estaba tan cerca. Veía ante mí cómo el resto de mi carrera se desplegaba cual alfombra roja. Garrett y yo íbamos a ganar nuestro cuarto campeonato de Estados Unidos y luego íbamos a ser campeones olímpicos.

—Puedo hacerlo —dije. Nunca había estado tan segura de algo en mi vida.

Sheila asintió.

—Muy bien.

Bella frunció los labios y dio media vuelta. Garrett bajó los ojos a los patines y respiró hondo y lento varias veces.

Heath me agarró de los hombros como si quisiera sacudirme hasta hacerme entrar en razón.

—Katarina, estás lesionada. No creerás en serio que...

—No me toques.

Traté de desasirme, pero me agarró con más fuerza. Se me nubló la vista y sentí un dolor cada vez mayor entre los ojos.

—Por favor. —La voz de Heath se volvió un susurro solo para mí—. No lo hagas. Si te pasase algo...

Cómo me alegré de que no acabara la frase. Así podría seguir repitiéndome que aquella súplica no era más que otro intento de manipulación, la última fase de su plan de venganza. No lo decía en serio. No le importaba lo que me sucediera.

Mientras me encaminaba a la pista de la mano de Garrett, sentía los ojos de Heath en la espalda. Igual que cuando éramos niños, cuando sentado en las gradas me veía ejecutar saltos y piruetas durante horas.

«Mírame ahora —pensé—. Mira cómo gano. Sin ti».

*Shaw y Lin salen al hielo en el campeonato nacional de Estados Unidos de 2006 entre los gritos de ánimo del público, que le muestran su solidaridad a Katarina tras su caída durante el calentamiento.*

*Garrett sonríe y saluda con la mano al graderío. Katarina está demasiado concentrada para hacerlo.*

INEZ ACTON: Recuerdo que al ver la expresión feroz de Kat pensé: «Guau, qué tía».

ELLIS DEAN: Josie y yo nos habíamos colocado en la plata, por detrás de Fischer y Chan, pero sabíamos que en cuanto patinaran las mejores parejas bajaríamos al cuarto puesto. Al menos íbamos por delante de los mindundis esos, Gaskell y Kovalenko.

*Katarina y Garrett se sitúan en la posición inicial. Callan los aplausos. Empieza la música.*

FRANCESCA GASKELL: Yo ni pensaba en notas o medallas. Todos estábamos preocupados por Kat. Se había dado un golpe muy malo en la cabeza. Aunque parecía que estaba bien, al menos al principio.

*Durante el comienzo de la primera secuencia coreográfica, Katarina ataca cada uno de los pasos. Garrett titubea más y acaba por detrás de ella.*

KIRK LOCKWOOD: Garrett trataba de pisar sobre seguro, lo que supone una sentencia de muerte, sobre todo en una final.

GARRETT LIN: Tenía miedo. No quería hacerle daño.

INEZ ACTON: Cuanto más se cortaba Garrett, más tiraba Kat de él.

GARRETT LIN: No fue nuestra mejor actuación, eso está claro. Pero nos desenvolvíamos bien y les llevábamos un montón de ventaja a Fischer y Chan. Así que pensé: «Vale, nos llevaremos la plata. A Kat le cabreará no haber ganado, pero seguiremos yendo a Turín».

*Transición a la parte más lenta del programa. Garrett parece más cómodo con el tempo lánguido de «Haunt Me». Katarina sigue patinando con intensidad. Al salir de la pirueta combinada, pierde el equilibrio un segundo, pero lo recupera enseguida.*

KIRK LOCKWOOD: En cuanto se pusieron con la elevación, lo vi venir.

*Katarina y Garrett inician una elevación rotacional. Ella arquea la espalda y se agarra la cuchilla del patín.*

GARRETT LIN: La entrada fue algo más vacilante de lo normal, pero pensé que la tenía sujeta.

*Giran cada vez más rápido. A Garrett le tiemblan los brazos. Katarina tensa el cuerpo.*

KIRK LOCKWOOD: No la tenía sujeta.

ELLIS DEAN: Lucharon hasta el final, eso hay que reconocérselo.

KIRK LOCKWOOD: Es un milagro que consiguiera subir. Aunque quizá habría sido mejor que no lo hiciera.

*Katarina se agita y suelta el patín. Garrett vacila y baja de velocidad. Katarina vuelve a agarrarse el patín. Le corta la palma de la mano, la sangre salpica.*

GARRETT LIN: Pensé que podía salvarlo. Que podía salvarla.

*A Garrett se le suelta la mano. Siguen girando. Katarina sale despedida y su cráneo golpea el hielo con un crujido escalofriante que se oye incluso por encima de la música.*

**KIRK LOCKWOOD**: Había sangre por todas partes. Ni siquiera se veía de dónde salía.

**ELLIS DEAN**: Todo el mundo se puso de los nervios. Y la canción aquella, sexy y lenta, seguía sonando. Habría tenido gracia si no hubiera sido tan surrealista.

**FRANCESCA GASKELL**: ¡Fue terrorífico! La peor pesadilla de cualquier patinador.

**KIRK LOCKWOOD**: Al final quitaron la música. El silencio se apoderó del lugar. Kat debía de estar rota de dolor, pero no lloró ni gimió. Tal vez estuviera demasiado aturdida.

**GARRETT LIN**: Yo estaba de rodillas en el hielo y ella parecía encontrarse muy lejos. No se movía y, por un momento, creí que había muerto. Pensé que la había matado.

*La multitud permanece callada e inmóvil por la conmoción, observando como los mirones de un accidente de coche. La cámara enfoca a Katarina y cierra el plano sobre la sangre que le salpica el vestido blanco.*

*«Una caída como esta siempre es horrible de presenciar —señala Kirk desde la cabina de comentaristas—. Pero el personal médico viene de camino y... Un momento, ¿quién es ese?».*

*La imagen vuelve a acercarse. Los sanitarios avanzan a paso rápido hacia la pista con una camilla, pero, antes de que lleguen adonde está Katarina, alguien más salta por encima de las barreras y corre por el hielo.*

**GARRETT LIN**: Y, de pronto..., ahí estaba él.

# 40

Lo primero que noté al despertarme fue la mano de Heath sobre la mía.

Luego, la vía clavada en la piel, el monitor cardiaco pinzado en el dedo. Un dolor tan urgente y difuso que creía que mi cuerpo entero era una herida abierta.

Heath tenía la cabeza gacha, como si estuviera rezando. El talón de su pie marcaba un ritmo nervioso, igual que antes de salir a patinar en nuestras primeras competiciones.

Entrelacé los dedos con los suyos. Se quedó quieto y luego levantó la cabeza hacia mí.

Me miró como si llevara años deambulando en la oscuridad y yo fuera la luz del sol.

—¿Qué ha pasado? —pregunté.

—No te asustes —dijo—. Estás en el Hospital Universitario de Saint Louis.

Todavía llevaba puesto el traje de la danza libre. Tenía el delantero de la camisa del esmoquin manchado de rojo.

Mi vestido blanco estaba doblado sobre una silla junto a la ventana. A pesar de la poca luz, vi que había quedado inservible; la delicada gasa estaba tiesa por culpa de la sangre seca. Mi sangre seca.

Recordé que Heath me había pedido que no patinara. Recordé que había salido al hielo de todas formas. Después de eso, todo estaba borroso. Una sensación rara en el estómago, como si cayera desde una gran altura.

—¿Qué ha pasado en el campeonato? —pregunté.

—Te has caído. Te has hecho daño.

—No, quiero decir… —Traté de sentarme. Heath se puso de pie de inmediato, listo para detenerme, pero me lo pensé mejor y volví a hundirme entre las almohadas—. ¿Qué ha pasado después? ¿Han anunciado al equipo olímpico?

—No lo sé —respondió Heath—. No me importa.

Más recuerdos fragmentados: una luz cegadora en los ojos. Satén contra mi mejilla. Yo elevándome sobre el hielo, cada vez más, como si flotara entre las vigas.

La voz de Bella, justo a mi lado. Aunque no sonaba a su voz, sino débil y suplicante. Desesperada.

«No puedes. Por favor, Heath, no lo hagas, tenemos que…».

—Heath —dije—. ¿Qué has hecho?

—No importa. —Se sentó en el borde de la cama y me apretó la mano—. Lo único que importa es que estés bien, Katarina.

**ELLIS DEAN**: Todo pasó rapidísimo.

**GARRETT LIN**: Fue como si el tiempo se detuviera.

*Katarina yace inerte en el hielo. Heath se arrodilla a su lado. Mientras Garrett trata de ponerse en pie, estupefacto, Heath levanta a Katarina en brazos.*

**GARRETT LIN**: Jamás había dejado caer a una compañera. No desde que Bella y yo éramos niños y practicábamos en las colchonetas fuera de pista. Y aquella vez lloré aún más que ella.

*Heath saca a Katarina del hielo. Apenas está consciente, la cabeza le cuelga sobre su hombro, pero se agarra a la solapa de su chaqueta.*

**GARRETT LIN**: Se me cayó. La tenía sujeta y, de pronto, nada.

*Garrett contempla impotente cómo Heath y Katarina salen de la pista. Bella corre hacia Heath y lo agarra de la manga. Él se zafa y prosigue su camino.*

**KIRK LOCKWOOD**: En mis tiempos había visto momentos impactantes, pero aquello estaba a otro nivel.

**ELLIS DEAN**: Pensé que Josie y yo íbamos a acabar con la medalla de peltre como mucho, y, de pronto, ¿íbamos a convertirnos en los putos representantes olímpicos?

*El último día del campeonato nacional de Estados Unidos de 2006, se anuncia el nombre de los miembros del equipo de patinaje artístico para los Juegos Olímpicos de Turín. Fischer y Chan, y Hayworth y Dean son seleccionados para representar al país en danza sobre hielo, mientras que Gaskell y Kovalenko son suplentes.*

**FRANCESCA GASKELL**: Por supuesto que me hacía ilusión formar parte del equipo olímpico.

*Todos los patinadores parecen algo perplejos e incómodos, menos Frannie, que saluda con entusiasmo y sonríe al público.*

**FRANCESCA GASKELL**: Pero tampoco podía celebrarlo como tal, ¿sabe? Porque el motivo para entrar en el equipo era horrible.

**JANE CURRER**: Sheila envió una petición para que se incluyera a Isabella y a Heath en el equipo. No obstante, dada la falta de experiencia en competiciones internacionales del señor Rocha, por no hablar de que había abandonado a su compañera en mitad de un campeonato nacional..., el comité se mostró inamovible.

*Mientras los Lin se montan en un coche delante del hotel Chase Park Plaza de Saint Louis, los periodistas se arremolinan a su alrededor y les lanzan preguntas a gritos. Los cristales están tintados, pero un fotógrafo consigue obtener a través de la ventanilla oscura un primer plano de la cara hinchada por el llanto de Bella antes de que el vehículo se aleje.*

**GARRETT LIN**: Tanta anticipación, tanto trabajo. Y, de pronto, todo... había acabado.

# 41

Nos pasamos toda la noche esperando a que me dieran el alta. Cuando Heath se subió a la cama estrecha, me sentí como si volviéramos a tener dieciséis años y estuviéramos abrazados en la habitación de mi infancia.

Los médicos me dijeron que no me durmiera, pero de todas formas no habría podido. Todo me dolía demasiado. Tenía un traumatismo, pero no estaban seguros de si se debía a la primera o a la segunda caída. El corte de la mano había necesitado diez puntos y la herida de la pierna aún más. Me quedarían cicatrices.

Por fin, en algún momento alrededor del alba, me dijeron que me podía ir.

Tuve que salir en silla de ruedas. Mientras Heath la empujaba por el vestíbulo, un flash destelló como un relámpago. Luego otro. Y luego todo un torrente.

Los periodistas se apiñaban a la entrada del hospital. Se pegaban a los cristales como los turistas en el zoo. Tardé un segundo en darme cuenta de que habían venido por nosotros.

Heath maldijo entre dientes y dio media vuelta para rehacer el camino que habíamos seguido.

—Tiene que haber otra salida —dijo—. Ahora mismo vuelvo.

Me dejó sentada junto a los ascensores, mirando mi reflejo distorsionado en las puertas abolladas de acero inoxidable. Tenía el pelo hecho un desastre: una maraña de rizos salía disparada a un lado de mi cabeza y el otro lado estaba aplastado de haberme pasado horas recostada en el pecho de Heath. La sombra y la máscara se me habían corrido hasta formar una mancha grisácea alrededor de los ojos. Estaba encorvada en una postura descuidada, con los hombros caídos bajo la chaqueta de entrenar arrugada.

Daba pena verme, pero también noté que, por primera vez en mucho tiempo, volvía a ser yo: natural y salvaje, no bonita y refinada. Era la chica valiente que solía deambular por toda la orilla del lago con Heath, las rodillas peladas, el pelo alborotado y tierra bajo las uñas.

Había tratado por todos los medios de convertirme en la patinadora perfecta, la compañera perfecta para Garrett. La nueva Sheila Lin. ¿Y dónde se hallaban ahora los Lin? Que supiera, no habían venido al hospital a ver cómo me encontraba. Ni siquiera habían mandado flores. No habían estado a mi lado cuando más falta me hacían. No eran mi familia.

Heath sí.

Volvió corriendo, tal y como había prometido.

—Van a dejarnos salir por la entrada de ambulancias, en la parte trasera —me dijo—. Allí podrá recogernos un taxi.

—Quiero ir a casa.

—Claro. —Maniobró la silla de ruedas y nos encaminamos hacia nuestra vía de escape—. En cuanto lleguemos al hotel para recoger el equipaje, llamo a la aerolínea y...

—No. —Me giré y lo miré a los ojos—. A casa.

# 42

La suave llovizna que caía cuando Heath cogió la carretera de salida de Saint Louis se fue convirtiendo en una ventisca de aguanieve conforme avanzábamos en dirección norte.

Todavía no sé cómo consiguió el coche, un Kia gris con el guardabarros abollado y migas en la tapicería que habían dejado los últimos ocupantes. Teníamos edad suficiente para representar a nuestro país en los Juegos Olímpicos, pero no para alquilar un vehículo dentro de la legalidad.

No pusimos música. Casi no hablamos. Pero llevábamos las manos entrelazadas por encima de la palanca de cambios, igual que en aquel viaje a Cleveland de adolescentes. Heath no dejaba de apretarme los dedos para asegurarse de que no me adormilaba en el asiento del pasajero.

Solo a última hora, cuando ya estábamos cerca, se me pasó por la mente confusa por el traumatismo que volver al hogar de mi infancia significaba enfrentarme a mi hermano. Aunque la casa era tan mía como suya. Tenía todo el derecho a usarla.

Cuando aparcamos, el lugar parecía deshabitado: ventanas a oscuras, canalones taponados por las hojas muertas. La camioneta de Lee no estaba estacionada en el lugar acostumbrado y nuestros neumáticos eran los primeros en cruzar la fina capa de nieve que cubría la entrada.

—Espera aquí.

Heath se bajó del coche, pero dejó el motor encendido y la calefacción al máximo.

Después de vivir en la mansión de los Lin, el hogar de mi infancia parecía pequeño y solitario, un animal callejero agazapado en la costa escarpada. Aun así, y por mucho que temiera volver a ver a Lee, me alegraba de que mi hermano se hubiera negado a vender la propiedad. Incluso sentada allí fuera, sentí abrirse en mi interior algo que llevaba cerrado demasiado tiempo.

Los médicos me habían asegurado que, con tiempo y descanso, me recuperaría. Pero pasarían meses antes de poder poner el pie en el hielo. Tal vez debería pasar un año o más antes de volver a patinar profesionalmente, si es que llegaba a lograrlo. Y todo por un fallo tonto. En nuestro deporte, era lo único que hacía falta para cambiar el rumbo de toda tu vida.

No estoy segura de cuánto tiempo transcurrió antes de que Heath volviera. Los analgésicos que me habían dado antes de salir del hospital habían dejado de hacerme efecto y sentía la cabeza tan nublada como el tiempo.

—Lee no está —dijo—. Y creo que lleva una buena temporada sin pisar la casa.

Fue tal el alivio que sentí por no tener que enfrentarme a mi hermano que ni me planteé adónde habría ido ni cuándo —o si— volvería.

—No hay electricidad y hace bastante frío dentro —me advirtió Heath—. Deberíamos buscar un hotel.

Negué con la cabeza. Un latigazo de dolor me descendió desde el cráneo hasta la base de la columna vertebral.

—Al menos para esta noche —insistió.

—No puede ser peor que el establo. Quiero quedarme.

Heath me ayudó a bajar del coche. Mientras renqueaba hasta la puerta delantera apoyándome en él, la brisa del lago me acariciaba la mejilla. Me daba la bienvenida a mi hogar.

Dentro, a saber cómo, hacía más frío, como si la casa hubiera estado aguantando la respiración, esperando nuestro regreso. Un velo de polvo cubría todas las superficies.

Por fin caí en la cuenta de que Lee podía estar muerto, su cuerpo medio descompuesto en la cama, o roto al fondo de las escaleras del sótano o hinchado en el lago.

—He comprobado todas las habitaciones —dijo Heath, como si me hubiera leído el pensamiento—. Y el establo y la playa. No hay nadie más, te lo prometo.

Mientras me conducía al salón, me cubrió los hombros con su abrigo y me puso en la mano más analgésicos; luego se fue a encender el fuego. Pronto hacía tanto calor que dejé de necesitar el abrigo y la chaqueta del chándal. Me los quité y me quedé en camiseta de tirantes.

—Ven —le dije.

Heath se tumbó en el sofá a mi lado con gesto cuidadoso y despacio para no empujarme. Con lo enfadada que había estado con él durante tanto tiempo y, de repente, en aquel momento, no lograba recordar por qué.

Nos recostamos en los cojines y apoyé la cabeza en su pecho. El día anterior, los dos habíamos despertado en un hotel de lujo, listos para batirnos por el título nacional y un puesto en el equipo olímpico. Ahora estábamos de vuelta en nuestro hogar de la infancia. Juntos.

—¿Cómo te encuentras?

Heath me levantó la barbilla y me miró a los ojos. Solo quería comprobar la dilatación de mis pupilas, como el médico le había dicho, pero la respiración se me atascó en la garganta igualmente.

—Mejor —respondí. Los medicamentos estaban haciéndome efecto, tapando el dolor con un mullido manto de serenidad.

Le toqué la cara y seguí con el dedo la cicatriz bajo el ojo. Seguía sin saber cómo se la había hecho. Había muchas cosas que no sabía.

—Katarina —dijo.

No tenía ni idea de qué iba a decir a continuación, pero estaba segura de que arruinaría el momento. Ya tendríamos tiempo de sobra más tarde para diseccionar todas las maneras en que nos habíamos hecho daño. Para averiguar qué demonios íbamos a hacer.

Volví a recostarme y cerré los ojos. Heath me rodeó el estómago con el brazo. El viento frío ululaba al otro lado, pero ambos sentíamos tanta calidez por el fuego y el contacto de la piel del otro que me habría costado distinguir dónde acababa él y empezaba yo.

—No deberías quedarte dormida —musitó—. El médico dijo...

Tiré de su barbilla hasta que su boca se encontró con la mía, y la sensación también fue como volver a casa.

—Mantenme despierta —respondí.

**GARRETT LIN**: En su momento jamás lo habría admitido. Desde luego, no delante de Bella ni de mi madre. Pero ahora puedo reconocerlo: fue un alivio no ir a los juegos.

**VERONIKA VOLKOVA**: Tanto babear con Sheila Lin y su academia de patinaje de élite y sus hijos superestrellas con su pedigrí de medallistas de oro, y resulta que sus esperanzas olímpicas se hicieron añicos en un instante. Y a causa de un par de huérfanos llegados de ninguna parte.

**GARRETT LIN**: La culpabilidad me carcomía cada minuto del día, y, aun así, sentí una más que bienvenida liberación de toda la presión que había tenido. Menuda movida, ¿eh?

**VERONIKA VOLKOVA**: Me haría gracia si no fuera una profesional.

**GARRETT LIN**: Pero nunca había visto a mi hermana tan disgustada. Bella se pasó como mínimo una semana sin salir de su cuarto, y tampoco dejaba entrar a nadie. Ni siquiera a mí.

**ELLIS DEAN**: El karma es un cabrón, e Isabella Lin es una cabrona aún mayor. Creía que iba a superar a sus competidores, y, en vez de eso, la cagó tanto que se quedó fuera de los juegos y sin pareja.

**GARRETT LIN**: Pensaba que nuestra madre..., no sé. Pero lo que hizo más que nada fue dejarnos solos. Creo que sabía que nos estábamos castigando mejor de lo que ella habría hecho.

**ELLIS DEAN**: Aunque Josie y yo éramos los que estábamos en el equipo olímpico, a nadie le importábamos una mierda. De lo único de lo que se hablaba era de Shaw y Rocha.

**GARRETT LIN**: No entendía por qué la gente estaba tan interesada en Kat y Heath. Pero su historia aparecía por todas partes. Y aquellas imágenes horribles igual.

*Montaje de artículos de la prensa amarilla y entradas de blogs de cotilleos que abordan lo sucedido hasta el momento, con imágenes de Katarina derrumbada sobre el hielo ensangrentado y, después, a su salida del hospital de Saint Louis.*

GARRETT LIN: Yo solo me alegraba de no estar en el ojo del huracán. Lo único que quería era que me dejaran en paz.

ELLIS DEAN: De todos modos, las olimpiadas están sobrevaloradas.

FRANCESCA GASKELL: Ay, los suplentes realmente no van a los juegos. ¡Ojalá! Ahí la gente suele equivocarse. Pero de todas formas es un superhonor.

ELLIS DEAN: ¿Cómo va a definir quién eres un campeonato que se celebra cada cuatro putos años? Menuda ridiculez.

*Durante los Juegos Olímpicos de 2006 en Turín, Italia, Josie Hayworth y Ellis Dean ejecutan su programa libre con la canción de Lou Bega «Mambo n.° 5». Van desincronizados, por detrás de la música y titubean sobre el hielo. Al adoptar la posición final, pierden el equilibrio y acaban el programa tirados uno encima del otro.*

ELLIS DEAN: Por no hablar de la corrupción entre bambalinas, los gastos y los daños que tienen que asumir las ciudades anfitrionas. Uno se pregunta por qué seguimos perpetuando esta tradición anticuada.

*En el* kiss and cry, *Josie y Ellis no pueden ni mirarse a la cara. Cuando aparecen sus notas, los sitúan en el último lugar de los veinticuatro equipos.*

ELLIS DEAN: El caso es que, después de Turín, decidí que era hora de explorar nuevas oportunidades. Puede que mi carrera como competidor hubiera acabado, pero sabía que seguía teniendo mucho que ofrecer al deporte. Gustase o no.

# 43

En el Medio Oeste, a los primeros calores del año los llamamos «la primavera del tonto», porque hemos aprendido por las malas que el buen tiempo no dura. El frío espera agazapado a la vuelta de la esquina, listo para cogernos por sorpresa en cuanto nos quitemos el abrigo.

Pero eso no quiere decir que no disfrutemos de cada minuto del respiro.

A finales de marzo alcanzamos los quince grados y se cumplieron las diez semanas de mi recuperación, lo que significaba que por fin podía volver a hacer ejercicio de verdad. Heath y yo salimos a correr por los bosques hasta el establo y luego esprintamos de vuelta a casa.

Seguíamos teniéndola para nosotros solos. Un aluvión de facturas de un bufete de Lake County nos permitió hacernos una idea de dónde estaba mi hermano: en la cárcel, cumpliendo condena por posesión de estupefacientes con intención de venta; la segunda vez que acababa entre rejas, por lo visto, después de un delito menor por conducir bajo los efectos del alcohol unos años atrás. Que mi hermano acabara en prisión no me sorprendió, pero que hubiera intentado montar un negocio, por muy ilegal y desaconsejable que fuera, era algo que no me esperaba.

Heath corría a mi ritmo, zigzagueando entre los arces, que empezaban a retoñar con puntiagudos brotes carmesíes. Los tordos sargento, que en aquel momento regresaban de su migración al sur, gorjeaban por encima de nuestras cabezas, como jaleándonos. Amplié la zancada y lo adelanté.

Era genial sentir cómo presionaba mi cuerpo y los músculos respondían, cómo un satisfactorio calor se me extendía por las piernas. Cuando una es deportista, aprende a apreciar las distintas sensaciones de dolor. Algunos son insoportables, otros un tipo de placer punzante y delicioso.

Cuando la casa apareció en nuestro ángulo de visión, las partículas de mica de la piedra gris brillaban al sol. Heath me había alcanzado y volvíamos a correr codo con codo. Pero yo tenía algo que demostrar.

Avancé con todas las fuerzas que me quedaban hasta cobrarme una victoria por los pelos al cruzar la línea que formaban los árboles. Ambos nos dejamos caer jadeantes sobre la hierba, marrón tras los rigores invernales.

—Más te vale no haberme dejado ganar —dije.

Heath sonrió.

—Eso nunca.

Me sentía recargada, vital, llena de adrenalina. Las lesiones eran una pesadilla lejana, a pesar de que tenía las cicatrices rosadas de la mano y la pantorrilla para recordármelo. Las primeras semanas tras los nacionales habían sido las peores: los dolores de cabeza, la mente nublada, la lenta tortura de la piel soldándose de nuevo.

Pero desde entonces había ido mejorando, primero cojeando por la casa, luego dando suaves paseos por la orilla del lago y, ahora, corriendo sin más. Heath y yo también habíamos avanzado de un cauteloso acto amoroso a un tipo de sexo atlético y apasionado que no nos habíamos atrevido a practicar durante nuestras relaciones prohibidas en los dormitorios de la academia ni los encuentros apresurados y exhaustos en habitaciones de hotel entre vuelos y jornadas de competición.

Heath ya no me tocaba con cuidado. Sabía hasta dónde podía llegar.

Cada vez que le mencionaba volver al hielo, sin embargo, vacilaba. «La próxima temporada no empieza hasta dentro de varios meses —decía—. No hace falta decidir nada todavía». Si me refería al tiempo que habíamos pasado separados, cambiaba de tema por completo.

O me distraía... y yo le dejaba.

Volvió a tumbarme y se inclinó para darme un beso, el cabello desordenado cayéndole sobre la frente. Le habían crecido los rizos, aún más salvajes que antes. Justo en el momento en el que nuestros labios iban a unirse, me detuve y volví la vista hacia la casa.

Había dos personas en el porche. A la distancia en que nos encontrábamos, solo era capaz de distinguir su estatura: una era alta, la otra más baja.

Heath se puso de pie y se sacudió las briznas de la ropa.

—¡Propiedad privada! —les advirtió.

Cuando nuestros visitantes inesperados se dieron media vuelta, lo hicieron con tan perfecta y delicada sincronía que los reconocí antes de verles la cara.

Bella y Garrett Lin.

# 44

—Tu pelo —dijo Bella nada más verme.

Unas semanas antes, había tratado de cortarme el poco rubio que me quedaba con un par de tijeras de cocina melladas. El desastre fue tal que Heath insistió en llevarme a la ciudad a que me lo arreglaran: la única vez que dejé la propiedad durante nuestro tiempo de retiro, quitando las citas con el médico. La peluquera me había hecho un pixie; nunca había llevado el pelo tan corto.

—Te pega —añadió. Podía ser un cumplido o un insulto.

—¿Qué hacéis aquí? —pregunté.

—Hemos intentado llamar —respondió. Garrett seguía en silencio, haciendo que las tablas de madera gastadas por la intemperie crujieran bajo sus lustrosos zapatos cada vez que cambiaba el peso de un pie al otro—. Nos tenías preocupados.

Heath había restablecido la línea telefónica junto al resto de los servicios básicos, pero, tras una semana de llamadas ininterrumpidas de la prensa, había arrancado el cable de la pared. Mi móvil estaba olvidado en algún cajón, sin batería, y Heath aún no tenía uno.

—Estamos bien —dijo Heath. Me había rodeado los hombros con el brazo en un gesto protector.

Me solté y me acerqué a los mellizos.

—¿De verdad estabais preocupados? ¿Tanto que ni os molestasteis en venir a verme al hospital?

Garrett habló al fin.

—Claro que fuimos a verte. —Su voz sonó áspera, como si llevara días sin usarla.

—¿Cómo? —Miré a Heath, que apretaba la mandíbula.

—Fuimos los dos —añadió Bella—. Te llevamos flores y todo. —Señaló a Heath con un gesto—. Fue él quien dijo que no querías vernos.

—Y tenía razón.

No obstante, debería haberme dado a elegir en lugar de tomar la decisión por mí. Como mínimo, debería haberme dicho después que habían ido a verme.

Me pregunté cómo habría reaccionado si hubiera visto a Bella aquella noche. Tal vez le habría gritado a la cara y habría tirado las flores a la basura. Tal vez la hubiera perdonado.

No había forma de saber si se había chocado conmigo a propósito, pero el instinto me decía que no. Bella Lin no era de las que «querían» hacer daño a nadie. Simplemente le daba lo mismo si sucedía.

—¿Podemos hablar? —me preguntó.

—Ya estamos hablando.

Lanzó una mirada penetrante a Heath.

—¿A solas?

Le propuse dar un paseo. Heath y Garrett se quedaron en el porche.

—Pórtate bien —le susurré a Heath al oído antes de encaminarme hacia el lago. Me respondió con un gruñido que no era exactamente un sí, pero tampoco un no.

A Bella le costaba seguirme el paso por el terreno irregular, pues los tacones se le clavaban en la tierra blanda. Se le iban a estropear los zapatos. O eso esperaba.

Al llegar al final del césped, me subí a una de las losas de piedra caliza que daban a la orilla. Bella se sentó con cautela a mi lado en el borde de la roca, apoyándose en una cadera para mantener el menor contacto posible.

Las dos nos quedamos mirando el horizonte. Las nubes habían formado estratos que tapaban el sol y un retazo de invierno afilaba el aire. El agua era un espejo plateado.

—Lo siento mucho, Kat —dijo Bella.

Me volví hacia ella.

—Así que lo hiciste aposta.

—No es lo que he dicho. —También se volvió hacia mí. La piedra dejó una mancha de tierra en su abrigo de diseño—. Siento lo que pasó. Siento que te lesionaras.

—Y sientes no haber podido ir a los juegos.

—¿Los viste?

Negué con la cabeza. Heath y yo casi no habíamos hablado de ello. Ni siquiera sabíamos quién se había llevado el oro.

Bella se ciñó aún más el abrigo.

—Mi madre nos obligó.

Restregarles el fracaso en la cara a sus hijos, como cachorrillos que se hubieran hecho sus necesidades en el suelo: qué propio de Sheila Lin.

—¿Qué tal lo hicieron Ellis y Josie? —pregunté.

—Es mejor que no lo sepas...

Hice una mueca.

—¿Y los rusos?

—Yakovlevna y Yakovlev fueron oro —respondió—. También ganaron el título mundial la semana pasada, aunque los *twizzles* de Polina daba pena verlos.

Garrett y yo habíamos competido contra aquella pareja de segundones un montón de veces y jamás nos habían ganado. Si habían conseguido medallas era porque no estábamos nosotros.

Aunque daba igual. Ellos salían en los anales y nosotros éramos un cuento con moraleja.

El viento soplaba más frío y cortante, empujando el agua contra la base de las rocas. Cuando Bella volvió a hablar, apenas se la oía por encima de las olas.

—Tu amistad es muy importante para mí, Kat.

—¿Más que ganar? —le pregunté. Quería saber si me mentiría.

Bella me miró a los ojos sin dudar.

—Por supuesto que no. ¿Quieres saber por qué he venido?

Porque ya va siendo hora de que dejes de jugar a las dichosas casitas y de ir lamiéndote las heridas.

Allí estaba: mi amiga la borde, la ambiciosa. Mi mejor amiga.

—¿Cuándo vas a volver? —me preguntó.

—¿Quién dice que voy a hacerlo?

Puso los ojos en blanco.

—A ver si lo adivino. Heath no quiere.

No había llegado a tanto. Todavía. Pero estaba tan contento en nuestra pequeña casa de piedra junto al lago..., más tranquilo de lo que nunca lo había visto.

Algunos días yo también me daba por satisfecha. Otros, me sentía atrapada en un purgatorio en el que me había metido yo sola. Cada día era igual al anterior, sin trabajar en pos de nada, sin mejorar, sin esforzarme. Me limitaba a existir. Tal vez Heath pudiera vivir así, pero yo no.

—No lo hemos hablado —respondí.

—¿En serio? ¿Y qué demonios habéis estado haciendo todo este tiempo aquí, en medio de ninguna parte?

Enarqué una ceja con ademán sugerente.

Bella frunció el ceño.

—No me respondas. Y, si te preocupa que vaya a meterme otra vez por medio, descuida. Tenías razón sobre él. —Rio, pero la carcajada no borró la ira en sus ojos—. Supongo que al final sí que giraba todo en torno a ti, ¿eh?

No sabía cómo responder a eso. Bella tenía todo el derecho a estar enfadada. Heath le había hecho perder el tiempo, había jugado con sus sentimientos y, lo peor de todo, había hecho descarrilar su carrera cuando más importaba.

—En fin —concluyó con un resoplido de desdén—. Es todo tuyo. Al menos ahora no tendréis problemas para conseguir patrocinadores.

—¿Y eso?

—Ya sabes, porque todo el mundo anda obsesionado con vosotros. —Bella aleteó las pestañas—. Shaw y Rocha, la tragedia del primer amor, la pareja maldita del patinaje estadounidense.

La miré atónita.

—Pensé que lo sabíais —respondió con los ojos como platos—. ¿Es que no lo habéis visto?

—¿Ver el qué, Bella?

Se mordió el labio.

—Vamos dentro. Heath también debería estar al tanto.

**ELLIS DEAN**: A la gente se le fue la pinza con esa maldita foto.

*La fotografía en cuestión: un primer plano de Katarina Shaw y Heath Rocha mientras él la saca de la pista durante el campeonato nacional de Estados Unidos de 2006.*

**INEZ ACTON**: Parecían las figuritas chungas de una tarta nupcial en versión terror gótico. Él, de esmoquin; ella, con aquel vestido de gasa blanco todo ensangrentado.

**JANE CURRER**: Una imagen grotesca.

**FRANCESCA GASKELL**: A ver, cuando sucedió dio todo bastante miedo. Pero ¿la foto? [*Suspira*]. ¡Superromántica!

**INEZ ACTON**: Romántica sí, pero también cruda. Toda aquella sangre y la mirada intensa de él, como si sacara a un soldado herido del campo de batalla.

**GARRETT LIN**: Lo último que quería era que me recordasen aquel día, pero cuando vi la foto... Era imposible apartar la mirada. Me hizo pensar: «Pues claro». Pues claro que, al final, los dos iban a terminar juntos.

**ELLIS DEAN**: Cuando, después de los nacionales, los dos desaparecieron, la gente se volvió loca por obtener información. Así que pensé: ¿por qué no darle al público lo que quiere?

**KIRK LOCKWOOD**: A primeros de marzo de 2006, tras anunciar su retirada de la competición, Ellis Dean abrió un blog de cotilleos sobre el mundo del patinaje artístico llamado *Kiss & Cry*.

**ELLIS DEAN**: Al principio era una página de WordPress cutre. Pero dio el pelotazo, y no solo entre los fans acérrimos del patinaje. Cada vez que publicaba algo sobre Kat y Heath, la gente compartía el enlace y el tráfico se me disparaba.

*Capturas de entradas antiguas de* Kiss & Cry *sobre Katarina Shaw y Heath Rocha: «Los niños salvajes: todo sobre la infancia marginal de Kat y Heath», «No podían quitarse las manos de encima: los compañeros de entrenamiento de Shaw y Rocha lo cuentan todo», «Los datos puros y (más) duros sobre la pareja de moda del patinaje».*

JANE CURRER: Esa web no es en absoluto representativa de nuestro deporte. La prensa debería centrarse en el rendimiento sobre el hielo de nuestros deportistas, no en detalles escabrosos de su vida personal.

ELLIS DEAN: Los poderes fácticos estaban cagaditos de miedo.

FRANCESCA GASKELL: Sí, claro que lo leía. Lo leía todo el mundo, lo reconociera o no.

ELLIS DEAN: Lo que hacía era adentrarme en la trastienda y enseñarle a la gente cómo era en realidad el mundillo del patinaje, no la bonita imagen que trataba de proyectar.

GARRETT LIN: En aquella época, Ellis y yo no estábamos en contacto.

ELLIS DEAN: Pasé de él. Por mí, como si se quedaba a vivir en el armario.

GARRETT LIN: Podría haberme delatado en su blog, pero no lo hizo. Eso tengo que agradecérselo.

INEZ ACTON: Llamar a *Kiss & Cry* un «simple» blog de cotilleos sería muy reduccionista. El cotilleo es una herramienta poderosa que se puede blandir desde los márgenes contra el sistema. A veces es la única herramienta que tenemos.

ELLIS DEAN: No es que me limitara a divulgar qué patinadores estaban enrollados o peleados en un momento concreto. Hablaba de problemas graves: prácticas de entrenamiento tóxicas, juicios sesgados, trastornos de la alimentación, conductas sexuales inapropiadas...

*Capturas de algunas de las entradas en* Kiss & Cry *que ha menciona-do Ellis: «10 señales de que tu entrenador no te merece», «Noticia impactante: al patinaje artístico le siguen aterrando los cuerpos de mujeres reales», «Patinadora olímpica por parejas rompe el silencio sobre los abusos de su compañero... y los oficiales de alto nivel que se lo permitieron durante años».*

ELLIS DEAN: Pero sí, en los primeros tiempos, la saga de Shaw y Rocha era lo mejor para conseguir clics. Esa foto los convirtió en los Brad y Angelina del patinaje, y no había vuelta atrás.

*Clip de una entrevista televisiva al hermano de Katarina, Lee Shaw. Tiene veintimuchos, pero aparenta diez años más por lo menos. La pared a sus espaldas es gris y anodina.*

*«Sí, he visto la fotografía —dice—. Era la primera vez que veía a mi hermana pequeña en años. Desde que se escapó de casa».*

## 45

Cuando Bella me enseñó la foto, casi no me reconocí en ella. Parecía delicada. Frágil. De alguna manera, toda aquella sangre que me manchaba el vestido y los patines blancos hacía que pareciera más virginal y femenina.

Y de Heath se diría que estaba dispuesto a matar a quien tratara de separarnos.

Después de que los mellizos se marcharan —a una cena de gala con no sé qué patrocinador en Chicago, que les había servido de pretexto para volar al Medio Oeste sin vigilancia—, entré en una espiral insana. Leí cada noticia y cada entrada que Ellis tenía publicadas sobre nosotros en su nuevo y detestable blog.

Me sorprendió el revuelo. Normalmente, el público estadounidense se preocupa por el patinaje artístico dos semanas cada cuatro años, durante los Juegos Olímpicos. E, incluso entonces, son el patinaje individual y por parejas los que acaparan su atención; a nadie le interesan los bailarines sobre hielo. Pero a todo el mundo le gusta una historia de amor y de eso creían que se trataba.

Cuando era fuerte y segura de mí misma, echaba a la gente atrás. Me decían que era demasiado competitiva, demasiado ambiciosa, demasiado todo. Pero fue verme tirada, herida y ensangrentada, una princesa necesitada de rescate en lugar de una reina conquistadora, y de pronto me adoraron.

Por fin, después de medianoche, me fui a la cama, los ojos enrojecidos de fijar la vista en la pantalla del ordenador. Heath seguía despierto. Se quitó los auriculares —capté algunas notas de Sigur Rós antes de que pulsara la ruedecilla para parar la música— y retiró las mantas.

Desde los nacionales, Heath me había hecho sentir segura y cómoda. Habría sido fácil seguir así, elegir una vida tranquila con él en lugar de la tortura del patinaje. Habría sido fácil adormecerme en mitad de la ventisca y dejarme llevar por la cálida sensación que te amodorra y hace que mueras congelada.

Alargué la mano hacia él y, anticipando mi caricia, cerró los ojos. Seguí estirando los dedos hasta tocar la muesca grabada en el cabecero.

—¿Te acuerdas? —le pregunté.

«Shaw y Rocha». Tracé las letras con los dedos. Solo hacía seis años que las habíamos escrito, pero parecía una vida entera.

Heath asintió; había algo cauteloso en su expresión.

—Quieres volver —dijo—, ¿verdad?

—Lo echo de menos —admití, aunque aquellas palabras no abarcaban el anhelo por regresar al hielo que me calaba hasta los huesos—. Echo de menos...

—A él. —Heath dejó el iPod en la mesilla y se cruzó de brazos.

—No, no es eso... A ver, echo de menos a Garrett y a Bella, pero...

—No voy a perderte de nuevo, Katarina. Ni frente a él ni...

—No quiero volver con él. —Suspiré, me alcé sobre las rodillas y tomé el rostro de Heath entre las manos—. Quiero volver contigo.

Las comisuras de los labios se le curvaron, pero la cautela no había abandonado su mirada.

—¿Estás segura?

Busqué con el pulgar el borde suave de la marca bajo su ojo. Había reaprendido la topografía de su cuerpo y convertido todas sus cicatrices en terreno conocido. Aunque todavía no habíamos hablado de ellas ni de los tres años en que no supe nada de él.

Había empezado a creer que era lo mejor. El pasado pasado estaba. No podíamos cambiarlo.

Pero el futuro podía ser como nosotros decidiéramos.

—Te quiero —le dije—. Y no deseo volver a patinar con nadie más que contigo.

La sonrisa de Heath se iluminó como una antorcha entre las sombras.

—Yo también te quiero, Katarina.

«Shaw y Rocha», campeones olímpicos. Todavía podíamos conseguirlo, no era demasiado tarde. Quedaban cuatro años para Vancouver.

Me besó y me tumbó a su lado. Mientras nos envolvíamos en las sábanas, me dije que esta vez todo sería distinto.

*Katarina Shaw y Heath Rocha aterrizan en el aeropuerto de Los Ángeles en abril de 2006. De inmediato se ven rodeados por los paparazzi, que no paran de tomarles fotos y lanzarles preguntas a gritos.*

ELLIS DEAN: En cuanto plantaron el pie en la ciudad, aquello fue un circo.

*Katarina y Heath parecen aturdidos por el número de personas esperando para verlos. También hay seguidores que sostienen letreros hechos a mano cubiertos de corazones de purpurina.*

*—Katarina, ¿cómo te encuentras? —pregunta un reportero.*

*—Mucho mejor —responde ella—. Lista para volver al trabajo.*

*—¿Dónde habéis estado todo este tiempo?*

*Heath rodea a Katarina con el brazo.*

*—En casa —responde mientras la conduce hacia la salida.*

GARRETT LIN: Mi madre y Kirk ya atrajeron bastante la atención de los medios en su día, y Bella y yo también tuvimos nuestros más y nuestros menos con los paparazzi. Pero esto era otra cosa.

*Un montaje de fotografías hechas por paparazzi muestra el primer verano de Shaw y Rocha de vuelta en Los Ángeles: Katarina y Heath salen del complejo de apartamentos en el que viven; él va cargado con las bolsas de los patines de ambos. En unas fotos borrosas, tomadas a través de las ventanas, los dos patinan en la academia. Katarina se cae, Heath la ayuda a levantarse. Ella se tapa la cara con las manos y él la abraza en el borde de la pista.*

FRANCESCA GASKELL: Sé que ellos no buscaban todo ese revuelo. Pero sí, para el resto de los usuarios de la academia era bastante molesto.

INEZ ACTON: No podían haber elegido peor momento para hacerse famosos. Aquello era como el salvaje Oeste. Internet hacía que el público se sintiera con derecho a acceder a la intimidad de sus estrellas favoritas, pero las redes sociales todavía no habían despegado, así que los famosos no tenían los medios para tomar las riendas de la narrativa como hacen hoy.

*Katarina y Heath vuelven a casa tras una sesión de entrenamiento. Se han trasladado a un edificio distinto, con un portero fornido que ahuyenta a la multitud con severidad, pero los fotógrafos todavía consiguen lo que buscaban: fotos de Katarina con aspecto agotado, Heath rodeándola con un brazo como si fuera su guardaespaldas y no su novio.*

ELLIS DEAN: El gran público nunca se había interesado tanto por la danza sobre hielo, eso es así. Joder, pero si antes de que Kat y Heath se viralizaran la mayoría de la gente ni había oído hablar de la disciplina.

JANE CURRER: Queríamos atraer una mayor atención al deporte. Pero no ese tipo de atención.

ELLIS DEAN: La Asociación de Patinaje Artístico debería haberme mandado una puta cesta de frutas. Y, en vez de agradecérmelo, intentaron cerrarme la web. «Intentaron», repito.

*Captura de un titular de* Kiss & Cry*: «¿Sabes lo que es la libertad de expresión, zorra? (Y con «zorra» me refiero a la Asociación de Patinaje Artístico de Estados Unidos)». El sitio web se ha actualizado y ya no es una plantilla básica de WordPress; tiene un diseño más profesional con un logo animado y brillante.*

ELLIS DEAN: Tal vez debería haberles enviado yo la cesta de fruta, por toda la publicidad gratis que me hacían. Los ingresos por anuncios crecieron tanto que tuve que contratar a un asistente.

GARRETT LIN: En cuanto Kat decidió patinar con Heath, me planteé retirarme. Quizá matricularme en la universidad. Pero Bella seguía hablando de 2010, de las Olimpiadas de Vancouver. Ni me preguntó si podíamos volver a patinar juntos. Lo dio por hecho.

*En un vídeo, los Lin aprenden una coreografía para la danza original de la temporada 2006-2007. Realizan una secuencia con un giro sobre un pie, pero no van sincronizados. Garrett acaba unas notas por delante de Bella y a esta le cuesta seguirle el ritmo.*

GARRETT LIN: Pensaba que patinar de nuevo con mi hermana sería sencillo. Pero, después de cuatro temporadas con Kat, me costó adaptarme. Aunque íbamos mejor que Heath y ella.

*Kirk Lockwood en una retransmisión de Skate America 2006 desde Hartford, Connecticut: «Este fin de semana esperábamos un enfrentamiento entre los nuevos..., ¿o debería decir "viejos"?, equipos de danza sobre hielo: Shaw-Rocha y Lin-Lin, pero, por desgracia, Shaw y Rocha han decidido retirarse tras un entrenamiento difícil esta mañana».*

ELLIS DEAN: Tanto revuelo a su alrededor y ni siquiera habían competido todavía juntos.

FRANCESCA GASKELL: Físicamente, ella estaba bien, al menos hasta donde se apreciaba. Pero las lesiones de ese tipo pueden dejarla a una tocada de la cabeza.

GARRETT LIN: Kat y Heath se quedaron en Hartford para animarnos. Fue todo un detalle.

*Katarina y Heath se sientan en la primera fila del centro cívico de Hartford, donde Bella y Garrett patinan el vals de Westminster como parte del programa obligatorio del campeonato.*

*Cuando los Lin terminan, Katarina y Heath se ponen en pie y aplauden sonrientes, salvo por un instante en que Katarina baja la vista y le retira algo de la manga de la chaqueta a Heath.*

*Captura de una entrada en la página de inicio de* Kiss & Cry*, en la que aparece una imagen del instante en el que no sonríe. «Con amigas así..., Bella Lin, ándate con cuidado», reza el titular.*

**ELLIS DEAN**: A ver, cuando las mujeres se apoyan entre sí no se generan clics. Yo no inventé la misoginia, solo la he aprovechado sin cortarme.

*Kirk, de nuevo en la cabina de comentaristas: «Skate America es la segunda competición de la que se ha retirado la pareja Shaw-Rocha esta temporada; también iban a participar en el trofeo Nebelhorn en septiembre, pero se echaron atrás antes de viajar a Alemania. Ya veremos si el mes que viene vuelan a París para su segunda competición del Grand Prix.*

*»Hasta entonces, le deseamos todo lo mejor a Katarina Shaw en su recuperación. Y no se pierdan mi entrevista en exclusiva con su hermano, Lee Shaw, el próximo miércoles a las 19.00, hora de la costa este».*

# 46

«No les hagan caso». Ese fue el sabio consejo de Sheila.

Cuando los paparazzi se plantaron a las puertas del pabellón, de nuestro apartamento, de la consulta de mi fisioterapeuta y de la tienda a la que iba a comprar unos putos tampones, nos dijo que fingiéramos no verlos.

Cuando los periodistas, las agencias de deportes y hasta los promotores de eventos nos llamaban a todas horas, día y noche, ofreciéndonos entrevistas, artículos y contratos de adhesión por más de lo que un equipo olímpico entero ganaría en premios, dijo que dejáramos sonar el teléfono.

«No se distraigan. Tienen trabajo por delante».

Y, cuando Lee salió en libertad condicional y empezó a pasearse por los platós, aireando nuestros álbumes familiares y soltando su versión cada vez más lacrimógena de cómo yo había roto nuestra familia feliz por buscar la gloria en California, Sheila dijo que si respondía solo echaría leña al fuego.

«Dedíquese a entrenar. Es lo único que puede controlar. Más pronto que tarde se pasará la moda y se olvidarán por completo de usted».

Yo no quería que me olvidaran. Quería que me recordaran por el motivo correcto: porque era una gran deportista. No por lo guapa que estaba poniendo todo el hielo perdido de sangre ni porque mi hermano fuera un miserable con la lengua demasiado suelta.

Pero hice lo que Sheila quería y Heath me siguió. Mantuvimos la cabeza gacha. Entrenamos más que nunca. Casi todas las mañanas me despertaba tan dolorida que Heath tenía que masajearme las piernas como mínimo veinte minutos antes de que pudiera atravesar nuestro minúsculo dormitorio para ir a ducharme. No me quejé; lo que hice fue adelantar la alarma para seguir estando en el hielo a las siete.

A veces mi cuerpo cooperaba y podía patinar igual que antes. Otras veces sentía que se había cortado la conexión entre mi mente y mis músculos. Tuve que aprender a confiar en mí —y en Heath— de nuevo.

Volvíamos a trabajar con asistentes la mayor parte del tiempo mientras Sheila se centraba en poner a punto a los mellizos. Me dolía que fuéramos los segundones, pero tampoco podía echarle nada en cara. Heath y yo patinábamos de una forma tan poco uniforme que podíamos darnos con un canto en los dientes por que Sheila quisiera entrenarnos.

Retirarnos de las dos primeras citas hizo que me empeñara en llegar al Grand Prix de Francia. Abandonar Skate America significaba que estábamos fuera de la final del Grand Prix de diciembre, pero no podía pasarme el otoño entero sin competir. Hacerlo supondría presentarme en los siguientes nacionales sin haberme probado y, con toda probabilidad, regalarles el título a Garrett y Bella.

Pocos días antes del campeonato de Francia, íbamos a patinar en la Copa de China. Sheila esperó hasta la víspera de nuestro vuelo a Nanjing para soltar la bomba: una serie de compromisos promocionales con distintos patrocinadores con sede en Asia y en Australia le impediría llegar a París a tiempo y todos los entrenadores asistentes tenían problemas de calendario. Así que estaríamos solos.

Empezamos el campeonato con buen pie gracias al vals obligatorio, pero, durante la danza de esquema establecido, la cuchilla se me enganchó en un fragmento de hielo y los dos perdimos el equilibrio. Acabamos segundos, por detrás de Yelena Volkova y su nuevo compañero. Dmitri Kipriyanov era hijo de un bailarín del Bolshói y, según las malas lenguas, una princesa de la mafia rusa. Con su pelo de cantante de pop y sus carnosos labios rosados, era aún más mono que Yelena. Por desgracia, patinaba igual de bien.

La danza original era ese mismo día, por lo que apenas nos quedaba tiempo para salir corriendo a nuestro hotel en el barrio latino para intentar echarnos una siesta rápida. Cuando volvimos a salir a pista, me pringué de pintalabios todo el dorso de la mano al tratar de ahogar un bostezo.

Durante los meses que pasamos en Illinois, Heath y yo habíamos repasado la vieja colección de discos de mis padres y a él se le había ocurrido usar a Kate Bush para la danza original. Habíamos apartado los muebles del salón contra las paredes para probar los pasos de tango y, sí, tenía razón: encajaba sorprendentemente bien, tanto con la música como con nuestro estilo poco convencional. Habían modificado las normas para que las patinadoras pudiéramos llevar pantalones en aquel campeonato y pude visualizarnos a los dos con un traje andrógino que, sumado a mi pelo corto, nos haría parecer iguales sobre el hielo.

Sheila tenía otras ideas. Nos aconsejó usar un tango más tradicional, «La cumparsita», con un traje negro para Heath y un vestido rojo para mí con una rosa prendida tras la oreja. Lo mismo que harían tantas otras parejas, por lo que tendríamos que patinar a la perfección para destacar.

Pero quedamos lejos de la perfección aquella noche en París. Heath se confundió con los pasos cruzados y casi me hizo caer, luego yo le agujereé los pantalones con la serreta de freno al envolverlo con las piernas. Las puntuaciones nos dejaron en tercera posición, por detrás de los franceses Moreau y Emanuel; no Arielle Moreau, que se había retirado hacía unos años, sino su hermana pequeña, Geneviève.

Tal vez lo habríamos hecho mejor si Sheila hubiera estado allí para ayudarnos, pero me alegré de su ausencia. Cuando salimos de la zona del *kiss and cry*, no quería hablar con nadie. Ni siquiera con Heath.

—Es nuestro primer campeonato —me recordó mientras nos

cambiábamos los patines por unas deportivas entre bastidores. Yelena y Dmitri estaban en la pista, devolviéndole la vida al público con una dramática danza con música del cantante de tango ruso Pyotyr Leshchenko—. Nadie espera que lo hagamos perfecto.

La temporada anterior, Garrett y yo habíamos ganado el campeonato con un margen considerable. Ahora iba a conformarme con el bronce, por detrás de un par de adolescentes que se encontraban *très excités* por competir en su primera serie del Grand Prix como séniors. Puede que estuviéramos lejos de la perfección, pero eso no significaba que fuera a aceptar la humillación de brazos cruzados.

Heath me atrajo hacia él y me abrazó.

—Todavía nos queda el programa libre de mañana. Aún no está todo dicho.

Nuestra danza libre también había sido idea de Sheila: una pieza clásica, inspirada en el ballet, con una serenata de Mozart tan sosegada que la primera vez que la oí casi me quedé dormida. El programa no nos pegaba nada y, cuanto más lo ensayábamos, peor parecíamos patinar. Pero Sheila se había empeñado. «Sé lo que quieren los jueces —nos había repetido cada vez que nos atrevíamos a protestar un mínimo—. Debéis mostrarles una cara distinta a la de siempre». Dejé a un lado las dudas y decidí fiarme de ella. Al fin y al cabo, siempre había acertado.

—Creo que necesito un momento antes de la rueda de prensa —le pedí a Heath.

—Claro. —Echó a andar, empujándome por delante de él—. He visto que hay una sala por aquí. Podemos...

—Sola.

Entonces se detuvo y retiró la mano del hueco de mi espalda.

—Lo que necesites.

Le di un beso y me di la vuelta con los ojos cerrados para no tener que ver el dolor en su cara. Los rusos habían acabado su programa y la ovación era tan fuerte que el pabellón temblaba como si hubiera un terremoto.

Seguí caminando hasta que el ruido se desvaneció lo suficiente como para poder obviarlo. Estaba en algún lugar en las entrañas del edificio, un largo pasillo con puertas de acero idénticas a intervalos regulares y tuberías industriales.

Era lo más alejada que había estado de Heath desde que me sacara en brazos de la pista en Saint Louis.

Al apoyar la cabeza en los bloques de hormigón, se aplastó la rosa artificial que había olvidado que aún llevaba prendida. No tenía el pelo lo bastante largo como para sujetarla, por lo que había tenido que usar una elaborada red de horquillas. Me raspaban el cuero cabelludo y me arrancaban el pelo de raíz cada vez que giraba demasiado rápido.

Con un gruñido de exasperación, agarré la rosa, me la quité y la tiré al suelo. Acto seguido la pisoteé una, dos, tres veces, con tanta fuerza que el impacto me repercutió hasta la rodilla. Ojalá hubiera llevado los patines para poder despedaz...

—¿Qué hace?

La voz que interrumpió mi berrinche era de mujer, áspera y ronca.

Tenía acento ruso.

# 47

Veronika Volkova lanzó una mirada de perplejidad a la flor destrozada a mis pies.

—Creo que ya está muerta —dijo—, pero no deje que la interrumpa.

Era la primera vez que hablaba con aquella mujer. No era como me la esperaba. De cerca, un brillo pícaro confería calidez a sus famosos ojos azul hielo.

Aunque seguía dando miedo y, como siempre, iba ataviada con su eterno abrigo de marta cibelina. Si fuera cualquier otra, habría parecido una pija malcriada. Pero en su caso no. Llevaba aquellas pieles como si hubiera matado a los animales con sus propias manos.

—Si ha terminado —me advirtió—, la rueda de prensa empezará enseguida. Yelena y Dmitri han quedado los primeros, por supuesto.

—Gracias por la noticia —respondí, tratando de pasar a su lado.

Veronika me lo impidió al colocarse en mitad del pasillo.

—Aunque estoy segura de que la prensa seguirá teniendo mucho que preguntarles a usted y al señor Rocha. —Resopló—. Nadie como los franceses para preferir el sexo a algo más sustancioso.

La miré con fijeza. Me sentía como un conejo delante de un lobo.

—Nosotros no hemos buscado toda esa atención.

Hizo un gesto de desdén con la mano. Llevaba las uñas pintadas de un sutil tono rosado, pero afiladas como garras.

—Eso guárdeselo para su adorado público. Sé cómo funciona Sheila.

—¿Qué quiere decir?

—Lo que quiero decir es que Sheila Lin tiene el número de teléfono personal de cada fotógrafo de Hollywood a Hong Kong. —Veronika se acercó a mí lo suficiente como para sentir su perfume, intenso y floral, con notas de amargas especias invernales—. Y todos responden a su llamada.

Solté una carcajada sarcástica. Solo intentaba comerme la cabeza y ponerme en contra de mi entrenadora.

Mi entrenadora, que no estaba allí. Que aquella temporada nos había colado unos programas sosos y que no nos pegaban nada. Que nos había dicho que no hiciéramos caso de los paparazzi por muy pesados que se pusieran. Por muy rápido que parecieran encontrarnos aunque hubiéramos cambiado el horario de entrenamiento y nos hubiéramos mudado a otro apartamento. Siempre sabían exactamente dónde estábamos.

—No ponga esa cara de sorpresa. —Veronika se pulió las uñas con la solapa del abrigo—. A estas alturas ya conocerá usted las reglas de este juego, Katarina Shaw.

Eso creía. Pero Sheila jugaba en otra liga.

—Cuando se cansen de hacerle fotos y de preguntarle por su vida amorosa —me advirtió Veronika—, ahí es cuando debería preocuparse.

Entonces se alejó, contoneando las caderas como si tuviera un centenar de pretendientes contemplándola con deseo y no le importaran lo más mínimo. Cuando Heath pasó a su lado buscándome, le lanzó una sonrisa enorme. Él se encogió como si temiera que se le fuera a abalanzar.

—¿Te encuentras bien? —Lanzó una mirada a los pétalos de la rosa y luego se volvió hacia el pasillo; Veronika había doblado la esquina de camino a la sala de prensa—. ¿Qué hacías hablando con...?

—¿Confías en mí?

A Heath pareció sorprenderle la pregunta, pero respondió sin dudar:

—Por supuesto que sí.

—Bien. —Sonreí y le di la mano—. Porque aún podemos ganar.

VERONIKA VOLKOVA: No sé qué pasó.

ELLIS DEAN: Pasó algo, seguro. En el programa libre eran otros.

*Katarina Shaw y Heath Rocha esperan junto a las barreras mientras anuncian sus nombres en el campeonato de París del Grand Prix de 2006. Salen al hielo de la mano, sin dejar de mirarse a los ojos.*

KIRK LOCKWOOD: Incluso antes de que empezaran a patinar saltaban chispas.

*Katarina y Heath adoptan la pose inicial. Katarina alza la vista con los brazos por encima de la cabeza, como una bailarina en quinta posición. Heath estira los brazos como atrayéndola. Aunque no se tocan ni tienen contacto visual, parece que siguieran conectados por un cable invisible que se tensara entre ellos. Comienza la música: es el quinto movimiento de la* Serenata número 10 *en si bemol mayor de Mozart.*

KIRK LOCKWOOD: Recuerdo que, cuando me enteré de que iban a hacer algo con música clásica, me sorprendió. Supuse que Sheila ya tenía esa pieza en mente para Kat y su hijo antes de que se separaran.

FRANCESCA GASKELL: Nadie había visto el programa más que durante los entrenamientos. Pero yo los había visto ensayarlo varias veces en la academia y, créame, no tenía nada que ver con aquello.

*Más imágenes de la danza libre: la coreografía es formal, pero el modo en que Katarina y Heath la ejecutan hace que hasta los movimientos más propios del ballet resulten carnales. Cada vez que se acercan, se diría que están a punto de besarse. Cada vez que se alejan, parecen desesperados por abrazarse. Cada mirada, cada roce y cada paso evocan anhelo y deseo.*

**JANE CURRER**: La danza sobre hielo puede poseer cierta sensualidad, sí. Muchos programas expresan la belleza del amor entre el hombre y la mujer. Pero lo que estaban haciendo la señorita Shaw y el señor Rocha rozaba la vulgaridad. Era imposible verlos sin imaginar...

**PRODUCTORA** [*Fuera de cámara*]: ¿Imaginar el qué?

**JANE CURRER**: En fin, ya sabe...

*Nueva entrevista con Lee Shaw, esta vez en un estudio de televisión fuertemente iluminado: «Venga ya, tío —exclama con repugnancia—. No quiero pensar en mi hermana haciendo esas cosas».*

**ELLIS DEAN**: Aquello no era patinaje artístico, eran unos preliminares. Solo Shaw y Rocha podrían hacer que Mozart sonara guarrillo.

**GARRETT LIN**: No creo que estuviera planeado. Simplemente les salió así en el momento.

**ELLIS DEAN**: Tal vez Heath se dejara llevar. Pero ¿Kat? Esa cabrona sabía de sobra lo que estaba haciendo. Y le salió a pedir de boca.

*Adoptan la pose final: es un eco de la inicial, solo que ahora están más cerca, en el centro de la pista, y él la rodea con los brazos. La multitud grita enfervorecida, pero no parece que Katarina y Heath oigan nada. Ella se gira entre sus brazos y lo besa en los labios. Los vítores suben aún más de volumen.*

**JANE CURRER**: Imagino que ese tipo de alardes gustarían al público francés.

**KIRK LOCKWOOD**: Sí, jugaron con la tensión sexual. Pero su técnica también fue fantástica. Ejecutaron todos y cada uno de los elementos con precisión. La sincronización fue perfecta, y los filos, limpios. El único error obvio fue la elevación combinada, que duró demasiado; todo lo que supere los doce segundos supone una reducción.

*Imágenes a cámara lenta de la elevación penalizada: Katarina se alza y se sienta sobre un hombro de Heath en una pose elegante antes de descender de modo que él la sujeta con una mano sobre la nuca. Ella extiende las piernas y, haciendo fuerza con el abdomen, crea un grácil arco mientras giran.*

KIRK LOCKWOOD: Ni siquiera pareció un error. Lo que parecía era que no eran capaces de separarse.

*Katarina y Heath se sientan a esperar que salga su nota. Cuando aparecen las puntuaciones, se abrazan de nuevo, con mayor pasión todavía. No parecen conscientes de las cámaras que los graban.*

*«¡Nada de llantos en el* kiss and cry *para estos dos! —señala Kirk Lockwood desde la cabina de comentaristas—. Tendremos que esperar a ver cómo se les da a franceses y rusos, pero esta nota va a ser difícil de superar. Ya es oficial: Shaw y Rocha han vuelto para quedarse».*

# 48

—Menudo regreso —apuntó la periodista con la grabadora en alto—. ¿Cómo os las arreglasteis para darle la vuelta al marcador en la danza libre?

Heath y yo estábamos sentados tras una larga mesa en el estrado de la sala de prensa del Palais Omnisports de París-Bercy, justo en el centro, en el lugar de honor.

El lugar reservado para los ganadores del oro.

—No lo sé —respondió Heath. Tenía la mano sobre mi muslo, oculta por el faldón del cubremesas—. Hoy nos sentíamos bien, supongo.

A Volkova y Kipriyanov no les quedó más remedio que conformarse con la plata, y el bronce fue para Moreau y Emanuel. Geneviève al menos parecía encantada con el resultado. Yo apenas recordaba lo que era sentir alegría de verdad por un tercer puesto.

—Teníamos nuestras dudas sobre patinar con una música tan tradicional —dije—. Pero al final encontramos la manera de hacerla nuestra.

Los periodistas estaban tan pendientes de nuestras palabras que se diría que no había más patinadores. Después de tantos años de ansiedad por hacer frente a la prensa, resultó que aquello era casi divertido.

—¿Habéis hablado ya con vuestra entrenadora? —me preguntó otro reportero—. Estará encantada con vosotros después de las dificultades que habías tenido últimamente.

—Aún no, pero sé que Sheila está orgullosa de nosotros.

Yo no estaba tan segura. De haber estado allí, nos habría dicho que nos ciñéramos a lo que habíamos ensayado y que mostrásemos a los jueces que podíamos ser sutiles y refinados.

Pero Sheila se encontraba a miles de kilómetros. Y la gente no quería que Heath y yo fuéramos «sutiles» o «refinados». Querían una historia de amor épica, colosal. Querían pasión desenfrenada y salvaje. No querían que fuéramos simples amantes, querían que estuviéramos tan enamorados como para arrasar el mundo entero por estar juntos.

Al conectar de verdad entre nosotros, por fin habíamos conectado con la música. Nunca habíamos patinado tan bien y teníamos una medalla de oro que lo demostraba.

Sonreí a la multitud de periodistas. La mano de Heath ascendió por mi muslo.

—Siguiente pregunta.

Después de dos días extenuantes de competición, además de la rueda de prensa, la ceremonia de medallas y el interminable posado para las fotos, debería haber estado agotada. En cambio, me sentía lista para ponerme otra vez los patines y repetir el programa entero.

Cuando por fin dejamos el pabellón, era noche cerrada. Todavía notaba los flashes en los ojos al contemplar el cielo oscuro sobre el Sena.

—Vámonos por ahí —le propuse a Heath.

—¿Adónde?

—Adonde nos apetezca.

Éramos jóvenes, estábamos enamorados y nos encontrábamos en París. Acabábamos de ganar una medalla de oro, además de los miles de dólares del premio. Merecíamos divertirnos.

Al llegar al hotel, me puse el vestido mini sin tirantes que había metido en la maleta para la cena de gala posterior. Normalmente me ponía una chaqueta discreta por encima y medias lo bastante tupidas como para taparme la cicatriz de la pantorrilla.

Pero no aquella noche. Heath abrió los ojos como platos al verme y no me los quitó de encima durante nuestra romántica cena. El *maître d'hôtel* nos sentó a una mesa para dos iluminada con una vela junto a la ventana delantera del restaurante y pedimos una tabla de embutidos tan grande que apenas dejaba sitio para las copas de burdeos. Mientras picoteábamos el brie cremoso y las chips de trufa de la bandeja, enrosqué la pierna con la de Heath sin importarme quién nos viera.

Después de cenar, decidimos ir a bailar, pero a bailar de verdad, sin jueces ni coreografías. Deambulamos por varios distritos antes de que una señal de neón titilante nos condujera por unas escaleras oscuras hasta un espacio que parecía más una bodega que un club. El ladrillo visto ascendía hasta los techos abovedados; las luces estroboscópicas y las bolas de discoteca hacían resplandecer su superficie rugosa.

Nos abrimos paso hasta el centro de la pista de baile abarrotada y durante las siguientes horas no hicimos otra cosa que movernos. Sentía el ritmo electrónico a través de mi cuerpo. Heath bailaba a mis espaldas, con las manos en mis caderas, besándome el cuello, y yo no era consciente de nada que no fuera el calor, las sombras, los sonidos o él.

No tengo ni idea de qué hora era cuando por fin salimos tambaleándonos de vuelta al mundo real. Había empezado a llover, pero ya estábamos empapados de sudor. El vestido se me pegaba como una segunda piel y Heath se había quedado en camiseta interior después de abandonar la camisa en algún lugar de la pista de baile. Me quité los zapatos y corrí descalza bajo la lluvia, riendo medio mareada y chapoteando en los charcos por todo el camino al hotel.

Antes de cerrar la puerta de nuestra suite, ya éramos un nudo de brazos y piernas. Nos quitamos la ropa mojada a tirones con el cuerpo echando humo y nos dejamos caer sobre el sofá de terciopelo rojo; nos deseábamos tanto que no teníamos tiempo de llegar a la cama.

Luego Heath se quedó dormido, recostado en los cojines como una estatua clásica. Yo también traté de conciliar el sueño, pero me sentía como si tuviera electricidad en las venas.

Me desasí de su abrazo y cogí el teléfono móvil de la mesilla. Cuando la pantalla se iluminó, arrojó un juego de sombras sobre el papel adamascado de la pared.

Dos llamadas perdidas, seguidas de un mensaje de texto, todo del mismo número. Los había enviado varias horas antes, mientras seguíamos bailando en mitad de la noche parisina, a primera hora de la mañana en China. Al leer el mensaje, el estómago me dio un vuelco por el miedo.

«Llámeme ahora mismo».

# 49

No quería despertar a Heath, así que me puse un albornoz y me llevé el teléfono al balconcito de la habitación, con vistas a la Place du Panthéon. La plaza estaba tranquila y en silencio, pero el aroma del pan recién horneado ascendía desde las calles empedradas.

Sheila respondió al primer toque.

—Veo que se lo han pasado bien en París —dijo.

Sonaba aún más calmada que de costumbre. El corazón se me aceleró.

—Sí. —Traté de tragar saliva, pero tenía la boca demasiado seca—. Hemos...

—Han dado el espectáculo.

—Hemos ganado.

A diferencia de Bella y Garrett, que apenas rascaron el bronce en la Copa de China.

—No hablo solo de cómo patinaron —replicó—. ¿En qué estaban pensando para ir por toda la ciudad comportándose así?

Al despuntar la mañana en París, las fotos de nuestra juerga nocturna inundaban internet. Unos días después, cuando nuestro vuelo desde el Charles de Gaulle aterrizó en Los Ángeles, nos recibieron quioscos repletos de revistas de cotilleo que proclamaban nuestras hazañas. Un tabloide hasta publicó en primera plana un artículo sobre nuestra «noche de pasión en París», con supuestas citas de otros clientes de nuestro hotel que se quejaban de haberse despertado con nuestros «gritos de placer» y «crujidos de muebles». Al principio me avergonzaba que nuestra celebración privada se hubiera convertido en un espectáculo público, pero a la gente le encantó, igual que le encantó nuestro programa de Mozart picante. La pasión fuera del hielo era parte de la fantasía.

Aunque todavía no había pasado nada de eso. Solo había una manera de que Sheila lo hubiera descubierto tan rápido desde la otra punta del planeta.

La voz de Veronika Volkova resonó en mi cabeza. «Ya conocerá usted las reglas de este juego».

—Si quiere darme su opinión sobre cómo patiné, adelante —respondí—. Pero lo que haga en mi tiempo libre no es asunto suyo. Es mi vida y...

—Si quiere ser campeona, el patinaje debería ser toda su vida. Y, como entrenadora suya, todo lo que haga, señorita Shaw, es asunto mío. Si no están de acuerdo con mis métodos, el señor Rocha y usted pueden buscarse otro preparador.

Debería habérmelo imaginado cuando decidimos volver a la academia. Fui una cándida al creer que Sheila nos recibiría a Heath y a mí con los brazos abiertos después de haberles costado a sus hijos el puesto en el equipo olímpico, su derecho de nacimiento. Podría haberse deshecho de nosotros y habernos dicho que entrenásemos en otra parte, pero bajo su control éramos un peligro fácil de neutralizar.

Si hacía falta manchar nuestros nombres para que sus hijos brillaran más, Sheila ni lo dudaría. Aunque estaba furiosa, una parte pequeña y mezquina en mi interior admiraba lo despiadada que había sido, al tiempo que me culpaba por no haberlo visto antes. Cuando Sheila nos dijo que no hiciéramos caso de los medios, pensé que era un consejo sabio, fruto de haberse pasado décadas en el centro de las miradas. Pero Sheila Lin jamás en la vida había ignorado a la prensa. Había jugado con ella para conseguir lo que quería, igual que había jugado con nosotros para impedir que controláramos nuestra carrera, nuestra propia historia.

—Creo que hemos aprendido todo lo que podíamos en la Academia de Hielo Lin.

En mi cabeza, aquellas palabras eran contundentes, ácidas; pero, cuando las pronuncié en voz alta, soné como una niñita desamparada. Sheila permaneció callada un largo instante. Se levantó una brisa que hizo ondear la bandera francesa sobre el tejado del panteón. Me ceñí el albornoz al tiempo que las lágrimas me ardían en los ojos.

—Como vea, señorita Shaw. —Su voz era fría, pero juraría que noté algo de pena en su tono. Aunque puede que fueran imaginaciones mías—. Es su vida.

Entonces colgó. Cerré el teléfono en el momento en que se abría la puerta del balcón. Heath apareció en el umbral. Se había puesto un pantalón corto, pero aún parecía medio dormido.

—Acabo de hablar con Sheila.

No le conté el resto. No hizo falta. Me lo vio en la cara.

—Vente a la cama —dijo, tendiéndome la mano.

Me quité el albornoz y nos metimos juntos bajo las sábanas. Heath me besó la frente.

—No la necesitamos, Katarina. Solo nos necesitamos el uno al otro.

Cerré los ojos y me puse a escuchar los latidos de su corazón, y al menos, en ese instante, me permití creerlo.

# Cuarta parte

# El juego

GARRETT LIN: ¿Cómo describir la siguiente fase en la carrera de Kat y Heath?

KIRK LOCKWOOD: Un caos. Tuvieron... ¿cuántos? ¿Diez entrenadores en cinco países distintos a lo largo de dos años?

JANE CURRER: Un espanto. Puede que dejar a Sheila Lin fuera el peor error que cometieran nunca, y ya es decir.

ELLIS DEAN: Fue lo mejor que me pudo suceder. Ese par de yonquis del autobombo me generaban tanto contenido que me costaba estar al día de todo.

GARRETT LIN: Supongo que la palabra sería «desenfrenados». Y en varios sentidos.

FRANCESCA GASKELL: En aquella época, se diría que Shaw y Rocha estaban por todas partes.

*Katarina y Heath posan en la alfombra roja de un estreno cinematográfico. Descorchan una botella de champán en la inauguración de una discoteca. Ríen desde el sofá de un programa de entrevistas. Katarina se ha dejado crecer el pelo y lleva un corte bob liso a la altura de la barbilla; es evidente que ambos van vestidos por estilistas profesionales.*

INEZ ACTON: Aquella sesión de fotos desnudos fue un ataque frontal a todos los bisexuales del mundo. Dadnos un respiro.

*Imágenes entre bastidores de la sesión de fotos de Katarina y Heath para la edición especial que* ESPN The Magazine *publicaba todos los años. Ambos posan con los brazos cruzados sobre el pecho y el muslo de ella le tapa la entrepierna a él.*

INEZ ACTON: Y luego estaban todos esos montajes en YouTube. Básicamente, porno.

*Se reproduce un corte de vídeo de YouTube realizado por fans: clips filtrados para enfatizar el efecto dramático de los momentos más sexis de los programas de Shaw y Rocha, editados al ritmo de la canción «Promiscuous», de Nelly Furtado.*

INEZ ACTON: Según oí, la Asociación de Patinaje Artístico intentó retirar los vídeos... ¿por algo de los derechos de emisión? Un grave error por su parte, en mi opinión. Fue la publicidad de danza sobre hielo más eficaz que haya habido nunca.

JANE CURRER: Tenga en cuenta que Shaw y Rocha todavía no habían ganado ningún gran título. Pero al público no le interesaban por sus capacidades deportivas. Eran una pareja de famosos y punto.

GARRETT LIN: Con mucho, lo más loco que oí fue... Creo que se llama *fan fiction*, ¿no?

ELLIS DEAN: Ay, madre, los *fanfics* eróticos. Imagínate que hay desconocidos en internet dedicados a escribir sagas de varias entregas sobre cómo echas polvos.

GARRETT LIN: No, claro que no lo he leído. Solo le estoy contando lo que oí.

ELLIS DEAN [*Carraspea antes de ponerse a leer en la pantalla del teléfono*]: «Heath embistió su entrepierna húmeda y caliente. "Dios, Katarina", gimió mientras ella montaba su miembro duro como una roca. "Hasta follando eres una campeona"». Y este es uno de los buenos, lo creas o no. En *Kiss & Cry* les hicimos un repaso antes de los nacionales de 2008.

GARRETT LIN: Bella y yo seguimos en contacto con Kat y Heath, sí. Pero solo nos veíamos en las competiciones.

FRANCESCA GASKELL: Me siento mal reconociéndolo, pero la verdad es que era agradable no tenerlos más en la academia. Todo el mundo podía relajarse y concentrarse en el patinaje.

KIRK LOCKWOOD: Shaw y Rocha, desde luego, eran la pareja de danza sobre hielo más famosa. También una de las mejores. ¡Estaban tan en sincronía que a veces cometían los errores al unísono!

*Durante la danza original del campeonato nacional de Estados Unidos de 2007 en Spokane, Katarina y Heath se confunden en los* twizzles *al mismo tiempo y, de alguna manera, mantienen el ritmo de la canción, que ahora es «Under Ice», de Kate Bush, en lugar de un tango tradicional.*

GARRETT LIN: A mí, siendo sincero, me horrorizaba toda aquella atención. Mi hermana y yo habíamos crecido bajo los focos, pero lo nuestro era una minucia en comparación.

ELLIS DEAN: Ay, ellos estaban encantados con toda la atención. Bueno, al menos Kat. Y, si algo le gustaba a Kat, Heath como mínimo fingía que a él también.

JANE CURRER: Tal vez, si hubieran dedicado más tiempo a entrenar y menos a posar para los fotógrafos, habrían conseguido resultados más satisfactorios. Nunca sabíamos si aparecerían en una competición con entrenador nuevo... o sin entrenador.

KIRK LOCKWOOD: La falta de continuidad con los entrenadores era un problema. Llama la atención lo bien que patinaban, teniendo en cuenta toda aquella agitación y las distracciones.

*El hermano de Katarina, Lee, concede otra entrevista a corazón abierto: «Nuestro padre nunca le negó nada. Tenía los mismos ojos que mamá. Katie lo miraba con aquellos ojos, como si le apuntara con un arma, hasta que se rendía».*

INEZ ACTON: Katarina y Heath tenían esas vibras rebeldes, sexis, como si todo les importara una mierda. Eso es lo que la gente adoraba de ellos, y lo que odiaba de ellos. Pero todos sabemos que nuestra sociedad trata al «chico malo» de una forma muy distinta a la «chica mala».

**JANE CURRER:** Los patinadores de élite deben ser un ejemplo a seguir. Y puede que suene anticuada, pero sobre todo las patinadoras. Hay muchas jovencitas que las tienen como modelo.

*Imágenes de vídeo nada más acabar el programa libre durante el campeonato mundial de 2008 en Gotemburgo, Suecia. Ellis Dean aborda a Katarina y a Heath en el momento en que salen del* kiss and cry. *Lleva credenciales de prensa oficiales y equipo de grabación profesional.*

*—¿Cómo os sentís tras haber conseguido la plata? —pregunta—. Porque, en mi opinión, os han tangado.*

*Heath agarra a Katarina del codo, como si quisiera sujetarla. Pero ella está lanzada.*

*—Esos resultados son una mierda, así te lo digo. Kipriyanov casi se cae de narices al salir de la pirueta combinada. Los jueces no han querido darnos el oro y ya está.*

**JANE CURRER:** Tiemblo al pensar en la influencia que Katarina Shaw ha tenido en la generación más joven de patinadoras artísticas. Y que sigue teniendo hoy.

# 50

En 2009, el campeonato nacional volvió a celebrarse en Cleveland.

Heath y yo atravesamos las puertas del pabellón de la mano, igual que habíamos hecho nueve años atrás. Pero todo lo demás había cambiado.

En vez de conducir en dirección este durante horas por la I-90 en una camioneta con la calefacción estropeada, cogimos un vuelo directo en primera desde un resort en Santa Lucía. Nos alojamos en un hotel de cinco estrellas y no en un motel de carretera infestado de cucarachas, y fuimos en coche privado al pabellón justo a tiempo para calentar. En nuestros primeros nacionales, nadie sabía quiénes éramos, y, aquel año, nos recibió una horda de fans que gritaba nuestros nombres.

Al levantar la vista al graderío, también vimos nuestros nombres: escritos en letras de medio metro pintadas con purpurina en pancartas y carteles; en collages realizados con envoltorios de chocolatinas Kit Kat y Heath; impresos en camisetas sobre imágenes de los dos besándonos; hasta pintados en las caras con mi tono de pintalabios favorito, un rojo vivo con un sutil brillo dorado llamado Medallista Atrevida, fruto de una de las numerosas y lucrativas campañas de colaboración con marcas que nuestra agencia había negociado en nuestro nombre.

Todo lo que llevábamos encima, desde los patines, pasando por el chándal, hasta la ropa interior, procedía de algún acuerdo de patrocinio. Resulta que, cuando eres lo bastante rica para permitirte lo que quieras, la gente pierde el culo por darte cosas gratis. La estancia de dos semanas en Santa Lucía también había sido un regalo, porque el puñado de fotos de Heath aplicándome protector solar en la espalda desnuda delante de una de las cabañas privadas del resort iba a dispararles las reservas.

Lo teníamos todo. Menos el título nacional.

Hasta el momento, aquella temporada éramos imbatibles. Oro en Skate America. Oro en el trofeo NHK. Oro en la final del Grand Prix en Goyang, donde nos subimos a lo más alto del podio por encima de nuestros mayores rivales: Volkova y Kipriyanov en la plata y Bella y Garrett en el bronce.

Esperaba que aquel podio se repitiera en los mundiales. El campeonato se celebraría en Los Ángeles y estaba deseando vapulear a los mellizos en su propio terreno.

Pero primero teníamos que ganar los nacionales. Después del programa obligatorio y la danza original, íbamos en cabeza, con una distancia de cinco puntos por delante de los Lin. Aunque no habíamos visto el programa libre de Bella y Garrett, yo había echado una ojeada rápida a la pantalla gigante mientras esperaban sus notas. Los mellizos parecían agotados y Sheila tenía los labios apretados en la sonrisa tensa con la que solía señalar su decepción más profunda. No habían dado suficiente de sí.

Frannie Gaskell interceptó a Bella fuera del *kiss and cry* para darle un abrazo reconfortante, que ella aceptó con la espalda rígida y los brazos estirados a ambos lados. Frannie y su compañero iban terceros, a varias décimas de Bella y Garrett.

Mientras Heath y yo dábamos una vuelta a la pista esperando el momento en que anunciaran nuestros nombres, me pareció distraído. Más de una vez me había soltado la mano para volver a atarse los cordones de las botas. La preocupación me pesaba como una roca helada en el estómago. Íbamos primeros, sí, pero teníamos que patinar a la perfección para asegurarnos de que los jueces no pudieran negarnos el oro.

No obstante, en cuanto empezó la música, me di cuenta de que no tenía de que preocuparme. Heath y yo estábamos en la misma onda, como siempre. Nuestra danza libre no tenía nada que ver con lo que habían hecho los demás, con una combinación de melancólico piano clásico y rock industrial que había mezclado el propio Heath. Llevábamos trajes negros ceñidos, con unas angulosas piezas de malla como única decoración, y la coreografía potente, casi agresiva, permitía lucir nuestra fuerza y la forma en que nos movíamos por el hielo juntos, como una máquina perfectamente calibrada.

Era probable que a Sheila Lin le horrorizara. Qué suerte que ya no fuera nuestra entrenadora.

En aquel momento, oficialmente, no teníamos entrenador. Habíamos volado a centros de entrenamiento de todo el mundo y habíamos reunido a un equipo de especialistas técnicos, coreógrafos y entrenadores para escoger lo que más nos gustaba de cada uno antes de pasar al siguiente. No era convencional, pero a nosotros parecía funcionarnos. Controlábamos nuestra carrera. Controlábamos nuestro destino.

A veces parecía que hubiéramos trabajado con todas las autoridades de la danza sobre hielo del mundo, pero faltaba alguien en nuestra colección: quienquiera que hubiera pulido la técnica de Heath durante sus tres años de ausencia. Seguía sin decirme quién era ni cómo había logrado una mejora tan rápida. Su silencio al respecto me frustraba cada vez más, pero, siempre que intentaba sacar el tema, me acallaba con una mirada atormentada y distante, la misma mirada que recordaba de su niñez, cuando hacía la menor referencia a su vida antes de conocernos. Una cosa estaba clara: fuera lo que fuese, no estaba dispuesto a pasar por ello de nuevo. O a que pasara yo.

Traté de convencerme de que no importaba. Heath me quería. Compartía conmigo lo que no compartiría con nadie. Algún día me contaría sus secretos, o no. Entretanto, nos dedicábamos a ganar.

La música acabó con un *glissando* de piano y un sibilante pulso electrónico. Clavamos la pose final, jadeando al unísono.

Lo habíamos logrado, tenía esa corazonada. Íbamos a ser campeones nacionales. Yo ya había ganado el título tres veces con Garrett, sí, pero ganar con Heath y patinar con él justo como quería, sin refrenarme, significaba mucho más.

Me disponía a hacer una reverencia cuando me percaté de que Heath no estaba de pie a mi lado. Seguía dándome la mano, pero se había arrodillado sobre el hielo.

Lo primero que se me pasó por la cabeza era que había ocurrido algo, que se le había roto un cordón de la bota o le había dado un calambre. O algo peor: se había lesionado. Pero, cuando me volví hacia él, estaba mirándome y sostenía algo entre el pulgar y el índice.

Un anillo de diamantes.

ELLIS DEAN: Mira que soy una zorra amargada, pero hasta yo tengo que reconocerlo: ¡qué romántico fue, joder!

*Heath Rocha hinca una rodilla y propone matrimonio a Katarina Shaw durante el campeonato mundial de Estados Unidos de 2009. La energía entre el público cambia por completo cuando se dan cuenta de lo que sucede, pocos instantes antes de que se dé cuenta la propia Katarina.*

INEZ ACTON: Las pedidas en público son asquerosamente manipuladoras. No me podía creer que fuera a ponerla en semejante tesitura.

GARRETT LIN: Sí que me sorprendió, sí. A decir verdad, no estaba seguro de que Kat quisiera casarse siquiera, por mucho que amara a Heath. Aunque imaginé que él la conocía mejor que yo.

*En cada pantalla del pabellón aparece un primer plano de la cara de sorpresa de Katarina. Clava la mirada en Heath mientras se tapa la boca con una mano.*

FRANCESCA GASKELL: Una medalla de oro y un anillo de compromiso, ¡todo en la misma noche! ¿Qué más se puede pedir?

GARRETT LIN: Antes de los nacionales, pasaron dos semanas en no sé qué resort en el Caribe; si hubiera sido yo, se lo habría pedido allí. Llegué a preguntarme si ya se habrían comprometido en secreto y aquello solo era una puesta en escena.

INEZ ACTON: Katarina Shaw estaba a punto de convertirse en cuádruple campeona nacional. Pero, de pronto, lo único que le importaba a la gente era que iba a casarse.

*Un periodista se acerca a Lee Shaw en el exterior de una gasolinera en el Illinois rural.*

*—¡Hey, Lee! ¿Algún comentario sobre el compromiso de tu hermana?*

*Lee se da la vuelta. Es evidente que hasta ese momento no sabía nada al respecto, pero trata de disimular.*

*—Estoy encantado por ella, claro. Y por Heath. Me sorprende que hayan tardado tanto. —Se acerca a la cámara y mira directamente al objetivo. Tiene los ojos nublados y una palidez enfermiza en la piel—. Alguien tendrá que llevarte del brazo al altar, Katie —dice—. Ya sabes dónde estoy.*

# 51

«No vomites».

Eso fue lo primero que pensé cuando me di cuenta de lo que estaba haciendo Heath.

Luego pensé: «No. Por favor, no. Así no».

Pero, con toda aquella gente mirando, los flashes iluminándonos como fuegos artificiales y mi cara proyectada en una pantalla de seis metros de alto, lo único que pude decir fue «Sí».

Acepté el anillo, nos besamos, Heath me hizo girar en un abrazo y la multitud nos ovacionó. Cuando llegamos al *kiss and cry*, el diamante seguía dentro de mi puño cerrado. Heath tuvo que abrirme la mano para ponérmelo en el anular.

Más vítores. Nos apuntaban tantas cámaras que no podía ni contarlas.

La mano me dolía. Había apretado tanto el anillo que las garras del engaste se me habían clavado en la palma.

Por fin aparecieron nuestras puntuaciones y nos proclamamos oficialmente campeones nacionales.

Nos besamos de nuevo. Nos pusimos de pie y saludamos y sonreímos hasta que la cara me dolió.

Mientras esperábamos en fila para la ceremonia de medallas, Frannie Gaskell me cogió la mano y chilló de emoción al ver cómo el diamante brillaba bajo los focos del pabellón.

En la rueda de prensa posterior, la primera pregunta no fue

una pregunta: «Enséñanos el anillo, Katarina». Hice lo que pedían y extendí los dedos para que las facetas resplandecieran.

Era precioso. Se parecía al de estilo art déco, heredado de mi madre, que había vendido para pagar nuestro primer viaje a Los Ángeles. Heath lo había mandado hacer a partir de lo que recordaba de aquel. Y eso es lo que les dijo a los periodistas. Que llevaba planeándolo desde que empezó la temporada, para cuando (no «si») ganáramos el campeonato. Le había pedido a nuestro diseñador que incorporara un bolsillo en su pantalón para esconderlo. Tenía tanto miedo de que se le cayera mientras patinábamos que no había parado de comprobarlo para asegurarse de que estaba a buen recaudo.

Sonreí y reí cuando tocaba, y traté de no pensar en que cualquier distracción de Heath podría habernos costado algún punto y hasta el título. Seguía con la mano enganchada a su codo, de forma que el anillo luciera en todas las fotos. Respondía a una pregunta tras otra. Ninguna sobre nuestra actuación.

Después, Bella se acercó a nosotros. Me dio un abrazo, algo que no hacía con frecuencia, ni siquiera cuando habíamos estado más unidas. Nunca llegué a contarle el verdadero motivo por el que dejamos la academia, jamás le revelé mis sospechas de que su madre había estado saboteándonos. Bella y yo seguíamos siendo adversarias cordiales, pero ya no habría dicho que éramos amigas íntimas.

Mientras me rodeaba con los brazos, se alzó de puntillas para llegar a mi cuello.

—¿Estás bien? —me preguntó.

Me puse rígida antes de relajarme entera por el alivio. Mientras los demás no paraban de felicitarme, Bella Lin había visto más allá de mi alegría fingida.

—Enhorabuena —dijo—. Pero por cómo has patinado hoy, solo por eso. Casarse puede hacerlo una zorra cualquiera, pero…

—Pero hay que ser una zorra de primera para ganar unos nacionales, ¿no?

—Exactamente. —Las dos nos echamos a reír y nos abrazamos otra vez—. Que sepas que voy a ir a por ti en los mundiales.

Sonreí.

—Más te vale.

—Y, si me pides que te organice una despedida de soltera o una recepción de regalos o alguna mierda de esas, contrataré a un matón para que te atice en la rodilla.

—Me parece justo.

Me dio un apretón en el hombro.

—Nos vemos en el podio, Shaw.

—¿Quieres que salgamos a celebrarlo? —me preguntó Heath en cuanto nos subimos al coche y el chófer puso rumbo al Ritz-Carlton—. ¿O prefieres que lo celebremos en el hotel?

Con una mirada tan ardiente que me alegré de que estuviera subida la mampara de privacidad, me besó los nudillos justo por encima del anillo. Una vez más, cerré el puño.

Heath se apartó.

—¿Qué pasa?

—No lo sé.

De verdad que no lo sabía. Lo amaba. Quería estar con él para siempre, al menos lo que entendía de ese concepto a la avanzada edad de veinticinco años. Pero, cada vez que miraba el anillo que llevaba en el dedo, sentía una punzada helada en el vientre.

—Joder —exclamó—. No te ha gustado nada, ¿verdad?

—Es que... —Con Bella me había resultado mucho más sencillo—. ¿Por qué ahora?

—Porque estamos de vuelta en Cleveland y hemos ganado el título. Hemos cerrado el círculo. —Suspiró y se pasó las manos por el pelo—. Pensé que sería romántico.

Deslicé la mano por el asiento de cuero hacia él.

—Y lo ha sido.

—Lo siento. De verdad que pensé que era lo que querías.

Nuestra relación se había convertido en un espectáculo público; no era de extrañar que creyese que también quería una petición pública y espectacular. Ni siquiera sabía dónde estaba la línea hasta que la cruzó.

—Si no quieres casarte conmigo —dijo—, lo…

Me volví hacia él con tanta fuerza que el cinturón de seguridad me magulló la clavícula.

—Por supuesto que quiero casarme contigo, Heath. Es solo que me has pillado por sorpresa.

El vehículo bajó de velocidad hasta detenerse delante del hotel.

—Centrémonos en ganar los mundiales —propuse—. Ya nos preocuparemos después por la boda.

Solo que después de los mundiales saldríamos de gira con Stars on Ice. Y, en cuanto acabáramos, habría que prepararse para la siguiente temporada. La temporada olímpica.

—No hay prisa —dijo Heath—. Tenemos toda la vida por delante.

*Unas espectaculares luces estroboscópicas iluminan con sus colores la pista de hielo a oscuras.*

*«Y ahora, señoras y señores —anuncia una voz por los altavoces—, demos la bienvenida a los actuales campeones de Estados Unidos y oro mundial de 2009: ¡Katarina Shaw y Heath Rocha!».*

*Katarina y Heath salen al hielo, iluminados por un cañón de seguimiento. El graderío atestado los ovaciona.*

KIRK LOCKWOOD: Es un honor que te inviten a actuar en una gira de exhibición importante. En nuestra época, Sheila y yo fuimos cabezas de cartel en varias ocasiones; normalmente es el lugar reservado para los medallistas olímpicos. Pero Shaw y Rocha eran tan populares que los productores hicieron una excepción.

ELLIS DEAN: No es que les hicieran falta la fama o el dinero. Pero, si querían estrenarse en la temporada olímpica como favoritos indiscutibles, encabezar Stars on Ice era un buen comienzo.

*Arranca la música del programa: una versión de la balada de Chris Isaak «Wicked Game» por una cantante de voz susurrante. La coreografía es sensual e íntima, y sus trajes escuetos dejan poco lugar a la imaginación.*

JANE CURRER: Aquel programa era del todo inapropiado. Stars on Ice es un espectáculo para toda la familia.

*Katarina le desabrocha la camisa a Heath al ritmo de la provocadora línea de bajo de la canción. Él la inclina hacia atrás y sus labios acarician la piel desnuda entre el pantalón corto de satén y el top cubierto de pedrería.*

JANE CURRER: Los productores tendrían que haberles dicho, como mínimo, que rebajaran el tono.

**ELLIS DEAN**: Con cada parada de la gira, su fama iba aumentando..., al igual que los ingresos por taquilla. La gente compraba entradas para Stars on Ice, pero en realidad iban a ver el show de Shaw y Rocha.

*Imágenes de las cámaras de seguridad del estadio Allstate de Rosemont, Illinois, muestran a Lee Shaw de pie junto a la puerta de artistas, con un ramo mustio de rosas de supermercado. No hay sonido, pero parece tratar de convencer a un fornido guardia de seguridad.*

*Al final, el guardia acepta las rosas y hace un gesto a Lee para que se aparte de la puerta. En cuanto se da media vuelta, el guardia tira el ramo a la papelera más cercana.*

**KIRK LOCKWOOD**: Ese tipo de giras, desde luego, pueden desatar la locura.

*Katarina y Heath finalizan el programa con una pirueta de danza. Se detienen con las bocas a punto de tocarse. Por un instante, jadean al unísono sin dejar de mirarse a los ojos.*

*Entonces, por fin, se besan. El público enloquece.*

**KIRK LOCKWOOD**: Uno podrá decir lo que quiera sobre Kat y Heath, pero no se puede negar que eran unas estrellas.

# 52

Al principio, el beso era espontáneo.

Heath y yo habíamos coreografiado todo el programa de «Wicked Game» específicamente para Stars on Ice; trabajábamos en él siempre que teníamos algo de tiempo extra en la pista o un momento libre en el hotel. A veces su movimiento lento y sensual nos atrapaba tanto que no podíamos evitarlo: más de un ensayo a puerta cerrada acabó en la cama, con la música sonando en bucle hasta que terminábamos.

Durante la primera etapa de la gira no incluíamos el beso en todos los shows. Cada vez que lo hacíamos, era distinto: en algunas ocasiones era un simple roce de labios; en otras, un apasionado beso con lengua. Después de una actuación excepcionalmente buena en San José, estaba tan cargada de energía que me faltó poco para arrastrar a Heath hasta los vestuarios y hacerle de todo.

Conforme avanzaba la gira, el público empezó a esperar el beso. Si acabábamos de patinar sin que nuestros labios se unieran, había gritos, cantos, hasta abucheos. Así que, una vez más, le dimos a la gente lo que quería.

Para cuando llegó la última función de tarde en Portland, Maine, el beso era pura coreografía. Contaba los segundos hasta que terminaba igual que contaba los pasos o las rotaciones de una pirueta.

Los espectadores no notaban la diferencia. Nos aplaudían igual de fuerte que en Tulsa, Tampa y las demás pistas intercambiables en las que habíamos actuado. No tenían ni idea de que, durante los agotadores meses de la gira, nuestra vida sexual, antes ardiente, se había vuelto igual de mecánica.

Heath me dio la mano. Hicimos nuestras reverencias. Más allá del foco, el pabellón estaba oscuro como la noche y los flashes de las cámaras y los teléfonos móviles formaban constelaciones desde las gradas.

«Gracias a Dios que no tendremos que hacerlo nunca más», pensé.

Aunque la gira había acabado, no habíamos terminado de actuar. La noche siguiente se celebraba una gala benéfica para el equipo estadounidense y Heath y yo éramos los invitados de honor.

El acontecimiento tenía lugar en un hotel histórico de Nueva York, en el salón de baile de una azotea con vistas panorámicas a Central Park. Había aviso de tormenta tras la puesta de sol y el viento ya azotaba las espesas copas de los olmos del parque. El tiempo desapacible contrastaba con el techo del salón, pintado imitando un cielo azul cubierto de esponjosas nubes.

Heath y yo llegamos algo tarde, como es de rigor, y el lugar ya estaba abarrotado de posibles donantes, además de multitud de medallistas olímpicos pasados y futuros que fingían disfrutar de su compañía. Pasarían meses antes de que ninguno de nosotros supiera si iba a ir a Vancouver, pero aquello formaba parte del juego: fiestas y politiqueo, presentarnos desde ya como campeones.

Mientras nos adentrábamos entre la gente, yo procuraba que la sonrisa no se me borrase de la cara. Puede que a Heath le permitieran mostrarse huraño, pero, como a mí no me vieran encantadísima de estar allí, me etiquetarían de bruja.

Los Lin estaban sentados a la misma mesa que el presidente del Comité Olímpico Estadounidense, además de Kirk Lockwood, Frannie Gaskell y una mujer mayor con traje de chaqueta que deduje que sería la madre de Frannie, directora general de una gran farmacéutica. A pesar de que la señora Gaskell no solía encontrar hueco en su apretada agenda para asistir a las competiciones en las que participaba su hija, era una de las mecenas más generosas del patinaje artístico del país.

También divisé a Ellis Dean, de pie junto a un gigantesco macizo de flores en forma de anillos olímpicos. Mientras que el resto de los asistentes masculinos iba a lo seguro con sus trajes clásicos, Ellis vestía una chaqueta de satén blanca con plumas de marabú en las mangas. Parecía un híbrido extraño de efebo y cisne, pero tuve que reconocer a regañadientes que le quedaba bien.

Cada dos pasos, algún desconocido nos paraba a Heath y a mí para charlar, casi siempre sobre nuestro tan publicitado compromiso. Al menos teníamos las respuestas bien ensayadas.

—Ay, hemos estado demasiado ocupados para ponernos a planear la boda —respondía yo con un toque de pesar, como si, pese a ser una deportista de élite, en realidad estuviera deseando pasarme los días probando tartas y vestidos de princesa—. Puede que después de los juegos.

Entonces Heath sonreía y me rodeaba la cintura.

—Una medalla de oro sería el accesorio perfecto para el vestido de novia, ¿verdad?

Entonces todo el mundo reía con educación. Nos transmitían sus mejores deseos con alguna frase trillada. Y a por los siguientes.

La gente también nos pedía que bailáramos.

—Por favor, ¡solo una canción! ¡Sería todo un detalle!

Al principio nos hicimos de rogar. Luego, nos fuimos acercando lo suficiente al escenario para que el cuarteto de cuerdas nos viera y se arrancara con su propia versión de «Wicked Game». El salón entero pareció volverse expectante hacia nosotros.

—¿Bailamos? —dijo Heath.

La tormenta todavía no se había desencadenado, pero alguna gota salpicaba las ventanas. Me imaginé a los dos escapando por las escaleras, cruzando el vestíbulo y saliendo a la Quinta Avenida. Desapareciendo en el parque para bailar al abrigo de los olmos mientras la tormenta se desataba sobre nuestras cabezas, saboreando la lluvia fresca en los labios del otro como aquella noche en París.

La pista de baile se vació. Heath tiró de mí hasta situarme en posición de tango, pegada a su pecho. El público aplaudió, aunque no habíamos hecho nada todavía. Deslicé una pierna de modo que se abriera el corte de mi vestido negro y dejara entrever el forro de *charmeuse* rojo y mis muslos tonificados.

Por poco que me apeteciera actuar, bailar sin coreografía tenía algo de relajante. No necesitaba pensar, solo hacía falta estar presente en mi cuerpo y dejarme llevar por Heath. Con el tango siempre tenía la sensación de mantener una conversación privada en medio del público; cada desplazamiento del peso y cada cambio de dirección eran un intercambio de poder. Aquella noche, mientras enlazaba la pierna por detrás de la rodilla de Heath y miraba por encima de su hombro al tiempo que las nubes de tormenta se extendían sobre el parque, lo único que deseaba era rendirme.

Cuando la canción acabó, todo el mundo rompió en aplausos.

Todos menos Ellis Dean. Él no se había movido del sitio, al lado de aquellas flores ridículas, solo que ahora hablaba con alguien, un tipo con el pelo mal cortado y un traje gris que no era de su talla. Era como una nota discordante: desafinaba en el resto del salón.

El cuarteto volvió a tocar los típicos temas de baile de salón. La pista se llenó a nuestro alrededor. Yo no dejaba de mirar a Ellis y a su amigo. Me sonaba de algo.

Entonces el hombre se dio la vuelta y me miró a la cara. Ahogué un grito y di un paso atrás. Heath me agarró del codo a tiempo para evitar que chocara con una pareja de septuagenarios. Me atrajo hacia él, pero no para bailar.

—¿Qué pasa?

—Mi hermano está aquí.

# 53

Había pasado casi una década desde la última vez que Lee y yo habíamos coincidido en el mismo lugar.

Aunque me había hartado de verlo. En televisión. En las portadas de la prensa amarilla. Diciendo chorradas sobre mí a cambio de un cheque al mismo tiempo que insistía en que me quería, me echaba de menos y quería arreglar las cosas.

Una vez más, me planteé abandonar la fiesta, huir al parque y dejar que los árboles me engulleran. Pero ya me encaminaba hacia Lee, mis pasos lentos y cautelosos, como si fuera una bomba de relojería que pudiera explotar en cualquier momento.

—Katie. —Al sonreír, Lee enseñó los dientes manchados de tabaco—. Cómo me alegro de verte.

Estaba mucho más delgado de lo que recordaba. Y también mayor; aunque tenía poco más de treinta años, con la piel pálida y las mejillas hundidas parecía nuestro padre.

—¿Qué demonios crees que estás haciendo? —preguntó Heath.

Me había seguido a través del salón. Debería estar agradecida por su apoyo, pero ya sentía cómo se le tensaban los músculos, listo para el estallido de violencia.

—Me han invitado —respondió.

Heath soltó una carcajada sarcástica.

—Y una mierda.

Miré a Ellis.

—Lo has invitado tú, ¿verdad?

Antes de que Ellis pudiera confirmar o desmentir su participación, Lee se volvió hacia él.

—Dijiste que quería verme. Dijiste que estaba dispuesta a hablar.

—Puede que haya exagerado. Un poquitín. —Ellis se encogió de hombros y las plumas de marabú de su chaqueta se agitaron—. Pero, ya que los dos estáis aquí, es la oportunidad perfecta para aclarar las cosas.

—¿Para qué, para que puedas publicar la exclusiva en tu blog de mierda? —Negué con la cabeza—. Siempre supe que eras un falso, Ellis, pero esto ya es pasarse.

—Te juro que no sabía que era un montaje —dijo Lee—. Pero puede que tenga razón, Katie. Después de todo, somos familia.

Esto último lo dijo clavando la mirada en Heath. Bueno, clavándola hasta cierto punto, porque tenía los ojos desenfocados y las pupilas totalmente dilatadas.

Hay un pequeño detalle que nunca se incluye en las historias sobre mi hermano y yo: durante la gira que hizo por los programas de entrevistas, me puse en contacto con él por medio de mi abogado y me ofrecí a correr con todos los gastos de su desintoxicación si accedía a ingresar en un centro. Nunca me respondió.

—Márchate —le dije—. Si quieres hablar, te doy mi número y...

—Katarina —me avisó Heath, pero no le hice caso.

—... hablamos —proseguí—. Pero aquí no. No delante de toda esta gente.

Lee me agarró del brazo.

—Sigues creyéndote mejor que yo, ¿eh, Katie?

No sé qué se habría metido, pero tiritaba y estaba débil, y yo era campeona del mundo. Bastó girar el brazo para desasirme.

Aplacar a Heath no iba a ser tan fácil.

—¿Cómo te atreves a tocarla? —Lo agarró de las solapas de la chaqueta—. ¡Cómo te atreves, pedazo de cabrón! Después de todo lo que...

—Vamos a calmarnos —dijo Ellis—. No hace falta montar una escena.

—Creía que era lo que querías, Ellis —repliqué—. Una escena.

La gente ya estaba mirándonos. Algunos se apartaron, otros se acercaron más. Bella abandonó la mesa presidencial y vino directa hacia nosotros.

Ya me imaginaba los titulares, las fotos de la ficha policial. Los comentarios de los escandalizados asistentes. Las instantáneas del salón de baile manchado de sangre. No iba a haber forma de calmar a Heath y yo no era lo bastante fuerte como para sujetarlo.

Así que hice lo único que se me ocurrió: me volví hacia Ellis Dean y le di un bofetón en toda la boca.

**ELLIS DEAN**: Vale. Me lo tenía merecido.

*Un vídeo borroso, grabado con un móvil por un asistente a la gala benéfica, muestra a Katarina Shaw abofeteando a Ellis Dean. El teléfono se agita y se inclina hacia un lado cuando la persona que graba se acerca a toda prisa para conseguir un plano mejor.*

**JANE CURRER**: Fue espantoso. No hay nada que justifique un comportamiento así.

*Ellis retrocede mientras la sangre que le mana de la nariz mancha las plumas blancas de su chaqueta.*

**INEZ ACTON**: Cuando una mujer le planta un guantazo a un hombre..., es probable que tenga un motivo de peso.

*Lee Shaw avanza con paso vacilante hacia su hermana. Katarina lo esquiva y el hombre se tambalea y cae sobre el macizo de flores en forma de anillos olímpicos que hay al lado.*

**PRODUCTORA** [*Fuera de cámara*]: ¿Qué creía que iba a pasar cuando invitó a Nueva York al hermano de Katarina Shaw, con quien no tenía relación?

**ELLIS DEAN**: Bueno, no me esperaba una reunión familiar entre lágrimas, claro. Cualquiera podía ver que ese tío era mala gente. Pero tampoco pensé que fuera a producirse semejante desastre.

*La fiesta se vuelve un caos. La orquesta deja de tocar y los invitados se dirigen a las puertas, impidiendo así que puedan entrar los guardias de seguridad del hotel.*

*Bella Lin se abre paso entre la gente hasta llegar donde se encuentra Katarina, seguida por Garrett Lin pocos pasos por detrás. Lee permanece desplomado sobre las rosas aplastadas. Parece confuso.*

*Heath rodea a Katarina con el brazo. Ella se zafa y mira a su hermano con una mezcla de ira y desprecio.*

**ELLIS DEAN**: No, no oí lo que dijo. Estaba un poquitín ocupado con la puta nariz rota, que me estaba llenando de sangre el traje a medida de Cavalli.

*Más imágenes temblorosas grabadas con un teléfono móvil, que hace zoom hasta enfocar un primer plano de la cara de Katarina. Habla con Lee, pero no se la oye en mitad del tumulto.*

**GARRETT LIN**: Jamás olvidaré lo que le dijo.

**PRODUCTORA** [*Fuera de cámara*]: ¿Qué le dijo?

*Katarina se da media vuelta para marcharse. Heath y los Lin la siguen hasta que Bella se da cuenta de que hay alguien grabándolos. Entonces se acerca a la cámara.*

*«Borre eso ahora mismo o nuestros abogados se pondrán en contacto con usted».*

*Se oye una palabrota entre dientes y el ángulo de la cámara gira cuando la persona del móvil trata de parar la grabación. La última imagen antes de que la pantalla se ponga negra muestra a los guardias de seguridad levantando a Lee. Este contempla a su hermana con las lágrimas asomando en sus ojos inyectados en sangre.*

**GARRETT LIN**: Preferiría no repetirlo. Aunque, dado lo que sucedió después..., supongo que se puede hacer una idea.

# 54

Heath y yo nos fuimos de la fiesta antes de que nos echaran.

Éramos los únicos en el ascensor, pero Heath no se despegó de mí en todo el trayecto, preguntándome si estaba bien, examinándome la palma enrojecida, queriendo saber en qué estaba pensando cuando abofeteé a Ellis.

La lluvia impedía ver más allá de la marquesina fuertemente iluminada del hotel. La temperatura había bajado por lo menos ocho grados y tenía erizada la piel de los brazos desnudos. Heath se quitó la chaqueta del traje y empezó a cubrirme con ella los hombros.

—Para —dije.

—Estás tiritando. Solo quería...

—No haces más que intentar cuidarme y no hace falta. Así que, por favor, para ya.

Heath hundió los hombros, abatido, y dejó que las mangas de la chaqueta se arrastraran por la acera.

—Ha sido un día largo. Quizá deberíamos volver al hotel y descansar un poco.

—Ve tú primero. —Me crucé de brazos, tratando de escudarme contra el frío. De cerrarme a él—. Necesito un momento.

—¿Y si vuelve tu hermano? —preguntó.

—Me las arreglaré.

Puede que Heath se hubiera convencido de que su enfrentamiento con Lee había sido solo por mí, pero lo conocía demasiado bien. Había visto cómo la rabia le contraía la cara. Mientras que yo me había pasado los últimos diez años evitando a mi hermano a toda costa, Heath había estado esperándolo, aguardando el día en que tuviera la oportunidad de vengarse.

—Vale —respondió—. Tómate todo el tiempo que necesites.

Se marchó con paso tan rápido que casi no oí lo que murmuró a continuación:

—Como siempre.

Me quedé contemplando cómo se alejaba su figura. Caminaba directo hacia Central Park, encorvado para protegerse de la lluvia.

—No me digas que habéis vuelto a pelearos. —Bella estaba en la entrada que rodeaba la puerta del vestíbulo—. Tenéis que dejaros de estas movidas, Kat.

Me volví hacia ella.

—¿Cómo iba a saber yo que mi hermano…?

—No me refiero solo a lo de hoy. Me refiero a todos los rollos que os habéis traído Heath y tú estos últimos años. Esa ansia por estar siempre en el punto de mira de la prensa, el continuo saltar de un entrenador a otro. Las peleas y el sexo. Drama, drama y más drama. No sois estrellas de un *reality*, sois deportistas de nivel mundial. ¡Sois los actuales campeones del mundo!

Las palabras que Sheila me había dedicado años atrás resonaron en mi mente: «Es usted campeona mundial. Compórtese como tal». Pero la voz de Bella no poseía la dureza de su madre. Sonaba triste, casi compungida, lo que era mucho peor.

—Nos queda una temporada —reconoció—. No hay más. Esta es nuestra única oportunidad de ir a los juegos. Tenéis que poneros en serio y centraros en las olimpiadas antes de que sea demasiado tarde.

—Hemos sido imbatibles toda la temporada —señalé.

—Ya, pero ¿hay alguien hablando de ello?

Tenía razón. La gente no dejaba de hablar de nuestro compromiso, de nuestra coreo sexy, de nuestra reputación escandalosa… y, después de lo de la gala, iba a ser aún peor. Nuestros logros y nuestras capacidades eran secundarios, si es que alguien se acordaba de ellos.

—¿Por qué me dices todo esto?

—Porque soy tu amiga.

—También eres mi rival.

—Y por eso quiero que compitas al máximo nivel. —Bella sonrió e hizo chocar su hombro con el mío—. Así, cuando te dé una paliza, sabré que me merecía esa medalla de oro.

Nos quedamos un instante en silencio, contemplando la lluvia. Bella suspiró y lanzó una mirada a la puerta.

—Debería volver dentro. ¿Vienes?

—Dudo que sea bienvenida.

—Venga ya, pero si te van a hacer la ola. Al menos la mitad de la gente en ese salón ha soñado alguna vez con cruzarle la cara a Ellis Dean.

Cuando me abrazó, sentí el aroma familiar de su perfume de peonías blancas por encima del petricor.

—Eres mi mejor rival, Katarina Shaw. No me falles ahora.

Me planteé seguir a Heath hasta el parque, pero me llevaba demasiada ventaja y la tormenta estaba arreciando, así que, en vez de hacerlo, llamé un taxi y me volví sola a nuestro hotel.

Para evitar a los curiosos, habíamos reservado una suite en un hotel boutique del Lower East Side con nombres falsos. Las habitaciones eran una modernez de líneas puras en blanco y negro, con muebles que pegarían más en una galería de arte contemporáneo. Eso sí, las vistas eran de impresión: ventanales de suelo a techo que hacían esquina frente a la cama.

Dejé apagadas las luces para disfrutar de la tormenta. Los relámpagos se acercaban cada vez más, iluminando los rascacielos de acero y cristal.

Seguro que Heath no seguía a la intemperie. En cualquier momento oiría abrirse la puerta y allí estaría él, empapado y muerto de vergüenza.

Pero pasó una hora sin que diera señales de vida. Las nubes

de tormenta comenzaron a alejarse, las ráfagas de lluvia dieron paso a una llovizna constante. Tal vez se hubiera ido a alguna parte. A tomar una copa solo o con algunos de los patinadores de la gira.

O tal vez en busca de Lee.

Me metí bajo las sábanas con el móvil en la mano, como si quisiera esconder hasta de mí misma lo que iba a hacer. Una búsqueda rápida me confirmó que la escenita durante la gala todavía no había aparecido en los principales portales de noticias, pero Ellis no había perdido un minuto en escribir una larga entrada para *Kiss & Cry*, incluido el vídeo casero de aquel invitado.

«La reina del hielo está que arde», decía el titular, justo encima de una captura en la que salía yo hecha una furia. El relato acelerado en primera persona de Ellis sobre el incidente apenas mencionaba a Heath, centrándose sobre todo en mi difícil historia familiar y el modo «repentino y gratuito» en que me había abalanzado para atacarlo.

Continué bajando hasta la sección de comentarios.

Kat Shaw está como una puta cabra! No sé cómo Heath la aguanta, la verdad

seguro q le tiene miedo, lo tiene bien agarrado desde crios sabeis?

Pobre hermano... alguien más vio aquella entrevista en la que contaba que su padre quería a Heath Rocha más que a él? De verdad que aquello me rompió el corazón.

Cada una de aquellas palabras arrancaba la costra de la herida y hacía que volviera a sangrar. Cuando acabé con los comentarios del post de la gala, di un repaso a las entradas antiguas.

ya se a quien me recuerda KS: a mi ex, igualita q el con su narcisismo y su necesidad d drama

Hace todo lo posible por parecer sexy para que nadie se dé cuenta de lo mal que patina.

alguien deberia darle una lecion a esa puta

Seguí bajando entre los comentarios hasta que el dedo me empezó a doler, hasta que los ojos se me secaron como la lija. Cuando por fin oí el pestillo de la puerta, di un respingo y el teléfono se me cayó sobre el edredón blanco.

Heath había vuelto.

# 55

—¿Dónde has estado? —quise saber.

Heath se encogió de hombros.

—Por ahí.

El traje empapado le chorreaba sobre el laminado de imitación de madera y tenía el pelo pegado al cráneo.

—Estás tiritando.

Era lo mismo que él me había dicho antes de que le pidiera que me dejase en paz y parara de intentar cuidarme. Debía de haber vuelto caminando por el parque.

Lo conduje hasta el cuarto de baño y abrí la ducha. Mientras el agua se calentaba, le quité la ropa mojada, despacio y con ternura, sin una pizca de la ensayada pasión con que actuábamos en la pista.

Heath no me miraba. Mantuvo la cabeza gacha mientras acababa de desvestirlo; las gotas de agua fría que le caían de la cabeza me aguijoneaban los pies descalzos.

Me desvestí también y me metí en la ducha con él. Con el vapor envolviéndonos y empañando el cristal, casi podía fingir que estábamos de vuelta en el lago, contemplando la bruma de la superficie deslizarse sobre las olas.

Entonces me empujó contra la pared y me agarró de las caderas con tanta fuerza que me dejaría moratones. Yo le rodeé la cintura con las piernas. Le arañé los hombros con las uñas, dejándole nuevas marcas en la espalda, y pensé: «Por fin». Después de tantos meses de coreografías, algo real, algo de calor que alejara el viento frío que se había colado entre las grietas de nuestra conexión.

Pero ambos sentimos el momento en que la atmósfera cambió y nos vimos de nuevo inmersos en una actuación, aunque los únicos espectadores fuéramos nosotros dos.

Heath se apartó. El agua había empezado a enfriarse.

—Estoy muy cansado —dijo.

—Sí —respondí—. Deberíamos descansar un poco.

Salí de la ducha y me arrodillé a recoger mi ropa.

No pasaba nada, me dije. No era más que el estrés de después de la temporada, de la gira, del altercado con mi hermano. Necesitábamos algo de tiempo para destensarnos, algo de tiempo en casa.

Solo que ya no sabía dónde estaba nuestra casa. Desde que dejamos The Heights tras el idilio poslesión de 2006, no había vuelto a ver la casa de mi niñez más que de fondo cuando Lee salía en los medios..., y eso los pocos segundos que aguantaba antes de apretar el botón de apagado o de arrojar la revista asqueada. No podíamos volver, al menos mientras mi hermano viviera allí.

Los últimos años, Heath y yo habíamos pasado por una ristra de hoteles y alquileres de corta estancia en distintos continentes. Faltaba menos de un año para las olimpiadas y no teníamos ni entrenador ni un lugar fijo en el que practicar. Ni siquiera teníamos una residencia permanente.

El agua de la ducha paró. Miré la hora en el teléfono: pasaban unos minutos de la medianoche; no era tan tarde como creía, pero sí para que llamara nadie y en la pantalla aparecían varias llamadas perdidas seguidas, todas desde un número de Nueva York que no tenía guardado en mis contactos.

«Lee», pensé. Era probable que me estuviera llamando borracho desde algún antro de mala muerte o desde el hotel infestado de cucarachas que hubiera encontrado para dormir la mona. No le había dado mi número, pero era posible que lo hubiera hecho Ellis.

El móvil volvió a vibrarme en la mano. Era el mismo número. Sabía que debía rechazar la llamada, pero tenía tanta energía acumulada que casi deseaba pelearme con mi hermano.

La acepté.

—Kat.

Resultó que no era Lee, sino Ellis Dean. Y no llamaba desde su número habitual; seguro que lo había hecho para engañarme y que respondiera.

—Anda y que te den, Ellis —respondí, con el dedo dispuesto a cortar la llamada.

—¡Espera! Necesito... Tengo que contarte algo antes de que te enteres por otros.

—¿El qué?

Nunca le había oído la voz así, llena de miedo, incertidumbre y desesperación.

Y sincera al cien por cien.

—Lo siento muchísimo, Kat —dijo—. Ha sido todo culpa mía.

*Imágenes de una noticia televisada:*

*«Anoche —dice la presentadora—, durante una gala benéfica en el hotel Saint Regis de Manhattan, la controvertida estrella del patinaje artístico Katarina Shaw fue vista en plena discusión con su hermano mayor, Lee Shaw, con quien no mantenía relación.*

*»Pocas horas después, Lee Shaw había muerto».*

**ELLIS DEAN:** Lee era una persona atormentada.

*A la mañana siguiente, Katarina y Heath atraviesan la terminal del aeropuerto de LaGuardia. Ambos llevan gafas de sol. Un enjambre de reporteros los rodea y les lanza preguntas sobre Lee a gritos.*

*«Katarina, ¿cómo lo llevas?».*

*«¿Qué pasó entre tu hermano y tú, Katarina?».*

*«No pareces demasiado afectada, ¿te alegras de que tu hermano haya muerto?».*

*Katarina se estremece al oír esta última pregunta, pero no se detiene.*

**GARRETT LIN:** La muerte de Lee fue una tragedia, pero ella no tuvo la culpa.

**ELLIS DEAN:** No fue culpa de nadie. Era un adicto y murió de sobredosis.

**INEZ ACTON:** Se mire por donde se mire, el hermano de Kat era un abusador y un mierda. ¿Por qué la gente esperaba que su muerte la dejara destrozada?

**FRANCESCA GASKELL:** Pareció superarlo increíblemente rápido. Aunque supongo que cada uno pasa el duelo a su manera, ¿verdad? Además, con los juegos a la vuelta de la esquina, no había tiempo que perder.

*Imágenes aéreas de archivo de una cordillera alpina cubierta de nieve.*

JANE CURRER: En el verano de 2009, Katarina y Heath se mudaron a Alemania para entrenar con Lena Müller, excampeona de patinaje femenino que había preparado a varios deportistas olímpicos en los noventa.

*Fotografías de Müller, primero de sus días de competición, luego a lo largo de su carrera como entrenadora. Es una mujer severa, de mandíbula potente y cabello blanco.*

KIRK LOCKWOOD: Cuando vi que empezaban a trabajar con Lena, supe que iban en serio. No era especialista en danza sobre hielo, pero en cuestiones de baile no necesitaban ayuda. Lo que les hacía falta era alguien que les pusiera las pilas día sí y día también y que no tolerara sus tonterías. Y esa era frau Müller. ¡A una no la llaman la Valquiria de la Vieja Baviera porque sí!

GARRETT LIN: El centro de entrenamiento de Müller parecía el mejor lugar para ellos. Tranquilo, remoto, sin distracciones. No volvimos a ver a Kat y a Heath hasta la final del Grand Prix, pero la diferencia en su forma de patinar saltaba a la vista. Parecían más centrados. Aunque tampoco puede decirse que evitaran del todo las controversias...

*Imágenes de un ensayo en el que Katarina y Heath practican su programa libre: ambos visten llamativos trajes rojo y negro, y Katarina lleva una gargantilla con cuentas que parecen gotas de sangre que le manaran del cuello. La música procede de la banda sonora de la película de 1992* Drácula, de Bram Stoker.

KIRK LOCKWOOD: ¿El programa vampírico? Fue memorable. Eso hay que reconocérselo.

**JANE CURRER**: ¿Para una exhibición? No digo que no. Pero ¿para la temporada olímpica?

**ELLIS DEAN**: A mí me encantó. ¿Qué son los Juegos Olímpicos sino un gigantesco teatro en el que el mundo entero finge llevarse bien durante dos semanas?

**GARRETT LIN**: A los fans los fascinó y el nivel técnico era altísimo. Aunque algún juez de la vieja escuela les quitara unos puntos por la presentación, iba a ser difícil superar a Kat y Heath.

*En una ceremonia después del campeonato nacional de Estados Unidos de 2010 en Spokane, Washington, Shaw-Rocha y Lin-Lin son nombrados parte del equipo olímpico. Frannie Gaskell y Evan Kovalenko, medallas de bronce, quedan relegados una vez más a la posición de suplentes en favor de Tanya Fischer y Danny Chan, que acabaron en cuarto lugar, pero tienen más experiencia.*

**FRANCESCA GASKELL**: No voy a mentir, fue una decepción. Pero las otras parejas..., se suponía que era su última oportunidad de ir a los juegos, ¿sabe?

**KIRK LOCKWOOD**: Hacía años que Estados Unidos no tenía esperanzas reales de conseguir una medalla olímpica en danza sobre hielo. De pronto teníamos dos equipos que eran aspirantes serios. Teníamos que aprovecharlo.

*Un anuncio para televisión de los Juegos Olímpicos de Invierno de 2010: «Shaw y Rocha. Lin y Lin. Dos equipos, una sola medalla de oro. No se pierdan la batalla final entre las superestrellas de la danza sobre hielo de Estados Unidos».*

**GARRETT LIN**: Daban a entender que íbamos a enfrentarnos en un combate de boxeo.

**ELLIS DEAN**: Ay, aquella rivalidad era una delicia. Hice hasta camisetas: «Equipo Katarina» y «Equipo Bella». Las de Bella se vendieron más, pero puede que las fans de *Crepúsculo* me alterasen los resultados.

GARRETT LIN: Yo me sentía incómodo. Bastante presión teníamos con los rusos.

*Imágenes de archivo de la ceremonia de medallas del campeonato del mundo de 2009 en Los Ángeles, donde Shaw y Rocha fueron oro; Volkova y Kipriyanov, plata, y los canadienses Pelletier y McClory, bronce.*

VERONIKA VOLKOVA: Yelena cogió un resfriado terrible justo antes de la danza libre.

*Primer plano de Yelena en el podio de los mundiales, con los ojos llorosos y la frente brillante de sudor.*

VERONIKA VOLKOVA: Patinó con más de treinta y ocho de fiebre y, aun así, Dmitri y ella perdieron el oro por solo dos puntos. Si se hubiera encontrado bien, habrían vencido a los americanos.

KIRK LOCKWOOD: Pelletier y McClory también pisaban fuerte. Acababan de ganar su quinto título en Canadá y, como las olimpiadas iban a celebrarse en Vancouver, contaban con la ventaja de jugar en casa. Pero yo no tenía la menor duda: Shaw y Rocha eran los favoritos para el oro.

VERONIKA VOLKOVA: Quizá lo mejor fuera que todos creyeran que Shaw y Rocha iban a llevarse el oro. Al fin y al cabo, cuando uno está en lo más alto, no le queda otra que bajar.

# 56

Llevaba toda la vida soñando con ir a unos Juegos Olímpicos, pero aquellos primeros días en Vancouver me sentía como sonámbula. Desfilamos en la ceremonia de inauguración, sudando bajo el jersey de renos y el pantalón de esquí de Ralph Lauren, saludando a la multitud hasta que nos dolían los brazos. Nos maravillamos con la simulación de nieve cayendo, con el enorme oso iluminado, con la cascada de hojas de arce falsas, con los fuegos artificiales. Posamos delante de la bandera olímpica, de los anillos, de la cadena que acordonaba el caldero de cristal esmerilado. Sonreímos con nuestro uniforme olímpico a juego mientras Heath me rodeaba la cintura con fuerza.

Quería saborear cada momento. Lo que hice, sin embargo, fue mirarme desde fuera y evaluarme. ¿Se me veía feliz? ¿Se me veía segura? ¿Se me veía olímpica? ¿Se nos veía a Heath y a mí locamente enamorados a pesar de que llevábamos meses sin mantener relaciones?

Nuestra habitación en la villa olímpica tenía un par de camas individuales, pero, incluso en la de tamaño extragrande del acogedor chalet que alquilamos en Alemania, la mayoría de las noches nos acurrucábamos en los extremos, como si fuéramos un par de imanes que se repelían.

Después de tantos años haciendo de nuestra intimidad un

espectáculo a la vista del mundo entero, el fuego entre nosotros se había apagado. Y no tenía ni idea de cómo reavivarlo.

No obstante, nadie que viera nuestra danza obligatoria habría imaginado la distancia cada vez mayor que se iba extendiendo entre nosotros. Nos pusimos en cabeza con un apasionado tango romántico, lleno de movimientos bruscos y contacto visual al ritmo de la hipnótica percusión que acompañaba al bandoneón. A Yelena Volkova se le enganchó la cuchilla en un fragmento de hielo durante la segunda ejecución de los pasos de esquema establecido, así que los rusos se desplomaron al tercer puesto, por detrás de los canadienses.

Bella y Garrett iban cuartos, después de haberse dejado varios puntos en una serie de errores leves. Nos habíamos mantenido alejados de ellos para sostener la narrativa de que éramos rivales acérrimos y así incrementar las audiencias de la danza sobre hielo.

A pesar del revuelo mediático, sabía que los Lin no eran una amenaza real. No habían conseguido vencernos en toda la temporada. Bella era tan ambiciosa como siempre, pero, desde que patinaran con otras parejas, los mellizos no habían vuelto a ser el equipo de antes. Si nos quedábamos sin el oro, no iba a ser por ellos.

Bella y yo habíamos conseguido arañar un momento de amistad durante la ceremonia de inauguración, cuando estábamos seguras de que no nos enfocaban las cámaras. Un rápido apretón de las manos enguantadas mientras la delegación estadounidense se echaba a andar hacia el estadio y una mirada compartida que decía: «Lo hemos conseguido de verdad. Estamos aquí de verdad». En aquel instante preciso, realmente me sentí olímpica.

Entre la danza obligatoria y la original quedaba un día libre, así que nuestra publicista —una profesional tan desenvuelta que daba miedo y que, hasta sumarnos a Heath y a mí a su clientela, solo representaba a estrellas de cine e ídolos del pop— nos había conseguido una entrevista en un programa matinal.

Matinal en la costa este, lo que significaba someternos a peluquería y maquillaje de madrugada en Vancouver. Nuestra entrenadora no nos acompañó. «Estoy mayor, necesito descansar»; esa fue su excusa, aunque Lena Müller era con toda probabilidad la persona más enérgica que jamás había conocido, a cualquier edad.

Se suponía que iba a entrevistarnos Kirk Lockwood, pero, mientras nos acicalaban y nos ponían el micro, un asistente de producción nos informó de que Kirk estaba incubando un resfriado y había cancelado todas sus apariciones en los medios con la esperanza de recuperarse a tiempo para retransmitir el resto de las competiciones de patinaje. Cuando su sustituta llegó a presentarse, la confundí con una agente de prensa. Era joven, puede que más que nosotros, con el pelo muy rizado y gruesas gafas de pasta.

—Inez Acton —dijo—. ¡Qué ilusión me hace charlar hoy con vosotros!

No eran ni las cinco de la mañana e Inez sonaba como si ya se hubiera metido seis expresos entre pecho y espalda. Cuando Heath y yo nos sentamos en el sofá del estudio, movía los pies con nerviosismo, taconeando sin parar con los zapatos de salón negros.

El plató estaba montado imitando un refugio de montaña de lujo, con una chimenea y su repisa de piedra gris, que podría haberme recordado a la de casa si los bloques no hubieran sido tan inmaculados e uniformes. Un panel de plexiglás tras la línea de las cámaras daba a una plaza en la que, incluso a esas horas, los fans se apiñaban tras la barrera para ver la grabación.

Bueno, no todos eran fans: en el centro del grupo distinguí a una mujer blanca de mediana edad con un cartel en el que aparecía yo dibujada con cuernos de diablo y un picahielos ensangrentado en la mano. Había que reconocer que, al menos, le había puesto creatividad.

La productora inició la cuenta atrás. Heath esperó hasta el último segundo antes de salir en directo para acercarse a mí y rodearme los hombros.

Al comenzar la entrevista, Inez tenía los nudillos blancos de agarrar con fuerza el taco de fichas del que leía las preguntas. Se trababa con las palabras, añadía a cada frase la coletilla «hum» o «eh» y llamó «eliminatoria» a la danza obligatoria. ¿De verdad la cadena no tenía a nadie con más experiencia para sustituir a Kirk?

—Así que os comprometisteis en los nacionales del año pasado, ¿verdad? —preguntó.

—En efecto —respondió Heath.

—Veamos una imagen.

Inez se volvió hacia el monitor, que mostraba una fotografía de Heath arrodillado sobre el hielo en Cleveland. Los espectadores que estaban fuera emitieron un largo «Oooh». En el instante preciso, Heath me apretó el hombro y me sonrió. Yo le devolví el gesto sin sentir nada. Era un acto reflejo, los músculos se me contraían y la cara formaba una mueca agradable.

El monitor dio paso a otra imagen nuestra: a los diez años, en la playa del lago Michigan. Nos la había tomado mi padre con la vieja Polaroid de mi madre. Si era pública se debía únicamente a que Lee había compartido con la prensa nuestras fotos familiares sin mi consentimiento.

—¡Qué monos! —exclamó Inez—. Del amor infantil a una posible medalla olímpica. Sois todo un ejemplo para las parejas. ¿Cuándo será el gran día?

—¿El gran día? —repetí.

A Inez se le escapó una risita nerviosa.

—¡El de la boda! ¿Ya has elegido vestido? Sé que todo el mundo se muere por saber qué vas a ponerte.

Nuestra boda no era más que una fiesta ridícula. El 22 de febrero, el día de la final olímpica de danza sobre hielo: ese era nuestro gran día.

—Todavía no —respondió Heath al ver que yo no decía nada—. Hemos estado centrados en los juegos. Cuando acaben, ya podremos contaros más.

—¿Y después? —preguntó Inez—. ¿Os tomaréis un tiempo sin patinar para formar una familia?

La sonrisa de Heath se volvió tímida.

—Ya veremos si…

—¿Qué coño de pregunta es esa?

*Katarina Shaw y Heath Rocha son entrevistados por la nueva corresponsal de la NBC Inez Acton durante los Juegos Olímpicos de Invierno de 2010. Cuando la conversación se desvía a su relación romántica, a Katarina se la ve claramente irritada. Al final no aguanta más.*

*—¿Qué coño de pregunta es esa? —suelta.*

*Inez se queda de piedra. El público en el estudio ahoga un grito.*

INEZ ACTON: Era la primera entrevista que hacía en directo. Y fue la última.

*—Soy deportista olímpica —prosigue Katarina— ¿y lo único que os interesa es preguntarme por mi vestido de boda y cuándo voy a empezar a traer hijos al mundo?*

*—Esto... —Inez manosea las fichas—. Lo siento. Eh...*

KIRK LOCKWOOD: Lo vi todo en directo en la habitación de mi hotel. Si no hubiese tenido órdenes estrictas de descansar las cuerdas vocales, le habría gritado al televisor.

FRANCESCA GASKELL: Vale, puede que las preguntas fueran un poquitín personales, pero Kat no tenía por qué ponerse así. ¡Qué pena me dio la pobre periodista!

*—Ni siquiera quiero tener hijos —responde Katarina. Heath se pone tenso y sus dedos se clavan en el parche con la bandera estadounidense que Katarina luce en la manga de la chaqueta—. Aunque tampoco es que sea asunto vuestro.*

INEZ ACTON: De los deportistas olímpicos, y sobre todo de las deportistas, se espera que sigan cierto guion. Que sean respetuosos y humildes y que se muestren agradecidos por representar a su país.

*—No soy una princesita del hielo ni una novia recatada. —Katarina se echa hacia delante, separándose así de Heath, que todavía no ha abierto la boca—. Y no quiero serlo. Lo que quiero es ganar.*

INEZ ACTON: Kat Shaw rompió el guion y le prendió fuego. Al mirarla, pensé: «Ese es el tipo de mujer que me gustaría ser». Y sé que no fui la única.

# 57

Tras la entrevista, a Heath y a mí nos quedaban menos de dos horas hasta la sesión de entrenamiento matutina. Poco para dormir, pero, por lo que se vio, de sobra para discutir.

—Bueno. —Me senté en la cama. El endeble somier metálico chirrió a modo de protesta—. Ha sido…

—¿No quieres tener hijos? —preguntó Heath.

Me eché a reír. No era la respuesta correcta, pero es que no podía creer que eso fuera lo que le había llamado la atención de nuestro desastroso paso por televisión.

—¿Tú sí?

Heath frunció el ceño y se volvió hacia las ventanas. Nos habíamos marchado tan pronto que las persianas seguían bajadas, pero por las rendijas se colaba algo de luz.

—No lo sé —respondió—. Pero creo que es algo que deberíamos haber hablado entre nosotros antes de anunciarlo en directo por la tele.

No me había parecido que necesitáramos hablarlo. Heath me conocía mejor que nadie, debía saber que no tengo nada de maternal.

Nos habíamos planteado volver a Illinois; la muerte de Lee significaba que la casa era solo mía y teníamos dinero para arreglarla a nuestro gusto. Me había imaginado las medallas de oro colgadas sobre la chimenea del salón. Me había imaginado el basurero tóxico que era el cuarto de Lee vaciado y convertido en un gimnasio de última generación. No me había imaginado a nadie más que a nosotros dos y mucho menos a un bebé berreante.

Heath se dejó caer en la otra cama con las manos en la cabeza.

—No sé si puedo seguir adelante con esto.

—Son solo unos días.

—Unos días y luego la siguiente competición, y la otra y la otra. ¿Cuándo va a acabar, Katarina?

—Si es por lo de la boda —dije—, podemos...

—¡No me importa la boda! —Heath se puso de pie y empezó a andar—. Por mí como si nos fugamos hoy mismo. Lo que quiero saber es que vamos a estar siempre juntos, incluso cuando...

No acabó la frase, pero ambos sabíamos a qué se refería: cuando ya no lo necesitara como pareja de patinaje.

—Te quiero —le dije—. Y lo sabes.

—Últimamente eres tan buena actriz que me cuesta...

Me puse de pie de un salto.

—¿Crees que finjo quererte?

—No es lo que he dicho.

—Pues decídete, Heath. ¿Finjo demasiado bien o soy demasiado sincera? Porque en la entrevista he dicho la verdad y tampoco te ha gustado.

—El problema es que ya no soy capaz de distinguir una cosa de la otra. ¿Y tú, Katarina?

Había una chispa de lástima en sus ojos. Prefería el desprecio.

—Cuando Lee murió, no lloraste —prosiguió—. Ni siquiera hablaste de ello.

—Tú más que nadie deberías entender que su muerte no me dejara demasiado hecha polvo.

«No eres mi familia, Lee. No eres nada para mí. Antes deseaba que hubieras muerto en lugar de papá, pero ahora me alegro de que no esté vivo para ver en qué te has convertido».

Gracias a Dios, ninguno de los vídeos de la gala captó lo que le dije a Lee la última vez que nos vimos. Incluso sin aquella prueba irrefutable, ya había mucha gente convencida de que era una zorra sin corazón con las manos manchadas de la sangre de mi hermano.

Heath había sido el primero en asegurarme que no había sido culpa mía. ¿Cómo iba a decirle que, cuando supe de la muerte prematura de mi hermano, lo primero que me pregunté fue dónde había pasado Heath todas aquellas horas tras la gala?

Cuando nos enteramos de que había muerto de sobredosis, sin señales de violencia, sentí alivio, pero también me dio pena, y me enfadé conmigo misma por llorar a alguien que solo me había hecho sufrir, y me sentí culpable por haber sospechado instintivamente del hombre al que amaba. Mis sentimientos eran demasiado incómodos para guardármelos y demasiado peligrosos para expresarlos.

Así que los amarré y los escondí en un rincón oscuro de mi interior, otro problema más con el que lidiar cuando me hubiera convertido en campeona olímpica.

—Habla conmigo, Katarina. —Heath me acarició la cara con ternura—. Es lo único que quiero.

¿Que hablara con él? No sabía si reír o gritarle. La muerte de Lee era lo último de lo que quería hablar. ¿Por qué tenía que ser yo quien se abriera y se mostrara vulnerable cuando el pasado de Heath seguía encerrado a cal y canto?

Estábamos a menos de setenta y dos horas de la victoria. No podía perder el control. Pensé en aquella noche, a los dieciséis años, cuando trepé hasta la ventana de su dormitorio.

«Encontrarás la manera de convencerlo». Eso sí que podía hacerlo. Del resto ya nos preocuparíamos más tarde.

Lo besé con fuerza. Él me devolvió el beso con una fuerza aún mayor. Le tiré del pelo; él me tiró al suelo. Cada segundo de contacto era como un reto, un desafío, un paso más hacia el precipicio del olvido. Nos estábamos castigando, creyendo que era pasión.

Aquello me daba miedo, pero más miedo me daba lo que podía suceder si tratábamos de mantener esa conversación con palabras y no con nuestros cuerpos. Podíamos acabar reducidos a cenizas. Podíamos explotar.

Para cuando acabamos, empapados en sudor y arañados en mitad del exiguo espacio entre las dos camas, los brillantes rayos del sol matinal penetraban como flechas a través de las persianas porque se nos había pasado la hora de empezar nuestra sesión de entrenamiento. No sé si había llegado a convencerlo de algo.

Pero, de alguna manera, me convencí a mí misma de que había ganado.

**INEZ ACTON**: Todo el mundo hablaba de la entrevista.

**ELLIS DEAN**: No era solo que Kat se hubiera puesto en modo arpía. Era también la forma en que Heath la miraba, sin que ella lo mirase a él. Por un segundo habían dejado caer la máscara.

**KIRK LOCKWOOD**: Pasara lo que pasara a puerta cerrada, el caso es que no dejaron que se les notase durante la danza original. Aquel programa les cerró la boca a todos.

**JANE CURRER**: El baile obligatorio para el programa original aquella temporada era la danza folclórica. La Unión Internacional de Patinaje creyó que la mayoría de los equipos elegirían danzas tradicionales de sus propios países para celebrar su cultura en el escenario olímpico.

**INEZ ACTON**: Como era de esperar en un deporte de un blanco cegador, se convirtió en un carnaval de la apropiación cultural.

**ELLIS DEAN**: Hubo húngaros bailando el hula, ingleses haciendo *bhangra* y alemanes con vestimenta de geisha. ¡En pleno año 2010 de Nuestro Señor!

**INEZ ACTON**: Hoy nadie aceptaría una movida semejante. O eso espero, joder. Pero, por increíble que parezca, las parejas de Estados Unidos se las apañaron para elegir temas más o menos inofensivos.

**GARRETT LIN**: Bella y yo hicimos una reinterpretación de la danza de la espada china. Era la primera vez que interpretábamos algo inspirado en nuestro legado. Hasta pasamos unas semanas trabajando con un maestro de *jian wu* en Tianjin. Me encantó aquel programa, aunque era más vanguardista que nuestro estilo habitual. Los jueces no lo entendieron.

**ELLIS DEAN**: Fischer y Chan realizaron un baile en línea con música country, sombreros de vaquero y trajes de cuadritos con pedrería incluidos. Digamos que no me hicieron sentir precisamente orgulloso de ser estadounidense.

*Katarina Shaw y Heath Rocha salen a la pista para llevar a cabo su danza original en los Juegos Olímpicos de Invierno de Vancouver de 2010. Ella lleva un vestido negro con un fajín de tartán cubierto de lentejuelas. Él, una camisa con cuello de encaje y, en lugar de pantalón, un kilt de cuero. Su música empieza con una explosión de acordeón y violín: es la melodía del tradicional baile social escocés «Strip the Willow».*

KIRK LOCKWOOD: El estilo del *ceilidh* escocés aprovechaba al máximo sus fortalezas. Era enérgico, técnicamente complicado y con mucha personalidad.

*Katarina y Heath realizan una intrincada secuencia de pasos con múltiples cambios de dirección mientras se deslizan a toda velocidad de un extremo de la pista al otro. La música pasa a una potente versión punk rock de la misma canción. Se toman de la mano y, mientras giran en círculo, el kilt de Heath ondea hasta mostrar el pantalón corto y ceñido que lleva debajo.*

ELLIS DEAN: El programa fue muy divertido, sí. Pero me decepcionó que Heath no sacase del todo al escocés que llevaba dentro... Tú ya me entiendes.

FRANCESCA GASKELL: Aquel programa era contagioso. Querías levantarte y ponerte a bailar con ellos.

*En el momento en que inician una pirueta combinada que desafía la gravedad, la cámara se aleja y muestra al público del Pacific Coliseum. Todos están de pie dando palmas al ritmo de la música.*

KIRK LOCKWOOD: Lo único que tenían que hacer Shaw y Rocha era mantenerse en cabeza tras la danza obligatoria y así estarían en la posición ideal para lanzarse a la libre.

*En lugar de perder energía hacia el final del programa, Katarina y Heath parecen ir a más. Cuando suena la última nota, levantan los brazos con gesto triunfal.*

FRANCESCA GASKELL: No solo seguían en cabeza, sino que aumentaron la distancia.

KIRK LOCKWOOD: Después de la danza original, Volkova y Kipriyanov iban segundos, con bastante diferencia, y los Lin estaban básicamente empatados con Pelletier y McClory en tercer lugar.

*Heath baja los brazos al cabo de un segundo, pero Katarina continúa con los suyos en alto, disfrutando de la ovación del público. Levanta la barbilla con confianza... o prepotencia.*

FRANCESCA GASKELL: La medalla de oro era «casi» suya.

# 58

—Patinad bien. No me avergoncéis.

Esto es lo que nuestra alemanísima entrenadora entendía como una charla de ánimo.

Lena nos dio una palmada en el hombro a cada uno y nos dejó solos para que acabáramos nuestra rutina de calentamiento. La danza libre estaba programada a última hora de la tarde; éramos los últimos en patinar, así que teníamos tiempo de sobra para prepararnos. Cuando salió a la pista la pareja con menos puntuación en el ranking, me dispuse a hacer mis estiramientos habituales, haciendo respiraciones profundas para aliviar el dolor persistente en piernas y caderas.

El día anterior, durante la danza original, la cara interior de los muslos me dolía como si los tuviera amoratados, pero se veía que lo había ocultado lo bastante bien como para conseguir nuestra mejor puntuación de la temporada y hacer que los rusos mordieran el polvo. Solo cuatro minutos de patinaje se interponían entre mí y todo lo que siempre había deseado, así que estaba segura de que nada podría desconcentrarme.

Después de estirar, nos dirigimos a los vestuarios para cambiarnos. Me maquillé —base pálida contorneada para destacar los pómulos, labios rojo sangre, sombra oscura con un brillo escarlata en la uve externa— y me puse el vestido. Necesitaba que Heath me ayudara a cerrarme la gargantilla, que contrastaba con el escote de corazón, así que salí con ella en la mano cerrada para proteger sus delicadas cuentas.

Se trataba de una pieza única, diseñada para que pareciera un corte en la garganta con gotas de sangre manando de la yugular. Aunque usábamos la música de *Drácula*, la historia que contaba nuestro programa no tenía nada que ver con el clásico. Yo era la vampira, poderosa y ancestral, mientras que Heath era el joven capturado por mi embrujo. Durante la mayor parte de la coreografía, yo era la agresora: lo seducía, lo atormentaba y, al final, lo tentaba a probar mi sangre para poder estar juntos toda la eternidad.

El traje y el maquillaje de Heath eran mucho más sencillos —pantalón y frac con forro rojo, y una leve sombra gris alrededor de los ojos para darle un aspecto lívido e insomne—, así que, para cuando terminaba de arreglarme, lo normal era que él ya me estuviera esperando. Sin embargo, cuando salí de mi vestuario, no había ni rastro de Heath.

Fui hasta la parte trasera, jugueteando con las cuentas rojas entre los dedos. Cada vez que pasaba junto a un patinador, entrenador o miembro del personal, todos evitaban mirarme a la cara. Geneviève Moreau, que había actuado con el primer grupo, me miró de reojo, pero apartó la vista enseguida y le susurró algo a la deportista de Chequia que estaba a su lado.

¿En serio? ¿La gente seguía hablando de la puñetera entrevista? Pues vale, Heath y yo estábamos a punto de proclamarnos campeones olímpicos, así que pronto sería el único tema de conversación.

Bella salió en ese momento del cuarto de baño. Estaba maquillada, pero todavía llevaba el chándal y estaba a medio peinar. Aún le quedaba tiempo, pero bastante menos que a Heath y a mí, dado que Garrett y ella patinaban antes que nosotros.

Cuando me vio, apretó el paso.

—Hola —dije—. ¿Has visto a Heath?

—No. No desde...

Le tendí la gargantilla.

—¿Puedes ayudarme con esto? El cierre es complicadillo, pero si...

—Kat, tengo que contarte una cosa.

Bella desvió la mirada a nuestro alrededor con el móvil apretado contra el pecho. Parecía nerviosa. Y Bella Lin nunca parecía nerviosa. Desde luego, no tras los bastidores de una competición, donde todos sus adversarios podían verla.

—¿Qué pasa? —pregunté.

—Lo siento. —Bella me tendió el móvil—. Tienes que ver esto.

# 59

En la pantalla aparecía una entrada de *Kiss & Cry* con una imagen de Heath en el encabezado; no era una foto reciente, sino de hacía años, cuando llevaba el pelo rapado. El mismo corte que cuando reapareció en mi vida tras tres años de ausencia.

Cogí el móvil y bajé por el artículo tras la imagen. Pero, por mucho que releía las palabras, mi mente se negaba a entenderlas.

—No. —Negué con la cabeza y le devolví el teléfono—. No es verdad.

—Yo tampoco quería creerlo, pero...

—No es verdad. —No paraba de mover la cabeza a un lado y al otro, como una bandera agitada por el viento e incapaz de calmarse hasta que pasara la tormenta—. Imposible.

Vi por el rabillo del ojo un destello rojo: era Heath, que doblaba la esquina a todo correr, los faldones de la chaqueta ondeando tras él.

También había visto aquellas mentiras indignantes y venía a asegurarme lo que ya sabía, que nada de aquello era verdad, porque, si lo hubiera sido, me lo habría contado.

Había tenido millones de oportunidades de contármelo.

Mientras contemplábamos el cañón en Los Ángeles, la primera vez que le pregunté qué había pasado en su ausencia. Durante todos aquellos meses en Illinois. A lo largo de los años que habíamos pasado patinando y durmiendo juntos desde entonces, una pareja en todos los sentidos del término.

Heath aclararía el malentendido, ganaríamos el oro y luego nos reiríamos. Estaba segura de ello porque lo conocía.

Entonces le vi la cara y me di cuenta: no conocía a Heath Rocha en absoluto.

—Katarina —dijo—. Deja que te lo explique.

—No. —Me di media vuelta. La gargantilla se me cayó de la mano. Oí a Heath recogerla, oí las cuentas arañar el suelo. Oí sus pasos al seguirme mientras huía por el pasillo—. No.

El artículo afirmaba que, tras abandonarme en Nagano, Heath había viajado a Moscú y le había suplicado a Veronika Volkova que lo entrenase. Se había mostrado dispuesto a todo.

A todo. A soportar métodos de entrenamiento tan duros que terminaba sangrando. A patinar con Yelena Volkova, a pedir la ciudadanía rusa para poder convertirse en su pareja de patinaje cuando Nikita Zolotov se retirara. Y, lo peor de todo, a contarles a los rusos todo lo que sabía sobre mí, sobre los Lin y sobre la academia para que pudieran usarlo para vencernos.

Lo de entrenar con nuestros competidores podía entenderlo. Habíamos pasado años compartiendo el hielo con nuestros enemigos jurados, incluidos nosotros mismos. Pero conspirar con las Volkova, compartir mis secretos, mis puntos débiles, mis inseguridades? ¿Coger los años de confianza e historia compartida y usarlos como moneda de cambio? Eso era alta traición.

—Tendría que habértelo contado —reconoció Heath—. Sé que debería habértelo contado, pero ¿es que no ves lo que pasa? Ha salido justo hoy, justo antes de la final. Quien lo haya hecho intenta enfrentarnos. No se lo podemos permitir.

Me cogió las manos, la gargantilla entre nuestras palmas como un rosario.

—Por favor, Katarina. Tienes que saber que fue todo por ti. Lo hice por ti, para... —Cerró los ojos para evitar las lágrimas, pero era demasiado tarde, el maquillaje ya se le estaba corriendo—. Por favor. Te quiero. Jamás he dejado de quererte. Ni un solo segundo.

Había sido porque estaba dolido. Porque estaba desesperado. A su retorcida manera, lo había hecho por amor. Eso se lo podría haber perdonado.

Lo que no podía perdonarle era cómo había permitido que sus secretos se enquistaran hasta el punto de que podían usarse contra él, contra nosotros, en el peor momento posible. No paraba de repetirme que habláramos, que me abriera y fuera sincera, mientras que él me había ocultado la verdad durante años. Me la había ocultado siempre. Una cosa era hacerlo de pequeños, cuando era un crío traumatizado que carecía de palabras con las que expresar lo que le había sucedido. Pero ya no éramos unos niños.

—No puedo lidiar con esto ahora. —Me aparté de él, arrancándole la gargantilla. Me temblaban los dedos, pero tras varios intentos conseguí ponérmela sola—. Ya hablaremos luego.

—Katarina, no puedes…

Pero ya me alejaba de él. Faltaban pocos minutos para que presentaran al último grupo. Teníamos que concentrarnos. Teníamos que ganar.

No recuerdo haberme atado las botas ni haberme quitado los protectores ni haber salido al hielo. No recuerdo el calentamiento en grupo ni el tiempo de espera mientras los demás equipos ejecutaban sus programas. No recuerdo haber salido a pista para nuestra danza libre. De aquella noche recuerdo haberme alejado de Heath y, al cabo de un segundo, estar patinando con él en la final olímpica.

Lo que no se me olvida, sin embargo, es lo furiosa que estaba.

**ELLIS DEAN**: Un periodista jamás revela sus fuentes.

**KIRK LOCKWOOD**: No iba a rebajarme a discutir en directo las afirmaciones de un blog de cotilleos de tres al cuarto. Había que esperar a que los verificadores de la cadena confirmasen las acusaciones.

*En las gradas, antes de que Shaw y Rocha salgan a la pista, los espectadores miran las pantallas de sus móviles y susurran entre sí sobre la revelación bomba del blog.*

**KIRK LOCKWOOD**: Tampoco es que cambiara nada. En mis tiempos, uno tenía que esperar al noticiario nocturno o a los periódicos matutinos. Ahora todo el mundo lleva los titulares de última hora en el bolsillo.

**FRANCESCA GASKELL**: *Kiss & Cry* podía ser entretenido, pero también podía hacer mucho daño. A Ellis Dean parecía darle igual una cosa que otra, siempre y cuando ganara dinero.

**ELLIS DEAN**: Si publiqué algo que no fuera verdad, que me corrijan, claro. Aquí los espero.

**VERONIKA VOLKOVA**: Yo no tuve nada que ver, como ya dije en su momento.

*Imágenes entre bastidores, momentos antes del programa libre de Volkova y Kipriyanov. Yelena y Veronika Volkova discuten en ruso, aceleradas, pero sin alzar la voz.*

**PRODUCTORA** [*Fuera de cámara*]: ¿Aquella discusión con Yelena tenía que ver con...?

**VERONIKA VOLKOVA**: No me acuerdo.

*Las lágrimas ruedan por las mejillas de Yelena, que apunta con un dedo acusador a su tía. Los subtítulos traducen las pocas palabras que los micrófonos de ambiente recogieron con claridad: «... culpa tuya. ¡Me mentiste!».*

VERONIKA VOLKOVA: Yelena podía ser muy sensible. Lo heredó de mi hermana.

ELLIS DEAN: Desde luego, aquella historia no se acababa ahí. Había mucho más detrás.

VERONIKA VOLKOVA: Es ridículo. La mera idea de que yo, o cualquier otro, pudiera separar a Katarina Shaw y Heath Rocha... No, eso solo podían hacerlo ellos dos.

# 60

Al principio, quise convencerme de que simplemente me estaba metiendo en el papel.

Mientras los acordes sepulcrales de las cuerdas reverberaban por los altavoces, me deslizaba sinuosa alrededor de Heath, agarrándole el traje como si quisiera desgarrárselo con mis propias manos. Era una criatura de la noche. Quería plegarlo a mi voluntad. No me detendría hasta haberlo consumido en cuerpo y alma.

Nuestra primera secuencia de *twizzles* coincidía con un lamento coral *in crescendo* durante el cual girábamos al unísono, la pierna izquierda extendida, cortando el aire como una espada. Cuanto más cerca traza las piruetas una pareja, mayor es el nivel de dificultad, y nosotros lo estábamos tanto que la serreta de freno se me enganchó en el frac de Heath.

Un leve tambaleo que él salvó antes de lanzarse a nuestro siguiente agarre, como si no supiera si arrancarme la ropa o retorcerme el cuello. Heath también estaba furioso.

«Bien», pensé. Podíamos aprovechar esos sentimientos, canalizar la rabia, el amor, el odio, toda una vida de resentimiento, celos y secretos en ebullición, darles rienda suelta sobre el hielo y dejarlos allí.

Así que, cuando me hizo girar con tanta fuerza que me crujió la columna y yo le clavé las uñas bajo la mandíbula hasta dejarle marca, me dije que era lo que hacía falta para llegar a lo alto del podio. Había que estar dispuesto a infligir dolor y a aceptarlo, a sacrificarlo todo en el altar de la ambición.

Solo cuando terminamos me di cuenta de lo que habíamos hecho.

Nuestra actuación había sido totalmente desquiciada: habíamos mostrado toda la pasión, pero sin precisión alguna. Ni siquiera estaba segura de haber completado todos los elementos necesarios. Heath y yo no habíamos competido juntos, habíamos luchado entre nosotros. Y a la vista del mundo entero.

Al adoptar nuestra posición final, mientras me sostenía entre los brazos, tan arqueada que mi pelo rozaba el hielo, hundió la cara en mi cuello como si fuera a beber mi sangre. En cualquier otro campeonato, los aplausos habrían retumbado en nuestros oídos mientras me daba un leve beso bajo el lóbulo de la oreja antes de ayudarme a ponerme en pie para hacer nuestras reverencias.

El 22 de febrero de 2010, había más de quince mil personas en el Pacific Coliseum, pero no oímos más que el silencio. Luego, en el último momento, algunos aplausos tímidos e incómodos.

No lo pude soportar un solo segundo más. La presión de su mano en la nuca. Su aliento en mi piel. Todos aquellos ojos observándonos, preguntándose qué demonios acababan de presenciar.

Así que me erguí y aparté a Heath de un empujón. Él seguía agarrándome del cuello con los dedos enredados en mi pelo, que se engancharon en el cierre de la gargantilla.

Las cuentas rojas se derramaron sobre los anillos olímpicos. Por un instante me sentí empujada a agacharme para recogerlas; quizá habría sido la única forma de que aquella situación fuera aún más humillante.

Lo que hice fue dejar el collar roto tras de mí y salir de la pista sin saludar siquiera.

Lena esperaba junto a las barreras.

—¿Qué ha sido eso? —quiso saber, y su fuerte acento alemán hizo que la pregunta sonara aún más severa.

No respondí. Heath tampoco. ¿Qué íbamos a decir? Cuatro minutos antes éramos los favoritos para el oro. Ahora, estábamos casi seguros de que no nos subiríamos al podio.

Lena se alejó a grandes zancadas, soltando una retahíla en alemán de lo que supuse que serían palabrotas. Se negó a sentarse con nosotros a esperar las puntuaciones, y no podía reprochárselo. Yo tampoco tenía ganas de verlas. Hasta que aparecieran las notas, podía fingir que todo había sido una pesadilla, que estaba a punto de despertar en mi incómoda cama de la villa olímpica y que tenía una oportunidad de hacerlo todo de nuevo.

Heath y yo estábamos sentados en los extremos del banco del *kiss and cry*. Ni me había molestado en ponerme de nuevo la chaqueta del uniforme del equipo de Estados Unidos, así que tenía los brazos helados por el frío. Apreté los dientes para no ponerme a tiritar. Heath miraba al suelo. A pocos metros, Veronika Volkova, de pie junto a Yelena y Dmitri, esperaba a ver de qué color sería su medalla.

«Puntuación, por favor, para Katarina Shaw y Heath Rocha, de Estados Unidos de América».

**GARRETT LIN**: Su danza libre fue un pelín... intensa.

**KIRK LOCKWOOD**: Fue inolvidable, eso desde luego.

**ELLIS DEAN**: Parecía que quisieran asesinarse el uno al otro.

*El podio vacío en el centro de la pista del Pacific Coliseum espera a que comience la ceremonia de medallas de danza sobre hielo de los Juegos Olímpicos de Invierno de Vancouver 2010.*

**GARRETT LIN**: Todo el que va a las olimpiadas sueña con llevarse el oro, pero hay que ser realistas. Solo puede haber un ganador.

**KIRK LOCKWOOD**: Shaw y Rocha habían llegado al programa libre con tanta ventaja y habían patinado con tanta perfección durante toda la temporada que cualquiera habría pensado que era cosa hecha.

*A través de los altavoces suena el anuncio, primero en francés y luego en inglés: «Medalla de bronce, en representación de Estados Unidos de América...».*

**KIRK LOCKWOOD**: Pero ese es el motivo por el que amamos esta locura de deporte, ¿no?

*«¡Katarina Shaw y Heath Rocha!». Suena la música de su programa libre y ambos salen a la pista. Se suben al peldaño más bajo del podio, sin tocarse ni mirarse.*

**VERONIKA VOLKOVA**: Después de aquella danza libre, era una vergüenza que Shaw y Rocha estuvieran en el podio, daba igual el peldaño.

**FRANCESCA GASKELL**: ¿Que si creo que se merecían una medalla? No soy quién para decidirlo, ¿no? Para eso están los jueces.

VERONIKA VOLKOVA: Lo que es peor: con sus tonterías distrajeron a otros deportistas e impidieron que dieran lo mejor de sí aquel día.

*El presentador anuncia los ganadores de la medalla de plata: «En representación de la Federación de Rusia, ¡Yelena Volkova y Dmitri Kipriyanov!». Yelena tiene un aspecto lamentable, con la nariz y los ojos enrojecidos de haber llorado.*

GARRETT LIN: Nadie podía haber predicho que todo acabaría así.

*«La medalla de oro...», comenzó a decir el presentador, pero los nombres de los ganadores quedaron ahogados por los gritos del público.*

GARRETT LIN: Bella y yo..., bueno, estábamos atónitos. Todo aquello era surrealista.

*Los canadienses Olivia Pelletier y Paul McClory salen a recibir la ovación del público de su ciudad, que los adora. Gracias a los errores de los estadounidenses y los rusos, han remontado por sorpresa y se han llevado el oro.*

GARRETT LIN: Nosotros quedamos cuartos. Menos de un punto por debajo de Kat y Heath en la puntuación total. Así de cerca del podio olímpico.

*Katarina y Heath reciben la medalla de bronce y el ramo de flores. Katarina se tapa con ellas la medalla, como si no quisiera que nadie la viera.*

JANE CURRER: Por la cara que pusieron, cualquiera habría creído que había muerto alguien. La mayoría de los deportistas estarían encantados de ganar una medalla olímpica, fuera del color que fuera.

**KIRK LOCKWOOD**: Es cierto que Shaw y Rocha podrían haber tenido mejor perder...

**JANE CURRER**: La verdad, el bronce era más de lo que se merecían. El único motivo por el que llegaron al podio fue que en los dos primeros programas habían obtenido unas notas magníficas.

*Katarina y Heath miran al frente mientras se alzan las banderas canadiense, rusa y estadounidense.*

**KIRK LOCKWOOD**: No se puede entender a menos que uno haya estado ahí. Metafóricamente hablando, porque, por supuesto, nunca he estado en el peldaño del bronce en unas olimpiadas.

**GARRETT LIN**: Cuando las expectativas están tan altas..., todo lo que no sea triunfar parece un fracaso.

# 61

Lo último que me apetecía era celebrar nada.

Pero, al volver a la villa olímpica, nos encontramos con la fiesta en marcha. El equipo estadounidense de hockey femenino había machacado a las suecas en semifinales y parecían haber invitado a la mitad de los deportistas de los juegos a celebrar su victoria.

Heath y yo nos abrimos paso entre todas aquellas mujeres musculosas de rojo, blanco y azul para llegar a nuestra habitación. No por primera vez deseé habernos buscado un alojamiento fuera de la villa, como los Lin; ellos se hospedaban en un hotel en el puerto, a varios kilómetros de la vorágine de los juegos.

Aunque los apartamentos oficiales para los deportistas eran de todo menos lujosos, ofrecían una ventaja clave: los medios tenían prohibido el acceso a las instalaciones. No habría soportado otro «¿Qué os ha pasado?» o «¿Cómo te sientes?».

Me sentía como una mierda. Una auténtica fracasada. Como si mi vida entera hubiera sido una pérdida de tiempo y de pronto, a los veintiséis, hubiera acabado.

Heath se quitó la medalla y la dejó con cuidado sobre la mesilla. Yo me dejé la mía puesta. La cinta azul colgaba de mi cuello como la soga del ahorcado.

—¿Podemos hablar? —me preguntó.

Las flores que nos habían dado en el podio eran un horror, verdosas y llenas de hojas, como una ensalada. Me puse a arrancar los pétalos y a desparramarlos sobre la moqueta industrial gris.

Al ver que no respondía, Heath continuó:

—Debería habértelo contado. Quise hacerlo un montón de veces, pero…

—¡No me jodas! ¡Lo que deberías haber hecho, para empezar, es hablar conmigo en vez de salir huyendo!

Lancé el ramo contra la pared. Heath se encogió.

—¿Y cómo te atreves a decir que todo lo hiciste por mí? —le eché en cara—. Yo nunca te lo pedí.

—Lo único que te importa es ganar. —Heath hablaba con tono sereno y cauteloso, como si intentara amansar a un animal salvaje—. Así que me convertí en alguien que pudiera conseguirlo. Alguien digno de ti. Pero supongo que tampoco era suficiente. Nada es suficiente para ti.

—¿Eso es lo que piensas de mí de verdad?

—Siempre has sido así, Katarina. Y siempre te he querido a pesar de ello.

En su voz no había ira. Tampoco crueldad. Solo cansancio y resignación.

De alguna manera, aquello me dolió aún más.

—Siento haberte causado tantas molestias. —Mi voz era hielo sólido.

Por fin sacó el genio.

—¡Esto es justo a lo que me refiero! Te digo que te quiero y me lo tiras a la cara. Sufro durante años para volver contigo y…

—No, lo que querías era volver para vengarte. Querías que yo también sufriera. Eso no es amor, Heath.

—Mi amor tampoco es suficiente para ti. Ya lo entiendo.

—No es eso lo que quiero decir, y lo sabes.

—Pues dímelo, Katarina. —Se arrodilló delante de mí—. Dime qué quieres de mí. Dime qué quieres que haga y lo haré.

A pesar de la postura humillada, su expresión era de desafío. Hundí las manos entre sus rizos.

—No hay nada que puedas hacer —le respondí.

Heath empezó a levantarse. Le agarré el pelo por la raíz y se lo impedí. Él alzó la mano hasta la medalla que me colgaba del cuello e intentó tirar de mí hacia abajo.

Así que me arranqué la medalla y la arrojé al suelo. Luego, de un tirón, me quité también el anillo de compromiso. El diamante rebotó sobre el bronce y salió despedido hacia las sombras debajo de la cama.

En esta ocasión, cuando me marché hecha una furia, Heath no me siguió.

Una vez en la zona común, agarré la primera botella que me encontré y empecé a beber a morro. Una de las jugadoras de hockey, una morena sonrosada con un par de trenzas, lanzó un largo silbido.

—Un día duro, ¿eh, reina del hielo?

Al limpiarme con la mano, me borré los restos de pintalabios que me quedaban.

—No volváis a llamarme así en vuestra puta vida.

# 62

La siguiente hora pasó sin que me enterase. Me bebí un vaso tras otro de cerveza mientras perreaba al ritmo de Lady Gaga hasta no ser más que otro cuerpo sudoroso movido por la música.

La mayor parte de mi vida había trabajado para conseguir un objetivo: ganar un oro olímpico. Era la brillante luz que guiaba cada uno de mis movimientos y decisiones. ¿Y ahora? Todo se había vuelto oscuro y no vislumbraba mi futuro. Si me permitía pensar en él, aunque solo fuera la mañana siguiente, el miedo me envolvía como las aguas turbias de una inundación.

Si paraba de bailar, me ahogaría.

Alrededor de la medianoche aparecieron los Lin. Garrett observó a la multitud, buscando a alguien. Bella vino derecha hacia mí.

—¿Qué haces? —gritó por encima de los corredores de bobsleigh que cantaban «Bad Romance» a voz en grito.

—¿Y vosotros? —le grité yo—. Pensaba que os habíais quedado en el hotelazo ese para no tener que mezclaros con la plebe.

—Nos han invitado —respondió Garrett—. ¿Estás bien, Kat?

Sé qué pinta debía de tener, con el pelo pegado al cuello, el aliento apestando a cerveza barata y bailando con desconocidos en sujetador deportivo. Y ni rastro de Heath.

—Creía que el alcohol estaba prohibido en la villa —dijo Bella.

Técnicamente tenía razón; las reglas de la delegación estadounidense no permitían el consumo de alcohol. Pero otros países no eran tan estrictos y, para un grupo de deportistas de alto rendimiento sedientos de adrenalina, las reglas eran más bien sugerencias. La fiesta no había degenerado en una bacanal orgiástica, como, según tenía entendido, había sucedido en olimpiadas anteriores, pero, a medida que avanzaba la noche, se volvía más loca. Los rincones más oscuros estaban llenos de gente enrollándose contra las paredes o en equilibrio sobre los muebles, y había visto a un par de parejas —y a algún grupito— desaparecer tras puertas cerradas.

—¿Te apetecen unos carbohidratos? —propuso Bella—. He oído hablar de un sitio con un *poutine* increíble, queda por...

—Ah, que ahora te preocupa mi bienestar —respondí, poniendo los ojos en blanco, antes de darle otro trago a la cerveza tibia.

—¿Qué quieres decir?

—¿Por qué me enseñaste el artículo?

Bella dio un paso atrás.

—¿Cómo?

—¿Por qué me lo enseñaste —repetí— justo antes de patinar?

Bella desvió la mirada hacia su hermano, pero él seguía buscando con preocupación a alguien entre todos aquellos rostros.

—Pensé que debías saberlo —respondió Bella.

—Podrías haber esperado a que acabáramos.

—Todo el mundo estaba hablando de ello. Solo era cuestión de tiempo que te enterases y me pareció mejor que la noticia te llegara de mano de tu mejor amiga que de...

Me reí.

—¿Mi mejor amiga? Pero si hace años que casi ni hablamos, Bella.

Sabía lo desagradable que estaba siendo. Vi el modo en que se apartaba de mí, dolida. Me dio igual.

Para entonces, Garrett también nos miraba y sopesaba si debía meterse o si podía mantenerse al margen y neutral.

—No tenías ninguna posibilidad de subirte a ese podio —dije— a menos que encontraras la manera de quitarme a mí de en medio. Pues mira, te salió mal la jugada, porque no fue suficiente.

Los ojos de Bella echaban chispas de indignación.

—Si hubieras querido ganar de verdad, esa historia no te habría detenido. Nada te habría detenido.

En lo que a mí se refería, aquello era una confesión. Ni siquiera me sorprendió. Hubo un tiempo en que nuestra amistad había sido verdadera, pero siempre supe que se acabaría en cuanto entrase en juego la competición.

—Necesito beber algo —murmuró Bella—. Vámonos, Garrett.

—Dame un minuto —dijo su hermano.

Bella se marchó sin él.

—¿Te lo puedes creer? —exclamé—. Se pone a comerme la cabeza justo antes de la competición más importante de mi vida y encima se atreve a…

—Hoy has ganado una medalla olímpica. Lo sabes, ¿verdad?

Miré a Garrett con estupefacción, sorprendida por la dureza en su voz. Nunca me había hablado así. Nunca lo había oído hablar así a nadie.

—Y vale, sí, Heath la ha cagado unas cuantas veces. Pero te quiere mucho. Esta forma en que os torturáis el uno al otro es… —Garrett, exasperado, negó con la cabeza sin acabar la frase—. ¿Sabes lo que daría yo por probar siquiera algo como lo que vosotros dos tenéis?

Levanté las manos de un modo que se me cayó al suelo la poca cerveza que me quedaba.

—Por lo que más quieras, Garrett. ¡A nadie le importa que seas gay!

Algunos de los juerguistas que teníamos más cerca se volvieron hacia nosotros. Garrett miró a un lado y a otro con pánico creciente en los ojos.

—Joder… —Dejé el vaso y tendí las manos hacia él—. Lo siento, no quería…

—Por supuesto que no, Kat. Porque para eso tendrías que pensar un puñetero segundo en alguien que no fueras tú misma.

Se dio media vuelta y se marchó en la misma dirección en que se había ido Bella.

Las palabras de Garrett me espabilaron como si fueran un jarro de agua fría. La música alta, el vocerío, el olor a cerveza derramada y a cuerpos entremezclados... Todo aquello era demasiado.

Recuperé mi sudadera —o al menos me pareció la mía; eran todas iguales, uniformes de equipo pensados para que nos sintiéramos unidos, patriotas, parte de algo mayor y más importante que nosotros mismos— y salí a la terraza.

El aire nocturno era fresco y cortante, una brisa constante que soplaba desde la ensenada de False Creek. La residencia de los deportistas estadounidenses quedaba en las últimas plantas del edificio, por lo que disfrutábamos de una panorámica del centro de Vancouver y las montañas de los alrededores. El macizo de North Shore. Qué extraño que tuviera el mismo nombre que la zona en la que Heath y yo nos habíamos criado, donde habíamos patinado por primera vez. Aquella noche, mientras contemplaba las cumbres que se fundían con la oscuridad más allá del perfil de la ciudad, me sentí más lejos de casa que nunca.

La puerta se abrió y apareció Ellis Dean. Desde luego, tenía un don para presentarse en el peor momento posible.

—Pero bueno, si es la medalla de bronce de las Olimpiadas de 2010, Katarina Shaw.

—No estoy para bromas, Ellis.

Pasó a mi lado y se apoyó en la barandilla que cerraba la terraza. Iba vestido acorde con el tema, de rojo, blanco y azul, solo que su idea de atuendo patriótico incluía unas tiras de piel sintética; parecía que hubiera desollado a unos cuantos teleñecos.

—Por si te sirve de consuelo —dijo—, vuestra actuación será recordada siempre. Puede que no por los motivos que tú querrías, pero...

—Oye, ¿tú qué haces aquí? La prensa no tiene acceso a la villa olímpica.

—Técnicamente soy exdeportista olímpico. —Echó un vistazo a mi anular desnudo—. No me digas que habéis roto, par de pirados.

¿Habíamos roto? No estaba segura.

—Por si sirve de algo —prosiguió—, y ya sé que no es gran cosa, de verdad que pensé que ya lo sabías. ¿Tu chico favorito y tú no os lo contabais todo?

—Por lo visto, no. ¿Y a ti quién te ha contado todo eso?

—Un periodista nunca revela sus...

—No me jodas, Ellis. Eres un bloguero cotilla, no un reportero de investigación para el puto *New York Times*.

Me puse junto a Ellis y agarré la barandilla con tanta fuerza que el frío del metal me atravesó la piel. A pesar de la hora, la plaza bajo el edificio seguía atestada de gente. Reían y celebraban la ocasión tan pegados que los hombros se tocaban.

En el fondo, daba igual quién hubiera desvelado los secretos de Heath, cómo o cuándo. El caso era que no había querido confiar en mí. Y ahora lo había perdido y había perdido el oro, todo en un solo día de mierda.

No, a él no lo había perdido. Lo había expulsado.

—No debería sentirme así, ¿verdad? —No estaba segura de si hablaba del patinaje, de los juegos o de mi relación con Heath—. No debería doler tanto.

—Eres patinadora —replicó Ellis—. Disfrutas del dolor. —Se volvió hacia mí, serio de pronto—. ¿Quieres un consejo?

—No especialmente.

—Pues mala suerte, porque voy a dártelo. —Posó su mano sobre la mía—. No dejes que Heath vuelva a desaparecer de tu vida, al menos sin intentar arreglar las cosas. Los dos sois un puto desastre, pero cualquiera puede ver lo locos que estáis el uno por el otro.

—Gracias, Ellis. Casi ha sido bonito.

Se dio la vuelta. Se había acabado el momento confesiones.

—Ah, no, estáis literalmente locos. Heath Rocha y tú os merecéis el uno al otro. Quizá en la boda podáis lucir las camisas de fuerza a juego.

Puse los ojos en blanco y me reí.

—Hora de mezclarme con la gente y pasármelo bien —anunció. Me ofreció el brazo, igual que tantos años atrás en la fiesta Rojo, Blanco y Oro de Sheila Lin.

—Ahora te veo —le dije.

Me quedé un rato sola en la terraza, disfrutando del aire fresco sobre la piel. Por mucho que odiara tener que admitirlo, Ellis tenía razón: Heath y yo a veces nos sacábamos de quicio, pero no quería ni imaginar una versión de mi futuro en la que no estuviera él. No podía dejarlo marchar sin, como mínimo, decírselo.

De vuelta en el interior, la fiesta había bajado el ritmo, aunque seguía habiendo un montón de gente liándose apoyada en el mobiliario desperdigado por la zona común. Incluido Garrett.

Estaba tumbado en uno de los sofás, besándose febrilmente con Scott Stanton, un patinador de individuales que había hecho gira con nosotros en Stars on Ice y se había mostrado notablemente indiferente a las hordas de seguidoras que lo atosigaban tras cada espectáculo. Todavía me sentía fatal por haber revelado su secreto a gritos, pero, según veía, había salido del armario por la puerta grande. Bien por él.

Cuando llegué a mi habitación, abrí la puerta tratando de hacer el menor ruido posible, por si Heath estaba durmiendo. Las luces estaban apagadas, pero había dejado las cortinas descorridas, así que pude distinguir su forma bajo el edredón. El lugar donde había tirado las flores estaba vacío; Heath debía de haberlas recogido. También había recogido mi medalla y mi anillo y los había dejado en la mesilla.

Aún no había decidido si iba a meterme en mi cama o iba a romper el hielo deslizándome bajo sus sábanas cuando los oí.

Heath estaba en la cama, sí. Pero no solo.

*Un vídeo tembloroso y en baja resolución, grabado con un móvil por otro deportista en la fiesta de la villa olímpica, muestra a Katarina Shaw caminando a toda prisa.*

GARRETT LIN: Kat estaba disgustada, pero ¿cómo no estarlo?

*Acto seguido se ve salir corriendo detrás de ella a Heath Rocha medio desvestido y tratando de ponerse una camisa. A pocos pasos los sigue Bella Lin, nerviosa y colocándose la ropa a tirones.*

*Heath le dice algo a Katarina que no se oye en el vídeo y ella empieza a gritarle.*

ELLIS DEAN: Se le había ido la olla del todo. ¡Si hasta le tiró una silla a la cabeza!

GARRETT LIN: No, Kat no le tiró una silla.

*Se ve volar un objeto oscuro, que choca contra Heath. De fondo, se oye una voz exclamar: «¡Joder!».*

GARRETT LIN: Era un taburete. Pequeño. O eso creo. Estaba algo... distraído.

ELLIS DEAN: Me quité de en medio. Esa lección ya la aprendí en la gala.

*Katarina y Heath están en mitad de la zona común, gritándose. Con el runrún de las demás voces y la música de fondo, no se les entiende, pero parecen a punto de llegar a las manos.*

JANE CURRER: No tengo noticia de ningún incidente, pero cualquier acto de violencia o conducta inadecuada por parte de los deportistas del equipo estadounidense tendría, por supuesto, consecuencias inmediatas.

*Katarina se vuelve hacia Bella. Heath se interpone entre ellas, lo que parece enfurecer a ambas mujeres.*

GARRETT LIN: Me gustaría poder decir que fue algo totalmente impropio de mi hermana. Pero la conozco demasiado bien. Tanto en pista como fuera de ella, hará lo que haga falta para ganar.

ELLIS DEAN: Si dieran medallas de oro a la venganza, aquella noche Bella Lin y Heath Rocha habrían sido los campeones indiscutibles.

*Heath da un paso hacia Katarina. Ella lo aparta de un empujón, arañándole con las uñas la piel expuesta por encima de la camisa a medio abrochar.*

GARRETT LIN: Tal vez debería haber hecho algo, pero estaba harto de ser siempre el que ponía paz, la voz de la razón. Supuse que ya lo arreglarían entre ellos.

*«Que os den a los dos —les dice Katarina en voz lo bastante alta para que se oiga por encima del ruido de fondo—. Hemos acabado». Sale a toda prisa y cierra de un portazo.*

GARRETT LIN: Fue la última vez en años que ninguno de nosotros vio a Kat Shaw.

# 63

No los vi juntos. No como tal. Las luces estaban apagadas. En cuanto se dieron cuenta de que los había pillado, pararon. En cuanto yo me di cuenta de lo que estaban haciendo, hui.

Pero mi imaginación estaba más que dispuesta a rellenar los huecos. Cada vez que pestañeaba, los veía: Bella a horcajadas sobre Heath, su melena oscura cayéndole suelta por la espalda desnuda. Las manos de Heath sobre su esbelta cadera, acercándola más y más al clímax.

Cuando quise darme cuenta, estaba fuera. Corría por la plaza con las lágrimas ardiéndome en los ojos y la garganta dolorida de gritar.

No recuerdo nada de lo que dije salvo las últimas palabras que les había dirigido a mi prometido y a mi amiga: «Hemos acabado».

No tenía ni idea de hacia dónde me dirigía. Lo más lejos posible. No llevaba encima ni abrigo, ni dinero, ni carnet, nada. Ni siquiera las credenciales de deportista, lo que significaba que me iba a costar media vida convencer a los guardias para que me dejaran volver a la villa.

Me daba igual. No quería volver. No quería ver a Heath ni a Bella nunca más.

Así que seguí andando por la orilla. Nadie se quedó mirándome. Con el maquillaje corrido y la capucha de la sudadera del uniforme subida, ya no parecía la tristemente famosa Katarina Shaw. Podría haber sido cualquiera.

El paseo se interrumpió con brusquedad al llegar a un puente de metal que se arqueaba sobre el agua oscura y serena. En la otra orilla estaba el estadio donde se había celebrado la ceremonia de inauguración. Solo habían pasado diez días, pero a mí me parecía una eternidad.

Al final me di cuenta de que ya no caminaba sin rumbo. Había elegido un destino.

El hotel de los Lin era una asombrosa y moderna estructura enclavada en la costa, cerca del puerto de Vancouver. Entré en el vestíbulo y fui derecha a los ascensores. No me hacía falta saber el número de habitación. Sheila estaría alojada en la mejor suite: última planta, fachada noreste, así disfrutaría de la mejor panorámica del agua y las montañas.

Llamé a la puerta con suavidad, pero no hubo respuesta, así que me puse a golpearla como si fuera la policía y a gritar su nombre hasta que abrió.

Sheila estaba en pijama —de elegante satén blanco con bata a juego—, pero parecía de lo más despierta. La había visto de pasada en el Pacific Coliseum durante los juegos y en otras citas en las que había competido contra los mellizos a lo largo de los últimos años. Pero llevaba sin fijarme en ella desde nuestro desencuentro de 2006.

La vi más frágil de lo que la recordaba, con las mejillas hundidas y ojeras oscuras. Para mí siempre había sido perfecta y atemporal, congelada para toda la eternidad en su momento triunfal de Calgary. Por primera vez, me pareció una persona real.

—Señorita Shaw —dijo, como si estuviera esperándome—. Entre.

La seguí hasta una sala amueblada en color crema con vistas a las velas resplandecientes de Canada Place. En una mesita auxiliar había varias botellitas vacías. Nunca había visto a Sheila beber nada que no fuera una copa de vino blanco, y solo con la cena.

—Por favor. —Sacó otras dos botellas del minibar y me ofreció una—. Siéntese.

Lo último que necesitaba era beber más, pero igualmente tomé un sorbo. Era algún tipo de licor empalagoso, como sirope de arce mezclado con alcohol de quemar. Tosí y dejé la botellita junto a las que estaban vacías.

Nos quedamos unos instantes mirando por los ventanales. No sabía por dónde empezar.

—Tenían un futuro prometedor —acabó por decir Sheila—. Los cuatro. —Tomó un largo trago de su botella sin pestañear siquiera—. Qué desperdicio.

Me volví hacia ella.

—¿Sabe? Lo único que siempre quise fue parecerme a usted.

Sheila se giró con lentitud y gesto deliberado. Los ojos le brillaban igual que a Bella.

—Entonces debería haberme escuchado.

—Así que ¿todo es culpa mía? Era mi entrenadora.

«Y quería que fracasara». A pesar de todo lo sucedido, no me atrevía a expresar en voz alta mis sospechas sobre la forma en que Sheila nos había arrojado a los leones para que no supusiéramos una amenaza.

—No —respondió—. Fue culpa mía; para empezar, por admitirlos en la academia. Dejé que mis hijos me convencieran de que entrenando con usted y con el señor Rocha llegarían más alto. Pero lo que ustedes hicieron fue rebajarlos a su nivel.

—Siento haber sido semejante decepción —contesté.

—Y yo también. —Se volvió de nuevo al ventanal, pero tenía la mirada perdida, ya no contemplaba las vistas—. Esta era mi última oportunidad.

Aunque los mellizos se calificasen para las siguientes olimpiadas, era poco probable que optaran de verdad a una medalla. Y para Sheila no tenía sentido competir si no era para ganar.

—Al menos no ha habido nada que no haya hecho por ellos. —Sheila pronunció las palabras tan bajo que casi me pareció que hablaba para sí misma—. Espero que sepan apreciarlo.

Entonces la pieza encajó como una llave en su cerradura.

Durante todo ese tiempo, creía haber sabido de lo que era capaz, lo despiadada que era, lo lejos que podía llegar para ganar. Durante todo ese tiempo, me había engañado.

—Fue usted —afirmé.

Sheila me miró con una expresión que no era del todo una sonrisa. Tampoco acababa de ser una confirmación.

Filtrar una revelación de ese calibre justo antes de una final olímpica era una jugada digna de la mejor Sheila Lin. Pero solo había una forma de que hubiera sabido tanto sobre los años perdidos de Heath. Solo un motivo para dejar de lado la larga lista de periodistas de renombre de su agenda y elegir a Ellis Dean, alguien encantado de publicar primero y preguntar después.

Era ella quien había enviado a Heath a Rusia.

# 64

—Aquella noche en Nagano —aventuré—, Heath fue a verla, ¿verdad?

Lo imaginé presentándose en la suite de un hotel elegante como ese, chorreando después de correr bajo la lluvia helada. Tiritando, perdido, desesperado. Después de haberle dicho que estaba impidiéndome avanzar. Después de haberle roto el corazón.

—Estaba disgustado —reconoció Sheila—. Me dijo que quería ser lo bastante bueno para usted, que haría lo que fuera. Le respondí que no podía ayudarlo, pero que sabía quién podía hacerlo.

—¿Por qué? —pregunté con voz ahogada.

—Supuse que, tras unos días con los métodos medievales de entrenamiento de Veronika, lo dejaría para siempre. Pero resultó que Heath era el competidor más duro de los cuatro. Ojalá hubiera querido ganar tanto como la quería a usted.

Heath no había huido de mí. Sheila lo había apartado. Él había acudido a ella en busca de consejo y, en vez de dárselo, le había envenenado la mente. Y él le había hecho caso, claro, porque ¿cuántas veces le había suplicado yo que confiara en Sheila, porque ella sabía lo que hacía?

Y desde luego que lo sabía. Me perturbaba lo fácil que me resultaba seguir su lógica: se libraba de Heath, emparejaba a Bella con Zack Branwell y a Garrett conmigo y, de un plumazo, neutralizaba a los mayores adversarios de sus hijos y se aseguraba el control sobre los dos equipos más importantes del país.

—Usted era nuestra entrenadora —le dije—. Debería habernos ayudado, debería...

Sheila dio un golpe con la botella en la mesa.

—Le permití vivir en mi casa, patinar con mi hijo, entablar amistad con mi hija. Le di todo lo que yo tuve que conseguir por mí misma, luchando con uñas y dientes, y usted me lo tiró a la cara. ¡Por amor!

Lo dijo como si fuera una maldición.

—¿Qué va a saber usted sobre el amor? —repliqué furiosa.

—Todo lo que he hecho en mi vida ha sido por amor. Por mis hijos, por...

—¡Sus hijos! Pero si están convencidos de que su padre debió de ser medalla de oro porque, de lo contrario, habría abortado.

Sheila se levantó de golpe y caminó hasta el ventanal, ciñéndose el cinturón de satén.

—Y lo era —dijo—. Campeón de descenso alpino tanto en Lake Placid como en Sarajevo.

—Entonces ¿por qué no se lo dice? ¿No cree que merecen saberlo?

—Pasamos una noche juntos y no volví a verlo. Ni siquiera me acuerdo de cómo se llamaba. Aunque supongo que podría buscarlo.

No se acordaba del nombre del hombre que engendró a sus hijos, pero sabía exactamente cuántas medallas olímpicas había ganado.

Para Sheila, no había sido más que un medio para llegar a un fin. Y eso mismo eran los mellizos, una forma de prolongar su legado, de seguir ganando cuando ya no podía competir ella. Y solo había que ver lo que había conseguido: que Garrett escondiera su verdadero ser para proteger la marca familiar; que Bella estuviera dispuesta a traicionar a cualquiera para sacarle ventaja sin pararse a pensar en los daños que dejaba a su paso.

Las palabras de Heath resonaron en mi mente. « Lo único que te importa es ganar».

Tenía razón: yo era así. Pero no lo había sido siempre.

Era en quien me había convertido después de toda una vida esforzándome por ser como Sheila Lin. Al igual que ella, había dejado de lado mi pasado, mi hogar, mi familia. Me había convencido de que, si llegaba a ser la mejor, daba igual a quién hiciera daño, porque, al final, habría merecido la pena. Aunque a quien hiciera más daño fuera a mí misma.

En todos aquellos años que me había pasado obsesionada con Sheila —primero viéndola por la televisión, luego patinando para ella, obligándome a ir siempre más allá por unas migajas de admiración—, jamás la había visto tal y como era. Hasta aquella noche, bebiendo en la oscuridad de una habitación de hotel en Vancouver.

Y lo que vi fue a una desgraciada.

«Siempre se puede hacer mejor», me había dicho la primera vez que nos vimos. Pero ¿de qué servía tenerlo todo si no se disfrutaba de nada? Sheila se había pasado toda la vida queriendo más: más medallas, más dinero, más poder..., y nunca había sido suficiente.

«Nada es suficiente para ti», me había dicho Heath. Pero se equivocaba.

Ya había tenido suficiente. Estaba harta de tanto esfuerzo, tanto dolor y tanto sufrimiento. Ya no quería ser Sheila Lin. Tampoco quería ser Katarina Shaw.

Lo que quería era desaparecer.

## Quinta parte

# La última vez

**GARRETT LIN**: Después de las olimpiadas, surgieron todo tipo de rumores.

**INEZ ACTON**: La gente decía que Kat había sufrido una crisis nerviosa y habían tenido que ingresarla. Porque toda mujer que ose mostrar ira en público debe de estar «loca», ¿no?

**FRANCESCA GASKELL**: Que se había unido a una secta, que se había cambiado el nombre y había empezado a rodar películas para adultos, que se había casado con un corredor de bolsa rico y se había mudado a Connecticut.

**ELLIS DEAN**: Sí, yo también oí lo del tipo de las finanzas. En mi opinión, era más creíble el rumor de que se había convertido en estrella del porno.

**GARRETT LIN**: Que yo sepa..., simplemente volvió a casa.

*En una serie de fotografías borrosas se ve a Katarina Shaw recogiendo la compra a domicilio delante de la entrada de su hogar familiar en The Heights, Illinois. Lleva una camisa de franela, vaqueros rotos y botas de trabajo embarradas. Mira en dirección al fotógrafo, como desafiándolo a allanar su propiedad, antes de dar media vuelta y desaparecer por el camino flanqueado de árboles.*

**NICOLE BRADFORD**: Cuando me enteré de que estaba de regreso por la zona, le mandé una nota diciéndole que siempre sería bienvenida si quería volver a patinar en North Shore. Nunca respondió.

**GARRETT LIN**: Creo que necesitaba paz, silencio y tiempo para procesar todo lo sucedido. Yo, desde luego, la entendía.

*Imagen fija de un prado en un día soleado. El único movimiento que se distingue son las briznas de hierba agitadas por la brisa, hasta que llega un taxi y se abre la puerta trasera.*

PRODUCTORA [*Fuera de cámara*]: ¿Cuándo volvió a ver a Katarina después de Vancouver?

ELLIS DEAN: Cuando todos los demás.

*Katarina sale del coche, ataviada con un vestido negro. Vuelve a llevar el pelo largo, recogido en una coleta baja.*

FRANCESCA GASKELL: Tres años después, en enero de 2013.

*Los flashes de las cámaras se disparan y se reflejan en las lentes de sus gafas de sol. Katarina pasa de largo, sin hacerles caso.*

GARRETT LIN: Cuando apareció en el funeral de mi madre.

# 65

Había olvidado lo mucho que brillaba el sol en Los Ángeles. La gente de allí llevaba chaqueta para protegerse del frescor de mediados de enero, pero, como yo llegaba del Medio Oeste, el tiempo californiano me pareció abrasador. Al entrar en el cementerio Hollywood Forever, el sol me calentaba la piel como un foco y los murmullos se disparaban a mi paso.

«¿No es...? Ay, Dios, es ella».

«¿Qué estará haciendo aquí?».

«Creía que se había muerto».

—¡Kat!

Al darme la vuelta, vi a Garrett Lin atravesando el cuidado césped con la mano levantada en un gesto amable de saludo. Así que al menos había alguien que se alegraba de verme.

En cuanto estuvo lo bastante cerca, me envolvió en un abrazo. Era la primera vez que alguien me tocaba desde..., prefería no pensar en ello. Había ganado peso, lo suficiente para suavizar los ángulos de su rostro; le quedaba bien.

—Este es Andre —dijo, señalando con un gesto al hombre que estaba a su lado—. Mi novio.

—Encantado de conocerte, Kat.

Andre parecía algunos años mayor; era atractivo, con piel oscura, gafas de intelectual y una voz profunda y relajante. Me estrechó la mano antes de dársela a Garrett.

—Te acompaño en el sentimiento —dije—. No tenía ni idea de que estuviera enferma.

—Nosotros tampoco lo sabíamos —respondió Garrett.

Cáncer, había leído en las noticias, aunque no se especificaba de qué tipo. Por lo visto, Sheila llevaba años luchando contra la enfermedad, en secreto. Así que Vancouver realmente había sido su última oportunidad de conseguir una medalla olímpica y las últimas palabras que yo le había dirigido habían sido airadas.

La ceremonia comenzaría en cuestión de minutos y la gente había empezado a acomodarse en las sillas blancas alineadas a ambos lados de un estanque rectangular. Había atraído más de una mirada curiosa, incluida la de Frannie Gaskell, que ya era adulta y usaba su nombre completo, Francesca. Su pareja y ella no habían perdido el tiempo en ocupar el lugar que Heath y yo habíamos ostentado como mejor equipo de danza sobre hielo de Estados Unidos.

Ellis Dean deambulaba alrededor, solicitando comentarios a los asistentes con un micrófono adornado con pedrería, a juego con su pajarita de estrás. Cuando intentó saludarnos con la mano, Garrett y yo fingimos no verlo.

—Espero que no te importe que haya venido —le dije.

—¡Claro que no! —respondió—. Quería haberte llamado, pero había tanto que hacer que... Espera, ¿cómo te has enterado de lo del funeral?

—Me avisó Heath.

Garrett puso los ojos como platos e intercambió una mirada con Andre.

Durante los últimos años había llevado una vida tan poco glamurosa que los medios se habían aburrido y, en su mayor parte, me habían dejado en paz. Era raro que recibiera una llamada que no fuera de telemarketing. Cuando me sonó el teléfono la noche que murió Sheila, ni siquiera me molesté en mirar la pantalla. Hasta el día siguiente, cuando fui a seleccionar una lista de reproducción para mi carrera matutina, no vi el mensaje de voz.

«Sé que soy la última persona que querrías que te contactara, pero he pensado que deberías saberlo».

Sentí que me quedaba sin aire y no supe si era por volver a oír la voz de Heath o por la noticia impactante.

No lloré. No pensé. Desempolvé mi vieja maleta de mano y empecé a llenarla. Un par de horas después, estaba en el aeropuerto de O'Hare, a punto de embarcar en el primer vuelo disponible a Los Ángeles.

—Dime, Kat. —Andre cambió de tema—. ¿Sigues patinando?

Garrett se tensó.

—Cariño, no sé si…

—No pasa nada. —Sonreí—. Sí, pero ahora solo lo hago por diversión. ¿Y tú, Garrett?

—Llevo años sin hacerlo —respondió—. Después de Vancouver, yo… Bueno, tuve un accidente.

—¿Te caíste? —le pregunté. Me había parecido ver que cojeaba un poco mientras se acercaba.

—Me había quedado hasta supertarde en la academia, intentando… —Negó con la cabeza—. Da igual. El caso es que me quedé dormido al volante y volqué en la mediana de la autovía.

Ahogué un grito. Andre le apretó la mano a Garrett con ademán tierno.

—Joder… —dije—. ¿Estás… estás bien? Lo siento muchísimo, no sabía nada; si no…

—Estoy bien —respondió—. Al menos ahora. Pero sí, pensé que era una señal tan buena como cualquier otra para aceptar que mis días de patinaje habían acabado.

Tal vez un funeral no fuera el mejor lugar para pensar algo así, pero me pareció que nunca había visto a Garrett tan feliz o tan sano, lo que me hizo darme cuenta de lo desdichado y tenso que se había sentido hasta entonces.

—He vuelto a estudiar, ¿sabes? —prosiguió—. O, bueno, supongo que es la primera vez que estudio como una persona normal.

—Estudia Psicología en Stanford. —Andre le rodeó la cintura y lo miró con orgullo y cariño—. Es el primero de su promoción.

—Eso es genial, Garrett —dije—. Enhorabuena.

La oficiante, una religiosa de pelo gris con traje de chaqueta, se colocó detrás del atril. No había féretro, solo un retrato de

Sheila en su mejor momento —con el vestido dorado y la medalla de oro al cuello— y un elaborado arreglo de orquídeas y azucenas blancas a juego con los ramilletes en cuencos sobre pedestales que rodeaban el estanque.

—Ven a sentarte con nosotros —me propuso Garrett, señalando con un gesto la zona reservada a la familia. Bella estaba sola en la primera fila, inconfundible con su intrincado moño trenzado y su postura impecable.

—No, no te preocupes —le respondí—. Te veo después del oficio.

Me senté en la parte trasera, en una fila vacía que todos evitaban en cuanto me veían. Mientras el resto de los asientos iban llenándose, yo examinaba a los asistentes y me decía que no estaba buscando a Heath.

Al cabo de unos segundos, lo vi en las escaleras junto al mausoleo. Se había dejado barba y bajaba los escalones de dos en dos, con la gracia rítmica de un bailarín experimentado. Aguanté la respiración, rogando que no me mirase ni reconociese mi presencia de modo alguno, pero muriéndome por levantarme de un salto y correr hacia él.

No tendría que haberme preocupado. Heath no me vio y se sentó en la primera fila.

Justo al lado de Bella.

La ceremonia comenzó con una breve elegía secular antes de que la oficiante diera paso a Kirk Lockwood para que embelesara al público con anécdotas de la carrera como patinadora de Sheila. Luego fue Garrett quien subió al estrado y dio un discurso conmovedor sobre lo mucho que siempre había admirado a su madre y lo mucho que se alegraba de haber tenido la oportunidad de que lo conociera de verdad, a él y al hombre al que amaba, antes de morir.

—Por último —dijo la oficiante—, a la hija de Sheila, Isabella, le gustaría pronunciar unas palabras.

Con el corazón en un puño, me preparé para volver a ver la cara a Bella Lin por primera vez desde la noche en que me traicionó. Pero no se movió del asiento.

Garrett se inclinó y le dijo algo. Bella negó con la cabeza; le temblaban los hombros. Estaba llorando, o tratando con dificultad de no hacerlo.

Heath la rodeó con el brazo y Bella dejó de temblar, aunque no hizo ademán de levantarse. Lo que hizo fue pegarse a él y apoyar la cabeza en su hombro.

La oficiante intentó quitar hierro al momento de incomodidad.

—Pasemos a...

—Me gustaría decir algo.

KIRK LOCKWOOD: Yo seguía sin creerme que Sheila nos hubiera dejado.

*Primer plano de las flores y el retrato en el funeral de Sheila Lin. El encuadre se va ampliando y se ve a los asistentes reunidos alrededor del estanque Fairbanks del cementerio Hollywood Forever.*

FRANCESCA GASKELL: Estuvo en la final del Grand Prix conmigo y con Evan en diciembre, y tenía la fuerza de siempre. Luego, unas semanas después...

GARRETT LIN: Fue repentino, pero creo que así es como habría querido mi madre que sucediera si hubiera tenido opción de elegir.

VERONIKA VOLKOVA: ¿Quiere que diga algo bueno de Sheila porque está muerta? Por favor. ¿Qué cree que diría ella de mí si yo estuviera bajo tierra y ella aquí sentada con usted?

ELLIS DEAN: Estaba siendo un funeral muy bonito. Hasta que apareció Katarina Shaw.

*La voz de Katarina suena por detrás de la cámara: «Me gustaría decir algo».*

*La cámara gira y se la ve de pie en la última fila; la imagen la sigue mientras camina hasta el estrado. La oficiante, confusa, se aparta y le cede el sitio.*

*Katarina se quita las gafas de sol y las sujeta con el puño apretado.*

*«La primera vez que vi a Sheila Lin —dice—, yo tenía cuatro años. Y mi madre acababa de morir».*

*Corte a otro ángulo de la cámara, enfocada en Bella Lin, sentada entre su hermano y Heath Rocha en la primera fila. Sus gafas de espejo reflejan el cielo azul.*

Katarina continúa: «Llevaba enferma mucho tiempo, tanto que no tengo recuerdos de ella sana. Tampoco recuerdo su funeral. Pero ¿saben lo que no olvidaré nunca?».

Pasa un instante en el que recorre con la mirada a los asistentes vestidos de negro. Nadie se mueve.

«Después del funeral no podía dormir, así que salí a hurtadillas del dormitorio para ver la tele, con el volumen bajísimo para no despertar a mi padre ni a mi hermano. Estaban retransmitiendo la final de danza sobre hielo de Calgary».

Katarina mira la fotografía de Sheila expuesta a su lado.

«Vi a Sheila ganar su segunda medalla de oro y era tan fuerte, tan segura, tan absolutamente perfecta que no podía apartar los ojos de ella. Su fuerza me dio fuerza cuando más la necesitaba. La mañana siguiente le pedí a mi padre que me apuntara a clases de patinaje».

La cámara vuelve a enfocar a los Lin. Garrett está llorando. Bella mantiene una expresión inescrutable. En la imagen solo aparece la mano de Heath, que con lentitud traza círculos con los dedos en el hombro de Bella.

«Cuando crecí, tuve la suerte de entrenar varios años con Sheila Lin. Pensaba que quería ser exactamente con ella. Pero la verdad es...».

A Katarina se le quiebra la voz y parpadea para no echarse a llorar. La cámara enfoca a Heath, que la observa con mirada dura y sin pestañear.

«Creo que nunca llegué a conocerla de verdad —prosigue Katarina—. Puede que nadie la conociera. Pero esto es lo que sé sobre Sheila: fue una medallista de oro, una madre devota y una empresaria de éxito. Y también la persona más despiadada y calculadora que haya conocido nunca».

*Se oyen varios gritos ahogados y murmullos entre los asistentes. Katarina no se detiene.*

*«Me cambió la vida para mejor, pero también trató de arruinármela en muchas ocasiones. Era fuerte porque tenía que serlo: es la única forma de sobrevivir en este puto deporte, pero era mucho más que eso. También podía ser débil. Podía ser cruel. Podía ser humana, por mucho que intentara ocultarlo».*

*Nueva imagen de Bella, esta vez en primer plano. Una única lágrima le rueda por la mejilla. Se la limpia con un movimiento rápido de los dedos.*

*«Sheila Lin no era perfecta —concluye Katarina—. Pero era una campeona».*

# 66

A pesar de lo que se haya dicho por ahí, mi discurso sobre Sheila Lin no estaba preparado.

Hasta que la multitud entera se dio la vuelta y me miró, ni siquiera me había dado cuenta de que me había puesto de pie y había pedido la palabra. No tenía ni idea de qué decir. Casi ni recuerdo lo que dije.

Sí que recuerdo haber guiñado los ojos heridos por el sol, haber agarrado las gafas con fuerza para que no me temblaran las manos, haber notado cómo el sudor me descendía por la espalda bajo el vestido negro.

Y recuerdo la forma en que Bella y Heath me miraron. Ella al principio parecía hostil, con los músculos tensos, temerosa de la escena que creía que iba a montar, pero, en cuanto hablé, se tranquilizó. Cuando me bajé del estrado, me dirigió un gesto de asentimiento, pero tan rápido y sutil que casi me pareció haberlo imaginado.

Heath, en cambio, estaba sentado tan quieto que podría haber sido una estatua más del cementerio. Sentí sus ojos sobre mí, pero no me atreví a mirarlo. Tenía miedo de lo que iba a ver: un odio visceral, una satisfacción desdeñosa. O, lo peor de todo, una total indiferencia.

Dejé Hollywood Forever sin intercambiar una palabra con nadie y cambié el vuelo para irme de Los Ángeles cuanto antes.

Para cuando el avión despegó de la pista, mi visita a California ya era como un sueño extraño.

«Ya está», pensé. No volvería a ver a Heath ni a los Lin.

Regresé a mi vida solitaria en Illinois. Pasaron las semanas, cada día igual que el anterior, hasta que una tormenta se desató de la noche a la mañana y lo cubrió todo de un blanco deslumbrante.

Al día siguiente, cuando salí a la puerta delantera, me encontré a Bella Lin de pie sobre la nieve.

Iba de blanco de la cabeza a los pies y se parecía tanto a su madre que, por un momento, pensé que me visitaba un fantasma.

—Hola —dijo. El coche a sus espaldas también era blanco; apenas se distinguía contra los montones de nieve y las nubes pálidas.

Bajé los escalones helados y me detuve en el último.

—¿Qué haces aquí?

—Estaba por la zona.

Había asistido al campeonato nacional, que aquel año tenía lugar en Omaha, a seis horas de coche. Hasta para alguien del Medio Oeste, llamar aquello «por la zona» era exagerar un poco.

—En serio, ¿qué haces aquí, Bella?

—Quería verte.

—Ya me viste en el funeral.

—Sí, y te marchaste sin decir adiós. —Se cruzó de brazos—. Sin decir nada, en realidad, más allá de tu gran discurso sobre lo cabrona que era mi madre.

Cambié el peso de un pie a otro.

—Lo siento. Yo no...

—No te disculpes. Tus palabras fueron lo más sincero que nadie dijo ese día.

Me miró de arriba abajo, tomando nota de la ropa de deporte y la bolsa que llevaba conmigo.

—¿Vas a patinar?

Asentí al tiempo que apretaba la bolsa contra el forro polar.

—¿Te importa si te acompaño? Tengo los patines en el maletero.

Lancé una mirada dudosa a sus botines de ante, ya manchados de nieve.

—¿Tienes también otro calzado? Hay que andar un poco.

—No pasa nada —respondió Bella con una sonrisa que ya conocía; significaba: «Acepto el reto»—. Te sigo.

Me adentré en el bosque con Bella siguiéndome el paso; el único signo de que el terreno resbaladizo le daba problemas era algún que otro resoplido. Esperaba que me preguntase hacia dónde nos dirigíamos, pero no dijo nada hasta que llegamos a nuestro destino.

—¡La leche! —exclamó—. ¿Tienes tu propia pista?

Al cabo de un año de mi exilio autoimpuesto, mandé convertir el viejo establo donde Heath solía esconderse en una instalación de patinaje privada. La superficie de la pista era pequeña y tenía que invertir una hora larga al día pasando una herramienta parecida a un rastrillo para que el hielo estuviera lo bastante liso, pero era solo mía.

Abrí las puertas correderas del granero y encendí las guirnaldas de luces tendidas sobre las vigas. La fachada este era toda de cristal con vistas al bosque y, más allá, a la orilla del lago. Los ventanales podían retirarse para así patinar al aire libre cuando el tiempo mejoraba, gracias a un sistema de refrigeración que conservaba el hielo incluso en pleno calor estival.

Bella giró asombrada.

—Lo sabía —dijo—. Sabía que nunca podrías dejarlo.

Y eso que lo había intentado. Las primeras semanas después de Vancouver, no hice más que dormir y comer y hervir de rabia. Luego decidí que necesitaba un proyecto para ocupar el tiempo, así que me puse a arreglar la casa. Si yo no podía alcanzar todo mi potencial, al menos lo conseguiría con mi hogar.

Me pasé meses arrancando la pintura y el empapelado y decapando la carpintería. Fui apilando la basura junto a la playa y la quemé en una hoguera. Vacié la habitación de mi hermano y, por fin, me permití llorar su muerte… y su vida, resollando en medio del polvo y el humo hasta que los pulmones me ardieron.

Por mucho que hiciera, sin embargo, mi cuerpo vibraba con toda la energía acumulada. Cuando hacía buen tiempo, caminaba por el bosque hasta que los pies se me llenaban de ampollas. Cuando el tiempo cambió y el silencio se me hacía insoportable, ponía los discos de mis padres —*Hounds of Love*, *Private Dancer*, *Rumours*— con el volumen a tope, pero lo único que conseguía era querer moverme, bailar.

Patinar.

El dinero no dará la felicidad, pero a mí me dio algo muy parecido. Conseguí a un constructor especializado en pistas de hockey domésticas que, por suerte, nunca había oído hablar de la bailarina sobre hielo olímpica Katarina Shaw. Varios meses y un buen pellizco de mis ahorros después, el establo estaba reformado.

Al principio me sentía torpe sobre las cuchillas y notaba las extremidades descoordinadas por la falta de práctica. Me caía de culo una y otra vez, y acabé con un moratón tan grande como mi trasero. Pero no había nadie que me viera ni me juzgara. Por primera vez en mi vida, patinaba para mí.

—Necesitamos música —anunció Bella tras atarse los patines.

—No hay equipo de sonido.

—¿Te construyes una superpista y ni te molestas en ponerle un sistema de altavoces?

—Suelo estar sola.

Algunos días patinaba con los auriculares y una lista de reproducción a todo trapo, pero normalmente mi único acompañamiento era el chirrido meditativo de las cuchillas.

Bella, resuelta, sacó su iPhone, puso una canción pop con una animada percusión y lo apoyó en las barreras para aprovechar al máximo el sonido metalizado de los altavoces.

Llevó a cabo algunos pasos básicos al ritmo de la música mientras cantaba algo sobre semáforos y calles abarrotadas. Cuando me vio la cara de confusión, se echó a reír.

—Ay, madre, pues sí que te has convertido en una ermitaña, ¿no? Pero si «State of Grace» lleva meses sonando en todas las emisoras. Uno de mis equipos júnior quiere patinar con esta canción el año que viene.

Me uní a ella en el hielo y empezamos a patinar una alrededor de la otra, trazando elipses superpuestas.

—Las patinadoras más jóvenes siguen hablando de ti, ¿sabes? —dijo Bella.

—Ah, ¿sí? ¿Me he convertido en un cuento con moraleja? «Katarina Shaw, la malvada Reina del Hielo que destruyó su carrera en un solo día». No sonaba mal.

—No —respondió Bella—. Hablan de ti igual que hablaban de mi madre.

—Así que piensan que soy una borde.

—Ajá. Y de mayores quieren ser igualitas que tú. —Ejecutó una grácil pirueta con los brazos por encima de la cabeza—. Esto es una pasada. Ahora quiero una pista de patinaje detrás de mi casa.

—Antes era un establo. Llevaba años a punto de derrumbarse, pero…

—Espera. —Al detenerse, los patines de Bella levantaron una cascada de nieve—. ¿Aquí es donde tu hermano lo obligaba a dormir? ¿En pleno invierno?

Así que Heath le había hablado de cómo lo maltrataba mi hermano. Me pregunté qué más le habría contado.

Aunque hacía mucho que la ira por descubrir a Heath y a Bella juntos se me había pasado, imaginarlo confiándole los traumas infantiles que nos habían unido me dolió como una herida recién abierta.

—Bueno… —Había pospuesto el tema todo lo que podía—. Heath y tú.

—No es lo que crees —respondió Bella demasiado rápido.

—Pues ¿cómo es, entonces?

—Al principio fue por venganza.

Oírla admitirlo fue casi un alivio. Aquella noche ambos estaban furiosos y no se les podía haber ocurrido mejor forma de hacerme daño que acostándose.

—Luego, después de Vancouver —prosiguió Bella—, yo estaba de asistente de mi madre cuando Heath empezó a coreografiar programas para varios equipos emergentes en la academia.

—¿En serio? —Había supuesto que Heath no querría tener nada más que ver con el mundo del patinaje.

—Los niños pequeños se le dan fenomenal, sobre todo los chicos que no tienen formación oficial en ballet; para ellos es un ejemplo. En fin, el caso es que Garrett se mudó y mi madre... —Bella negó con la cabeza—. No sé por qué pensé que al trabajar con ella mejoraría nuestra relación. Me trataba como si fuera una entrenadora júnior cualquiera. Así que Heath y yo acabamos pasando un montón de tiempo juntos.

Recordé la forma en que se había apoyado en su hombro durante el funeral de Sheila, buscando consuelo en él y no en su hermano. Una parte de mí —la parte que, a pesar de todo, los quería— se alegró de que se tuvieran el uno al otro, lo llamaran como lo llamaran.

La otra parte no quería más que arrancarle la melena de raíz, usarla para hacer una hoguera y tirarla a ella dentro.

Creo que algo de ese impulso debió de traslucirse en mi cara, porque Bella se apresuró a añadir:

—Solo somos amigos.

—Amigos con derecho a roce.

—Amigos —insistió—. Hasta que... Bueno, una noche... Tenía una entrada de sobra para ver a Adele en el Palladium y Heath se ofreció a ir conmigo.

No sabría decir qué me sorprendió más: que Heath fuera voluntariamente a un concierto de Adele o que Bella se tomara una noche libre para divertirse por una vez en la vida.

—Te juro que fue algo puramente físico. No significó nada.

—¿Y ya? —Hice todo lo posible por mantener una expresión neutra, por ocultar cualquier atisbo de esperanza que pudiera sonar en mi voz—. Solo una vez y luego...

—¿Qué? ¿Quieres un recuento exacto? —Los ojos de Bella echaban chispas—. Tú te fuiste, Garrett se fue. Heath y yo nos quedamos. Solo nos teníamos el uno al otro.

«Yo no tenía a nadie». Pero eso había sido culpa mía, ¿no?

Durante los siguientes temas del álbum —que más tarde, cuando regresé de forma oficial al mundo, me enteré de que era *Red*, de Taylor Swift—, patinamos en silencio, improvisando con la música. Al final nos volvimos la una hacia la otra, nos dimos las manos y seguimos patinando, alternando quién guiaba en cada momento.

Cuando acabó «We Are Never Ever Getting Back Together», Bella se dobló por la cintura, jadeante, mientras que yo apenas sudaba.

—Dios —exclamó—. Yo pensando todo este tiempo que estarías tirada en el sofá viendo telenovelas y resulta que has estado entrenando en secreto para Sochi.

Me reí y ejecuté varias piruetas sobre un pie a su alrededor, por presumir.

—Claro. Con mi pareja imaginaria. ¡Mándanos a las olimpiadas, entrenadora!

—Si quieres una pareja de verdad, se me ocurre dónde podrías encontrar una.

Volví a reír. Bella no.

—Heath me odia —señalé. Sí, me había llamado para decirme lo del funeral de Sheila, pero había sido un mensaje breve y, como mucho, formal.

—Anda que no hay parejas de patinaje que se odian —respondió Bella—. Aunque estoy segurísima de que Heath no sería capaz de odiarte. Te echa de menos.

—¿Lo ha dicho?

—No directamente. Imagino que sabrás que las palabras no son su fuerte. Pero se le nota.

Si Heath me echaba tanto de menos, podría haberme llamado mucho antes de que la muerte de Sheila lo obligara a hacerlo.

Aunque era cierto que yo tampoco había intentado ponerme en contacto con él. Y había huido del cementerio en cuanto se acabó el funeral, como si me persiguiera una jauría de coyotes rabiosos.

—¿Por qué no os presentáis juntos para Sochi? —le pregunté—. Como sois tan buenos «amigos»...

—Porque soy mejor entrenadora de lo que nunca fui como patinadora, y era buenísima. —Se quedó callada—. No sé si Garrett te cont...

—Sí.

No había dejado de pensar en ello. Garrett, tan tenso por el estrés, la culpa y la autoflagelación, había acabado por romperse. Había estado a punto de morir y yo ni me había enterado.

—Tendrías que haberlo visto —dijo Bella—. La presión estaba devorándolo vivo. Yo me había convencido de que se crecería, igual que nosotras.

—¿Era eso lo que hacíamos? ¿Crecernos?

—Es probable que no. —Negó con la cabeza—. ¿No es una locura que tuviera que ver a mi hermano con una férula de tracción para replantearme lo que quería hacer con mi vida?

No estaba dispuesta a admitirlo, pero sí que había visto un poco de los nacionales de Omaha. Durante la danza libre que les había valido el oro a Gaskell y Kovalenko, la cámara no hacía más que apuntar a Bella, de pie tras las barreras. Sheila siempre se había mostrado serena y estoica cuando sus patinadores estaban en el hielo; Bella era todo lo contrario. Ejecutaba el programa con ellos, botaba y sonreía y agitaba los brazos. Al verla tan animada, tan alegre, no pude evitar sonreír.

—Estoy segura de que eres una entrenadora fantástica —reconocí—, pero no creerás en serio que Heath y yo podríamos formar parte del equipo olímpico. Si casi estamos para jubilarnos.

—Tenéis experiencia. El programa estadounidense de danza sobre hielo lleva sobreviviendo a duras penas desde que os separasteis. Quitando a Francesca y Evan, no son más que un hatajo de críos que jamás han visto de cerca un podio internacional.

En 2010, estaba segura de que los Juegos Olímpicos serían la cumbre de mi existencia. Era como si, a punto de coronar una montaña, hubiera caído rodando justo antes de llegar a la cima. Y ahora estaba en la base, contemplando de nuevo aquella cumbre en la distancia. ¿De verdad estaba lo bastante loca como para plantearme una nueva escalada?

—Mi madre me dejó la academia, vale, pero no puedo vivir solo del nombre —me explicó Bella—. Ahora que han pasado los nacionales, varios patinadores se están planteando dejarme para ir a trabajar con preparadores con más experiencia. Si tuviera a Shaw y Rocha entre mi clientela, y sobre todo si volvierais a entrar en el equipo olímpico..., bueno, me vendría genial.

—¿Has hablado con Heath al respecto?

La sola pregunta suponía reconocer cierto interés, pero claro que estaba interesada. Por muy reparador que hubiera sido este régimen de patinar por gusto, echaba de menos competir. Echaba de menos patinar con alguien.

Y sí, tenía que admitirlo: echaba de menos a Heath. Lo echaba de menos como el soldado que echa de menos una extremidad amputada. Verlo con Bella me había dolido, pero no era nada comparado con el dolor fantasma de su ausencia.

—Todavía no le he dicho nada —reconoció Bella—. No quería que se hiciera ilusiones, por si tú me mandabas a la mierda. Así que ¿vas a mandarme a la mierda?

Por el altavoz del teléfono sonaba una balada suave; el álbum iba llegando a su fin. El sol había empezado a sumergirse entre las olas y las luces de las guirnaldas brillaban sobre nosotras como estrellas doradas.

Podría haberla dejado ir. Bella habría arrancado su coche de alquiler, habría conducido hasta el hotel boutique en el que hubiera reservado la noche, habría pedido algo al servicio de habitaciones y, a la mañana siguiente, habría volado de vuelta a California. Habríamos seguido con nuestras vidas, separándonos cada vez más hasta que la brecha fuera demasiado ancha como para tender puentes.

Pero tenía razón. Por mucho que lo intentara, nunca podría dejarlo.

—Me muero de hambre —dije—. ¿Te apetecen unos carbohidratos?

Bella sonrió de oreja a oreja.

—Pensé que nunca me lo propondrías.

ELLIS DEAN: Cuando me enteré de que Kat y Heath estaban planteándose volver, pensé que se habían vuelto locos. Por eso supe que debía de ser verdad.

JANE CURRER: Yo ya no participaba en el día a día de la Federación de Patinaje Artístico de Estados Unidos, ya que tenía un puesto en el Comité Olímpico Internacional. Pero la noticia de su reencuentro sacudió a toda la comunidad deportiva.

ELLIS DEAN: ¡E iban a entrenar con Bella! No me digas que no era un movidón.

GARRETT LIN: Preferí guardarme mi opinión para mí. Aquel ya no era mi mundo. Si mi hermana quería prepararlos, era cosa suya. Si Heath Rocha y ella querían seguir... Como ya he dicho, no era asunto mío.

PRODUCTORA [*Fuera de cámara*]: Aquella temporada, Evan y usted se trasladaron a otro centro de entrenamiento, ¿verdad?

FRANCESCA GASKELL: Sí. Y, antes de que me lo pregunte, no, no fue por Kat y Heath. Necesitábamos un cambio.

PRODUCTORA [*Fuera de cámara*]: Claro, pero ha de admitir que el momento...

FRANCESCA GASKELL: Habíamos perdido a nuestra entrenadora. Estábamos en plena fase de duelo, ¿vale?

ELLIS DEAN: Pues claro que Gaskell y Kovalenko iban a dejar la academia. Se suponía que los de Sochi iban a ser «sus» juegos, después de haber sido suplentes dos veces seguidas.

FRANCESCA GASKELL: Nos hacía mucha ilusión volver a competir con Kat y Heath, lo crea o no. Por muy mayores y faltos de práctica que estuvieran..., sin ánimo de ofender, imaginamos que su presencia nos empujaría a dar lo mejor de nosotros.

**ELLIS DEAN**: Si se hubieran quedado en la academia, habrían estado a la sombra de Kat y Heath. Y Frannie estaba lista para brillar sola.

# 67

Me había imaginado el reencuentro oficial con Heath Rocha de mil formas distintas.

Él correría hacia mí como si fuera el héroe al final de una peli romántica en una terminal de aeropuerto. Me sonreiría con cordialidad y me daría un firme apretón de manos, como si fuéramos presidentes de empresas rivales negociando una fusión. Me miraría con incredulidad antes de negarse a patinar conmigo porque todo había sido un ardid de Bella y, a fin de cuentas, sí que me odiaba.

La realidad fue mucho menos melodramática. Un martes por la tarde de principios de febrero, un taxi me dejó delante de la Academia de Hielo Lin. Heath y Bella estaban terminando una sesión con uno de los equipos júnior, que me parecieron bebés, aunque debían de tener catorce o quince años.

La chica fue la primera en verme. Los ojos se le pusieron como los de un gatito de dibujos animados y emitió un ruido ahogado de sorpresa. Heath se dio la vuelta.

—Hola, Katarina —dijo.

No parecía alegrarse de verme. Tampoco parecía que mi presencia lo incomodara. Su expresión era como un lago en una noche serena: plácido en la superficie, oscuro por debajo.

—Justo a tiempo —dijo Bella—. Empecemos.

Los dos adolescentes se marcharon, aunque la chica seguía mirándome. Cuando le sonreí, casi se tropezó con los patines.

Estaba tan acostumbrada a mi pequeña pista privada que la superficie de tamaño reglamentario me pareció enorme. Bella se quedó a un lado mientras Heath y yo dábamos vueltas al perímetro, cada una a mayor velocidad que la anterior. Al llegar a la cuarta, me dio la mano.

Tenía las palmas húmedas de sudor. Él también estaba nervioso.

En cuanto enlazamos los dedos, las cuchillas empezaron a deslizarse a un ritmo constante. Nuestra respiración se sincronizó. Heath me agarró en posición de baile y llevamos a cabo nuestra secuencia de calentamiento estándar sin un solo fallo, como si hubiéramos seguido practicándola cada día.

Bella cambió la música por un tema instrumental de blues tranquilo y empezamos a improvisar, mezclando sin problemas antiguas coreografías con nuevos elementos espontáneos. Me había temido que volver a patinar con él resultara extraño, forzado, difícil. Sin embargo, fue muy sencillo. Tanto que me aterrorizaba.

Cuando Bella alzó la voz y empezó a guiarnos desde su posición junto a la pista, también me resultó fácil. Heath respondía a sus comentarios antes de que hubiera terminado las frases y su experiencia como coreógrafo le había dado aún más fuerza en la dirección. Bastaba la menor presión de sus manos para que notase cómo quería que me moviera.

Al final, la música se detuvo y nosotros hicimos lo mismo. Estábamos en el centro de la pista con los torsos pegados, lo bastante cerca como para besarnos. Cuando nuestras miradas se encontraron, el mundo entero quedó reducido al castaño oscuro de sus iris.

—Creo que por hoy hemos tenido bastante —anunció Bella.

Me sentía como si Heath y yo hubiéramos pasado como máximo diez minutos en el hielo, pero había sido más de una hora. Los dos estábamos cubiertos de sudor, propio y del otro. Mientras nos desatábamos los patines y bebíamos agua de la botella, evitábamos mirarnos, como si acabáramos de compartir un rollo de una noche para olvidar. Ahí estaba por fin la incomodidad que me esperaba.

Bella tenía más cosas que hacer, por lo que Heath y yo nos fuimos juntos, aún sin hablar. Me sujetó la puerta para que saliera a la luz del atardecer.

—Supongo que nos verem... —comencé a decir.

—Katarina, yo... —dijo él al mismo tiempo.

Otra voz nos interrumpió a ambos.

—Señora Shaw...

La niña con quien Bella y él habían estado trabajando antes esperaba en el bordillo.

—¿Sí? —respondí.

—¿Podría...? Es decir, si no le importa..., ¿podría firmarme esto?

Me puso algo entre las manos. Un programa de la gira Stars on Ice de 2009, en el que Heath y yo aparecíamos en portada.

—Claro —dije—. ¿Tienes un boli o algo?

—¡Ay, no! Lo siento, es que...

—Toma. —Heath sacó un bolígrafo de su bolsa de deporte y me lo tendió.

—¿Cómo te llamas? —le pregunté a la niña.

—Madison. Madison Castro. Mi hermana mayor me llevó a ver la gira por mi cumpleaños. En Dallas. Soy de allí. Bueno, de unos treinta kilómetros a las afueras.

En cuanto Madison superó el miedo a hablarme, fue como si no supiera callar. Heath ni se molestó en ocultar lo que la situación lo divertía, pero ella estaba demasiado embobada para darse cuenta.

—Verla patinar es lo que hizo que quisiera hacerme bailarina sobre hielo. Un día iré a las olimpiadas y... —Se cortó—. Bueno, espero ir.

—Estoy segura de que lo conseguirás. Y espero que lo hagas mucho mejor que yo.

Le di el programa con mi firma garabateada bajo su nombre.

—Buena suerte esta temporada, Madison.

—¡Gracias! —Se fue con paso alegre, emocionadísima y con el programa abrazado contra el pecho.

—Vaya, vaya —dijo Heath—. Así que al final se ha convertido usted en un modelo para la juventud, Katarina Shaw.

Puse los ojos en blanco, pero con una sonrisa en la boca; el entusiasmo de Madison, al menos, había acabado con el silencio incómodo entre nosotros.

—¿Dónde estás alojada? —me preguntó—. ¿Por aquí?

—He encontrado un Airbnb en la playa.

—¿Marina del Rey?

Negué con la cabeza.

—Playa del Rey.

—Uf, menos mal.

—No me digas que Heath Rocha, que siempre ha odiado Los Ángeles, ahora es tan local que hasta ha hecho suyos y expresa los prejuicios arraigados sobre los distintos barrios.

—Hey, yo solo pienso en la seguridad y el bienestar de mi compañera de patinaje —respondió—. No querría que te atropellara un cochecito de gemelos. Hay que andarse con cuidado por ese barrio.

—Ahora me dirás que te has aficionado al yoga y a los zumos depurativos.

—Bah, el bikram ya no se lleva. Ahora lo suyo es hacer spinning con SoulCycle. —Heath sonrió y un rizo rebelde le cayó por la frente, resplandeciente a la luz rosada—. ¿Te llevo a casa?

—No te habrás comprado uno de esos deportivo horrorosos.

—Peor.

Señaló con un gesto una pequeña motocicleta aparcada junto a la acera. Un casco negro con rayas doradas colgaba del manillar.

—¿En serio? —exclamé—. ¿Te has hecho motero?

—¿Te llevo o no?

Dudé. Pero ¿por qué no? Éramos colegas. Los colegas podían hacerse bromas. Los colegas podían llevar a sus colegas a casa.

Heath me tendió el casco y se montó en la moto. Yo me subí al asiento a sus espaldas y le rodeé la cintura con los brazos. Durante el entrenamiento nos habíamos tocado de forma más íntima, pero aquello era trabajo. Y esto… no estaba segura de qué era.

Enfiló la carretera panorámica a lo largo de Vista del Mar. Habíamos disfrutado de un día tranquilo y sin nubes, por lo que el sol estaba ocultándose en el océano como si fuera metal fundido. De pronto, ya no tenía tanta prisa por meterme en mi casita de alquiler, pequeña y austera.

Le tiré de la manga. Heath asintió y viró hacia la costa. Hacía fresco para ser California. Quitando una mujer que le lanzaba un frisbi a un pitbull regordete en la lejanía, teníamos la playa para nosotros dos.

—¿Dónde vives ahora? —le pregunté mientras caminábamos hacia el agua con los zapatos en la mano—. Espero que sea mejor que el estudio cochambroso de la Higuera. ¿Te acuerdas del zulo aquel?

—¿Cómo olvidarlo? —Heath bajó la vista—. No, ahora estoy en Palisades.

—¿Tienes un apartamento? —pregunté—. ¿O...?

A Heath le tembló la mandíbula. Ah.

—Cada uno tenemos nuestro espacio —respondió—. Pero Bella estaba muy sola en aquel caserón y somos...

—Amigos. Sí, eso me contó.

En la academia, no había hecho más que buscar algún atisbo de atracción entre ellos. Lo que vi, sin embargo, podía considerarse peor: Heath y Bella se llevaban bien y compartían una intimidad relajada que dejaba patente lo mucho que se habían acercado durante mi ausencia.

Heath se volvió hacia mí. Toda aquella luz dorada se reflejaba en sus ojos.

—¿Qué más te ha contado Bella? —quiso saber.

Lo miré a los ojos.

—Me contó que ahora eres coreógrafo. Y que me echabas de menos.

—Pues claro que te echo de menos, Katarina. —Al dar un paso hacia mí, tropezó en la arena. Tuve que retroceder para que no chocáramos—. Y siento muchísimo lo que pasó en Vancouver. Si pudiera volver atrás...

Clic.

Los dos nos quedamos petrificados al oír el sonido bien conocido de un obturador por encima de las olas que rompían y los graznidos de las gaviotas.

—Detrás de ti —me advirtió Heath—. En el carril bici.

—Como en los viejos tiempos.

—¿Qué te parece si... —sonrió y se inclinó hacia mí— les damos algo de que hablar?

# 68

Si había algo que a Heath y a mí se nos daba bien era ofrecer un espectáculo.

Fingimos no ser conscientes de la presencia del paparazzo igual que hacíamos en la época en que nos seguían a todas partes. Nos dimos la mano. Reímos y sonreímos. Le di a Heath un empujoncito coqueto y, acto seguido, dejé que tirase de mí hacia él y enredase sus manos en mi pelo.

Mientras el sol se ocultaba en el horizonte, nos miramos a los ojos y Heath inclinó la barbilla, acercándose cada vez más, hasta que la distancia era tan poca que supe que iba a besarme.

En el último segundo, se desvió a mi mejilla y su barba me raspó el mentón. Sentí alivio. Y decepción. Me sentí más confusa que nunca.

—Creo que el tipo se ha largado —me susurró al oído. Era dolorosamente consciente de cada punto en el que nuestros cuerpos se tocaban, desde la palma que me rodeaba la nuca hasta los dedos de los pies descalzos, que tocaban los suyos, hundidos en la arena—. ¿Quieres que…?

—Creo que deberíamos mantener la profesionalidad —solté.

Heath se apartó de mí.

—Vale.

—Yo también lo siento. —Tragué saliva—. Por lo de Vancouver, pero sabes que nuestros problemas no empezaron allí. Los sentimientos personales siempre han sido una distracción, así que, si queremos intentarlo de nuevo...

—¿Es lo que quieres? —me preguntó—. ¿Intentarlo de nuevo?

—¿Y tú? Bella me dijo...

—Ahora mismo no quiero hablar de Bella. Esto es entre tú y yo, Katarina.

—Entiendo que está muy difícil —dije—. Y me refiero a llegar a Sochi, pero no digamos ya ganar.

—Ya sabes que nunca me ha preocupado tanto ganar una medalla como a Bella y a ti.

—Pero sigues patinando —repliqué—. He de admitir que me sorprendió.

—Ah, ¿sí? —Heath hundió las manos en los bolsillos—. La verdad es que a mí también. ¿Te ha contado Bella que estuve un tiempo trabajando en una tienda de discos de West Hollywood?

No.

—A ver que lo adivine: ¿después de pasarte el día lidiando con hípsters volviste escarmentado al gélido abrazo del patinaje artístico?

—Puede que eso también contara, pero sobre todo fue porque echaba de menos la sensación de ser parte de la música, no solo escucharla. No hay nada igual, ¿verdad?

Pensé en la sesión de la que habíamos disfrutado aquella tarde, en la sensación de fluidez al deslizarme sobre el hielo entre sus brazos.

—No, no hay nada igual. Y, si no lo hacemos, si no lo intentamos al menos...

Heath sonrió, pero había algo de tristeza en el gesto.

—Siempre nos quedaríamos con la espinita.

La tarde había caído y, con ella, las sombras sobre nuestros rostros. Heath parecía muy distinto del chico de antes, y no solo por la barba, también por las finas arrugas en los rabillos de los ojos y a lo largo de la frente. Cumpliría los treinta en julio; yo, en octubre. Éramos jóvenes para los estándares del mundo real, pero en nuestra disciplina estábamos llegando a la obsolescencia. Por muy bien que hubiera funcionado la sesión de aquella tarde, me dolían las rodillas y la espalda, y sabía que a la mañana siguiente iría renqueando como una vieja.

—Bueno, pues ¿hasta mañana? —le pregunté.

Heath asintió.

—Hasta mañana, Katarina.

A pesar de nuestra conversación sobre limitarnos a lo profesional y no dejarnos distraer por los sentimientos personales, cuando Heath me dejó en casa tras nuestro paseo por la playa me costó muchísimo no invitarlo a entrar.

Mi vivienda temporal era una discreta casita con tejado a dos aguas en una de las calles empinadas y serpenteantes al este de la playa. Tenía un sistema de seguridad y setos de cierta altura, lo cual, dado mi menguado perfil público, esperaba que bastase. Aunque que apareciera un paparazzo el primer día de mi regreso no auguraba nada bueno.

La bombilla del farol junto a la puerta delantera estaba fundida, así que tuve que buscar la llave a oscuras. Al hacerlo, golpeé con el pie algo que había en el peldaño.

Flores. Una docena de rosas amarillas en un jarrón de cerámica.

Las llevé dentro y las dejé en la consola de estilo años cincuenta del recibidor. No tenía ni idea de quién las habría enviado; los únicos que conocían mi dirección eran Heath y Bella, y ¿para qué iban ellos a mandarme flores en vez de regalármelas en la pista?

Por fin encontré la tarjeta, escondida entre los tallos. Al sacarla me clavé una de las espinas en el dedo y me hice sangre. Leí el mensaje mientras me lo metía en la boca.

Una sola palabra. Sin firma.

«Bienvenida».

**ELLIS DEAN**: Pues claro que estaban liados. Pero ¿tú has visto esas fotos de la playa?

*Un montaje de fotos robadas de Katarina Shaw y Heath Rocha en Playa del Rey, Los Ángeles. Parecen una pareja feliz, incapaz de quitarse las manos de encima.*

**ELLIS DEAN**: Fue, con diferencia, la entrada que más tráfico me generó desde el incidente con lanzamiento de muebles de la villa olímpica.

**GARRETT LIN**: A mí me parece bonito que volvieran a ser amigos después de todo.

**INEZ ACTON**: ¿Qué más da si estaban liados o no? Se habían propuesto una hazaña deportiva importante: iban a intentar llegar a las olimpiadas después de años alejados de la competición. Algo mucho más interesante que su vida sexual. Al menos para mí.

**FRANCESCA GASKELL**: Yo no estaba pendiente de ellos. La verdad es que no me daba tiempo. Faltaba un año para los juegos y tenía mucho que hacer.

**ELLIS DEAN**: Hacerse mimos en la playa al atardecer es muy bonito y todo lo que tú quieras, pero, si iban en serio con lo de volver a la disciplina, tenían que patinar.

**KIRK LOCKWOOD**: Estrenaron la temporada con un campeonato de nivel discreto, para ir probando.

*Katarina y Heath realizan su danza libre con una dramática pieza de piano de Philip Glass, que solía oírse en los tráilers de cine, durante el Clásico Internacional de Estados Unidos de 2013, que tuvo lugar en Salt Lake City, Utah.*

KIRK LOCKWOOD: Ganaron, pero no con demasiada diferencia, y tampoco era una cita demasiado competitiva. Los Shaw y Rocha de antes los habrían machacado.

ELLIS DEAN: La prueba de fuego era Skate America, donde tendrían que enfrentarse por primera vez a Gaskell y Kovalenko.

*Durante el calentamiento de la danza libre en el campeonato Skate America de 2013 en Detroit, Michigan, Katarina Shaw y Francesca Gaskell se miran desde extremos opuestos de la pista.*

ELLIS DEAN: Kat y Heath llegaron al programa libre en cabeza, pero Francesca y Evan los adelantaron y se llevaron el oro.

JANE CURRER: El programa libre de Shaw y Rocha parecía poco pulido. Y esto se vio reflejado en las puntuaciones.

FRANCESCA GASKELL: Quizá deberían haber hecho caso de los comentarios pretemporada de los jueces, como hicimos los demás, en vez de creer que sabían más que nadie. O, bueno, eso es lo que decía la gente. Como ya he dicho, yo tenía cosas más importantes en la cabeza.

*En el podio de Skate America, Katarina y Heath saludan y sonríen, ocultando cualquier posible decepción por haber acabado en segundo lugar.*

JANE CURRER: Con todo, fue una agradable sorpresa ver su nivel... y su comportamiento, tanto dentro como fuera de la pista. Pensé que tal vez habían madurado y habían dejado atrás el drama y las tonterías. Pero entonces fueron a Rusia.

# 69

Heath y yo llevábamos sin pisar Rusia desde 2005, cuando gané mi primer título mundial mientras él me observaba como un fantasma desde las gradas.

A los dos nos sorprendió recibir una invitación de la federación rusa para participar en su cita del Grand Prix, la Copa Rostelecom, aunque sabíamos de sobra que no era un gesto de buena voluntad. Volkova y Kipriyanov encabezaban la competición y, sin duda, querían ir calentando para Sochi humillándonos en casa.

Moscú era aún más fría y lúgubre de lo que recordaba. Me costaba imaginar a Heath viviendo en aquella ciudad, por mucho que alternara sin problemas entre el inglés y el ruso al hablar con taxistas y recepcionistas o al señalar los monumentos. Me mostró el ruinoso bloque de apartamentos en el que había vivido y la vieja iglesia —reconvertida en pista de patinaje durante la era soviética— en la que había entrenado, pero su tono desenfadado ocultaba las dificultades a las que debía de haberse enfrentado. Aun así, aquello era más de lo que nunca había querido compartir sobre su vida anterior, al menos conmigo. Tuve que recurrir a todas mis fuerzas para guardarme el torrente de preguntas que quería hacerle en respuesta a cada pequeño detalle.

La Copa Rostelecom se celebraba en unas instalaciones menores del mismo complejo en el que habían tenido lugar los mundiales ocho años antes. En contraste con el tiempo gélido, la calefacción en el pabellón estaba tan alta que salía vapor blanco del hielo y no había terminado aún de ponerme los patines cuando el sudor ya me cubría las lumbares. Era un lugar claustrofóbico; mirásemos donde mirásemos no había más que paredes de hormigón y gente observándonos con fijeza. Mientras presentaban a los equipos, el público moscovita hizo temblar el graderío con los vítores a la joven pareja rusa que nos precedía antes de que se extendiera un silencio sepulcral cuando anunciaron nuestros nombres.

—No dejéis que os afecte —nos dijo Bella a Heath y a mí tras el calentamiento—. Esto es bueno. Lleváis años fuera de juego y siguen considerándoos una amenaza.

Desde Vancouver, Yelena y Dmitri se habían enfrentado con varios rivales potentes, tanto en su país como en el extranjero. Se habían trasladado a un centro de entrenamiento nuevo y construido *ad hoc*, financiado, según las malas lenguas, por los negocios poco transparentes de la familia Kipriyanov. Tras encadenar cuatro títulos mundiales consecutivos e incontables medallas durante nuestra ausencia, todo el mundo esperaba que se llevaran el próximo oro olímpico.

Sin embargo, cuando uno lleva dominando su deporte tanto tiempo, es fácil dormirse en los laureles y dejar de esforzarse al máximo. Heath y yo, en cambio, no habíamos hecho otra cosa en los últimos meses. Trabajar con Bella no parecía tanto prepararse con un entrenador como una colaboración entre iguales, aunque a veces tenía la impresión de ser el miembro menos importante del equipo. Bella decidía, Heath elegía la música y nos coreografiaba. Lo único que hacía yo era patinar.

Aun así, ganáramos o perdiéramos, estábamos juntos. Puede que no batiéramos a nuestros adversarios, pero al menos les meteríamos miedo.

La Unión Internacional de Patinaje por fin se había librado de la danza obligatoria, recargada y repetitiva, y había cambiado el nombre de la danza original por «danza corta». En aquella temporada olímpica, todos teníamos el finnstep como patrón obligatorio, un estilo veloz y complejo que exigía rápidos cambios de dirección y de filo que podrían hacer tropezar hasta al patinador más experimentado. Un paso mal dado y sería casi imposible recuperar el ritmo. Pero tampoco podías ir demasiado deprisa o se desdibujaría la precisión de la coreografía.

Fue justo eso lo que le sucedió a la pareja de novatos rusos que patinó primero: se apresuraron en la ejecución, como si estuvieran deseando quitarse el programa de encima, y se perdieron todos los matices. Al final, los dos estaban jadeando y tenían la cara tan colorada que apenas se les notaban las cicatrices del acné en las mejillas. Él se dobló por la cintura y apoyó una mano en el hielo, tratando de recobrar el aliento, mientras que su compañera, una adolescente con los ojos delineados con una gruesa raya azul que la hacían parecer aún más joven, se fue patinando hacia las barreras sin él.

Mientras Heath y yo esperábamos nuestro turno, yo no paraba de alisarme la falda, arañándome las palmas con las lentejuelas hasta casi dejármelas en carne viva. La primera vez que vi el boceto del diseño, pensé que el efecto sombreado del gris metálico al blanco que tenía era genial. Una vez acabado, sin embargo, el vestido me recordaba a la nieve sucia acumulada en una acera y el tejido era demasiado pesado para el carácter leve del finnstep.

Salimos al hielo los segundos, supuestamente por nuestra ausencia en el ranking mundial de la temporada anterior, aunque todo el mundo sabía que era un desaire deliberado. Justo antes de que empezara la música —una versión animada y con aires de swing de «Crazy in Love»—, Heath contuvo el aliento. Tuve que esperar hasta bien entrados en la sección inicial antes de atisbar con claridad lo que le había sorprendido.

Aunque Yelena y Dmitri no patinaban hasta el final del acto, Veronika Volkova estaba observándonos desde las barreras. Se había colocado al lado de Bella, de modo que, si buscábamos con la mirada a nuestra entrenadora en busca de ayuda o ánimos, no podríamos evitar verla a ella también.

—No dejes de mirarme —dije lo bastante alto como para que Heath me oyera.

Asintió y volvió a concentrarse. Nos lucimos con una serie de mareantes giros, con una sincronización tan perfecta que hasta conseguimos arrancar algunos aplausos a aquella multitud tan inhóspita.

La parte siguiente del programa exigía que cada equipo se detuviera en un mismo punto de la pista para ofrecer una muestra exuberante de juego de pies estacionario: primero, un movimiento pendular de piernas, como si fueran badajos de campana; luego, una serie de rápidos pasitos en equilibrio sobre las serretas. Y todo ello sin dejar de sonreír a pesar del sudor que nos caía sobre los ojos.

Estábamos agarrados, por lo que noté el instante en el que Heath empezó a caerse. La pierna derecha pareció fallarle, como si el patín se le hubiera enganchado en algo. Acto seguido, se le fue el pie.

De forma instintiva, lo aferré del hombro para estabilizarlo, pero ya se iba al suelo. Lo que es peor: se había separado de mí para evitar golpearme con la cuchilla, por lo que chocó contra el suelo de lado y se torció la espalda.

Nuestra efervescente música seguía atronando cuando me arrodillé a su lado mientras el vapor ascendía alrededor nuestro. No había gritado, pero sí había emitido un gruñido grave que solo yo, al estar tan cerca, había oído. No obstante, consciente de lo que Heath era capaz de soportar sin quejarse, entendí que la cosa era grave.

—La cuchilla —masculló—. Se me ha enganchado en algo.

Busqué como loca con la mirada por la zona en la que habíamos llevado a cabo los pasos. Si el acto hubiera estado más avanzado, podría haber sospechado de alguna irregularidad en el hielo, pero éramos la segunda pareja en patinar.

Al principio no vi nada entre la neblina. Luego me fijé bien. Un reguero de minúsculos puntos brillaban bajo las luces del pabellón, aunque apenas se distinguían de la superficie del hielo. Apreté el dedo contra uno y se me pegó a la piel.

Era una lentejuela.

**ELLIS DEAN**: Ay, sí, el GlitterGate.

*Durante la danza corta de la cita rusa del Grand Prix en Moscú en 2013, Heath Rocha sufre una aparatosa caída en plena secuencia de juego de pies estacionario.*

**ELLIS DEAN**: El nombre se lo puse yo. La etiqueta fue tendencia en Twitter durante días.

**VERONIKA VOLKOVA**: «GlitterGate». Pero ¿qué significa esa palabra?

**ELLIS DEAN**: Toda la saga del GlitterGate fue lo más leído de la temporada. Hasta..., bueno..., ya sabes.

*El personal médico llega corriendo a la pista a examinar a Heath. Bella Lin se lleva a Katarina hasta las barreras y esta extiende la mano para enseñarle algo.*

**VERONIKA VOLKOVA**: Shaw y Rocha no tenían nada que hacer frente a mis patinadores. Así que ¿qué se les ocurrió?

*Mientras los sanitarios atienden a Heath, Bella y Katarina hablan con los oficiales olímpicos. Veronika Volkova espera a un lado, de brazos cruzados sobre el abrigo de piel, con aspecto exasperado.*

**VERONIKA VOLKOVA**: Montaron un numerito. Por una lentejuela.

**KIRK LOCKWOOD**: Sé que no parece gran cosa, pero hasta el menor objeto en el hielo puede suponer un peligro. Si la cuchilla no puede deslizarse con libertad, se para en seco.

**JANE CURRER**: Las reglas sobre deducción de puntos por interrupción de un programa varían según el motivo por el que los patinadores se detengan; depende de si es por un problema con su equipación o se debe a algo que no es culpa suya.

*La conversación con los oficiales empieza a derivar en una discusión acalorada.*

JANE CURRER: En cualquier caso, el equipo tiene un máximo de tres minutos para reanudar el programa o se los retira automáticamente de la competición.

VERONIKA VOLKOVA: Aquellas lentejuelas eran del vestido de Katarina.

ELLIS DEAN: Aquellas lentejuelas estaban en la pista antes de que Shaw y Rocha salieran a patinar.

*Momentos antes, nada más terminar su programa corto, el joven patinador ruso Ilya Alekhin se queda por detrás de su compañera, Galina Levitskaya. Se dobla por la cintura y acaricia la superficie del hielo con la mano derecha.*

ELLIS DEAN: Tocó el punto exacto donde Heath se tropezó. El mismo punto en el que todos los equipos tenían que llevar a cabo el juego de pies estacionario del finnstep. ¿Tú crees que es una coincidencia?

VERONIKA VOLKOVA: Fue una lástima que su compañero tropezara, pero no fue culpa de nadie más que de ellos, o puede que del hortera de su diseñador hollywoodiense.

ELLIS DEAN: Levitskaya y Alekhin eran unos recién llegados y apenas habían empezado a entrenar en Moscú. ¿Adivinas quién los estaba preparando?

VERONIKA VOLKOVA: Galina e Ilya estaban muy ilusionados por competir en su primer campeonato sénior del Grand Prix. Me entristece pensar que su experiencia se viera oscurecida por un intento lamentable de echarles la culpa de un error y montar un escándalo.

*Cada vez más gente se agolpa alrededor de Katarina y Bella, y los cámaras tratan de obtener mejores imágenes. Katarina clava la mi-*

*rada en el objetivo con expresión iracunda. El cámara se acerca aún más. «Quítate de encima de mí», le suelta ella.*

VERONIKA VOLKOVA: Todo aquello fue un montaje patético para buscar apoyos, parecía sacado del manual de Sheila Lin.

ELLIS DEAN: Fue un sabotaje puro y duro. Típico de Veronika Volkova.

*Bella sigue intentando razonar con el juez ruso, que niega con la cabeza.*

VERONIKA VOLKOVA: Las normas están claras por mucho que agarres una rabieta; si rebasas los tres minutos, estás fuera.

*«Katarina Shaw y Heath Rocha, de Estados Unidos, se han retirado», se anuncia por megafonía antes de repetir el mismo mensaje en ruso.*

*Los sanitarios ayudan a Heath a salir de la pista. Rechaza la camilla, por lo que apoya los brazos en los hombros de Katarina y Bella. Los tres se alejan renqueando entre bastidores.*

# 70

Cuando Heath y yo decidimos intentar regresar a la competición, sabía que nos enfrentaríamos a un buen número de obstáculos: mejores equipos, jueces sesgados, mala prensa y todas las tensiones personales sin resolver entre él, Bella y yo.

Pero nunca imaginé que acabaríamos fuera por unas putas lentejuelas.

De vuelta en la suite del hotel de Moscú, comprobé cada centímetro del traje por lo menos diez veces. No faltaba ninguna. Además, las que había encontrado en el hielo eran algo distintas de las de mi vestido: de un blanco más brillante y con los bordes más afilados.

Yo sabía que nos habían saboteado. Igual que sabía que, de insistir, lo único que lograríamos sería afianzar nuestra fama de buscar el drama y el escándalo. El blog de cotilleos de Ellis Dean arrastró toda la historia del GlitterGate por el barro y los medios respetables la trataron como si fuera una broma.

Una vez en Los Ángeles, los paparazzi empezaron a rondar mi casita alquilada como moscas alrededor de un trozo de carne putrefacta, por lo que me mudé al Palacio de Hielo. A pesar de que Heath me había dicho la verdad —Bella y él dormían en habitaciones distintas y se trataban más como compañeros de piso que como amantes—, a mí se me hacía raro que viviéramos los tres juntos después de todo lo que nos habíamos hecho pasar unos a otros. La mansión tenía casi mil metros cuadrados, pero a mí no me parecían suficientes para contener la tensión del triángulo que formábamos.

Los médicos de Heath se mostraban optimistas; creían que su espalda se habría recuperado lo suficiente para participar en el campeonato nacional de enero. Mientras, sin embargo, tendría que descansar, hacer fisioterapia y tomar los analgésicos aprobados por la Agencia Mundial Antidopaje. Yo seguía entrenando como buenamente podía sin él, repasando la coreografía con los brazos extendidos hacia el vacío, como si bailara con un fantasma.

Durante la final del Grand Prix de diciembre, pusimos una alarma para despertarnos media hora después de la medianoche y así ver la retransmisión en directo desde Fukuoka, en Japón. Volkova y Kipriyanov tuvieron que conformarse con la plata después de que Gaskell y Kovalenko dieran la vuelta al marcador y se colgaran el oro. Las dos parejas serían las favoritas para Sochi. Heath y yo tendríamos suerte si llegábamos a los juegos.

Me metí en la cama sobre las cuatro de la madrugada, pero no podía dormir. Cada vez que cerraba los ojos, veía la cara de princesa Disney de Francesca Gaskell levantada hacia la bandera estadounidense. Puede que hubiéramos cometido un error al intentar volver a la competición. Puede que estuviéramos demasiado viejos, demasiado cansados. En los últimos tiempos, hasta Bella parecía agotada, con grandes ojeras en la cara y mareando la comida en el plato a la hora de cenar.

Al fondo del pasillo, se abrió la puerta de la habitación de Heath. Escuché sus pasos al recorrerlo.

Pasó de largo junto a mi cuarto y se detuvo en la puerta del de Bella. Seguía durmiendo en su dormitorio de siempre, sin llegar a ocupar la suite principal. Oí un rumor de madera al rozar la moqueta cuando la puerta se abrió y volvió a cerrarse.

Luego, silencio.

Hicieran lo que hicieran, me dije, no era asunto mío. Cerré los ojos y traté de conciliar el sueño una vez más.

Tardé unos diez minutos antes de levantarme y recorrer el pasillo a hurtadillas para espiarlos sin vergüenza alguna. Aguanté la respiración y pegué la oreja a la puerta de la habitación de Bella, preparándome para una repetición de lo que había interrumpido en Vancouver.

Sin embargo, no oí más que sus voces, bajas y con confianza. Demasiado bajas para entender lo que decían. Y con tanta confianza, con tanta familiaridad entre ellos, que el pecho me dolió de la envidia.

Volví a mi habitación. Heath se quedó con Bella hasta la mañana siguiente.

Una semana antes de Navidad, a Heath por fin le dieron permiso para volver al hielo. Sin embargo, le prohibieron hacer elevaciones conmigo hasta Año Nuevo..., muy pocos días antes del campeonato nacional.

La primera vez que lo intentamos, a pesar de que fue sobre unas colchonetas en el suelo, fue terrorífico. Los brazos le temblaban, tuvo un espasmo en la espalda y la cara se le contrajo por el dolor. Pero se negó a rendirse. Habíamos llegado demasiado lejos como para abandonar.

Para cuando volamos a Boston, podía elevarme sin que el corazón se me saliera del pecho y volvíamos a realizar el programa entero sin pararnos. La danza libre seguía un poco verde, la actuación no acababa de integrarse con la música, pero no teníamos tiempo para introducir cambios sustanciales. Lo que sí hice fue conseguir un vestido nuevo para la danza corta: morado y plisado, con falda evasé y llamativos detalles en amarillo lima... Ah, y sin una sola lentejuela.

Nuestro finnstep estaba lejos de la perfección, pero, gracias a unos errores impropios de Gaskell y Kovalenko, Heath y yo nos pusimos en cabeza. Teníamos otro nacional al alcance de la mano.

Cuatro años antes, conseguir el oro era cuestión de vida o muerte, pero la experiencia me había enseñado que fracasar no era el fin del mundo. Aunque quedáramos segundos, teníamos muchas opciones de ir a los juegos. Con todo, quería ganar y demostrarles a Frannie, a Evan y a todos los demás que no podían considerarnos acabados. Heath y yo habíamos vuelto por un motivo y estábamos dispuestos a batirnos por cada punto.

La danza libre comenzaba a última hora de la tarde. Para cuando llegamos al pabellón TD Garden, el cielo ya estaba negro como el carbón y los copos de nieve brillaban al arremolinarse sobre el río Charles, completamente helado. Bella llevaba un abrigo acolchado que parecía un saco de dormir y se dejó la cremallera subida hasta la barbilla incluso una vez dentro.

A Ellis Dean le habían dado un pase especial que le permitía moverse entre bastidores para grabar entrevistas a los participantes antes de su actuación. Cuando me disponía a estirar, me puse los auriculares para ver si pillaba la indirecta. Sin embargo, mientras me enderezaba tras llevar la frente a las rodillas, allí lo tenía, pegándome a la cara aquel estúpido micrófono con pedrería.

—Enhorabuena por llegar en cabeza a la final de esta noche —me dijo casi gritando para asegurarse de que lo oía por encima de la música.

Me quité un auricular y dejé que el otro siguiera atronándome con la lista de reproducción que Heath me había elaborado para los calentamientos. «Damned if she do, damned if she don't», cantaba Alison Mosshart.

—Aunque es fácil superar las expectativas cuando se empieza desde tan abajo —prosiguió Ellis—. ¿Cómo te sientes de cara a la danza libre?

—Me siento fenomenal de cara a la danza libre. Muchas gracias por preguntar, Ellis.

—¿Dónde está la deliciosa señorita Lin? Me encantaría preguntarle también a ella por vuestra actuación.

—No la he visto.

Llevaba sin verla desde que llegamos, cosa rara. Normalmente se quedaba cerca mientras estirábamos y nos motivaba con una charla antes del calentamiento en grupo. Ahora que lo pensaba, llevaba dejándose ver poco desde que habíamos llegado a Boston. El primer día, se pasó durmiendo la sesión de entrenamiento matinal y luego se saltó el desayuno para volverse al hotel. De no conocerla tan bien, habría creído que estaba escaqueándose para ir a encontrarse con algún amante secreto.

Ellis se dirigió hacia Francesca, que se sacudió la cola de caballo y sonrió de oreja a oreja, más que encantada de ofrecerle algún comentario. Yo me acerqué a Heath, que estaba haciendo ejercicios de fisioterapia sobre una colchoneta.

—¿Has visto a Bella? —le pregunté.

Negó con la cabeza. Hasta aquel pequeño gesto hizo que apretara los ojos.

Me agaché a su lado.

—¿La espalda?

—Es solo este frío que hace —respondió—. Supongo que California me ha ablandado.

Necesitaba más descanso, más tratamientos, más tiempo, pero no lo había.

—Bella debe de tener crema para friegas en el bolso. —Me puse de pie—. Voy a buscarla.

Imaginaba que estaría en el baño o algo, pero la busqué por todas partes y no había ni rastro de ella. ¿Habría ido a comer algo? Aunque, ya puestos, no la había visto tomar más que una barrita de cereales en las últimas cuarenta y ocho horas, y había sido porque Heath se la había puesto en la mano.

Creía haber visto unas máquinas expendedoras en otro pasillo, así que me encaminé hacia allí. Y, efectivamente, allí estaba, apoyada en la pared, con el abrigo todavía puesto.

—Hola —dije—. A Heath le está dando guerra otra vez la espalda y ha pensado que...

Bella no parecía oírme. Ni siquiera se dio la vuelta.

Contemplé con horror cómo se caía redonda.

# 71

Corrí hacia ella y me acuclillé a su lado.

Estaba consciente, pero por poco, la cabeza desfallecida contra la pared, los ojos entrecerrados, como si no soportara la luz de los fluorescentes.

—¿Bella? —Le puse el dorso de la mano en la frente—. ¿Qué te pasa?

—Joder. ¿Se encuentra bien?

Ellis. Me había seguido.

—Más te vale no escribir una puta palabra sobre esto —dije.

Se llevó la mano al pecho, por encima del pañuelo ascot de lamé dorado.

—¿Es que crees que soy un monstruo?

—¿De verdad quieres que te responda? Haz algo, anda, ve a buscar a los sanitarios.

Bella emitió un leve gemido y se agarró la parte inferior de la caja torácica. Llevaba la cremallera medio bajada, como si hubiera intentado quitarse el abrigo y se hubiera rendido.

—Busca también a Heath —le grité a Ellis, que asintió antes de perderse de vista.

Nunca había visto a Bella tan débil. En todos los años desde que nos conocíamos, la muy perra jamás había pillado un catarro, y de pronto parecía que estuviera muriéndose. Pero si hacía una hora estaba bien.

¿O no? Repasé mentalmente las últimas semanas: tanto dormir, tanta inquietud, tanta falta de apetito. Todos aquellos síntomas que, en mi imaginación, había atribuido al estrés de nuestro agotador calendario de entrenamiento y a la incertidumbre por la recuperación de Heath. Era cruel, sí, pero más de una vez se me había pasado por la cabeza que Bella no tenía derecho a estar tan cansada cuando éramos nosotros los que dábamos el callo.

Heath dobló la esquina a paso rápido. En cuanto nos vio, echó a correr.

—¿Qué ha pasado? —quiso saber.

—No lo sé. Me la he encontrado así.

Cuando se arrodilló a mi lado, el pantalón negro se le manchó de polvo.

—No pasa nada —murmuró, sosteniendo la mejilla amarillenta de Bella—. Ya verás que no es nada.

—Heath…

La voz de Bella se quebró al pronunciar su nombre en un tono tan vulnerable e íntimo que me sentí como si no tuviera derecho a presenciar aquello.

Lancé una mirada al pasillo. ¿Dónde estaban los sanitarios? ¿Por qué coño tardaban tanto?

Cuando me di la vuelta, Heath abrazaba a Bella con el rostro hundido en su pelo.

Tenía la mano sobre su abdomen.

Antes de que pudiera procesar lo que veía, apareció el equipo médico.

—Tiene la presión sanguínea extremadamente alta —señaló el jefe de equipo al cabo de unos minutos—. Debemos llevarla a urgencias.

Bella pareció volver de pronto a la vida.

—No, no, tienen que patinar enseguida. ¿Podemos esperar?

Nos habíamos perdido las presentaciones y el calentamiento. Los primeros patinadores del último grupo ya estaban en la pista; la melodía amortiguada de la canción de One Direction que sonaba en su programa ofrecía un extraño contraste alegre al drama que estábamos viviendo entre bastidores.

—Me temo que no, querida. La ambulancia ya viene de camino.

Lancé una mirada a Heath, que no quitaba los ojos de encima a Bella.

¿Cómo no lo había visto en todos esos meses? La conexión entre ellos. El amor. Puede que no fuera del mismo tipo que el que sentíamos nosotros, pero era amor igualmente.

—Deberías ir con ella —dije.

Entonces se volvió hacia mí, pero fue Bella quien respondió.

—Voy a estar bien. Tenéis que patinar. Es vuestra última oportunidad.

Los aplausos retumbaron en el pabellón cuando el equipo acabó su programa libre. Entonces, en mitad del silencio, se oyeron las sirenas que se aproximaban.

Sabía que los dos pensábamos en Saint Louis, ocho años atrás, cuando otra ambulancia llegó volando a otro estadio. Y hubo que tomar otra decisión difícil que en realidad no fue una decisión.

Quizá Bella tuviera razón. Quizá fuera nuestra última oportunidad. Lo único que sabía era que, esta vez, no podía pedirle a Heath que me eligiera a mí.

—Ve —le dije—. Yo te sigo.

**KIRK LOCKWOOD**: Entendí que su repentina retirada se debía a la lesión de Heath. No decían ni una palabra al respecto, pero se veía a las claras que él lo estaba pasando mal.

*Durante la retransmisión de la NBC del campeonato nacional de Estados Unidos de 2014, la cámara corta las imágenes de la competición y se ve una ambulancia aparcando delante del pabellón TD Garden de Boston, Massachusetts.*

**KIRK LOCKWOOD**: Entonces recibimos la noticia de que llevaban a Bella Lin de urgencia al hospital general.

*Sacan a Bella en camilla y la meten en la ambulancia. Heath se sube a su lado.*

**ELLIS DEAN**: Dije que no iba a escribir sobre ello en el blog y no lo hice. Bueno, no lo hice al momento.

*La ambulancia se aleja y Katarina se queda sola; los copos de nieve danzan a su alrededor.*

**GARRETT LIN**: Andre y yo estábamos siguiendo la retransmisión en directo desde la bahía de San Francisco. En cuanto vimos lo de Bella, me puse a hacer la maleta y Andre llamó por teléfono para reservar los billetes de avión.

**FRANCESCA GASKELL**: No me enteré de lo que pasaba hasta que Evan y yo ya habíamos patinado. Es probable que fuera lo mejor. Puede que suene despiadado, pero conozco a Bella y sé que habría querido que me concentrara en la competición y no me preocupara por ella.

**JANE CURRER**: Estaba previsto que el equipo olímpico se eligiera nada más acabar la competición. Y, una vez más, en el último segundo, Katarina Shaw y Heath Rocha lo pusieron todo en vilo.

*Katarina sale del vestuario con ropa informal y el pelo recogido en un moño desmañado, aunque no se ha desmaquillado todavía. La espera una horda de periodistas.*

*«¡Katarina! ¿Qué ha pasado esta noche?».*

*«¿Por qué Heath se ha ido con vuestra entrenadora?».*

*«¿Tenéis previsto solicitar un puesto en el equipo? ¿O este ha sido el fin de Shaw y Rocha?».*

*Katarina, sin responder a ninguna pregunta, trata de abrirse paso. Se ve que le cuesta cargar con su bolsa de deporte y la de Heath, por lo que camina lento. De pronto, una nueva voz se suma a las demás.*

*«Hey, Kat».*

*Es Ellis Dean. Katarina se detiene.*

*«Dime —la insta—, ¿por qué crees que Heath y tú merecéis volver a los juegos?».*

# 72

—¿Por qué crees que Heath y tú merecéis volver a los juegos?

Todo el mundo se quedó callado, con las cámaras listas para grabar mi respuesta.

La pregunta de Ellis parecía una provocación descarada, un anzuelo para que me lanzara a proclamar, con arrogancia y sin importarme las consecuencias, que Shaw y Rocha eran los mejores, que los del comité serían idiotas si nos dejaban fuera, que íbamos a hacer morder el polvo a nuestros adversarios en Sochi.

Pero Ellis no llevaba micrófono ni cámara. No me estaba tendiendo una trampa para ganar clics fáciles. Me estaba dando una oportunidad, la oportunidad de recordarle al mundo nuestros logros pasados, de rogarles a todos que comprendieran que nuestra entrenadora había tenido una urgencia médica y de abogar con sinceridad por nuestra inclusión en el equipo de Sochi a pesar de lo sucedido.

La oportunidad perfecta para defenderme y no se me ocurrió ni un solo argumento en mi favor. Lo único en lo que podía pensar era en si mi mejor amiga estaría bien.

—No lo creo —respondí.

Ellis enarcó las cejas.

—¿Cómo?

—Heath y yo no merecemos ir. No más que el resto de los equipos que han competido esta noche.

A nuestro alrededor se produjo una explosión de obturadores, flashes y nuevas preguntas a gritos. Ellis sonrió con suficiencia. A continuación se apartó e hizo un gesto teatral con la mano, abriéndome un estrecho pasillo para que saliera.

El personal del hospital general de Massachusetts no dejaba de mirar. No estaba segura de si me habían reconocido o simplemente les horrorizaba mi exagerado maquillaje, que debía de lucir aún peor después de la carrera que me había pegado del pabellón al hotel y luego al hospital.

Bella disponía de una habitación individual. Estaba sentada y parecía más animada y cómoda que antes, a pesar de todos los cables y tubos que tenía conectados.

—Hola —dije—. ¿Cómo te encuentras?

—Sobreviviré.

—Me alegro.

—Aunque puede que tenga que mataros. ¿Por qué demonios no habéis patinado?

Sí, era evidente que Bella se sentía mejor.

—Porque Heath...

—Heath se habría quedado si tú se lo hubieras pedido.

Yo no lo tenía tan claro.

—¿Dónde está?

—Ha salido a buscar algo de comer que no sea gelatina de sandía. —Hizo un gesto de asco antes de ponerse seria de nuevo—. Escucha, detesto que tengas que enterarte de este modo, pero...

—Estás embarazada.

Bella inspiró hondo.

—¿Lo sabías?

—Hasta esta noche, no.

—Entonces supongo que también sabrás que Heath es el padre.

Asentí, aunque el alma se me cayó a los pies. No me había dado cuenta de lo mucho que deseaba estar equivocada.

—¿Estás enfadada? —quiso saber.

Tenía muchos sentimientos encontrados, tantos que no sabía bien si llamar a alguno «enfado», «dolor» o cualquier otra cosa.

—No tengo derecho a estar enfadada —respondí—. Heath y yo solo somos pareja de patinaje.

—Anda ya. Vosotros dos nunca seréis «solo» pareja de patinaje.

—¿Y ese es el motivo por el que no me dijiste nada?

—No salgo de cuentas hasta mayo. Pensé que tenía tiempo de sobra. —Bella se posó la mano en la curva de la barriga, cubierta por la manta—. Como puedes imaginar, no es algo que planeáramos.

Traté de calcular mentalmente la fecha de la concepción, cuánto tiempo llevaría guardando el secreto. ¿Tal vez había sido durante el campamento de patinaje del equipo estadounidense al que tuvimos que asistir el mes de agosto anterior? Heath y ella habían desaparecido varias noches aquella semana, pero imaginé que lo que querían era saltarse todas las actividades de confraternización y de diversión obligatoria que llenaban el calendario.

—Así que ¿vas a tener al bebé? —le pregunté.

—Al principio no estaba segura —respondió Bella—. Hasta pedí cita para abortar, pero luego la anulé en el último minuto. Y ahora...

Me hundí en la incómoda silla que había junto a la cama.

—¿Qué han dicho los médicos?

—Que presento signos de preeclampsia grave. Quieren que guarde cama hasta el parto.

—Joder...

Para alguien como Bella Lin, acostumbrada a trabajar y a estar en movimiento cada segundo de cada día, el reposo absoluto era peor que una sentencia de muerte.

—Ya te digo. —Empezó a trazar lentos círculos con la mano sobre la barriga—. Heath dice que estará a mi lado haga lo que haga. Pero no sé si se merece todo esto. Sobre todo porque no estamos lo que se dice...

—¿Lo que se dice...?

—Juntos —respondió—. A ver, no es que lo quiera.

—Bella.

—¡Que no! No como os queréis vosotros. O como os queríais.

—Puedes mentirme a mí todo lo que quieras, pero no te mientas a ti misma.

Me dirigió una sonrisa lacónica.

—Ya sabes lo mucho que detesto quedar en segundo lugar.

—Esto no es una competición. —Le di la mano—. Hay muchos tipos distintos de amor.

El amor podía ser una hoguera cálida y serena que te da calor cuando hace frío. O un fuego abrasador que arrasa todo a su paso para no dejar más que cenizas.

—¿Crees...? —Bella empezó a retorcer un pico de la manta—. ¿Crees que seré una buena madre?

—¿Lo preguntas en serio? Vas a ser una madre estupenda. La mejor.

Una sonrisa se abrió paso en sus labios cuarteados.

—Así que me estás diciendo que triunfaré en la maternidad...

—Ni lo dudes. Las demás madres del mundo desearán ser la mitad de buenas que tú. —Le apreté los dedos—. Menudo miedo he pasado hoy por tu culpa, cabrona.

—Ya, ya. Pero sigo pensando que tendríais que haber hecho de tripas corazón y haber patinado. Podríais haber ganado.

—Sí, podríamos haber ganado. O Heath se podría haber distraído tanto por la preocupación que me habría dejado caer de cabeza y habría terminado ingresada también.

Las dos nos echamos a reír justo en el momento en que Heath entraba por la puerta. Nos miró con aprensión, cargado como iba con un arsenal de chucherías de la máquina expendedora abrazado contra el pecho.

Los envoltorios de plástico crujieron cuando me puse de pie y lo abracé.

—Enhorabuena —le dije. Luego me acerqué a su oído para que solo me oyera él y susurré—: Vas a ser un gran padre.

Se le relajaron los hombros.

—Gracias —me respondió.

Y se lo decía en serio. La falta de un buen modelo de paternidad haría que Heath se esforzara aún más en darle a su hijo el amor y la estabilidad de los que él nunca había disfrutado.

Su hijo. Qué raro sonaba. Aunque, de alguna manera, también sonaba bien. Y era algo a lo que habría tenido que renunciar si hubiera seguido conmigo.

Heath dejó las chucherías en la cama para que Bella les echara un vistazo. Ella cogió un paquete de galletas Oreo. Yo cogí unos *pretzels* de masa madre.

—¿Se sabe quién ha ganado? —preguntó Heath.

—Imagino que Francesca y Evan. —Partí un *pretzel* por la mitad y se lo ofrecí—. Me fui antes de que patinaran.

Para entonces, el campeonato ya había acabado. Era más que probable que el comité estuviera decidiendo nuestro futuro, a puerta cerrada. Había enviado los papeles de nuestra petición oficial, aunque sabía que no debía confiarme. Heath y yo éramos excampeones nacionales y mundiales, deportistas olímpicos con más experiencia en competiciones internacionales que todas las demás parejas estadounidenses juntas. Pero toda esa experiencia venía acompañada de un montón de problemas. Puede que, simplemente, no mereciéramos una nueva oportunidad.

Por el momento, no podíamos hacer más que esperar. Iba a venir un especialista en atención prenatal a examinar a Bella cuanto antes, pero, cada vez que preguntaba a las enfermeras, me respondían alguna variante de «Hay que esperar un poquitín, corazón». Encontramos un programa entretenido y reconfortante sobre reformas de casas en el televisor que había atornillado en un rincón y nos dedicamos a seguir haciendo bajar la montaña de chucherías.

Por fin se presentó alguien para ver cómo estábamos, pero no era un médico.

Ellis Dean apareció en el umbral con un globo que decía «Recupérate pronto» adornado con el dibujo de una cara que no se sabía bien si mostraba una sonrisa o una mueca.

—Bella —dijo—, ¿cómo te encuentras?

Lo miró con el ceño fruncido.

—Sin comentarios.

Ellis levantó las manos. El globo chocó con el techo bajo.

—Vengo en son de paz. Y a deciros que echéis una ojeada al dichoso móvil.

Heath y yo cogimos los iPhone sin dejar de mirar a Ellis con desconfianza. El mío seguía en modo silencio, pero en pantalla aparecían varios mensajes nuevos.

—Mierda —exclamé.

—¿Qué pasa? —quiso saber Bella. Heath le tendió su móvil.

Estábamos en el equipo olímpico, junto con Gaskell y Kovalenko. Habían relegado a los medallistas de plata y bronce del campeonato nacional de 2014 a puestos de suplentes.

Lo habíamos conseguido. Shaw y Rocha volvían a las olimpiadas.

—Ni se os ocurra —dijo Bella.

—Pues claro que no. —Heath se sentó a su lado en la cama—. Jamás se nos ocurriría dejarte sola mientras...

—Ay, por favor, ¡basta!

El monitor cardiaco de Bella empezó a pitar a toda velocidad. Ella se dejó caer sobre las almohadas y me lanzó una mirada llena de cansancio y exasperación.

—Ellis, ¿podrías dejarnos un minuto a solas? —le dije.

Él asintió y, cerrando la puerta tras de sí, salió al pasillo. El dichoso globo se quedó en la habitación, sonriéndonos con aquella mueca extraña desde lo alto.

Me volví hacia Bella.

—Quieres que vayamos a Sochi.

—Obvio. Así que ni se os ocurra renunciar a unos putos Juegos Olímpicos para quedaros aquí jugando a los enfermeros. Soy una Lin, puedo permitirme unos de verdad. Además, Garrett aterrizará en Logan dentro de unas horas y va a cuidarme mejor que vosotros dos juntos.

Ahí tenía razón. Heath y yo intercambiamos una mirada. Noté cómo se debatía, lo que significaba que, por muy preocupado que estuviera por Bella y el bebé que iban a tener, una parte de él quería probar suerte en Sochi. Conmigo.

En el pasado, habría hecho cualquier cosa por convencerlo, por que se plegara a mis deseos. Quería ir a los juegos, claro. El deseo hervía en mi pecho y era otro tipo más de amor, como un horno que llevara proporcionándome energía toda la vida.

Pero aquella era una decisión que debíamos tomar juntos.

—Yo estoy dispuesta a hacerlo —le dije a Heath—, pero solo si tú también lo estás.

—¿Estás segura, pero segura segura, de que es lo que quieres? —le preguntó él a Bella, tomándole la mano.

Ella sonrió y extendió la otra mano hacia mí.

—Segurísima —respondió—. Que les den a las fiestas prenatales y a los regalos de nacimiento. Lo que quiero es un oro.

**JANE CURRER**: Yo tenía mis reservas respecto a la participación de Shaw y Rocha representando a Estados Unidos en los juegos, dada su... reputación. Pero la última palabra no me correspondía a mí.

*Durante el campeonato nacional de 2014, nada más anunciarse de manera oficial el equipo olímpico de patinaje artístico que viajará a Sochi, Katarina Shaw, Heath Rocha, Francesca Gaskell y Evan Kovalenko saludan con la mano y sonríen delante de un telón con el logo del equipo olímpico estadounidense.*

**ELLIS DEAN**: Puede que hablara en su favor con algunos amigos del comité de selección. Acabaran o no en el podio, que Kat y Heath compitieran en Sochi iba a darme unos contenidos que valían oro para *Kiss & Cry*.

**FRANCESCA GASKELL**: Yo estaba encantada de ir por fin a las olimpiadas.

**GARRETT LIN**: Los médicos le aconsejaron a Bella que no volara, así que estábamos atrapados en Boston.

**KIRK LOCKWOOD**: En cuanto acabaron los nacionales, me puse en contacto con ellos.

**GARRETT LIN**: Kirk nos ayudó un montón. Consiguió tiempo en pista para Kat y Heath en el centro de su familia y nos alojó a Bella y a mí en su casa de invitados.

**KIRK LOCKWOOD**: Era lo menos que podía hacer por los hijos de Sheila.

**GARRETT LIN**: Yo pensaba que competir en unos Juegos Olímpicos era lo más difícil que había hecho en la vida... hasta que me propuse obligar a mi hermana a guardar cama.

*Un vídeo grabado con el móvil muestra a Bella Lin sentada en un sillón reclinable junto a la pista del Centro de Alto Rendimiento Lockwood mientras Katarina y Heath llevan a cabo su danza corta. Bella tiene un micrófono, por lo que puede darles instrucciones sin alzar la voz.*

*—Esos cambios de filo están supersucios —dice—. Repetidlos otra vez.*

*—¿No crees que es hora de hacer un descanso? —se oye preguntar a Garrett por detrás de la cámara.*

*Bella le saca la lengua a su hermano antes de hablar por el micrófono.*

*—¡Otra vez!*

ELLIS DEAN: Desaparecieron por completo de los medios. Nada de fotos, nada de entrevistas, nada de reportajes conmovedores en NBC Sports.

KIRK LOCKWOOD: Mis jefes en la cadena estaban cabreados, pero yo tenía que respetar sus deseos.

INEZ ACTON: Que yo sepa, fui la única periodista con la que hablaron y solo fue para proporcionarme una cita para un artículo que estaba escribiendo sobre la legislación anti-LGBT rusa.

*Una captura del blog feminista* The Killjoy *muestra una imagen de Katarina y Heath con el titular «Shaw y Rocha afirman que a Rusia deberían darle "vergüenza" las "intolerantes" leyes antigais, así que ¿por qué sus compañeros no se pronuncian?».*

ELLIS DEAN: Decir que la homofobia está mal es, literalmente, lo mínimo que podían hacer, pero ya era más de lo que la mayoría de los patinadores estadounidenses estaban dispuestos a reconocer.

*Francesca Gaskell y Evan Kovalenko son entrevistados en la NBC. Cuando les preguntan por la controversia, Francesca responde: «No creemos que, como deportistas, nos corresponda entrar en cuestiones políticas». Evan asiente y añade: «Solo queremos decir que realmente estamos muy ilusionados por competir en Sochi».*

FRANCESCA GASKELL: Que quede claro de una vez por todas, tengo muchísimos amigos gais.

**GARRETT LIN**: Lo normal es que los deportistas viajen una semana o más antes de que comiencen los juegos para ir aclimatándose y recuperándose del desfase horario. Pero Kat y Heath querían apurar al máximo sus entrenamientos con Bella, por lo que no hacían más que retrasar su partida.

**KIRK LOCKWOOD**: Se perdieron toda la primera semana, incluida la ceremonia de inauguración. Hasta el día que se marcharon siguieron cambiando cosas, sobre todo en la danza libre. Debían de haber probado veinte temas distintos para ese ejercicio.

*Otro vídeo grabado con móvil. Katarina y Heath adoptan la posición inicial para la danza libre.*

**GARRETT LIN**: Kat fue la que acabó por dar con la canción perfecta. Aunque supongo que Bella se la habría descubierto casi un año antes.

*Suenan unos acordes suaves de piano; es el comienzo de «The Last Time», de Taylor Swift y Gary Lightbody.*

**GARRETT LIN**: Con esa música todo terminó de encajar: la coreografía, la emoción, la conexión entre ellos. Pero llevar a los Juegos Olímpicos un programa que no habían ejecutado en ninguna competición previa era... muy arriesgado.

*El tempo aumenta y la orquestación se une a la armonía de las voces. Durante el* crescendo, *Heath sube a Katarina sobre sus hombros para efectuar una impresionante elevación rotacional, sin signos de dolor ni duda.*

*La imagen del vídeo se vuelve borrosa y suenan vítores y aplausos.*

**GARRETT LIN**: Creo que la sensación era de ¿por qué no arriesgarse? Todos sabíamos que, pasara lo que pasara en los juegos..., eran los últimos.

# 73

—Debería estar a nombre de «Lin» —le expliqué al adusto recepcionista del hotel—. Ele, i, ene.

En aquel momento, Heath y yo llevábamos más de veinticuatro horas a las espaldas: dos aviones, un tren y, una vez que por fin habíamos puesto el pie en Sochi, una visita sorpresa de control antidopaje que nos había llevado a un edificio sin ninguna identificación, donde nos habían hecho beber zumo de frutas aguado hasta estar lo bastante rehidratados como para proporcionarles un par de muestras, a pesar de que nos habíamos sometido a pruebas aleatorias una y otra vez en Boston.

Para cuando llegamos al hotel, hacía tiempo que había anochecido y nuestras habitaciones, por lo visto, ya no estaban disponibles, a pesar de que Bella las había reservado con meses de antelación, antes siquiera de que el maldito edificio estuviera acabado, y había confirmado todo antes de nuestra partida. Dos veces.

El sitio parecía seguir en obras; había serrín sobre el mobiliario de la recepción y cables colgando de las lámparas. El recepcionista llevaba un distintivo escrito a mano que proclamaba, en letras torcidas escritas con rotulador, que se llamaba BORIS.

—No Lin —respondió Boris—. No habitación.

Heath dio un paso al frente y se dirigió al hombre en ruso. Por muchas veces que le hubiera oído hablar el idioma, nunca dejaba de resultarme sexy e inquietante.

Pero Boris ni se inmutó. No paraba de repetir una serie de sonidos guturales que no podía sino interpretar como «Lárgate, estúpido americano, que estamos completos», pero en ruso.

—Les queda una habitación libre —me trasladó Heath al cabo de algunos intercambios más—. Pero dice que es muy pequeña.

—Mientras haya una cama, me importa una mierda.

Estaba tan cansada que casi envidiaba a los perros callejeros que dormitaban en la acera de enfrente. Habíamos decidido que estábamos mayores para el desmadre de las fiestas de la villa olímpica, pero me veía más que dispuesta a aceptar una de esas incómodas y larguísimas camas individuales si significaba que podía poner los pies en alto.

No había nadie para ayudarnos con el equipaje ni un carro en el que meter las maletas, así que tuvimos que arrastrarlas por el pasillo mal iluminado como si fuéramos animales de carga. La decoración y el servicio al cliente dejaban mucho que desear, pero estaba segura de que la habitación estaría mejor.

Pues no. Era una caja de zapatos con un cuarto de baño que sobresalía en un rincón como si fuera un tumor y un burro para ropa a guisa de armario. Aunque la peste a pintura fresca era mareante, las paredes, de alguna manera, parecían sucias. Y sí, había una cama, pero solo una, doble, a pesar de que las sombras hacían que pareciera aún más estrecha.

Colgué las fundas de ropa con nuestros trajes, haciendo todo lo posible por equilibrar el peso para que aquella estructura endeble no se volcara ni se partiera por la mitad. Los de Heath eran casi todos negros, pero mi vestido para la danza libre era de un delicado satén de color espuma de mar y no quería que la tela tocase nada, pero nada, de aquel cuarto.

Heath dejó el resto de nuestro equipaje sobre la moqueta beis.

—¿Soy yo o esto es aún peor que el motel de Cleveland?

—¡Pero qué dices! —respondí—. Este tiene todo tipo de lujos que no nos ofrecía el motel aquel. —Señalé con un gesto la única decoración en las paredes—. Por ejemplo, este glorioso retrato del presidente Vladimir Putin para que vele nuestros sueños.

Heath rio.

—¿Y qué decir de esa lámpara, que no tiene una, sino dos moscas muertas por dentro de la pantalla? No es algo que uno se encuentre así como así, ¿eh?

Nos reímos a carcajadas, a punto de caer en la histeria de puro cansancio. Entonces la bombilla se fundió con un chasquido fuerte y seco, y la olla se nos fue del todo. Nos dejamos caer sobre la cama mientras nos agarrábamos el estómago y las lágrimas nos corrían por las mejillas.

Pasaron unos instantes antes de que me percatara de lo cerca que estábamos el uno del otro. Nuestros dedos se tocaban sobre la delgada colcha y una de mis piernas estaba encima de la suya. Heath también pareció darse cuenta y ambos tratamos de separarnos, pero solo conseguimos acabar aún más arrimados, los ojos brillantes a pocos centímetros en medio de la oscuridad.

Un fuerte golpe hizo temblar la puerta. Ambos nos incorporamos.

—¿Qué ha sido eso? —pregunté.

Heath encendió la lámpara de pie que había junto a la cama.

—No lo sé.

Me bajé de la cama. La puerta no tenía mirilla, así que abrí una rendija y me asomé.

En el suelo, delante de nuestra habitación, había un jarrón lleno de rosas rojas. Miré a lo largo del pasillo, pero quien las hubiera traído ya se había marchado.

Cogí las flores y cerré la puerta.

—¿Son de tu parte?

Estaba tan atontada por el desfase horario que casi se me había olvidado que estábamos a 14 de febrero, aunque, incluso cuando estábamos juntos, nunca nos había importado demasiado San Valentín. ¿Tal vez había encargado las flores para Bella en su momento y se le había olvidado cancelar el pedido?

—No, no son mías. —Heath bajó la mirada—. Katarina, las zapatillas.

Algo rojo goteaba del jarrón y me había salpicado las punteras. También me había manchado las manos hasta los nudillos.

Dejé caer las flores. El cristal se rompió y el suelo se cubrió de trizas rojizas y pegajosas. En el centro se distinguía algo blanco.

—¡Cuidado! —me advirtió Heath mientras me agachaba a recogerlo.

Era un pequeño rectángulo de cartulina con una breve frase impresa en caracteres cirílicos.

с возвращением Катарина

Las manos me temblaban cuando le tendí el mensaje a Heath.

—¿Qué dice?

Se quedó mirando la tarjeta.

—A ver, la última palabra es tu nombre. Y la primera parte…, la traducción literal sería: «Por tu regreso».

Las esquinas estaban manchadas de rojo y el líquido se iba corriendo hacia el centro. Pintura, me dije, o algún tipo de tinte. Solo que tenía el olor acre y metálico de la sangre.

—Pero lo que significa en realidad —dijo Heath— es «Bienvenida».

# 74

«Bienvenida, Katarina».

El mismo mensaje que el del ramo de rosas amarillas que había recibido al volver a Los Ángeles, algo de lo que no le había hablado a Heath ni a nadie. Las flores se habían marchitado al cabo de un par de días y las había tirado a la basura junto con su críptica tarjeta.

Recibir una docena de rosas, me contó Heath, tenía un significado muy distinto en la cultura rusa. Los arreglos con un número par de flores solo se usaban para los funerales. Y las flores amarillas, en lugar de simbolizar amor o amistad, implicaban traición y ruptura.

En cuanto a llenar un jarrón de sangre hasta el borde... Ahí no me hacía falta traducción alguna; eso significaba «Que te den» en cualquier país.

Nuestro primer día en Sochi transcurrió sin otros contratiempos. Ejecutamos nuestros programas durante el tiempo asignado en la pista de entrenamiento y luego nos volvimos derechos a la habitación para intentar dormir, algo nada fácil con las paredes de papel del hotel y los colchones de muelles chirriantes.

Bella se había quedado horrorizada cuando le describimos el alojamiento durante nuestra conversación por Skype después de ensayar. Pero el resto de los hoteles de la zona estaban completos o eran aún peores, por lo que no había solución.

Las pruebas de danza sobre hielo empezaban el domingo por la tarde en el palacio de patinaje Iceberg, el pabellón nuevecito construido en la plaza donde ardía la llama olímpica. De camino hacia allí, me notaba aún más agotada que nada más llegar a Sochi. En cuanto entramos, sin embargo, la emoción lo tapó todo. El edificio entero vibraba con la energía: la anticipación de los espectadores que ya esperaban en las gradas, los nervios de los demás deportistas mientras se preparaban para salir al hielo, la potente mezcla de orgullo y asombro que solo los Juegos Olímpicos podían provocar.

Antes de empezar nuestro calentamiento, nos colamos en el pabellón y nos hicimos un selfi para enviárselo a los mellizos. Aunque era madrugada en Boston, ya estarían despiertos para ver la retransmisión en directo del acontecimiento. Garrett nos escribió: «Buena suerte a los dos!!», seguido de una ristra de emojis de la bandera estadounidense. La respuesta de Bella fue más lúgubre:

Tened cuidado.

No podíamos demostrar que los rusos fueran responsables de mis «regalitos» ni de la lesión de Heath en la Copa Rostelecom, pero, desde luego, iba a ir con los ojos bien abiertos, por si intentaban hacernos algo más.

No me topé con ninguna de las Volkova hasta que Heath y yo nos separamos para ir a cambiarnos. Al entrar en el vestuario, Yelena ya estaba allí, aplicándose cristales a lo largo de la línea del ojo a juego con el corpiño con incrustaciones del vestido. Cuando nuestras miradas se cruzaron en el espejo, se le cayó una de las piedrecitas. Mientras palpaba el suelo en su busca, pasé a su lado sin saludarla.

Parecía tan inocente como siempre, toda grácil y delicada como una mariposa rubia con alas de gasa, pero a mí no me engañaba. Yelena era un lobo con piel de cordero, o más bien con ropa brillante, igual que su tía. De lo contrario, no habría durado tanto en un deporte como este.

Para cuando salí con el vestido, Yelena ya se había ido y dos alemanas se dirigían a su lugar delante del espejo. Yo encontré un banco libre y me senté a atarme los patines.

Había pasado una hora después de la sesión de entrenamiento matutina limpiándolas y sacándoles brillo hasta que la piel blanca quedó inmaculada y las cuchillas resplandecientes. Pasé el pulgar sobre mi nombre grabado y recordé las muescas que habíamos trazado Heath y yo en mi cabecero tantos años atrás.

«Shaw y Rocha». Así aparecerían nuestros nombres en los anales.

Algunos patinadores son supersticiosos y se ponen un patín antes que el otro. Siguen siempre el mismo orden para no arriesgarse a tener mala suerte durante su actuación. Yo nunca había sido así, me ponía primero el que primero pillaba, derecho o izquierdo.

Antes de salir a efectuar el programa corto de Sochi, fue el izquierdo. Metí el pie en la bota, disfrutando de la sensación del cuero alrededor de mi tobillo y abrazando mi empeine.

Entonces algo se me clavó en el arco plantar y no pude sino gritar.

VERONIKA VOLKOVA: Sí, oí el grito. Todo el mundo lo oyó.

*Poco antes de la prueba de danza corta en los Juegos Olímpicos de Invierno de 2014, Katarina Shaw sale hecha una furia del vestuario. Sostiene los patines en la mano y se la ve lívida.*

*Otros patinadores, incluida Francesca Gaskell, su compañera del equipo olímpico estadounidense de danza sobre hielo, corren a ver qué pasa. Katarina mira con ansiedad a su alrededor, sin hacerles caso, hasta que ve a Heath Rocha, sentado en un banco a varios metros de distancia, a punto de ponerse los patines.*

*—¡NO LO HAGAS! —le grita.*

ELLIS DEAN: Yo estaba entre bastidores, haciendo entrevistas y a lo mío. Y de pronto se montó gordísima. Por suerte, tenía la cámara grabando.

*Heath levanta la vista, sin saber qué pasa. Katarina corre hacia él, dejando a su paso un rastro de huellas ensangrentadas.*

VERONIKA VOLKOVA: Por lo visto, se había hecho un pequeño corte en el pie. Nada más.

ELLIS DEAN: Kat lo estaba dejando todo perdido de sangre. Parecía la escena de un crimen.

FRANCESCA GASKELL: Yo solo intenté quitarme de en medio. Ya sabe cómo se ponía. [*Niega con la cabeza*]. Menudo genio.

*Veronika Volkova está cerca, hablando con Yelena Volkova y Dmitri Kipriyanov. Katarina los aborda y les da la vuelta a los patines. Varios objetos pequeños caen al suelo.*

ELLIS DEAN: Le habían metido espinas en los patines.

*Katarina acusa a voz en grito a la entrenadora rusa y a sus patinadores. En el vídeo solo se distinguen algunas palabras: «flores», «sangre» y «sabotaje».*

VERONIKA VOLKOVA: No tenía ni idea de lo que nos decía.

ELLIS DEAN: Y no de las pequeñas. Eran tremendas, las hijas de puta.

*Heath comprueba sus patines. Cuando les da la vuelta, caen más espinas.*

ELLIS DEAN: Primero el GlitterGate y luego esto. Kat tenía el pie hecho cisco y, si no llega a avisar a Heath a tiempo, él habría terminado igual.

*La cámara se acerca a Katarina mientras ella sigue vociferando. Yelena se echa hacia atrás, mientras que Veronika no se mueve del sitio; tiene aspecto de divertirse con la situación. Dmitri se queda a un lado, con expresión confundida, hasta que Heath va y se coloca junto a Katarina.*

*—Esto es rastrero —dice Heath—. Incluso para vosotros.*

*Dmitri encara a Heath y le gruñe unas palabras en ruso. Katarina se interpone entre ellos, pero no para poner paz. Empuja a Dmitri con tanta fuerza que lo hace caer sobre el suelo de cemento.*

VERONIKA VOLKOVA: Deberían haberla descalificado allí mismo, pero los americanos dejan a sus deportistas hacer lo que les da la gana.

ELLIS DEAN: Por una vez, Kat y Heath tenían todos los motivos del mundo para ponerse así. Alguien los había saboteado. Y, a ver, todos sabíamos quiénes tenían todas las papeletas para ser los culpables.

*Los sanitarios llegan para examinar los cortes de Katarina y el coxis magullado de Dmitri.*

*Heath coge algo de material del botiquín y hace que los sanitarios se alejen para curarle él mismo el pie a Katarina. Mientras se arrodilla delante de ella y le aplica desinfectante en las heridas, Katarina sigue lanzando miradas asesinas a los rusos.*

**ELLIS DEAN**: Una cosa está clara. Cuando salieron al hielo, iban buscando sangre.

# 75

Sobreviví a la danza corta a fuerza de adrenalina, mala uva y un ibuprofeno a palo seco.

Al finalizar la jornada íbamos primeros, dos puntos por delante de los rusos, y tenía el pie tan hinchado que casi no pude sacármelo de la bota. Heath me ofreció los analgésicos que le habían recetado para pasar el mal rato, pero entonces se dio cuenta de que se había dejado el frasco en el hotel, adonde no podíamos regresar hasta haber respondido a la batería de preguntas de los oficiales del evento sobre el «incidente», tal y como insistían en llamarlo.

¿Por qué no había comprobado el estado de los patines antes de ponérmelos? ¿Por qué no había denunciado la recepción de las flores ensangrentadas, si tanto me habían molestado? ¿Habíamos dejado las bolsas desatendidas en algún momento? ¿Dónde? ¿Durante cuánto tiempo?

Como si hubiera sido culpa nuestra. Como si no supiéramos de sobra que no hay que dejar los patines sin vigilar en un lugar lleno de adversarios profesionales.

Entre el ensayo y la danza libre, no habíamos quitado el ojo a nuestro equipamiento, con la excepción de los diez minutos en que yo me había dado una ducha y Heath había ido a buscar algo de comer. Él insistía en que había cerrado la puerta con llave. Eso quería decir que quien nos hubiera hecho aquello tenía acceso a nuestra habitación o había sobornado al personal del hotel. Dadas las relaciones de la familia Kipriyanov con la mafia, habría sido sencillo. Ahora, demostrar que el equipo ruso estaba detrás del sabotaje sería mucho más difícil.

Los oficiales pusieron cara de circunstancias y nos aseguraron que llevarían a cabo una «investigación exhaustiva». Pero el mal ya estaba hecho. Faltaban menos de veinticuatro horas para la competición más importante de mi carrera y tenía el pie lleno de pinchazos.

Estaba claro que el hotel no era un lugar seguro, pero no había alternativa. Tendríamos que atrancar la puerta y confiar en nuestra suerte. De camino hacia allí, Heath se echó las bolsas al hombro y dejó que me apoyara en él para no poner peso en el pie herido. Aun así, por muy despacio y por mucho cuidado que pusiera al caminar, cada paso renqueante era una tortura.

La recepción estaba desierta. Las luces titilaban mientras recorríamos el pasillo del hotel, por lo que la atmósfera resultaba mucho más apocalíptica.

Al llegar a la habitación, Heath se metió la mano en el bolsillo para sacar la llave.

—Espera —dije.

La puerta estaba abierta; se distinguía una franja de oscuridad entre la hoja y el marco.

Una nueva oleada de adrenalina me recorrió el cuerpo y se llevó por delante el cansancio. Habíamos cerrado con llave antes de marcharnos al pabellón. Alguien había vuelto a colarse y, esta vez, había querido que nos enteráramos.

—No entres —me advirtió Heath, pero ya había pasado junto a él y estaba abriendo la puerta de par en par.

Fui a encender la luz, pero aún no habían sustituido la bombilla fundida.

Entraba claridad suficiente desde el pasillo para distinguir la mancha que el jarrón roto había dejado en la moqueta, la forma de nuestro equipaje junto al burro en un rincón, el pie torcido de la lámpara junto a la cama… y algo más.

Una sombra inmóvil y oscura tendida en el colchón. Parecía un cuerpo.

# 76

Sobre la acera helada brillaban intermitentes las luces rojas y azules. Me senté en el bordillo con la barbilla apoyada en las rodillas y traté de no pensar en ello.

Pero aquel olor todavía me envolvía, denso y metálico, mezclado con el aroma de las rosas.

Esta vez no había habido flores. Tampoco espinas. Solo pétalos arrancados y esparcidos como si fuera una cámara nupcial. Mi vestido para la danza libre estaba tendido sobre la cama, cubierto de pétalos de rosas.

Y empapado de sangre.

Sangre animal, según la policía municipal de Sochi. Puede que de vaca o cerdo, de alguna carnicería local. Una broma desagradable, desde luego, pero nadie había sufrido daños. Tampoco habían robado nada. Dos oficiales vigilaron mientras Heath y yo registrábamos cada compartimento de cada maleta; todos nuestros efectos personales seguían allí, intactos, incluido el traje de Heath para la danza libre. Era una pena lo de mi bonito vestido, me dijeron, pero ¿no podía ponerme otro?

Intentamos contarles todo lo demás, explicarles el patrón que habían seguido, la escalada desde las extrañas flores, pasando por las heridas en el pie, hasta llegar a este espectáculo horrible en nuestra habitación del hotel. Yo perdí la paciencia enseguida, pero Heath siguió tratando de convencer en ruso a los policías, al recepcionista de noche, al guardia de seguridad y a unos cuantos huéspedes que habían salido para ver a qué se debía tanto escándalo. Nadie había presenciado nada sospechoso.

—¿En serio? —respondí cuando me lo tradujo.

—Eso dicen.

—Y la policía ¿qué va a...?

—¿Tú qué crees?

No iban a ir más allá que los oficiales olímpicos. Harían cuatro preguntas, escribirían un informe y nos despacharían sin más.

Heath me ofreció la mano para ayudarme a levantarme. El pie me dolía como si un cable pelado lanzara descargas eléctricas que me recorrían toda la mitad izquierda del cuerpo. El vestido estropeado era el menor de mis problemas. ¿Cómo demonios iba a ejecutar la danza libre en semejante estado?

—Más te vale ponerte un poco de hielo —dijo una voz a nuestras espaldas.

Ellis Dean, de pie bajo una farola, tenía un aspecto discreto, poco habitual en él, con su abrigo de lana negro. Se encaminó hacia nosotros como si tal cosa, con las manos en los bolsillos.

—¿Cómo estáis? —nos preguntó—. Me he enterado de lo sucedido.

Las olimpiadas eran como un pueblo con aspiraciones y Ellis conocía a todo el mundo. Lo único que me sorprendía es que hubiera conseguido llegar lo bastante rápido para adelantarse al resto de la prensa.

—Ellis —le advirtió Heath—. Hemos tenido un día muy largo.

—Solo quería...

—¿Qué, hacer una foto para tu mierda de blog? —estallé furiosa—. ¿O un reportaje entero? Ya siento no tener la cara llena de sangre, seguro que habría quedado genial encabezando la noticia.

Ellis suspiró y se sacó algo del bolsillo: una tarjeta de plástico negro. Heath y yo nos quedamos mirándola como si fuera a mordernos.

—Es la llave de mi habitación —explicó—. En mi hotel tienen seguridad de verdad. Y cerrojos que funcionan. Y un bufet de desayuno que es la bomba.

Lo miré con desconfianza.

—¿Dónde está el truco?

—No hay truco. Esta noche voy a dormir fuera y no tiene sentido que una habitación estupenda se quede sin usar.

—¿Tienes una cita o algo?

—¿Os he mencionado lo del bufet? —Ellis agitó la tarjeta—. No tienen ni uno ni dos, sino tres tipos distintos de blinis.

Le clavé la mirada hasta que puso los ojos en blanco y lanzó un gruñido exasperado.

—Vale, sí, tengo una cita. Puede que cierto madurito interesante con voz de oro me haya invitado a tomar un vodka martini para poner punto final a la noche.

Esbocé una mueca.

—¿Kirk? ¿En serio?

—Pero si podría ser tu padre —dijo Heath.

—La edad perfecta para que sea mi «papi». —Ellis enarcó con picardía sus cuidadas cejas—. Y no quiero hacerlo esperar, así que, por favor, ¿podríais tragaros el orgullo y aceptar este gesto de simple bondad humana antes de que cambie de opinión?

Lancé una mirada a Heath. Estaba tenso, pero no protestó. Daba igual dónde estuviera alojado Ellis, iba a ser mejor que la escena del crimen que nos esperaba en nuestra habitación.

—¿Sabes, Ellis? —dije—. Cuando quieres, eres buen tío.

—Ya, ya... —Me puso la tarjeta en la mano—. Más te vale no ir contándolo, chata.

**ELLIS DEAN**: Nunca había visto a Kat así. Estaba asustada.

**VERONIKA VOLKOVA**: ¿Cuántas veces tendré que repetirlo? Yo no tuve nada que ver.

**KIRK LOCKWOOD**: Los rusos trataron de acallar el asunto. Bastante mala prensa tenían ya los Juegos de Sochi con todas las obras sin terminar y toda la corrupción. Por no hablar de la flagrante homofobia del Gobierno ruso.

**VERONIKA VOLKOVA**: Unas acusaciones infundadas, sin pruebas. Todavía hoy siguen sin tenerlas y todavía hoy siguen preguntándome sobre ello. Es insultante. Dígame por qué no debería levantarme e irme ahora mismo.

**ELLIS DEAN**: Cuando dejé que Kat y Heath se quedaran en mi hotel la noche antes de la danza libre, creí que sería suficiente. Que ahí se acabaría el asunto.

*Katarina Shaw y Heath Rocha salen de un taxi delante del hotel Radisson Blu Resort de Sochi, Rusia. Mientras Heath paga al taxista, Katarina detecta una cámara grabándolos desde el otro lado de la calle, pero parece demasiado preocupada como para lanzarle una mirada asesina.*

**ELLIS DEAN**: Por desgracia, aquello no fue más que el principio.

# 77

La habitación de Ellis en el Radisson eran tan impersonal que podríamos haber estado en cualquier lugar del mundo.

Era el paraíso total. Me di la primera ducha caliente en días antes de prepararme una compresa fría para el pie con la bolsa de plástico del cubo de hielo mientras Heath averiguaba cómo conectar el móvil al altavoz Bluetooth de la mesilla. Los dos nos servimos de sus analgésicos antes de que él también se metiera en la ducha. Eran las mismas pastillas que me habían recetado a mí tras la caída en los nacionales de 2006 y estaba deseando disfrutar de la cálida sensación que me inundaría en cuanto hicieran efecto.

Salió del baño con una toalla a la cintura y gotas de agua pegadas a la espalda. El agua caliente había hecho que las cicatrices se le notaran aún más.

—¿Cómo va el pie? —preguntó.

—Mejor. El hielo me está bajando la hinchazón.

Me aparté a un lado sobre el colchón viscoelástico para hacerle sitio y se tumbó sobre las almohadas, con su hombro tocando el mío. La lista de reproducción de folk-rock melancólico nos envolvía como una agradable manta sonora, pero seguía sin sentir los efectos de los medicamentos.

—Déjame echar un vistazo —dijo Heath.

—Es asqueroso.

—Katarina.

Suspirando, me giré hasta poner el pie en su regazo con cuidado de que no se me abriera el albornoz, porque no llevaba nada debajo. Aunque él ya lo había visto todo antes, la verdad.

Heath examinó las heridas; el calor de sus manos me acariciaba la piel. Apreté los ojos.

—Perdón —se disculpó—. ¿Te duele?

—No. —Sí, pero no quería que parara.

—¿Quieres que te lo vuelva a vendar?

—Probablemente sea mejor dejarlo al aire.

Heath asintió y posó el pie con cuidado sobre el edredón antes de llevarse las manos a la espalda para colocarse mejor las almohadas.

—¿La espalda?

Asintió. Me puse de rodillas y le hice un gesto para que se incorporara.

—No hace falta... —empezó a decir.

—Quiero hacerlo. —Extendí la palma de la mano sobre el trapecio y le hundí el pulgar en la escápula—. ¿O crees que no podrás soportarlo?

Heath sonrió.

—Dale duro.

Durante los siguientes veinte minutos trabajé cada uno de los principales músculos de su espalda. Heath se fundió bajo mis manos hasta el punto de terminar tumbándose boca abajo para facilitarme el acceso. Me puse a horcajadas sobre sus piernas y hundí los nudillos en la zona lumbar hasta que gruñó.

—Eres malvada —murmuró entre las almohadas.

—Anda ya. Has pasado por cosas peores.

Lo dije de broma, pero, cuando mis dedos rozaron su piel surcada de cicatrices, no me pareció tan divertido.

—Lo siento —dije.

Heath se giró bajo mi peso.

—¿Por qué?

—Por todo lo que tuviste que pasar, todo a lo que te tuviste que someter. Yo no...

—Tú misma lo has dicho... —Su voz reverberaba en mis muslos desnudos—. He pasado por cosas peores.

—Aun así. —El cinturón del albornoz se me estaba desatando. A Heath también se le había movido la toalla y tenía los huesos de la cadera expuestos—. Nadie merece..., bueno, lo que te hiciera Veronika.

—No fue Veronika.

Me quedé petrificada.

—Nunca me puso la mano encima —continuó—. Aunque gritaba un montón cada vez que hacíamos algo mal en los entrenamientos. Decía que era para que no volviéramos a cometer el mismo error.

Mis manos se habían detenido sobre el pecho de Heath. Él deslizó los dedos por el borde del albornoz.

—Si no fue Veronika —respondí—, entonces ¿quién...?

El móvil me vibró en la mesilla. Los dos nos volvimos hacia él.

El rostro sonriente de Bella Lin iluminó la pantalla.

# 78

—¿Todo bien? —preguntó Bella en cuanto acepté la llamada por Skype—. No os habéis puesto en contacto conmigo después del programa corto y yo…

Se cortó en cuanto vio la escena que le mostraba la pantalla del móvil: yo con las mejillas encendidas y el pelo revuelto, Heath con el pecho descubierto, el cambio de decoración a nuestras espaldas. La música de The Civil Wars de fondo, cantando con voz melosa «The One That Got Away».

—¿Dónde estáis?

—Ellis nos ha cedido su suite por esta noche —le expliqué.

—¿Ellis Dean?

Le hicimos un resumen de lo sucedido. Durante la retransmisión habían mencionado la manipulación de nuestros patines, acompañándolo con imágenes en las que salía yo entre bastidores poniéndome como loca frente al equipo ruso, aunque Kirk no había llegado a acusarlos abiertamente y en directo de sabotearnos. Pero Bella aún no se había enterado de que habían entrado en nuestra habitación, de que me habían arruinado el vestido ni de que la policía de Sochi nos había respondido con desdén. Ellis debía de estar demasiado ocupado disfrutando del vodka martini como para ponerse a escribir una nueva entrada en *Kiss & Cry*.

—¿Qué vas a ponerte mañana? —preguntó Bella.

—El mismo vestido que en la danza corta, supongo.

Los colores vivos no pegaban nada con el carácter de nuestro programa libre, pero era mi única opción, a menos que quisiera competir en la final olímpica con la ropa de entrenamiento.

Bella ni siquiera dudó de nuestra participación en la danza libre. Éramos Shaw y Rocha. Un pie hinchado, una espalda lesionada y un vestido ensangrentado ni por asomo iban a ahuyentarnos.

—¿Cómo te encuentras? —preguntó Heath. Estaba a punto de contestar cuando me di cuenta de que se refería a Bella.

—Bien —respondió—. Garrett me está cuidando muy bien.

Este apareció por detrás de ella con un cuenco en la mano. Nos saludó agitando una espátula cubierta de masa de tortitas.

Bella lanzó una mirada a su hermano.

—Puede que demasiado.

—De nada. —Le besó la coronilla y bajó la vista al teléfono—. ¡Buena suerte mañana, chicos! Demostradles a esos rusos quiénes son los verdaderos campeones.

—Intentad descansar algo —añadió Bella—. Y, hasta que sepamos con seguridad quién está detrás de todo esto, no os fieis de nadie.

Heath y yo asentimos. La pantalla se oscureció. Volvíamos a estar solos en la cama, sentados aún más cerca, porque habíamos tenidos que arrimarnos para caber en el encuadre del móvil.

Me aparté de él y carraspeé.

—Tiene razón. Deberíamos descansar.

Nos turnamos para ir al baño a ponernos un pijama decente y lavarnos los dientes.

—¿Quieres otra antes de acostarte? —me preguntó Heath, sacudiendo el frasco de analgésicos—. Te juro que a mí ya ni me hacen efecto. Me he tomado tres y no noto nada.

—Estoy bien.

Tampoco a mí las pastillas me habían aliviado el dolor y el hielo de la compresa improvisada se estaba derritiendo. Me puse un poco más de desinfectante y me metí en la cama.

Heath apagó la luz e hizo lo mismo, aunque esta vez mantuvo una distancia respetable. Estuve unos minutos colocándome las almohadas para tener el pie en alto antes de dejarme caer a su lado.

—Menudo par estamos hechos —dije.

—Dos carcamales pasados de moda y pendiendo de un hilo.

—Oye, que iríamos bien si no fuera por las puñeteras Volkova.

Heath se quedó callado un instante.

—¿Estás segura de que han sido ellas?

—Pues claro que han sido ellas. —Me volví a mirarlo—. ¿Quién si no?

—No lo sé. Veronika es terrorífica, pero normalmente lo paga con sus propios patinadores. Y Yelena...

Traté de no estremecerme al oír cómo se le suavizaba la voz al pronunciar su nombre.

—No es como crees —dijo—. Cuando estaba en Moscú, fue la única persona que se mostró amable conmigo.

—Porque quería que fueras su pareja.

—Incluso antes, cuando seguía patinando con Nikita. Me ayudó a aprender el idioma. Se quedaba hasta tarde para darme consejos sobre cómo mejorar mi técnica.

—Porque quería acostarse contigo.

—Puede... —Heath también se volvió a mirarme—. O puede que necesitara un amigo tanto como yo. Aunque, al final, tampoco me porté bien con ella.

—¿Qué quieres decir?

—Me fui sin despedirme justo cuando se suponía que íbamos a empezar a entrenar juntos. Conociendo a Veronika, estoy seguro de que le echó toda la culpa a ella y le hizo creer que me había ahuyentado o algo así.

—Antes dijiste... —Tragué saliva. Antes de que Bella llamara, estaba a punto de contarme la verdad que se había guardado todos esos años—. Si no fue Veronika, ¿quién te hizo daño, Heath?

Se quedó callado tanto tiempo que creí que se había quedado dormido. Entonces me habló en susurros, como si fuéramos otra vez unos adolescentes abrazados bajo las mantas, tratando de que no nos pillaran.

—He hecho muchas cosas de las que no estoy orgulloso, Katarina. Para volver a ti.

De alguna manera, habíamos acabado pegados otra vez. Heath tenía la mano en mi almohada, enredada en mi pelo húmedo. Yo busqué el perfil de su mandíbula y tracé con los dedos la cicatriz bajo el ojo.

—También yo.

—Pero hice que toda mi existencia girara a tu alrededor. —Las palabras le salieron atropelladas, como si llevara guardándoselas demasiado tiempo—. Crecí sin familia, sin cultura ni nada que fuera mío, así que cuando te encontré... no fue justo para ninguno de los dos. Necesitaba encontrar mi propia pasión, mi propósito en la vida.

No iba a darme las respuestas que quería. Ni esa noche ni quizá nunca.

—¿Y lo has encontrado? —pregunté—. ¿Tu propósito en la vida?

—Estoy en ello.

En Los Ángeles. Con Bella y el bebé. Estuvieran o no enamorados, pronto serían una familia como él y yo nunca habíamos sido.

Me rozó la mano con los labios.

—Hemos perdido mucho tiempo, ¿verdad?

Verdad. Años y años que jamás recuperaríamos. Si ganábamos el oro, ¿habría merecido la pena? Poco tiempo antes, habría respondido que sí sin dudarlo.

—Pero aquí estamos —respondí—. No lo perdamos más.

KIRK LOCKWOOD: A la mañana siguiente, se había corrido la voz sobre el último ataque a Shaw y Rocha. Mi productor seguía sin permitirme apuntar a nadie con el dedo, pero tenía mis sospechas.

VERONIKA VOLKOVA: Estoy cansada de este tema. O pasamos a otra cosa o damos la entrevista por concluida.

ELLIS DEAN: Había rumores de que Kat y Heath no iban a presentarse a la danza libre.

FRANCESCA GASKELL: Yo me aislé de todo aquello. Estaba completamente concentrada en la final. En el oro.

ELLIS DEAN: Y también había rumores sobre esos rumores: que todo era un montaje suyo para tener una excusa que les permitiera retirarse guardando las apariencias, dado que sabían que no podían ganar.

GARRETT LIN: Nadie que los conociera de verdad se habría creído ni un solo segundo aquellas chorradas. Nada iba a impedir que compitieran aquel día.

VERONIKA VOLKOVA: No estamos aquí para darle alas a toda aquella especulación sin fundamento, ¿no? Estamos aquí para hablar de lo que pasó después.

# 79

El día de la final olímpica, dormí hasta tarde por primera vez en años.

Me despertó un golpe en la puerta a media mañana. Cuando me incorporé, el brazo de Heath, que había terminado atravesado sobre mi cintura en mitad de la noche, se deslizó hasta caer sobre las sábanas arrugadas. Al otro lado de la ventana, el sol refulgía sobre el mar Negro. Me sentía descansada, ligera, preparada.

Hasta que planté el pie en la moqueta y un latigazo de dolor se me extendió hasta los dedos.

Otro golpe.

—Ya voy —murmuró Heath.

Caminó hasta la puerta girando el cuello, lo que provocó una serie de chasquidos, como una cadena que se pusiera en movimiento. La espalda siempre le daba más guerra a primera hora, pero nunca tanta. Puede que el cuerpo se le hubiera habituado demasiado a los medicamentos.

Lo único que teníamos que hacer era superar los cuatro minutos de la danza libre. Para bien o para mal, al caer el día, nuestra carrera en el mundo de la competición habría terminado.

Al echar un vistazo al móvil, me encontré dos mensajes de Ellis. En el primero decía que se iba de brunch con Kirk, por lo que tendríamos la habitación para nosotros hasta la tarde, seguido de un sugerente emoji con el ojo guiñado. Qué decepción se habría llevado de saber que lo único que habíamos hecho era dormir.

El segundo era para avisarnos de que se había filtrado nuestro traslado al Radisson y que había periodistas esperándonos fuera. Qué bien.

Heath volvió cargando con una gran caja blanca. Desconfiando de inmediato, di un paso atrás.

—¿Qué es eso? —pregunté.

—No lo sé. La tarjeta dice que es de... —Abrió los ojos como platos—. Yelena.

Dejó la caja en la cama y me mostró la nota, escrita en bonitos caracteres cirílicos.

—Léemela —le pedí.

—Dice que pidió que se lo mandaran esta noche desde Moscú. Que es para ti.

Deslicé los dedos por el borde liso de la caja, medio esperándome algún tipo de trampa, unos dientes metálicos que me atraparan la mano o algo así.

—«Somos adversarias, pero no tenemos por qué ser enemigas» —leyó Heath—. «Estoy deseando competir hoy contigo. Que gane el mejor equipo».

—¿De verdad te fías de ella? —le pregunté.

—Más que de los demás. —Heath dejó la tarjeta en la cama—. ¿Abres tú la caja o la abro yo?

—Ya lo hago yo. —Metí la uña por debajo de la cinta que mantenía cerrada la tapa—. Pero, como haya sangre, esta noche le voy a montar a esa zorra un «Carrie» que flipas en el palacio Iceberg.

Heath miró por encima de mi hombro mientras levantaba la tapa y retiraba el papel de seda.

Dentro había un vestido de patinaje, supuse que para sustituir el mío estropeado. Un gesto precioso, pero era imposible que yo cupiera en uno de los trajes de Yelena Volkova.

Heath sacó el vestido para verlo mejor. El sol se reflejó en los vivos dorados. Ahogué un grito.

—¿Qué pasa? —preguntó.

Le quité el vestido de las manos y, colocándomelo por delante del cuerpo, acaricié el fino tejido. Por increíble que resultara, parecía que me iba perfecto.

—Tienes razón —dije—. Yelena no es en absoluto como yo creía.

Aunque era más que evidente que, antes de ponerme la prenda, iba a comprobar el forro en busca de espinas, pinchos venenosos o cualquier otro signo de malas artes; había aprendido la lección.

—Odio que tenga que patinar con el psicópata ese —se lamentó Heath.

—¿Dmitri? —Dejé el vestido sobre la cama deshecha—. Parece un poco engreído, pero...

—Créeme, lo único de lo que me arrepiento de haber dejado Rusia es que a Yelena no le ha quedado otra que patinar con él. El tío es una pesadilla y ni siquiera Veronika es capaz de meterlo en cintura.

—¿Porque su abuelo es un capo de la mafia o qué?

—No solo su abuelo. Su familia al completo. Son mala gente.

—Tus cicatrices... —aventuré—. ¿Tiene Dmitri algo que ver con... lo que pasó?

Heath vaciló. Le vi en la cara los sentimientos encontrados. Una parte de él quería rendirse a mi curiosidad; otra, seguir defendiendo las barreras que había levantado para protegerse. No podía presionarlo. No podía meterle prisa. Tenía que ser él quien las derribara ladrillo a ladrillo y, cuando estuviera listo, yo estaría esperándolo al otro lado.

Caminó hacia la ventana y se quedó mirando al mar. Luego, por fin, empezó a hablar.

—Más o menos cuando Nikita se retiró, también dejó el deporte la pareja anterior de Dmitri. Así que Veronika lo invitó a probar con Yelena. Aquella iglesia desacralizada era imposible de calentar y, cuando Dmitri llegó, hacía uno de los días más fríos del año.

Traté de imaginar a Heath allí, pero a la mente no me venía

más que su figura tiritando en el establo, aunque sin que yo le llevara mantas, pegara mi cuerpo al suyo y le frotara las manos heladas para devolverlas a la vida.

—Yelena no dejaba de cometer errores y Dmitri no dejaba de echarle broncas. Veronika no hacía más que mirar de brazos cruzados. Así que me lo llevé aparte y le dije que parase. —Cuando Heath por fin me miró, los ojos le echaban chispas de la rabia—. Me tiró contra una de las vidrieras.

—Dios.

—De hecho, creo que era san Andrés.

—Muy gracioso. —Le di un empujoncito en el brazo. Contrajo la cara—. Joder, lo siento.

—No te preocupes. La tunda que me diste anoche ayudó.

—De nada. —Me quedé pensando en lo que acababa de decirme—. ¿Y si ha sido Dmitri? Puede que nos haya estado saboteando desde el principio y que las Volkova no tengan nada que ver.

Meter espinas en las botas y verter sangre de una carnicería en la cama me parecían medidas algo extremas con las que desestabilizar a los rivales, hasta en un deporte tan tendente al melodrama como el patinaje. Pero ¿para la mafia rusa? Un juego de niños.

Heath negó con la cabeza.

—Dmitri no es tan inteligente como para urdir un plan así. Al menos él solo. Me recuerda a tu hermano, la verdad: pura fuerza bruta, cero control de los impulsos.

Alcanzó el frasco de analgésicos de la mesilla y sacó un par de pastillas blancas.

—¿Quieres? —preguntó.

Rehusé con un gesto de la mano.

—Anoche no me hicieron gran cosa. Tendré que aguantar como una campeona.

—Si hay algo que se te da bien, Katarina Shaw, es precisamente eso.

Le toqué el brazo de nuevo, pero esta vez con gesto tierno.

—Siento mucho lo que te pasó —dije—. Siento no haber estado a tu lado.

—Yo también lo siento. —Me cubrió la mano con la suya—. Porque le habrías puesto las pilas a ese niñato y me habría encantado verlo.

Recordé la forma en que Dmitri había venido hacia nosotros justo antes de la danza corta, la fría amenaza en su mirada. Después de que lo empujara, había rechazado cualquier ofrecimiento de ayuda, gruñendo como un perro rabioso a todo el que se le acercaba, fueran sanitarios, su entrenador, su pareja..., hasta la pequeña y dulce Francesca Gaskell.

Yo no estaba al lado de Heath cuando le causó esas cicatrices. Pero la mejor venganza iba a ser hacerle morder el polvo y, gracias a Yelena, iba a estar guapísima mientras lo machacaba.

—Venga, en marcha —dije—. Que tenemos unas medallas de oro que ganar.

*El grupo final de bailarines sobre hielo son presentados antes del programa libre en los Juegos Olímpicos de Invierno de 2014.*

ELLIS DEAN: Menuda entrada.

*«Representando a Estados Unidos de América, ¡Katarina Shaw y Heath Rocha!».*

KIRK LOCKWOOD: No podía creer lo que veían mis ojos.

*Katarina y Heath entran dados de la mano, fuertes y formidables, sin signos de que las últimas veinticuatro horas los hayan afectado lo más mínimo. Katarina levanta los brazos y gira para mostrar su nuevo traje. Es de terciopelo rojo, adornado con bordados dorados.*

*Lleva el vestido de Catalina la Grande que Veronika Volkova lució en los Juegos de Calgary.*

VERONIKA VOLKOVA: Supongo que algo se parecía, de lejos. Pero mi vestido de Catalina la Grande era mucho más espectacular.

*Después del calentamiento, entre bastidores, Veronika y Yelena Volkova discuten acaloradamente. Esta vez, Yelena no llora. Dirige a su tía una sonrisa desdeñosa y se va.*

GARRETT LIN: Yo no reconocí el vestido, pero mi hermana sí, al instante.

VERONIKA VOLKOVA: Le quedaba demasiado estrecho. Parecía una *kielbasa* demasiado embutida.

GARRETT LIN: Kat estaba preciosa, pero no por el vestido. Era por la forma en que se movía, por la expresión de su cara.

*La cámara enfoca el rostro de Katarina en un primer plano similar al de Sheila Lin justo antes de conseguir el oro en 1988. Al igual que su predecesora, parece completamente confiada, como si ya hubiera ganado.*

ELLIS DEAN: Había llegado Katarina Shaw, señoras y señores, y estaba allí para arrasar.

# 80

Quedaba menos de media hora.

Ya habíamos calentado y habíamos comprobado y requetecomprobado cada componente de nuestro equipamiento, desde las cuchillas de los patines hasta las horquillas de mi peinado. Lo único que nos quedaba era esperar nuestro turno en la pista.

A Heath seguía doliéndole la espalda y a mí el pie, pero sabía que podíamos obviar el dolor. Estábamos más fuertes que nunca, tanto individualmente como en equipo. Podíamos ganar.

Dejé a Heath vigilando mis patines mientras me iba a dar el último retoque de maquillaje. Justo cuando llegaba al vestuario de mujeres, se abrió la puerta. Me hice a un lado para dejar salir a quien fuera, con la vista fija en las baldosas del suelo para no cruzar la mirada con nadie. No me interesaba desestabilizar a mis adversarias; esto era cosa de Heath y mía, de nadie más.

Entonces vi los patines negros. Solo los hombres llevan botas de ese color en competición.

Al levantar la vista, me encontré con los fríos ojos avellana de Dmitri Kipriyanov.

Me mantuvo la mirada un segundo, el rostro inexpresivo por la sorpresa, los carnosos labios teñidos de rosa, antes de marcharse sin sujetarme la puerta, dejando que oscilara a sus espaldas. Yelena debía de estar dentro. Le había hecho falta algo y él se lo había llevado. Era la única explicación.

Pero, cuando entré, en el vestuario solo estaba Francesca Gaskell.

Se encontraba de pie frente al espejo, aplicándose una capa más de pintalabios rosa. El mismo color que embadurnaba los labios de Dmitri. Cuando me vio, sonrió.

—Me encanta tu vestido —dijo—. ¿Cómo has encontrado un sustituto tan rápido?

—Es una larga historia. —Me acerqué a ella—. Escucha, acabo de ver a Dmitri.

Cerró el pintalabios y se volvió hacia mí.

—No sé qué hay entre vosotros, pero no es buen tío —le advertí.

Francesca se limitó a parpadear; era la viva imagen de la inocencia.

—Puede que contigo sea diferente, pero si te hace daño o...

—Te agradezco el gesto, pero no tienes de que preocuparte. —Su voz era cálida, pero algo frío brilló en sus ojos—. Dmitri jamás me haría daño.

«Dmitri no es tan inteligente... Al menos él solo».

Pero Francesca sí. Era lo bastante lista como para planear alguna artimaña a mis espaldas mientras me sonreía a la cara. Y lo bastante astuta como para ir de buena y que nadie sospechara nada.

«No os fieis de nadie».

—Pensé que, de todos, tú sí lo entenderías —dijo.

—¿Yo? —Di un paso atrás—. ¿Por qué?

—Porque eres Katarina Shaw. Harías cualquier cosa por ganar.

—Eso no es...

—Es evidente que Heath y tú sois una mala influencia para el otro, y, sin embargo, lo engatusas una y otra vez para usarlo y conseguir lo que quieres.

Cerró la cremallera de su neceser. El ruido metálico me dio dentera.

—Y no te estoy juzgando —dijo—. La verdad es que es una inspiración ver cómo lo tienes comiendo de tu mano.

—No sabes nada sobre Heath y yo.

—Puede que no. —Francesca se encogió de hombros—. Pero sé que hoy os voy a arrebatar el oro. No podéis ganar, Kat. Este regreso vuestro estaba condenado al fracaso desde el principio.

Sus palabras deberían haberme puesto como una furia, deberían haberme incitado a ponerla de vuelta y media.

Pero lo único que sentí fue una tristeza profunda y dolorosa.

Francesca había crecido viéndome igual que yo había crecido viendo a Sheila. Decía que había sido su inspiración, pero ¿qué le había inspirado? No había alegría ni luz en su interior. Aquellas sonrisas eran una máscara que ocultaba un corazón lleno de ambición y codicia.

Habría querido sacudirla por los hombros y decirle que no era demasiado tarde. Que podía despertar. Que podía darse cuenta de que la vida era mucho más que vencer.

La felicidad no se podía ganar. No se podía colgar del cuello mientras miríadas de espectadores te vitoreaban. No era un premio, algo por lo que sufrir y que conseguir a base de esfuerzo. Si una quería lograr la felicidad, tenía que crearla por sí misma. Y no en un momento de gloria, en lo alto de un podio, sino cada día, una y otra vez.

Podría haberle dicho todo aquello a Francesca, pero habría dado igual. Tenía que aprenderlo ella sola, igual que había hecho yo.

Así que lo que hice fue envolverla entre mis brazos.

Se puso tensa; debía de tener miedo a que le clavara un cuchillo por la espalda. Pero no la solté.

—Buena suerte hoy, Frannie —le susurré.

Francesca se quedó mirándome, a medio camino entre la ira y la confusión, mientras me alejaba.

Yo también me sentía confusa. ¿Por qué una patinadora tan prometedora ponía en riesgo su propia carrera por un mísero sabotaje? Entre el dinero de la familia de Francesca y los contactos criminales de Dmitri, debía de haberles resultado fácil montar todo aquello.

Pero ¿para qué? No podían creer de verdad que bastaría para pararnos los pies a Heath y a mí. Imposible, después de todo por lo que habíamos pasado. Aunque también era cierto que ellos no eran como nosotros. Venían de un entorno protegido y acaudalado. Hasta entonces, todo les había salido bien en la vida, ¿por qué no iba a salirles bien esto también?

«No podéis ganar», me había dicho, pero no había sonado a amenaza y eso, más que nada, era lo que me preocupaba. Había pronunciado las palabras con una confianza y una frialdad enormes, como si el resultado ya estuviera decidido. Como si la victoria ya estuviera en su mano y lo único que tuviera que hacer fuera poner las cartas sobre la mesa.

Heath estaba apoyado en un pilar entre bastidores, con las bolsas de los patines a sus pies. Mientras me acercaba, se llevó la mano a la boca antes de tomar un trago de la botella de agua.

Más analgésicos. Ya había tomado una pastilla aquella mañana. Y otra antes de salir hacia el pabellón.

—¿La espalda te sigue doliendo? —le pregunté.

—Sí. Te juro que estos medicamentos me ponen peor en vez de aliviarme. —Esbozó una mueca de dolor mientras se agachaba a guardar la botella de agua—. Pero no te preocupes, que solo me he tomado una. Sigo estando por debajo de la dosis máxima diar...

—Déjame verlo.

—¿El qué?

—El frasco.

En cuanto me lo tendió, le quité el tapón y saqué una de las pastillas blancas. Francesca y Evan estaban a punto de salir al hielo. Luego les tocaba a Yelena y Dmitri. Y después íbamos nosotros.

—¿Qué pasa? —preguntó Heath.

Examiné la pastilla y pasé el pulgar por el borde polvoriento. Me acordé de las lentejuelas que había encontrado en el hielo del Grand Prix de Moscú, unos minúsculos discos blancos muy parecidos a los de mi vestido. Pero no idénticos.

No eran las mismas.

—Tenemos un problema —dije.

# 81

Heath y yo salimos fuera para que no nos oyera nadie.

Justo entre el palacio de patinaje y el caparazón de acero del estadio olímpico Fisht se extendía un pedazo de césped marrón con arbustos perennes rodeados por una arboleda de tejos. Había pasado muchas veces por allí a lo largo de la semana, creyendo que era un jardín, aunque parecía algo descuidado en comparación con el resto del primoroso parque olímpico, y no había visto a nadie paseando nunca por él.

Mientras nos adentrábamos a toda prisa en la oscuridad, deseosos de tener unos minutos de privacidad, me di cuenta de que en realidad no era un jardín.

Era un cementerio. Varias filas de lápidas se levantaban bajo los árboles formando senderos.

—Francesca y Dmitri andan compinchados —le conté en voz baja.

—¡¿Qué?! —exclamó Heath, antes de añadir más calmado—: Pero ¿qué tiene que ver con...?

—Creo que... —Inspiré hondo el aire nocturno para armarme de valor—. Creo que podrían haber manipulado tu medicación.

Francesca Gaskell era rica y mimada, la heredera de un emporio farmacéutico con laboratorios y almacenes en los cinco continentes.

—¿Crees que me han cambiado las pastillas por placebos o algo? —preguntó Heath—. ¿Por eso ya no me hacen efecto?

La noche de la danza corta, había dejado el frasco en la habitación del hotel. Para quien les estuviera haciendo el trabajo sucio a Francesca y Dmitri habría sido fácil vaciarlo y llenarlo con otras pastillas. Habíamos estado muy preocupados por la sangre, el vestido y el allanamiento, cuando quizá todo aquello no había sido más que una maniobra de distracción para que no nos percatáramos de la verdadera trampa.

—No se habrían tomado tantas molestias para cambiarte las pastillas por caramelos —respondí—. Creo que lo que hay en ese frasco es...

—Una sustancia prohibida. —Heath se tapó la cara con las manos—. Joder.

«No podéis ganar», había dicho Francesca. Si nos llevábamos el oro, o cualquier otra medalla, tendríamos que someternos a pruebas antidopaje, detectarían la sustancia y nos descalificarían. Podíamos reclamar y decir que no sabíamos qué habíamos tomado, podíamos acusar directamente a Francesca y Dmitri. Pero ellos lo negarían y, dada nuestra reputación, ¿quién iba a creernos?

Heath caminaba arriba y abajo, tratando de procesar la información. Francesca y Evan debían de haber terminado ya. El equipo ruso empezaría con su programa libre en cualquier momento. Teníamos que volver a entrar. Teníamos que decidir qué hacer.

—¿Sientes algo raro? —le pregunté—. ¿Notas algún otro síntoma o...?

—No. Solo el dolor de espalda. ¿Y tú?

Negué con la cabeza. Más allá de las heridas del pie, me encontraba bien. Normal. Pero solo había tomado dos pastillas, y eso había sido la noche anterior. Fuera lo que fuese lo que contenía el frasco, Heath había consumido mucho más que yo.

—Deberíamos retirarnos, ¿verdad? —dijo—. Aunque ganemos, hemos perdido, así que ¿para qué?

Retirarnos sería lo más lógico. Pero significaba que todo el trabajo que habíamos hecho durante el año anterior habría sido en vano. Nuestra carrera acabaría de forma discreta y no por todo lo alto; nunca sabríamos si podríamos haber ganado o no. Además, ¿y si me equivocaba? Las pastillas también podían ser placebos. O puede que me hubiera puesto paranoica sin motivo.

Recorrí el cementerio con la mirada. Me recordaba mucho la propiedad de mi familia, un retazo de naturaleza salvaje en mitad del resplandor de los nuevos edificios. Un terreno sagrado que ni siquiera la maquinaria global de los Juegos Olímpicos había podido someter a su antojo. Llevaba allí un siglo y seguiría allí mucho después de que todos estuviéramos bajo tierra.

—No podemos abandonar. Y menos ahora. —Le tendí la mano a Heath—. ¿Qué dices?

—Digo que... —sonrió y entrelazó sus dedos con los míos— voy a patinar con Katarina Shaw y a ella no hay nada que se le resista.

—Somos Shaw y Rocha —lo corregí— y no hay nada que se nos resista. Juntos.

KIRK LOCKWOOD: Cuando salieron al hielo, todos en el palacio de patinaje Iceberg contuvimos la respiración. Yo incluido.

*Katarina Shaw y Heath Rocha adoptan la posición inicial para el programa libre en los Juegos de Invierno de 2014. No sonríen a la multitud. Están concentrados el uno en el otro.*

ELLIS DEAN: Recordemos que nadie había visto su programa actualizado.

INEZ ACTON: ¡Taylor Swift! Un puto icono. Hay gente que se echa a dormir al escuchar «The Last Time», pero las swifties de verdad saben que es un bombazo. Mis chicas y yo nos pusimos a cantar la canción.

NICOLE BRADFORD: Mi marido y yo lo vimos en directo. Era increíble comprobar lo lejos que habían llegado, de ser unos niños jugueteando en el hielo a superestrellas olímpicas.

VERONIKA VOLKOVA: Yelena y Dmitri dejaron la puerta abierta a los dos equipos americanos. No tengo ni idea de qué le pasó a esta muchacha; era como si quisiera perder.

GARRETT LIN: Gaskell y Kovalenko estaban en primera posición, seguidos de Volkova y Kipriyanov. Si Kat y Heath patinaban bien, el oro era suyo.

FRANCESCA GASKELL: Habíamos hecho todo lo que podíamos. Solo nos quedaba esperar.

*Primer plano de Katarina y Heath, que se miran a los ojos justo antes de que empiece la música. En las gradas se ha extendido un silencio reverente.*

GARRETT LIN: No había más. Cuatro minutos y todo habría acabado.

# 82

Nuestra música iba de corazones rotos, pero eso era lo último que habría sentido mientras patinaba con Heath.

La mayor parte de la coreografía la habíamos creado nosotros mismos durante las largas noches de invierno de Boston, por lo que estaba adaptada a la perfección a nuestro estilo; cada elemento llevaba al límite el equilibrio entre ternura y potencia.

Nos comíamos con los ojos mientras girábamos uno alrededor del otro durante la oscura y romántica introducción del piano. Batíamos las piernas al unísono con los vigorosos golpes de arco de las cuerdas mientras Heath me tomaba de la barbilla con un gesto suave como un susurro. La presión aumentaba mientras la canción volvía a las voces puras con un trémolo de violín, para luego lanzarnos a una elevación que culminaba con la entrada de la orquesta.

La danza libre era nuestra propia historia: Heath y yo, alejándonos del otro un segundo para volver a unirnos al siguiente. Nunca inmóviles, nunca fáciles, en un tira y afloja continuo, destrozándonos para luego recomponernos de nuevo.

Éramos adultos y éramos niños, patinábamos en las olimpiadas y en el lago helado de casa, reíamos y girábamos y nos estrechábamos con fuerza. Era como si voláramos y cayéramos y nos diéramos caza, todo al mismo tiempo.

Fue como si pasaran segundos, horas, años, y, de pronto, habíamos acabado. La música seguía vibrando en mis huesos cuando Heath apoyó su frente en la mía, y solo se me ocurrió una cosa que podría hacer de aquel momento exquisito algo aún mejor.

Así que hice lo que la noche anterior no me había permitido hacer.

Lo besé.

**ELLIS DEAN**: El público entero se puso en pie. Hasta los seguidores rusos.

**GARRETT LIN**: Bella y yo gritamos, lloramos y nos abrazamos hasta que le dije que se calmara antes de que las pulsaciones le subieran demasiado; entonces me tiró una almohada a la cabeza.

**INEZ ACTON**: Viéndolo desde casa ya se sentía la energía en el pabellón. Era electrizante.

**FRANCESCA GASKELL**: No lo vi. No podía.

**NICOLE BRADFORD**: Ojalá hubiera estado allí. Me imagino lo emocionante que tuvo que ser en persona. Estaba orgullosísima de ellos.

**JANE CURRER**: Shaw y Rocha podían ser arrogantes, volubles, insubordinados y directamente imprudentes. Pero, cuando se ponían, se ponían. Y aquella noche estuvieron impecables.

**VERONIKA VOLKOVA**: Las puntuaciones no habían salido siquiera y todo el mundo actuaba como si ya hubieran ganado. Las olimpiadas no son un concurso de popularidad.

**GARRETT LIN**: Lo habían conseguido. De verdad. Cuando se besaron, pensé... Bueno, no voy a decir que entienda la relación de Bella con Heath, pero pensé que la molestaría. Y no. No paraba de sonreír.

**KIRK LOCKWOOD**: No hacía falta ver las puntuaciones. Todos estábamos seguros, al cien por cien, sin la menor duda, de que Shaw y Rocha serían campeones olímpicos.

# 83

A pesar de todo el barullo a nuestro alrededor —los fans enfervorecidos, los flashes, la lluvia de flores y los peluches que nos arrojaban—, nos sentíamos como si estuviéramos solos.

El mundo entero se había concentrado en los labios de Heath, en el sudor de su cuello, que se deslizaba bajo la palma de mi mano, en el peso de su cuerpo contra el mío, como si todo contacto fuera insuficiente.

Lo atraje hacia mí y lo besé con más fuerza. Me importaba un bledo quién anduviera mirando. Lo único que me importaba eran él y lo que acabábamos de hacer juntos sobre el hielo.

Cuando noté el sabor de la sangre, ya se estaba desplomando.

*Katarina y Heath comparten un beso apasionado mientras los espectadores se vuelven locos tras su programa libre en Sochi. Él se inclina hacia ella, tomándola por la cintura con las manos.*

*Entonces se le doblan las rodillas y se derrumba en el centro de la pista.*

KIRK LOCKWOOD: Nadie sabía qué demonios estaba pasando.

INEZ ACTON: Al principio parecía que tuviera pintalabios en la boca. Era el mismo rojo que siempre llevaba Kat. Yo también me lo había puesto, por cierto, para verlos en directo.

*La cámara se va acercando hasta mostrar un primer plano de Heath. Tiene la piel pálida y los labios de un rojo brillante.*

FRANCESCA GASKELL: Nunca pensé que... Quiero decir que... estaba tosiendo sangre.

ELLIS DEAN: En cosa de un segundo, el ambiente pasó de escena triunfal a tragedia griega.

*Katarina se arrodilla y le sujeta la cabeza a Heath, que no deja de agitarse por la tos.*

GARRETT LIN: Me abracé a mi hermana y los dos... nos quedamos estupefactos, mirando horrorizados.

KIRK LOCKWOOD: Por primera vez en mi carrera, no sabía ni qué decir.

*La imagen enfoca al público en el palacio de patinaje Iceberg, primero en plano general y luego acercándose a distintos espectadores. Un niño abrumado llora y la pintura roja, blanca y azul de la cara se le emborrona. Una mujer con una sudadera del equipo ruso se tapa la boca con la mano, como si fuera a vomitar. Una pareja joven permanece pasmada; la bandera estadounidense pende sin fuerza entre los dos.*

GARRETT LIN: Estábamos a miles de kilómetros de distancia. No había nada que pudiéramos hacer.

*Heath escupe una bocanada de sangre en mitad de los anillos olímpicos. Las lágrimas corren por las mejillas de Katarina mientras lo abraza con fuerza. Él, inmóvil, la mira a los ojos.*

ELLIS DEAN: No había nada que nadie pudiera hacer.

# 84

Cuando hincó las rodillas, en un horrible eco de la noche cinco años atrás en que me había propuesto matrimonio en la pista de Cleveland, lo único que pensé, una vez más, fue: «No. Por favor, no».

Habíamos ganado, estaba segura. Aquel debería haber sido el momento más feliz de nuestra vida. Deberíamos haber estado sonriendo, saludando, patinando hacia el *kiss and cry*, no tirados en mitad de la pista. Debería estar dándole la mano a Heath, no estrechándolo contra mi pecho mientras tosía y escupía sangre sobre los ribetes dorados de mi vestido prestado.

«Así no».

La gente se arremolinó a nuestro alrededor: sanitarios, oficiales, prensa, a saber. En medio del caos, Heath no dejaba de mirarme, como si quisiera asegurarse de que mi cara sería lo último que vería.

Me negué a soltarlo incluso cuando de entre la multitud surgieron unas manos e intentaron separarme de él. Me negaba a creer que aquello estaba sucediendo de verdad.

Eran muchas las cosas que todavía no le había dicho. No le había dicho lo mucho que lo quería, hasta cuando lo odiaba. No le había dicho que, por mucho que hubiera reformado la vieja casa de piedra en la que habíamos crecido, en la que habíamos sufrido, en la que nos habíamos enamorado, jamás me había atrevido a tocar el cabecero en el que habíamos grabado nuestros nombres.

No podíamos acabar así.

*Katarina Shaw aparece sentada sobre la pista ensangrentada de Sochi con Heath Rocha entre los brazos.*

ELLIS DEAN: Todos nos temimos lo peor.

*Los sanitarios llegan corriendo a la pista y cargan el cuerpo inerte de Heath sobre una camilla.*

INEZ ACTON: Creímos haber visto morir a un deportista olímpico en directo en televisión.

*El resto de los competidores de danza sobre hielo observan apabullados desde las barreras. Yelena y Dmitri parecen consternados, mientras que Francesca llora sobre el hombro de su compañero, Evan.*

FRANCESCA GASKELL: Fue horrible. No era así como lo había imaginado.

PRODUCTORA [*Fuera de cámara*]: ¿Qué quiere decir? ¿Imaginado el qué?

FRANCESCA GASKELL: [*Parpadea y, acto seguido, sonríe*]. Mis primeras olimpiadas, claro. [*Se le borra la sonrisa*]. ¿Por qué, a qué creía que me estaba refiriendo?

KIRK LOCKWOOD: Para cuando aparecieron las notas de Shaw y Rocha, que los proclamaban campeones, la ambulancia subía a toda velocidad por la calle Triumfalnaya de Sochi hacia el hospital de urgencias más cercano.

*El doctor Kenneth Archer, el médico del equipo estadounidense, ofrece una rueda de prensa a las puertas del hospital.*

*«El señor Rocha ha sufrido una crisis cardiaca con insuficiencia respiratoria, incluido un sangrado considerable en los pulmones. Las prue-*

*bas indican la presencia de una sustancia no identificada en su torrente sanguíneo».*

*Los periodistas asistentes se lanzan a hacer preguntas sin esperar turno. El médico responde a uno que ha preguntado: «¿Es posible que esta "sustancia no identificada" sea algún tipo de medicamento para la mejora del rendimiento?».*

*«Preferiría no entrar en especulaciones —responde—. El señor Rocha todavía no está fuera de peligro».*

ELLIS DEAN: ¿«Mejora del rendimiento»? Y una mierda.

GARRETT LIN: Es un milagro que llegara hasta el final del programa, no digamos con una ejecución digna de una medalla de oro.

VERONIKA VOLKOVA: Las normas son las normas. Heath Rocha hizo trampas.

ELLIS DEAN: Ni de coña iba a tomar esa porquería aposta. Es que es imposible.

GARRETT LIN: Alguien lo drogó y se fue de rositas.

FRANCESCA GASKELL: Y Kat se negó a someterse a las pruebas antidopaje, así que a saber, ¿no?

KIRK LOCKWOOD: Nunca he visto ponerse en marcha tan rápido los engranajes de la burocracia olímpica.

JANE CURRER: Debíamos proceder a abrir un expediente disciplinario. Es el protocolo.

ELLIS DEAN: Ni siquiera esperaron a que Heath saliera del puto hospital.

GARRETT LIN: Yo quería ir allí a darles apoyo, pero no podía dejar sola a mi hermana.

*Varias semanas más tarde, Katarina llega a la sede del Comité Olímpico Internacional en Lausana, Suiza, para asistir a la vista con la*

*Comisión Disciplinaria del COI. Lleva un sobrio traje de chaqueta negro y ni siquiera dirige la mirada a los periodistas arremolinados a la puerta.*

GARRETT LIN: Kat tampoco se movió del lado de Heath. Hasta que la obligaron.

# 85

Heath y yo habíamos solicitado que la vista pública se pospusiera hasta que él se encontrara con fuerzas para asistir.

El Comité Olímpico Internacional, en su infinita sabiduría, rechazó nuestra solicitud. El destino de nuestra carrera se decidiría a puerta cerrada en poco más que una sala de conferencias y yo tendría que alzar la voz por los dos.

—Recuerda lo que acordamos —me dijo el abogado mientras nos sentábamos. La mesa era ovalada, supongo que con idea de evocar igualdad y transparencia, pero a mí me recordaba a la soga de una horca.

Las normas que me había dictado con severidad durante la reunión previa a la vista eran parecidas a las que se imparten a los deportistas antes de una competición: muéstrate respetuoso y educado, no hables cuando no te toca y, pase lo que pase, no te olvides de sonreír.

Los miembros de la comisión disciplinaria entraron en la sala de conferencias en fila: primero, el presidente del COI, un señor con gafas y papada que asistía para supervisar el procedimiento. Lo seguían otros dos hombres de mediana edad que no reconocí.

Por último estaba Jane Currer, cuya mata de rizos teñidos de rojo enmarcaba una expresión implacable que conocía bien de verla tantos años sentada en la mesa de los jueces. A Heath y a mí siempre nos había puntuado con severidad y no creía que esta vez fuera a mostrarse más generosa.

—Gracias por asistir a esta comparecencia, señorita Shaw —dijo Jane—. Espero que la salud del señor Rocha siga mejorando.

En cuanto se lo consideró lo bastante estable para viajar, lo trasladaron del hospital estatal ruso a un moderno centro privado en Ginebra. A pesar de los cuidados expertos, seguía débil y postrado; se despertaba mil veces por noche para expectorar sangre de sus perjudicados pulmones. Ni que decir tiene que yo tampoco estaba durmiendo gran cosa. Después de las primeras noches, empezó a pedirme que me fuera a un hotel a descansar algo. Pero ni por todo el oro del mundo iba a dejarlo solo otra vez.

—Agradezco su preocupación —le respondí a Jane con tanto respeto y educación que la mandíbula me dolió por el esfuerzo—. Heath va mejor. Les envía sus más sinceras disculpas por no haber podido venir.

—Por supuesto —concluyó—. ¿Empezamos?

En primer lugar llamaron a testificar a un representante de la Agencia Mundial Antidopaje, la AMA. Mostró un montón de diapositivas y fórmulas químicas para explicar que la sustancia detectada en la corriente sanguínea de Heath no podía identificarse con certeza mediante las actuales pruebas de laboratorio.

—Parece tratarse de una droga de diseño de origen desconocido —concluyó—, que, tras un consumo excesivo, indudablemente podría causar el daño cardiovascular que ha sufrido el señor Rocha.

El hecho de que la droga no fuera identificable y, por lo tanto, no estuviera incluida de forma explícita en la lista de sustancias prohibidas de la AMA no nos sacaba del apuro. Todo lo contrario. Cualquier droga no autorizada para su uso médico, fueran cuales fueran sus efectos, quedaba prohibida automáticamente en las competiciones.

Luego le tocó hablar a mi abogado. Argumentó que Heath y yo habíamos sido víctimas de sabotaje en Sochi, aunque se abstuvo de acusar a nadie de haber accedido a nuestros efectos personales y engañado a Heath para que ingiriera una sustancia nociva sin su conocimiento ni su consentimiento.

—Como los informes que hemos presentado muestran con toda claridad... —el abogado se detuvo para que los miembros de la comisión hojearan las carpetas que tenían ante ellos—, la señorita Shaw y el señor Rocha se sometieron a pruebas antidopaje en Boston antes de acudir a los juegos y, una vez más, nada más llegar a Rusia. Los resultados en ambos casos fueron negativos.

No había manera de demostrar que yo hubiera tomado nada, pero, como me había negado a hacer ningún test tras la competición, se consideraba que yo también había infringido las normas antidopaje. Entre los flashes de las cámaras, las sirenas de las ambulancias y la multitud de médicos gritando en ruso y tratando de apartarme de Heath, estaba apabullada. Cuando vi a Heath inerte en la camilla y con la cara tan gris que creí que había muerto, me negué a alejarme de su lado y no permití que nadie me tocara. No fue hasta más tarde cuando me di cuenta de lo que debió de parecer desde fuera.

No se sabía qué había consumido Heath, pero yo también lo había tomado, aunque por lo visto en una dosis tan pequeña que no sufrí efectos nocivos visibles. Habíamos patinado bien a pesar de esas sustancias, no gracias a ellas. Pero a la comisión no le importaba lo más mínimo.

—Por desgracia —anunció Jane—, independientemente de cómo o por qué el señor Rocha ingiriera la sustancia en cuestión, el caso es que se detectó en su torrente sanguíneo durante una competición olímpica. Así que me temo que no nos queda otra alternativa que...

—¿Cómo explica que los demás test salieran negativos? —salté. A mi lado, mi abogado se estremeció.

—Ha de entender, señorita Shaw —respondió Jane—, que, si hacemos una excepción con ustedes, deberíamos saltarnos las normas con todo el mundo.

Mi abogado posó una mano firme sobre mi codo. No le hice caso; estaba harta de tanta educación y tantos buenos modales, de tanto fingir que aquella situación era justa. Más que harta.

—¿De verdad cree que llegamos a la final olímpica y, de pronto, decidimos tomar no sé qué droga peligrosa porque nos dio un puto antojo?

Jane frunció los labios.

—Señorita Shaw, si no le importa, absténgase de usar semejante lenguaje en...

—Heath ha estado a punto de morir. ¿De verdad cree que se metió esa mierda aposta?

El abogado me apretó el brazo.

—Katarina, te sugiero que...

—Bah, como si lo que diga importase lo más mínimo, joder. —Me zafé de su mano y me volví hacia los miembros de la comisión—. Ustedes saben exactamente quién es el responsable de esto, pero ¿para qué decir la verdad cuando pueden cargarnos el muerto a Heath y a mí? Llevan años teniéndonos ganas.

Primero no nos consideraban a la altura y luego no soportaban vernos llegar tan alto. A sus ojos, nunca seríamos merecedores del oro, por mucho que hiciéramos.

—Supongo que se refiere a las acusaciones publicadas por Ellis Dean —dijo Jane—. Desde luego que sus teorías son bastante... imaginativas. Pero debemos atenernos a los hechos y no caer en conjeturas descabelladas y difamatorias.

Hasta el momento, Ellis había sido el único dispuesto a apuntar con el dedo a Francesca y Dmitri, al menos en público. Ambos se habían mantenido apartados del conflicto desde los juegos. Cada uno había hecho pública una declaración en la que expresaba su deseo de que la cuestión se resolviera cuanto antes y su confianza en que el COI tomaría la decisión acertada.

—Si esas acusaciones son tan «descabelladas» —repliqué—, ¿por qué Gaskell Pharmaceuticals le mandó una orden judicial de cese y ha intentado cerrarle el blog?

—Señorita Shaw... —comenzó a responder Jane.

—¿Por qué recibe llamadas en plena noche de hombres con acento ruso? Este último mes ha tenido que mudarse dos veces y, aun así, sigue recibiendo amenazas.

—No estamos aquí para hablar sobre el señor Dean ni de

otros deportistas. —Jane me clavó una mirada severa—. Estamos aquí para discutir…

—Nos sabotearon y, aun así, ganamos. —Me puse de pie. La falda lápiz se me había subido y ni me molesté en volver a bajármela y colocármela bien—. Esas medallas de oro son nuestras con todas las de la ley. Ustedes lo saben igual que lo sabe de sobra cualquiera que nos viese patinar esa noche.

—Siéntese, señorita Shaw —me ordenó Jane—. Aún no hemos acabado.

—Sí —repliqué—. Por mi parte, sí.

Cogí el primer tren a Ginebra. Para cuando llegué a la habitación de Heath en el hospital, la comisión del COI ya había hecho pública una nota de prensa con su decisión.

La sentencia era unánime. Iban a sancionarnos. Nos quitarían la medalla y nuestra puntuación ganadora sería borrada de los libros de registro. Ya no éramos medallistas de oro en Sochi.

Aquella tarde, Heath tenía mejor aspecto, sentado en la cama con el sol alpino dándole algo de color a su cara. Sin embargo, al verle la expresión entendí que ya le había llegado la noticia.

—¿Te encuentras bien? —me preguntó.

Aquellas palabras sonaron tan absurdas viniendo de su voz áspera y débil que casi me eché a reír.

—No te preocupes por mí. —Dejé la chaqueta en la silla del rincón, donde había pasado la mayoría del tiempo durante las últimas semanas—. ¿Cómo te encuentras hoy?

—Podemos apelar. Llevar la sentencia al Tribunal de Arbitraje Deportivo o…

—No. —Me senté en la cama, mi cadera pegada a la suya—. Que se salgan con la suya. Me da igual.

—Por supuesto —respondió Heath.

Entonces se dio cuenta de que hablaba en serio. Me miró como si me viera por primera vez.

—Pero… —Tragó saliva—. Hemos ganado.

—Ya lo sé. Lo sé yo, lo sabes tú y lo sabe el mundo entero.

—Le di la mano—. Así que ¿qué más da si no tenemos unos trozos de metal que lo demuestren?

Lo decía totalmente en serio. Ya no me importaban las medallas. No me importaba si quedábamos inmortalizados en los anales o nos olvidaban al día siguiente. Un puñado de burócratas inútiles en una anodina sala de conferencias suiza no eran quiénes para decidir si éramos campeones o no. Yo decidía quién era. Yo decidía lo que quería.

—¿Estás segura, Katarina? —quiso saber Heath—. ¿Será suficiente para ti?

«Tú eres mi hogar», me había dicho Heath una vez. A pesar de todos los años que habíamos pasado alejados, de todo el tiempo que habíamos perdido, él también lo era. Siempre lo había sido.

—Tenemos toda la vida por delante —dije—. Me basta y me sobra.

**INEZ ACTON**: Hizo pero que muy bien.

**JANE CURRER**: A la señorita Shaw se le brindaron todas las oportunidades para ofrecer una explicación razonable de lo sucedido en Sochi. Pero no las aprovechó.

**INEZ ACTON**: Había dado su vida entera por ese deporte ¿y así era como se lo pagaban? Anda y que les den.

**JANE CURRER**: Al final, no nos dejó otra alternativa.

*Kirk Lockwood anuncia la noticia en la NBC: «Los patinadores estadounidenses de danza sobre hielo Katarina Shaw y Heath Rocha serán despojados del oro olímpico que ganaron en los recientes Juegos de Sochi, en Rusia. No obstante, como el señor Rocha lleva hospitalizado desde la noche de la final, nunca llegaron a recibir la medalla. La Asociación de Patinaje Artístico de Estados Unidos se reunirá en los próximos meses para considerar nuevas medidas disciplinarias, incluida una posible expulsión del deporte».*

**VERONIKA VOLKOVA**: La ceremonia de entrega de medallas se retrasó varias semanas.

*Se celebra una ceremonia meramente formal con los demás medallistas de danza sobre hielo. Francesca Gaskell y Evan Kovalenko se cuelgan el oro, mientras que Yelena Volkova y Dmitri Kipriyanov pasan del bronce a la plata.*

**FRANCESCA GASKELL**: No era así como quería ganar. Créame.

*En cuanto finaliza la ceremonia, Yelena arroja la medalla a los pies de su tía y se marcha enfurecida.*

**VERONIKA VOLKOVA**: Fue un momento de muchas emociones para todos.

*La imagen se congela sobre la silueta de Yelena de espaldas y se funde en blanco y negro. Un texto sobreimpreso reza: «Después de los Juegos de Sochi, Yelena Volkova abandonó abruptamente el deporte de competición. Intentamos contactar con ella antes de comenzar la producción de este documental, pero se desconoce su actual paradero».*

ELLIS DEAN: Así que, al final, la pequeña Frannie Gaskell se convirtió en campeona olímpica.

FRANCESCA GASKELL: ¿Habría accedido a esta entrevista si tuviera algo que ocultar?

ELLIS DEAN: Y, la temporada siguiente, los Gaskell triplicaron su habitual donativo anual a la Asociación de Patinaje Artístico de Estados Unidos. Todo de lo más transparente y sin el menor atisbo de corrupción, claro que no...

FRANCESCA GASKELL: La cuestión que uno debería plantearse es: si Kat y Heath son tan inocentes, ¿por qué se han negado a hablar con ustedes? ¿Por qué estoy yo aquí y ellos no, eh?

JANE CURRER: Puede que nunca sepamos a ciencia cierta la verdad. Tomamos la decisión que nos pareció mejor, dadas las circunstancias.

INEZ ACTON: A Kat y Heath les robaron la medalla. Me da igual lo que diga nadie.

FRANCESCA GASKELL: Por lo menos a mí me gustaría saber qué tienen ellos que decir. Dado que, por lo que se ve, voy a tener que pasarme la vida defendiendo mis logros.

ELLIS DEAN: Yo sé lo que pasó de verdad en Sochi. El resto del mundo también merece conocer la verdadera historia de Shaw y Rocha.

FRANCESCA GASKELL: Soy campeona olímpica. Soy una filántropa. Soy una buena persona.

**PRODUCTORA** [*Fuera de cámara*]: Nadie ha dicho que no lo sea, señorita Gaskell. Pero, volviendo a mi pregunta: ¿cómo definiría su relación con Dmitri Kipriyanov?

**FRANCESCA GASKELL**: ¿Sabe qué? [*Empieza a quitarse el micrófono*]. Ya basta.

**PRODUCTORA** [*Fuera de cámara*]: Señorita Gaskell, por favor...

**FRANCESCA GASKELL**: Ya sabía yo que no os interesaba conocer la verdad, gentuza.

**ELLIS DEAN**: Aunque supongo que ahora el veredicto está en vuestras manos, ¿no? [*Guiña el ojo mirando a cámara*].

*Nuevas imágenes de la entrevista a Francesca Gaskell; la mujer se levanta y sale del encuadre, por lo que deja una butaca vacía delante de una hilera de rosales. La cámara se acerca hasta detenerse en un primer plano de un macizo de rosas amarillas.*

**GARRETT LIN**: No creo que a Kat y Heath para entonces les importaran las medallas. Esa es la verdad.

**KIRK LOCKWOOD**: Pocos días después de la vista, los médicos de Heath determinaron que ya estaba lo bastante recuperado para trasladarlo a Estados Unidos.

*Imágenes de una cámara de seguridad muestran a Katarina y Heath llegando de incógnito al aeropuerto internacional Logan de Boston. A Heath se lo ve frágil y enflaquecido; Katarina empuja la silla de ruedas en la que va sentado.*

**KIRK LOCKWOOD**: Llegaron justo a tiempo para el nacimiento.

*Una serie de fotos caseras muestran a Bella y Heath acunando a su hija recién nacida en el hospital. Garrett, Andre y Kirk se turnan para cogerla en brazos. Por último, ponen a la niña en brazos de Katarina. Se la ve rígida e incómoda, pero sonríe a Heath.*

GARRETT LIN: ¡Era tan diminuta que daba miedo! La niña más guapa que haya visto nunca, y con muchísima diferencia. Bella y Heath decidieron ponerle el nombre de mi madre, pero no el nombre por el que todos la conocían, sino el de nacimiento. El de verdad.

*Una entrada en* Kiss & Cry *anuncia el nacimiento de Mei Lin-Rocha y desea todo lo mejor a la familia.*

GARRETT LIN: Yo creía que volveríamos todos a California. Pero, cuando mi hermana nos dijo lo que tenía pensado, nos dejó boquiabiertos.

KIRK LOCKWOOD: Bella no quería que su hija se criara bajo los focos de Hollywood, como ella y Garrett. Así que decidió mudarse a Illinois y fundar allí una nueva escuela de patinaje.

GARRETT LIN: Nunca hubo un gran romance entre Bella y Heath, pero resultaron ser unos padres estupendos. Y Kat se convirtió en una madrastra excelente.

ELLIS DEAN: No voy a decir que fueran un trío, pero a veces lo parecía.

GARRETT LIN: En cuanto a Kat y Heath..., no voy a afirmar que «fueron felices y comieron perdices». Pero diría que han demostrado, a sí mismos y a todos los demás, que nada es capaz de separarlos durante demasiado tiempo.

PRODUCTORA [*Fuera de cámara*]: Para terminar, ¿cuál cree que es el verdadero legado de Katarina Shaw y Heath Rocha?

JANE CURRER: Prometían tanto que es una lástima que nunca llegasen a estar a la altura.

KIRK LOCKWOOD: En los últimos diez años he visto cambios determinantes en la danza sobre hielo. Son más los patinadores que toman el control creativo, que reivindican su libertad, que juegan con los límites del deporte. No puedo afirmar que todo se deba a la influencia de Shaw y Rocha, pero desde luego que han tenido su impacto.

**INEZ ACTON**: Katarina Shaw fue un ejemplo para las mujeres, y no solo para las deportistas, sino para todas, de que puedes alzar la voz, hacer las cosas a tu manera y ganar siguiendo tus propias reglas.

**ELLIS DEAN**: Kat y Heath nunca dejaron de ser ellos mismos. Podías amarlos u odiarlos, pero lo que estaba claro era que no pasaban inadvertidos.

**NICOLE BRADFORD**: Ya de pequeños eran muy intensos. Esa era su mayor fortaleza y su mayor debilidad. Pero se amaban y amaban patinar. Creo que eso es lo que la gente más recordará de ellos: el amor.

**GARRETT LIN**: No me gusta la pregunta. Suena como si ya los considerase muertos o algo así. En lo que a mí respecta, si cree que Katarina Shaw y Heath Rocha están acabados es que no los conoce. No me sorprendería que, para ellos, esto no fuera más que el principio.

# Epílogo

—Madre mía, ¿lo viste?

Aún no ha salido el sol y dos niñas ya están sentadas junto a la pista atándose los patines.

—¡Sí! Qué fuerte, ¿no?

Están demasiado enfrascadas en el cotilleo como para darse cuenta de mi presencia. Cierro la puerta a mis espaldas con cuidado y me apoyo en la hoja para escuchar la conversación de sus voces emocionadas.

—¿Lo de las espinas en las botas? Jo.

—La Francesca esa me daba un mal rollo... ¿Te fijaste en cómo salió pitando al final?

—¡Buah, total! ¿Y el vídeo de la entrenadora Shaw cuando le lanza la silla a...?

—¿Eso os pareció fuerte? —pregunto.

Las chicas dan un respingo al oír mi voz. Qué jóvenes son. Me recuerdan a Bella y a mí, solo que nosotras nunca hablábamos con tanta soltura.

—Creedme, no sabéis ni la mitad de la historia. —Señalo el hielo recién preparado—. Venga, a calentar.

—Sí, entrenadora Shaw —murmuran al unísono.

Cuando Bella me pidió que me uniera al equipo de su nueva escuela, no aceptó un no por respuesta. Y, poco después, cuando los padres del alumnado empezaron a amenazar con sacar a sus hijos antes de dejarles trabajar con la famosa Katarina Shaw, Bella les dio dos opciones: o se callaban o se largaban. Para evitar que mi escandalosa reputación sea «demasiada» distracción, no la acompaño a las competiciones, pero tampoco es que eche de menos esa vida estresante, siempre en la carretera. Ahora prefiero quedarme en casa.

Madison Castro es la siguiente en llegar a la pista; Bella la sigue con una taza de viaje llena de café. Madison ha estado ayudándola con los equipos más jóvenes a cambio de una beca y un puesto de asistente de entrenadora. Ella y su compañero, Jacob, compitieron en los Juegos de 2022 y quedaron décimos. Esperan conseguir un puesto mejor en 2026, pero, si no, tiene mucho futuro como entrenadora.

Bella y yo observamos a Madison guiar a los patinadores durante los ejercicios de calentamiento, deslizándose de una punta a otra de la pista. Apenas se reconoce el viejo centro North Shore; Bella le hizo una reforma radical cuando lo compró. Ahora hay luz natural en lugar de los fluorescentes del techo y, desde luego, no queda rastro del olor a agua de hervir perritos calientes ni de los conos naranjas.

—¿Ya estaban hablando otra vez del dichoso documental? —pregunta Bella.

—Sí, pero no te preocupes, perderán el interés.

—Sí, hasta el veinte aniversario. —Bella da un sorbo al café—. Puede que entonces les deje entrevistarme. Les contaré a todos la escandalosa verdad: que Katarina Shaw en realidad no da tanto miedo una vez que la conoces.

Ahogo un grito.

—Ni se te ocurra.

En su momento nos sorprendió que Garrett accediera a participar en el documental. De todos nosotros, era el que más odiaba estar bajo los focos, pero decía que era importante mostrar la humanidad tras el escándalo y arrojar luz sobre la presión extrema a la que se enfrentan los deportistas de élite.

Bella me tiende su café para que le dé un sorbo. Estos últimos años ha estado saliendo con un importante restaurador de Chicago que hace magia con la cafetera de expreso. Viaja un montón y tiene un estudio en la ciudad, lo que a Bella le viene de perlas: tiene compañía cuando la desea e independencia cuando no.

En cuanto la compleja mezcla de sabores especiados se extiende por mi lengua, gimo de placer.

—Más te vale casarte con este hombre —le digo—; si no, lo haré yo.

—Creo que Heath iba a tener algo que objetar —contesta Bella.

—¿Que objetar a qué? —pregunta él, que acaba de atravesar la puerta de la mano enguantada de su hija.

Mei le tira del brazo.

—¿Puedo ir a patinar?

—Claro, tesoro —le responde.

A su edad, Heath era un niño serio y cansado del mundo. Ahora, a los cuarenta, no para de sonreír, sobre todo cuando tiene a Mei cerca. No obstante, no ha llegado a recuperar del todo su antigua fuerza; a veces patinamos juntos en la pista privada del bosque de detrás de mí —ahora nuestra— casa, pero se cansa al cabo de pocos minutos. Entonces se sienta a observarme.

—¡Mira, tía Katie! —me grita Mei mientras se desliza a toda velocidad por la pista y ejecuta una pirueta Biellmann perfecta, con las trenzas al viento.

—¡Ten cuidado! —le advierte Bella. Yo, que sigo siendo una mala influencia, la vitoreo y aplaudo.

La hija de Heath y Bella es una patinadora atrevida, mucho mejor que yo a los nueve años. Quién sabe, tal vez sea la miembro de nuestra pequeña y singular familia que acabe por traer un título olímpico a casa.

O tal vez haga algo completamente distinto. Depende de ella.

Al volver de Sochi, empecé a llevar de nuevo el anillo de compromiso que me había regalado Heath, pero nunca llegamos a casarnos. Un trozo de papel no es nada en comparación con lo que compartimos. A lo largo de la última década hemos estado juntos, separados y todo lo demás. De un modo u otro, Heath

Rocha y yo formaremos parte de la vida del otro hasta el día de nuestra muerte. Aunque acabemos asesinándonos.

Ahora mismo, sin embargo, no tengo queja. El sol entra por las claraboyas y lo tiñe todo de dorado. Bella me vuelve a pasar el café y Heath me da la mano.

Así que ya podéis decir lo que queráis sobre mí. Llamadme zorra, tramposa, perdedora, puta… Puede que no tenga un oro olímpico, pero tengo algo mejor: una vida en la que paso cada día con mis personas favoritas en el mundo entero y haciendo lo que más amo.

Si eso no es ganar, no sé qué será.

# Agradecimientos

Antes de escribir *Los favoritos*, abandoné no una, sino DOS novelas más tras años de trabajo, decenas de miles de palabras escritas y varias crisis existenciales. Así que, para empezar, me gustaría dar las gracias a todos y todas quienes me escucharon quejarme y echar pestes durante mi personalísima noche oscura del alma, en especial a mi agente, Sharon Pelletier, que respondió a todos mis mensajes desquiciados y a mis llamadas entre lágrimas con amabilidad, compasión y consejos siempre sabios. Sharon, tienes la paciencia de una santa y te mereces que el mismísimo Harry Styles te cante una serenata.

Reconozco lo tremendamente afortunada y privilegiada que soy por haber podido dedicarle a este libro (y a mí misma) el tiempo y el espacio necesarios para crecer. Gracias a mis abuelos, June y Howard, por vuestra generosidad y vuestro apoyo, no solo durante este periodo raro y estresante, sino durante toda mi vida. Gracias también a mi antiguo jefe, por subvencionar mis pasiones creativas durante más de una década y dejarme marchar con sus mejores deseos —¡y con acciones de la empresa!— cuando decidí dar el salto y dedicarme por entero a la escritura (en marzo de 2020, pero esa es otra historia).

Cuando por fin (¡por fin!) acabé *Los favoritos*, sentí que era algo especial, pero el viaje hasta la publicación ha excedido con mucho hasta mis expectativas más descabelladas. Caitlin McKenna, fuiste la primera editora con quien hablé durante la arrolladora semana de envíos/aniversario y, para cuando la conversación terminó, sabía bien que eras la persona perfecta. Cada día de trabajo conjunto ha demostrado que con aquel primer instinto acerté al cien por cien. Kaiya y tú formáis el equipo soñado y, si dieran medallas a la edición, mereceríais estar en lo más alto del podio. También quiero agradecer a Noa Shapiro todos sus conocimientos expertos y sus colosales habilidades organizativas; esta ha sido la experiencia de publicación más fluida y tranquila de mi carrera, ¡y en gran medida se debe a todo tu trabajo entre bambalinas!

Al resto del equipo de Random House —Andy Ward, Rachel Rokicki, Ben Greenberg, Alison Rich, Erica Gonzalez, Rebecca Berlant, Benjamin Dreyer, Robert Siek, Windy Dorresteyn, Madison Dettlinger, Keilani Lum, Maria Braeckel, Rachel Ake, Denise Cronin, Sandra Sjursen, Caroline Cunningham y Pamela Feinstein—, gracias por vuestra cálida acogida y por todo lo que habéis hecho y vais a hacer para garantizar el éxito de *Los favoritos*. Estoy encantadísima de ser autora de la casa y espero que sigamos colaborando en muchos libros más. También estoy encantada (¿debería decirlo con acento inglés?) de que se me publique en Reino Unido en la legendaria Chatto & Windus, así que mil gracias a Kaiya Shang, Clara Farmer y a todo el equipo de la editorial.

Gracias a Lauren Abramo por llenar de sellos el pasaporte de mi libro; cada vez que veo tu nombre en el buzón de entrada, bailo de alegría. Gracias también a Gracie Freeman Lifschutz, Andrew Dugan, Nataly Gruender, Kendall Berdinsky y al resto del personal de Dystel, Goderich & Bourret, por su trabajo incansable, que los convierte en una de las mejores agencias del mundillo.

Gracias a mi agente cinematográfica, Dana Spector, y a sus fantásticos asistentes, incluidos Eliza Jevon y Oliver Sanderson, por organizar encuentros que todavía no me puedo creer que tuvieran lugar. ¡Ojalá que, para cuando este libro llegue a las tiendas, no tenga que seguir guardando el secreto!

Halley Sutton, gracias por creer en este libro cuando ni siquiera yo creía en él y gracias por escuchar mis desvaríos sobre las distintas versiones que, al final, me llevaron a esta. Gracias a mi pareja profesional/compañera de críticas/alma gemela platónica, Wendy Heard, que siempre tiene razón. Megan Collins, gracias por ser una agente fenomenal y mi mejor animadora, y por estar siempre dispuesta a cotillear en el chat grupal. Todo mi cariño a las Young Rich Widows (es decir, Kimberly Belle, Cate Holahan y Vanessa Lillie) por ser mis mejores colaboradoras; he aprendido un montón de las tres y escribir nuestros libros juntas es lo que ha mantenido mi cordura (por no hablar de mi solvencia económica) mientras daba forma a *Los favoritos*.

A mi amiga/maestra/bruja buena favorita, Andrea Hannah: soy una persona distinta desde que te conocí. De verdad que no sé qué haría sin tu orientación, y tampoco quiero saberlo. Gracias a Taylor Jenkins Reid, no solo por escribir novelas que me inspiran a mejorar continuamente mis propias destrezas, sino por tu impresionante webinario sobre investigación, que fue el que me hizo creer al principio que podía sacar adelante un proyecto así de ambicioso. Cada vez que volvía a ver la grabación o repasaba la multitud de apuntes que había tomado, tus palabras me daban el ánimo y la confianza que necesitaba para seguir adelante. Y conocerte, aunque fuera de pasada, en la conferencia Writer's Digest de 2022 en Pasadena es uno de los grandes hitos de mi vida.

Wendy Walker, gracias por compartir conmigo tu pasado como patinadora artística y por todo el apoyo que les has dado a mis libros desde el primer momento. Gracias a Danielle Earl, Jordan Cowan y al resto de los fotógrafos, videógrafos y aficionados al patinaje que han publicado contenido que me permitió imaginarme en la pista aun cuando estaba encerrada en mi casa durante lo peor de la pandemia. Y, a quienquiera que escaneara todos esos viejos números de *Skating Magazine*..., mis bendiciones, porque no tienes ni idea de lo mucho que mi lado más friki ha disfrutado con su lectura. Un saludo a mis patinadoras favoritas, incluidas Madison Hubbell, Kaitlyn Weaver y Amber Glenn, entre muchas otras, por todas las cosas increíbles que hacéis tanto dentro como fuera de la pista. Y un agradecimiento especial a Jason Brown, porque este libro podría haber acabado de forma muy diferente si no hubiera tenido el placer de verte patinar en Stars on Ice. Tu arte y tu palpable alegría me hipnotizaron y espero que mi propia alegría creativa trasluzca igual para todas las personas que lean *Los favoritos*.

Por último, pero desde luego no por ello menos importante, mi más sincera gratitud a quien más quiero: mi madre, Linda (¡este sí que lo puedes leer, mamá!), y mi pareja, Nate, que tal vez haya visto más patinaje artístico que ningún otro hombre heterosexual vivo. Eres lo más, cariño.

Por último, gracias a la duloxetina, porque una persona con depresión no podría haber conseguido esto.

**«Para viajar lejos no hay mejor nave que un libro».**

EMILY DICKINSON

Gracias por tu lectura de este libro.

En **penguinlibros.club** encontrarás las mejores recomendaciones de lectura.

Únete a nuestra comunidad y viaja con nosotros.

penguinlibros.club

Penguin Random House Grupo Editorial